Romain Gary

La promesse
de l'aube

ÉDITION DÉFINITIVE

Gallimard

Romain Gary, né Roman Kacew à Vilnius en 1914, est élevé par sa mère qui place en lui de grandes espérances, comme il le racontera dans *La promesse de l'aube*. Pauvre, « cosaque un peu tartare mâtiné de juif », il arrive en France à l'âge de quatorze ans et s'installe avec sa mère à Nice. Après des études de droit, il s'engage dans l'aviation et rejoint le général de Gaulle en 1940. Son premier roman, *Éducation européenne*, paraît avec succès en 1945 et révèle un grand conteur au style rude et poétique. La même année, il entre au Quai d'Orsay. Grâce à son métier de diplomate, il séjourne à Sofia, New York, Los Angeles, La Paz. En 1948, il publie *Le grand vestiaire*, et reçoit le prix Goncourt en 1956 pour *Les racines du ciel*. Consul à Los Angeles, il quitte la diplomatie en 1960, écrit *Les oiseaux vont mourir au Pérou (Gloire à nos illustres pionniers)* et épouse l'actrice Jean Seberg en 1963. Il fait paraître un roman humoristique, *Lady L.*, se lance dans de vastes sagas : *La comédie américaine* et *Frère Océan*, rédige des scénarios et réalise deux films. Peu à peu les romans de Gary laissent percer son angoisse du déclin et de la vieillesse : *Au-delà de cette limite votre ticket n'est plus valable*, *Clair de femme*. Jean Seberg se donne la mort en 1979. En 1980, Romain Gary fait paraître son dernier roman, *Les cerfs-volants*, avant de se suicider à Paris en décembre. Il laisse un document posthume où il révèle qu'il se dissimulait sous le nom d'Émile Ajar, auteur d'ouvrages majeurs : *Gros-Câlin*, *La vie devant soi*, qui a reçu le prix Goncourt en 1975, *Pseudo* et *L'angoisse du roi Salomon*.

À René et Sylvia Agid.

PREMIÈRE PARTIE

CHAPITRE I

C'est fini. La plage de Big Sur est vide, et je demeure couché sur le sable, à l'endroit même où je suis tombé. La brume marine adoucit les choses ; à l'horizon, pas un mât ; sur un rocher, devant moi, des milliers d'oiseaux ; sur un autre, une famille de phoques : le père émerge inlassablement des flots, un poisson dans la gueule, luisant et dévoué. Les hirondelles de mer atterrissent parfois si près, que je retiens mon souffle et que mon vieux besoin s'éveille et remue en moi : encore un peu, et elles vont se poser sur mon visage, se blottir dans mon cou et dans mes bras, me recouvrir tout entier... À quarante-quatre ans, j'en suis encore à rêver de quelque tendresse essentielle. Il y a si longtemps que je suis étendu sans bouger sur la plage que les pélicans et les cormorans ont fini par former un cercle autour de moi et, tout à l'heure, un phoque s'est laissé porter par les vagues jusqu'à mes pieds. Il est resté là, un long moment, à me regarder, dressé sur ses nageoires, et puis il est retourné à l'Océan. Je lui ai souri, mais il est resté là, grave et un peu triste, comme s'il savait.

Ma mère avait fait cinq heures de taxi pour venir me dire adieu à la mobilisation, à Salon-de-Provence, où j'étais alors sergent instructeur à l'École de l'Air.

Le taxi était une vieille Renault délabrée : nous avions détenu, pendant quelque temps, une participation de cinquante, puis de vingt-cinq pour cent, dans l'exploitation commerciale du véhicule. Il y avait des années, maintenant, que le taxi était devenu propriété exclusive de son ex-associé, le chauffeur Rinaldi : ma mère, cependant, avait tendance à croire qu'elle possédait toujours quelque droit moral sur le véhicule, et comme Rinaldi était un être doux, timide et impressionnable, elle abusait un peu de sa bonne volonté. C'est ainsi qu'elle s'était fait conduire par lui de Nice à Salon-de-Provence — trois cents kilomètres — sans payer, bien entendu, et, longtemps après la guerre, le cher Rinaldi, grattant sa tête devenue toute grise, se rappelait encore avec une sorte de rancune admirative comment ma mère l'avait « mobilisé ».

« Elle est montée dans le taxi et puis elle m'a dit, tout simplement : "À Salon-de-Provence, on va dire adieu à mon fils." J'ai essayé de me défendre : ça faisait une course de dix heures, aller retour. Elle m'a immédiatement traité de mauvais Français, et elle a menacé d'appeler la police et de me faire arrêter, parce qu'il y avait la mobilisation et que j'essayais de me dérober. Elle était installée dans mon taxi, avec tous ses paquets pour vous — des saucissons, des jambons, des pots de confiture — et elle me répétait que son fils était un héros, qu'elle voulait l'embrasser encore une fois et que je n'avais pas à discuter. Puis elle a pleuré un peu. Votre vieille dame, elle a toujours pleuré comme un enfant, et quand je l'ai vue là, dans mon taxi, après tant d'années qu'on se connaissait, pleurant silencieusement, avec son air de chien battu — je vous demande pardon, Monsieur Romain, mais vous savez bien comment elle était — j'ai pas pu dire non. J'avais pas d'enfants, tout foutait le camp de toute façon, on n'en était plus à une course de taxi près, même une de cinq cents kilomètres. J'ai dit : "Bon, on y va, mais vous allez rembourser l'essence", pour le principe. Elle a toujours considéré qu'elle avait conservé un droit sur le taxi, juste parce qu'on a été associés, sept ans plus tôt. Ça fait rien, vous pouvez dire qu'elle vous aimait, elle aurait fait n'importe quoi pour vous... »

Je l'ai vue descendre du taxi, devant la cantine, la canne à la main, une gauloise aux lèvres et, sous le regard goguenard des troufions, elle m'ouvrit ses bras d'un geste théâtral, attendant que son fils s'y jetât, selon la meilleure tradition.

J'allai vers elle avec désinvolture, roulant un peu les épaules, la casquette sur l'œil, les mains dans les poches de cette veste de cuir qui avait tant fait pour le recrutement de jeunes gens dans l'aviation, irrité et embarrassé par cette irruption inadmissible d'une mère dans l'univers viril où je jouissais d'une réputation péniblement acquise de « dur », de « vrai » et de « tatoué ».

Je l'embrassai avec toute la froideur amusée dont j'étais capable et tentai en vain de la manœuvrer habilement derrière le taxi, afin de la dérober aux regards, mais elle fit simplement un pas en arrière, pour mieux m'admirer et, le visage radieux, les yeux émerveillés, une main sur le cœur, aspirant bruyamment l'air par le nez, ce qui était toujours, chez elle, un signe d'intense satisfaction, elle s'exclama, d'une voix que tout le monde entendit, et avec un fort accent russe :

— Guynemer ! Tu seras un second Guynemer ! Tu verras, ta mère a toujours raison !

Je sentis le sang me brûler la figure, j'entendis les rires derrière mon dos, et, déjà, avec un geste menaçant de la canne vers la soldatesque hilare étalée devant le café, elle proclamait, sur le mode inspiré :

— Tu seras un héros, tu seras général, Gabriele d'Annunzio, Ambassadeur de France — tous ces voyous ne savent pas qui tu es !

Je crois que jamais un fils n'a haï sa mère autant que moi, à ce moment-là. Mais, alors que j'essayais de lui expliquer dans un murmure rageur qu'elle me compromettait irrémédiablement aux yeux de l'Armée de l'Air, et que je faisais un nouvel effort pour la pousser derrière le taxi, son visage prit une expression désemparée, ses lèvres se mirent à trembler, et j'entendis une fois de plus la formule intolérable, devenue depuis longtemps classique dans nos rapports :

— Alors, tu as honte de ta vieille mère ?

D'un seul coup, tous les oripeaux de fausse virilité, de vanité, de dureté, dont je m'étais si laborieusement paré, tombèrent à mes pieds. J'entourai ses épaules de mon bras, cependant que, de ma main libre, j'esquissais, à l'intention de mes camarades, ce geste expressif, le médius soutenu par le pouce et animé d'un mouvement vertical de va-et-vient, dont le sens, je le sus par la suite, était connu des soldats du monde entier, avec cette différence qu'en Angleterre, deux doigts étaient requis là où un seul suffisait, dans les pays latins — c'est une question de tempérament.

Je n'entendais plus les rires, je ne voyais plus les regards moqueurs, j'entourais ses épaules de mon bras et je pensais à toutes les batailles que j'allais livrer pour elle, à la promesse que je m'étais faite, à l'aube de ma vie, de lui rendre justice, de donner un sens à son sacrifice et de revenir un jour à la maison, après avoir disputé victorieusement la possession du monde à ceux dont j'avais si bien appris à connaître, dès mes premiers pas, la puissance et la cruauté.

Encore aujourd'hui, plus de vingt ans après, alors que tout est dit, et que je demeure étendu sur mon rocher de Big Sur, au bord de l'Océan, et que seuls les phoques font entendre leur cri dans la grande solitude marine où les baleines passent parfois avec leur jet d'eau minuscule et dérisoire dans l'immensité — encore aujourd'hui, alors que tout semble vide, je n'ai qu'à lever les yeux pour voir la cohorte ennemie qui se penche sur moi, à la recherche de quelque signe de défaite ou de soumission.

J'étais un enfant lorsque ma mère pour la première fois m'apprit leur existence ; avant Blanche-Neige, avant le Chat Botté, avant les sept nains et la fée Carabosse, ils vinrent se ranger autour de moi et ne me quittèrent plus jamais ; ma mère me les désignait un à un et murmurait leurs noms, en me serrant contre elle ; je ne comprenais pas encore, mais déjà je pressentais qu'un jour, pour elle, j'allais les défier ; à chaque année qui passait, je distinguais un peu mieux leurs visages ; à chaque coup qu'ils nous portaient, je sentais grandir en moi ma vocation d'insoumis ; aujourd'hui, ayant vécu, au bout de ma course, je les vois encore clairement, dans le crépuscule de Big Sur, et j'entends leurs voix, malgré le grondement de l'Océan ; leurs noms viennent tout seuls à mes lèvres et mes yeux d'homme vieillissant retrouvent pour les affronter le regard de mes huit ans.

Il y a d'abord Totoche, le dieu de la bêtise, avec son derrière rouge de singe, sa tête d'intellectuel primaire, son amour éperdu des abstractions ; en 1940, il était le chouchou et le doctrinaire des Allemands ; aujourd'hui, il se réfugie de plus en plus dans la science pure, et on peut le voir souvent penché sur l'épaule de nos savants ; à chaque explosion nucléaire, son ombre se dresse un peu plus haut sur la terre ; sa ruse préférée consiste à donner à la bêtise une forme géniale et à recruter parmi nous nos grands hommes pour assurer notre propre destruction.

Il y a Merzavka, le dieu des vérités absolues, une espèce de cosaque debout sur des monceaux de cadavres, la cravache à la main, avec son bonnet de fourrure sur l'œil et son rictus hilare ; celui-là est notre plus vieux seigneur et maître ; il y a si longtemps qu'il préside à notre destin, qu'il est devenu riche et honoré ; chaque fois qu'il tue, torture et opprime au nom des vérités absolues, religieuses, politiques ou morales, la moitié de l'humanité lui lèche les bottes avec attendrissement ; cela l'amuse énormément, car il sait bien que les vérités absolues n'existent pas, qu'elles ne sont qu'un moyen de nous réduire à la servitude et, en ce moment même, dans l'air opalin de Big Sur, par-dessus l'aboiement des phoques, les cris des cormorans, l'écho de son rire triomphant roule vers moi de très loin, et même la voix de mon frère l'Océan ne parvient pas à le dominer.

Il y a aussi Filoche, le dieu de la petitesse, des préjugés, du mépris, de la haine — penché hors de sa loge de concierge, à l'entrée du monde habité, en train de crier « Sale Américain, sale Arabe, sale Juif, sale Russe, sale Chinois, sale Nègre » — c'est un merveilleux organisateur de mouvements de masses, de guerres, de lynchages, de persécutions, habile dialecticien, père de toutes les formations idéologiques, grand inquisiteur et amateur de guerres saintes, malgré son poil galeux, sa tête d'hyène et ses petites pattes tordues, c'est un des dieux les plus puissants et les plus écoutés, que l'on trouve toujours dans tous les camps, un des plus zélés gardiens de notre terre, et qui nous en dispute la possession avec le plus de ruse et le plus d'habileté.

Il y a d'autres dieux, plus mystérieux et plus louches, plus insidieux et masqués, difficiles à identifier ; leurs cohortes sont nombreuses et nombreux leurs complices parmi nous ; ma mère les connaissait bien ; dans ma chambre d'enfant, elle venait m'en parler souvent, en pressant ma tête contre sa poitrine et en baissant la voix ; peu à peu, ces satrapes qui chevauchent le monde devinrent pour moi plus réels et plus visibles que les objets les plus familiers et leurs ombres gigantesques sont demeurées penchées sur moi jusqu'à ce jour ; lorsque je lève la tête, je crois apercevoir leurs cuirasses étincelantes et leurs lances semblent se braquer sur moi avec chaque rayon du ciel.

Nous sommes aujourd'hui de vieux ennemis et c'est de ma lutte avec eux que je veux faire ici le récit ; ma mère avait été un de leurs jouets favoris ; dès mon plus jeune âge, je m'étais promis de la dérober à cette servitude ; j'ai grandi dans l'attente du jour où je pourrais tendre enfin ma main vers le voile qui obscurcissait l'univers et découvrir soudain un visage de sagesse et de pitié ; j'ai voulu disputer, aux dieux absurdes et ivres de leur puissance, la possession du monde, et rendre la terre à ceux qui l'habitent de leur courage et de leur amour.

CHAPITRE II

Ce fut à treize ans, je crois, que j'eus pour la première fois le pressentiment de ma vocation.

J'étais alors élève de quatrième au lycée de Nice et ma mère avait, à l'Hôtel Négresco, une de ces « vitrines » de couloir où elle exposait les articles que les magasins de luxe lui concédaient ; chaque écharpe, chaque ceinture ou chemisette vendue, lui rapportait dix pour cent de commission. Parfois, elle pratiquait une petite hausse illicite des prix et mettait la différence dans sa poche. Toute la journée, elle guettait les clients éventuels, fumant nerveusement d'innombrables gauloises, car notre pain quotidien dépendait alors entièrement de ce commerce incertain.

Depuis treize ans, déjà, seule, sans mari, sans amant, elle luttait ainsi courageusement, afin de gagner, chaque mois, ce qu'il nous fallait pour vivre, pour payer le beurre, les souliers, le loyer, les vêtements, le bifteck de midi — ce bifteck qu'elle plaçait chaque jour devant moi dans l'assiette, un peu solennellement, comme le signe même de sa victoire sur l'adversité. Je revenais du lycée et m'attablais devant le plat. Ma mère, debout, me regardait manger avec cet air apaisé des chiennes qui allaitent leurs petits.

Elle refusait d'y toucher elle-même et m'assurait qu'elle n'aimait que les légumes et que la viande et les graisses lui étaient strictement défendues.

Un jour, quittant la table, j'allai à la cuisine boire un verre d'eau.

Ma mère était assise sur un tabouret ; elle tenait sur ses genoux la poêle à frire où mon bifteck avait été cuit. Elle en essuyait soigneusement le fond graisseux avec des morceaux de pain qu'elle mangeait ensuite avidement et, malgré son geste rapide pour dissimuler la poêle sous la serviette, je sus soudain, dans un éclair, toute la vérité sur les motifs réels de son régime végétarien.

Je demeurai là un moment, immobile, pétrifié, regardant avec horreur la poêle mal cachée sous la serviette et le sourire inquiet, coupable, de ma mère, puis j'éclatai en sanglots et m'enfuis.

Au bout de l'avenue Shakespeare où nous habitions alors, il y avait un remblai presque vertical qui dominait le chemin de fer, et c'est là que je courus me cacher. L'idée de me jeter sous un train et de me dérober ainsi à ma honte et à mon impuissance me passa par la tête, mais, presque aussitôt, une farouche résolution de redresser le monde et de le déposer un jour aux pieds de ma mère, heureux, juste, digne d'elle, enfin, me mordit au cœur d'une brûlure dont mon sang charria le feu jusqu'à la fin. Le visage enfoui dans mes bras, je me laissai aller à ma peine, mais les larmes,

qui me furent souvent si clémentes, ne m'apportè-
rent cette fois aucune consolation. Un intolérable
sentiment de privation, de dévirilisation, presque
d'infirmité, s'empara de moi ; au fur et à mesure
que je grandissais, ma frustration d'enfant et ma
confuse aspiration, loin de s'estomper, grandissaient avec moi et se transformaient peu à peu
en un besoin que ni femme ni art ne devaient plus
jamais suffire à apaiser.

J'étais en train de pleurer dans l'herbe, lorsque
je vis ma mère apparaître en haut du talus. Je ne
sais comment elle avait découvert l'endroit : personne n'y venait jamais. Je la vis se baisser pour
passer sous les fils de fer, puis descendre vers moi,
ses cheveux gris pleins de lumière et de ciel. Elle
vint s'asseoir à côté de moi, son éternelle gauloise
à la main.

— Ne pleure pas.

— Laisse-moi.

— Ne pleure pas. Je te demande pardon. Tu es
un homme, maintenant. Je t'ai fait de la peine.

— Laisse-moi, je te dis !

Un train passa sur la voie. Il me parut soudain
que c'était mon chagrin qui faisait tout ce fracas.

— Je ne recommencerai plus.

Je me calmai un peu. Nous étions assis sur le
remblai tous les deux, les bras sur les genoux,
regardant de l'autre côté. Il y avait une chèvre
attachée à un arbre, un mimosa. Le mimosa était
en fleurs, le ciel était très bleu, et le soleil faisait
de son mieux. Je pensai soudain que le monde
donnait bien le change. C'est ma première pensée
d'adulte dont je me souvienne.

Ma mère me tendit le paquet de gauloises.

— Tu veux une cigarette ?

— Non.

Elle essayait de me traiter en homme. Peut-être était-elle pressée. Elle avait déjà cinquante et un ans. Un âge difficile, lorsqu'on n'a qu'un enfant pour tout soutien dans la vie.

— Tu as écrit, aujourd'hui ?

Depuis plus d'un an, « j'écrivais ». J'avais déjà noirci de mes poèmes plusieurs cahiers d'écolier. Pour me donner l'illusion d'être publié, je les recopiais lettre par lettre en caractères d'imprimerie.

— Oui. J'ai commencé un grand poème philosophique sur la réincarnation et la migration des âmes.

Elle fit « bien » de la tête.

— Et au lycée ?

— J'ai eu un zéro en math.

Ma mère réfléchit.

— Ils ne te comprennent pas, dit-elle.

J'étais assez de son avis. L'obstination avec laquelle mes professeurs de sciences me donnaient des zéros me faisait l'effet d'une ignorance crasse de leur part.

— Ils le regretteront, dit ma mère. Ils seront confondus. Ton nom sera un jour gravé en lettres d'or sur les murs du lycée. Je vais aller les voir demain et leur dire…

Je frémis.

— Maman, je te le défends ! Tu vas encore me ridiculiser.

— Je vais leur lire tes derniers poèmes. J'ai été

une grande actrice, je sais dire des vers. Tu seras d'Annunzio ! Tu seras Victor Hugo, Prix Nobel !

— Maman, je te défends d'aller leur parler.

Elle ne m'écoutait pas. Son regard se perdit dans l'espace et un sourire heureux vint à ses lèvres, naïf et confiant à la fois, comme si ses yeux, perçant les brumes de l'avenir, avaient soudain vu son fils, à l'âge d'homme, monter lentement les marches du Panthéon[1], en grande tenue, couvert de gloire, de succès et d'honneurs.

— Tu auras toutes les femmes à tes pieds, conclut-elle catégoriquement, en balayant le ciel de sa cigarette.

Le midi cinquante de Vintimille passa dans un nuage de fumée. Aux fenêtres, les voyageurs devaient se demander ce que cette dame aux cheveux gris et cet enfant triste qui essuyait encore ses larmes pouvaient bien regarder dans le ciel avec tant d'attention.

Ma mère parut soudain préoccupée.

— Il faut trouver un pseudonyme, dit-elle avec fermeté. Un grand écrivain français ne peut pas porter un nom russe. Si tu étais un virtuose violoniste, ce serait très bien, mais pour un titan de la littérature française, ça ne va pas…

Le « titan de la littérature française » approuva cette fois entièrement. Depuis six mois, je passais des heures entières chaque jour à « essayer » des pseudonymes. Je les calligraphiais à l'encre rouge dans un cahier spécial. Ce matin même, j'avais fixé mon choix sur « Hubert de la Vallée », mais

1. Oui, je sais.

une demi-heure plus tard je cédais au charme nostalgique de « Romain de Roncevaux ». Mon vrai prénom, Romain, me paraissait assez satisfaisant. Malheureusement, il y avait déjà Romain Rolland, et je n'étais disposé à partager ma gloire avec personne. Tout cela était bien difficile. L'ennui, avec un pseudonyme, c'est qu'il ne peut jamais exprimer tout ce que vous sentez en vous. J'en arrivais presque à conclure qu'un pseudonyme ne suffisait pas, comme moyen d'expression littéraire, et qu'il fallait encore écrire des livres.

— Si tu étais un virtuose violoniste, le nom de Kacew, ce serait très bien, répéta ma mère, en soupirant.

Cette affaire de « virtuose violoniste » avait été pour elle une grande déception et je me sentais bien coupable. Il y avait là un malentendu avec le destin que ma mère ne comprenait pas du tout. Attendant tout de moi et cherchant quelque merveilleux raccourci qui nous eût menés tous les deux « à la gloire et à l'adulation des foules » — elle n'hésitait jamais devant un cliché, ce qui était moins dû à une banalité de vocabulaire qu'à une sorte de soumission à la société de son temps, à ses valeurs, à ses étalons-or — il y a, entre les clichés, les formules toutes faites et l'ordre social en vigueur, un lien d'acceptation et de conformisme qui dépasse le langage — elle avait d'abord nourri l'espoir que j'allais être un enfant prodige, un mélange de Yacha Heifetz et de Yehudi Menuhin, qui étaient alors à l'apogée de leur jeune gloire. Ma mère avait toujours rêvé d'être une grande artiste ; j'avais à peine sept ans, lorsqu'un violon d'occasion fut acquis dans un magasin de Wilno, en Pologne Orientale, où nous étions de passage alors, et que je fus solennellement conduit chez un homme fatigué, aux vêtements noirs et aux longs cheveux, que ma mère appelait « maestro », dans un murmure respectueux. Je m'y rendis ensuite seul, courageusement, deux fois par semaine, avec le violon dans une boîte ocre, tapissée à l'intérieur de velours violet. Je n'ai gardé du « maestro » que le souvenir d'un homme profondément étonné chaque fois que je saisissais mon archet, et le cri « Aïe ! Aïe ! Aïe ! » qu'il poussait alors, en portant les deux mains à ses oreilles, est encore présent à mon esprit. Je crois que c'était un être qui souffrait infiniment de l'absence d'harmonie universelle dans ce bas monde, une absence d'harmonie dans laquelle je dus jouer, au cours des trois semaines que durèrent mes leçons, un rôle éminent. Au bout de la troisième semaine, il m'ôta vivement l'archet et le violon des mains, me dit qu'il parlerait à ma mère et me renvoya. Ce qu'il dit à ma mère, je ne le sus jamais, mais celle-ci passa plusieurs jours à soupirer et à me regarder avec reproche, me serrant parfois contre elle dans un élan de pitié.

Un grand rêve s'était envolé.

CHAPITRE III

Ma mère faisait alors des chapeaux à façon pour une clientèle qu'elle recrutait, au début, par correspondance ; chaque prospectus était écrit à la main et annonçait que, « pour distraire ses loisirs, l'ancienne directrice d'une grande maison de couture parisienne acceptait de modeler des chapeaux à domicile, pour une clientèle restreinte et choisie ». Elle tenta de reprendre la même occupation quelques années plus tard, peu après notre arrivée à Nice, en 1928, dans le deux-pièces de l'avenue Shakespeare, et comme l'affaire mettait du temps à démarrer — elle ne démarra jamais, en fait — ma mère prodiguait des soins de beauté dans l'arrière-boutique d'un coiffeur pour dames ; l'après-midi, elle donnait les mêmes soins aux chiens de luxe dans un chenil de l'avenue de la Victoire. Plus tard vint le tour des vitrines dans les hôtels, des bijoux offerts de porte en porte, dans les palaces, à la commission, de participation à un comptoir de légumes au marché de la Buffa, de vente d'immeubles, d'hôtellerie — bref, je ne manquais jamais de rien, le bifteck était toujours là, à midi, et personne, à Nice, ne m'a jamais vu mal chaussé, ou mal vêtu. Je m'en voulais terriblement d'avoir fait faux bond à ma mère par mon absence totale de génie musical et, jusqu'à ce jour, je ne puis entendre le nom de Menuhin ou de Heifetz sans que le remords se mette à bouger dans mon cœur. Quelque trente ans plus tard, alors que j'étais Consul Général de France à Los Angeles, le destin voulut que j'eusse à décorer de la grand-croix de la Légion d'honneur Yacha Heifetz, qui résidait dans ma circonscription. Après avoir épinglé la croix sur la poitrine du violoniste et prononcé la formule consacrée : « Monsieur Yacha Heifetz, au nom du Président de la République et en vertu des pouvoirs qui nous sont conférés, nous vous faisons Grand-Croix de la Légion d'honneur », je m'entendis soudain dire, à haute et intelligible voix, en levant les yeux au ciel :

— Ça ne s'est pas trouvé, que veux-tu !

Le maestro parut légèrement étonné.

— Vous dites, Monsieur le Consul Général ?

Je m'empressai de l'embrasser sur les deux joues, selon l'usage, pour compléter la cérémonie.

Je savais que ma mère avait été terriblement déçue par mon absence de génie musical, parce qu'elle n'y avait plus jamais fait allusion devant moi, et chez elle, qui, il faut bien le dire, manquait si souvent de tact, une telle réserve était un signe certain de chagrin secret et profond. Ses propres ambitions artistiques ne s'étaient jamais accomplies et elle comptait sur moi pour les réaliser. J'étais, pour ma part, décidé à faire tout ce qui était en mon pouvoir pour qu'elle devînt, par mon truchement, une artiste célèbre et acclamée et, après avoir longuement hésité entre la peinture, la scène, le chant et la danse, je devais un jour opter pour la littérature, qui me paraissait le dernier refuge, sur cette terre, de tous ceux qui ne savent pas où se fourrer.

L'épisode du violon ne fut donc plus jamais mentionné entre nous et une nouvelle voie fut recherchée pour nous mener à la gloire.

Trois fois par semaine, je prenais mes pantoufles de soie et me laissais conduire par la main au studio de Sacha Jigloff, où, pendant deux heures, je levais consciencieusement la jambe à la barre, cependant que ma mère, assise dans un coin, joignait parfois les mains avec un sourire émerveillé et s'exclamait :

— Nijinsky ! Nijinsky ! Tu seras Nijinsky ! Je sais ce que je dis !

Elle m'accompagnait ensuite au vestiaire, où elle demeurait, l'œil alerte, pendant que je me déshabillais, car, ainsi qu'elle me l'avait expliqué, Sacha Jigloff « avait de mauvaises mœurs », accusation qui se trouva bientôt justifiée, alors que je prenais une douche, lorsque Sacha Jigloff entra sur la pointe des pieds dans le réduit et, ainsi que je le crus dans mon innocence totale, tenta de me mordre, ce qui me fit pousser un hurlement affreux. Je revois encore le malheureux Jigloff fuyant à travers le gymnase, poursuivi par ma mère déchaînée, la canne à la main — et ce fut la fin de ma carrière de grand danseur. Il y avait alors, à Wilno, deux autres écoles de danse, mais ma mère, ainsi instruite, ne s'y risqua plus. L'idée que son fils pût être autre chose qu'un homme aimant les femmes lui était intolérable. Je ne devais avoir guère plus de huit ans, lorsqu'elle commença à me faire le récit de mes « succès » futurs, à évoquer les soupirs et les regards, les billets doux et les serments ; la main furtivement serrée sur la terrasse, au clair de lune ; mon uniforme blanc d'officier de la garde et la valse, au loin ; les murmures et les supplications ; elle me tenait contre elle, assise, les yeux baissés, avec un sourire un peu coupable et étrangement jeune, m'accordant tous les hommages et toutes les adulations auxquels sa grande beauté lui avait sans doute jadis donné droit et dont le goût ou le souvenir ne l'avaient peut-être pas quittée entièrement ; je m'appuyais négligemment contre elle ; je l'écoutais d'un air nonchalant mais avec le plus grand intérêt, en léchant distraitement la confiture sur ma tartine ; j'étais beaucoup trop jeune pour comprendre qu'elle cherchait à s'exorciser ainsi de sa propre solitude féminine, de son propre besoin de tendresse et d'attentions.

Le violon et le ballet ainsi éliminés, et ma nullité en mathématiques m'interdisant d'être un « nouvel Einstein », ce fut moi-même, cette fois, qui tentai de découvrir en moi quelque talent caché qui eût permis aux aspirations artistiques de ma mère de se réaliser.

Depuis plusieurs mois, j'avais pris l'habitude de m'amuser avec la boîte de couleurs qui faisait partie de mon équipement d'écolier.

Je passais de longues heures un pinceau à la main, et m'enivrais de rouge, de jaune, de vert et de bleu. Un jour — j'avais alors dix ans — mon professeur de dessin vint trouver ma mère et lui fit part de son opinion : « Votre fils, Madame, a un talent pour la peinture qu'il ne faut pas négliger. »

Cette révélation eut sur ma mère un effet tout à fait inattendu. Sans doute la pauvre était-elle trop pénétrée des légendes et préjugés bourgeois en cours au début du siècle, toujours est-il que, pour une raison ou une autre, peinture et vie ratée allaient ensemble dans son esprit. Elle devait connaître juste ce qu'il fallait des carrières tragiques de Van Gogh, de Gauguin, pour être épouvantée. Je me souviens avec quelle expression de crainte sur le visage elle était entrée dans ma chambre, comment elle s'était assise, avec une sorte de découragement total, devant moi, et comment elle m'avait regardé avec inquiétude et une muette supplication. Toutes les images de *La Bohème* et tous les échos de rapins condamnés à l'ivrognerie, à la misère et à la tuberculose devaient se succéder dans son esprit. Elle finit par résumer tout cela dans une formule saisissante et, ma foi, pas tellement fausse, à bien y penser :

— Tu as peut-être du génie, et alors, ils te feront crever de faim.

Je ne sais pas qui elle entendait au juste par « ils ». Sans doute ne le savait-elle pas elle-même. Mais à partir de ce jour, il me fut pratiquement interdit de toucher à ma boîte de couleurs. Incapable de m'imaginer doué d'un simple petit talent d'enfant, ce qui était sans doute le cas, son inspiration allait tout de suite à l'extrême et, refusant de me voir autrement qu'en héros, elle me voyait cette fois en héros maudit. Ma boîte d'aquarelle eut une fâcheuse tendance à devenir introuvable et lorsque, réussissant à mettre la main dessus, je me mettais à peindre, ma mère sortait de la chambre, puis rentrait aussitôt, rôdant autour de moi comme un animal inquiet, regardant mon pinceau avec une consternation douloureuse, jusqu'au moment où, complètement écœuré, je laissai mes couleurs tranquilles, une fois pour toutes.

Je lui en ai voulu pendant longtemps et il m'arrive encore aujourd'hui d'avoir brusquement le sentiment d'une vocation manquée.

C'est ainsi que, travaillé malgré tout par quelque besoin obscur et confus, mais impérieux, je me mis à écrire dès l'âge de douze ans, bombardant les revues littéraires de poèmes, de récits et de tragédies en cinq actes en alexandrins.

Ma mère n'avait contre la littérature aucun de ces préjugés presque superstitieux que la peinture lui inspirait ; elle la voyait au contraire d'un assez bon œil, comme une très grande dame reçue dans les meilleures maisons. Goethe avait été couvert d'honneurs, Tolstoï était comte, Victor Hugo, Président de la République — je ne sais où elle avait pris cette idée, mais elle y tenait — et puis, brusquement, son visage s'assombrit :

— Mais il faudra que tu fasses attention à ta santé, à cause des maladies vénériennes. Guy de Maupassant est mort fou, Heine paralytique...

Elle parut soucieuse et fuma un instant en silence, assise sur le talus. La littérature avait évidemment ses dangers.

— Ça commence par un bouton, me dit-elle.

— Je sais.

— Promets-moi de faire attention.

— Je te le promets.

Ma vie amoureuse n'avait pas dépassé, à cette époque, les regards éperdus que je lançais sous les jupes de Mariette, notre femme de ménage, lorsqu'elle montait sur l'escabeau.

— Il vaut peut-être mieux que tu te maries très jeune avec une bonne et douce jeune fille, dit ma mère, avec un dégoût évident.

Mais nous savions bien, l'un et l'autre, que ce n'était pas du tout ce qui était attendu de moi. Les plus belles femmes du monde, les grandes ballerines, les prime donne, les Rachel, les Duse et les Garbo, — voilà ce à quoi, dans son esprit, j'étais destiné. Moi, je voulais bien. Si seulement le maudit escabeau était un peu plus haut, ou mieux encore, si seulement Mariette voulait bien comprendre combien il était important pour moi de commencer ma carrière tout de suite… J'avais treize ans et demi, et il y avait du pain sur la planche.

C'est ainsi que la musique, la danse et la peinture successivement écartées, nous nous résignâmes à la littérature, malgré le péril vénérien. Il ne nous restait plus maintenant, pour donner à nos rêves un début de réalisation, qu'à nous trouver un pseudonyme digne des chefs-d'œuvre que le monde attendait de nous. Je restais des journées entières dans ma chambre à noircir du papier de noms mirobolants. Ma mère passait parfois la tête à l'intérieur pour s'informer de l'état de mon inspiration. L'idée que ces heures de labeur auraient pu être consacrées plus utilement à l'élaboration des chefs-d'œuvre en question ne nous était jamais venue à l'esprit.

— Alors ?

Je prenais la feuille de papier et lui révélais le résultat de mon travail littéraire de la journée. Je n'étais jamais satisfait de mes efforts. Aucun nom, aussi beau et retentissant fût-il, ne me paraissait à la hauteur de ce que j'aurais voulu accomplir pour elle.

— Alexandre Natal. Armand de La Torre. Terral. Vasco de La Fernaye...

Cela continuait ainsi pendant des pages et des pages. Après chaque chapelet de noms, nous nous regardions, et nous hochions tous les deux la tête. Ce n'était pas ça — ce n'était pas ça du tout. Au fond, nous savions fort bien, l'un et l'autre, les noms qu'il nous fallait — malheureusement, ils étaient déjà tous pris. « Goethe » était déjà occupé, « Shakespeare » aussi, et « Victor Hugo » aussi. C'était pourtant ce que j'aurais voulu être pour elle, c'était cela que j'aurais voulu lui offrir. Parfois, lorsque je levais les yeux vers elle, assis derrière la table, dans mes culottes courtes, il me semblait que le monde n'était pas assez grand pour contenir mon amour.

— Il faudrait quelque chose comme Gabriele d'Annunzio, dit ma mère. Il a fait souffrir la Duse terriblement.

Ceci était dit avec une nuance de respect et d'admiration. Il paraissait à ma mère tout naturel que les grands hommes fissent souffrir les femmes, et elle espérait bien que j'allais, à cet égard, donner le meilleur de moi-même, moi aussi. Elle tenait énormément à mes succès féminins. Elle y voyait manifestement un des aspects essentiels de la réussite terrestre. C'était pour elle quelque chose qui allait de pair avec les honneurs officiels, les décorations, les grands uniformes, le champagne, les réceptions à l'Ambassade, et lorsqu'elle me parlait de Vronski et d'Anna Karénine, elle me regardait avec fierté, caressait mes cheveux et soupirait bruyamment, avec un sourire de naïve anticipation. Peut-être y avait-il, dans le subconscient de cette femme, qui avait été si belle, mais qui vivait depuis si longtemps sans homme, un besoin de revanche physique et sentimentale qu'elle demandait à son fils de prendre à sa place. En tout cas, après avoir passé la journée à marcher de maison en maison, sa petite valise à la main, — il s'agissait d'aller voir les riches Anglais, dans les palaces, en se présentant comme une dame appauvrie de l'aristocratie russe réduite à vendre ses derniers « bijoux de famille » — les bijoux lui étaient confiés par les boutiquiers et une commission de dix pour cent lui était réservée — après une journée d'autant plus humiliante et fatigante qu'il lui arrivait rarement de conclure plus d'une affaire par mois, elle prenait à peine le temps d'ôter son chapeau et son manteau gris, d'allumer une cigarette et venait avec un sourire heureux s'asseoir en face du gamin en culottes courtes, lequel, écrasé par l'horreur de ne pouvoir rien faire pour elle, passait ses journées à se creuser la cervelle à la recherche d'un nom assez beau, assez retentissant, assez prometteur pour qu'il pût exprimer tout ce qui se passait dans son cœur, pour qu'il sonnât haut et clair aux oreilles de sa mère, avec tout l'écho convaincant de cette gloire future qu'il se proposait de déposer à ses pieds :

— Roland de Chantecler, Romain de Mysore...

— Il vaut peut-être mieux prendre un nom sans particule, s'il y a encore une révolution, disait ma mère.

Je débitais un à un le chapelet de pseudonymes sonores et grandiloquents, chargés d'exprimer tout ce que je ressentais, tout ce que je voulais lui offrir. Elle écoutait avec une attention un peu anxieuse, et je sentais bien qu'aucun de ces noms ne lui suffisait, qu'aucun n'était assez beau pour moi. Peut-être cherchait-elle simplement à me donner courage et confiance dans mon destin. Sans doute savait-elle combien je souffrais d'être encore un enfant, de ne rien pouvoir pour elle, et peut-être avait-elle surpris mon regard anxieux, alors que, de notre balcon, je la voyais s'éloigner chaque matin dans l'avenue Shakespeare, avec sa canne, sa cigarette et la petite valise pleine de « bijoux de famille », et que nous nous demandions tous les deux si la broche, la montre ou la tabatière en or allaient trouver cette fois un acquéreur.

— Roland Campeador, Alain Brisard, Hubert de Longpré, Romain Cortès.

Je voyais bien à ses yeux que ce n'était pas encore ça, et j'en venais à me demander sérieusement si j'arriverais jamais à lui donner satisfaction. Bien plus tard, lorsque pour la première fois j'entendis à la radio le nom du général de Gaulle, au moment de son fameux appel, ma première réaction fut un mouvement de colère parce que je n'avais pas songé à inventer ce beau nom quinze ans plus tôt : Charles de Gaulle, cela aurait sûrement plu à ma mère, surtout si je l'avais écrit avec un seul « l ». La vie est pavée d'occasions perdues.

CHAPITRE IV

La tendresse maternelle dont j'étais entouré eut à cette époque une conséquence inattendue et extrêmement heureuse.

Lorsque les affaires allaient bien et que la vente de quelque « bijou de famille » permettait à ma mère d'envisager un mois de relative sécurité matérielle, son premier soin était d'aller chez le coiffeur ; elle allait ensuite écouter l'orchestre tzigane à la terrasse de l'Hôtel Royal et engageait une femme de ménage, chargée d'exécuter dans l'appartement divers travaux de propreté — ma mère a toujours eu horreur de laver le plancher et lorsqu'une fois, en son absence, j'essayai de nettoyer le parquet moi-même, et qu'elle me surprit à quatre pattes, un torchon à la main, ses lèvres se mirent à grimacer, les larmes coulèrent sur ses joues, et je dus passer une heure à la consoler et à lui expliquer que, dans un pays démocratique, ces petits travaux ménagers étaient considérés comme parfaitement honorables et qu'on pouvait s'y livrer sans déchoir.

Mariette était une fille au bas-ventre bien ancré

dans un bassin généreux, aux grands yeux malins, aux jambes fermes et solides, et dotée d'un derrière sensationnel que je voyais constamment en classe au lieu et à la place de la figure de mon professeur de mathématiques. Cette vision fascinante était la très simple raison pour laquelle je fixais la physionomie de mon maître avec une si complète concentration. La bouche ouverte, je ne la quittais pas des yeux pendant toute la durée de son cours, n'écoutant bien entendu pas un mot de ce qu'il disait — et lorsque le bon maître nous tournait le dos et se mettait à tracer des signes algébriques sur le tableau, je transférais avec effort mon regard halluciné sur celui-ci, et je voyais aussitôt l'objet de mes rêves se dessiner sur le fond noir — le noir a toujours eu sur moi, depuis, l'effet le plus heureux. Lorsque le professeur, flatté par mon attention fascinée, me posait parfois une question, je m'ébrouais, je roulais des yeux ahuris, j'adressais au postérieur de Mariette un regard de doux reproche, et seule la voix vexée de M. Valu me forçait enfin à revenir sur terre.

— Je ne comprends pas ! s'exclamait le maître. De tous mes élèves, vous paraissez le plus attentif et on dirait même parfois que vous êtes littéralement suspendu à mes lèvres. Et pourtant vous êtes dans la lune !

C'était exact.

Il m'était cependant impossible d'expliquer à cet excellent homme ce que je voyais au lieu et à la place de sa figure avec une telle perfection.

Bref, Mariette prenait dans ma vie une importance grandissante — cela commençait au réveil et durait plus ou moins toute la journée. Lorsque cette déesse méditerranéenne apparaissait à l'horizon, mon cœur partait au galop à sa rencontre et je demeurais sans bouger sur mon lit, terriblement encombré. Je finis par me rendre compte que Mariette m'observait également avec une certaine curiosité. Elle se tournait parfois vers moi, mettait les mains sur ses hanches, me fixait avec un sourire un peu rêveur, soupirait, hochait la tête et disait :

— Ça fait rien, vous pouvez dire que votre mère, elle vous aime vraiment. Elle parle que de vous quand vous êtes pas là. Et toutes ces belles aventures qui vous attendent, et toutes les jolies dames qui vont vous aimer, et patati et patata... Ça finit par me faire de l'effet.

Je me sentis assez contrarié. Ma mère était la dernière chose à laquelle j'étais disposé à penser à ce moment-là. Étendu en travers du lit, dans une position très inconfortable, les genoux pliés, les pieds sur la couverture, la tête contre le mur, je n'osais pas bouger.

— Elle me parle de vous comme si vous étiez un prince charmant, quoi... Mon Romain par-ci, mon Romain par-là... Je sais bien que c'est seulement parce que vous êtes son fils, mais à la fin, je me sens toute drôle...

La voix de Mariette avait sur moi un effet extraordinaire. Ce n'était pas une voix comme une autre. D'abord, elle ne paraissait pas venir de la gorge. Je ne sais pas du tout d'où elle venait. Et elle n'allait pas non plus là où les voix vont en général. Elle n'allait pas à mes oreilles, en tout cas. C'était très curieux.

— C'est même énervant, on se demande ce que vous avez de spécial.

Elle attendit un moment, puis soupira et se remit à frotter le parquet. J'étais complètement paralysé, transformé des pieds à la tête en un tronc pétrifié. Nous ne parlâmes plus, ni l'un ni l'autre. Parfois, Mariette tournait la tête dans ma direction, soupirait et se remettait à frotter le parquet. Je regardais cet affreux gaspillage, le cœur déchiré. Je savais bien qu'il fallait faire quelque chose, mais je me sentais littéralement cloué sur place. Mariette finit son travail et s'en alla. Je la vis partir avec la sensation qu'une livre de ma chair venait de s'arracher de mes flancs et de me quitter pour toujours. J'avais l'impression que je venais de rater ma vie. Roland de Chantecler, Artémis Kohinore et Hubert de La Roche Rouge hurlaient à gorge déployée, en se fourrant les poings dans les yeux. Mais je ne connaissais pas alors le dicton célèbre : ce que femme veut, Dieu le veut. Mariette continua à me jeter des regards bizarres, sa curiosité féminine et aussi quelque obscure jalousie, sans doute, éveillées par le chant de tendresse de ma mère et par les images d'Épinal que celle-ci lui peignait de mon avenir triomphal. Le miracle se produisit enfin. Je me souviens de ce visage malicieux penché sur moi et de cette voix un peu rauque, qui me disait ensuite, en me caressant la joue, alors que je planais, quelque part, dans un monde meilleur, entièrement débarrassé de tout poids :

— Faut pas lui dire, hé. J'ai pas pu résister. Je sais bien que c'est ta mère, mais c'est tout de même beau, un amour comme ça. Ça finit par vous faire envie... Y aura jamais une autre femme pour t'aimer comme elle, dans la vie. Ça, c'est sûr.

C'était sûr. Mais je ne le savais pas. Ce fut seulement aux abords de la quarantaine que je commençai à comprendre. Il n'est pas bon d'être tellement aimé, si jeune, si tôt. Ça vous donne de mauvaises habitudes. On croit que c'est arrivé. On croit que ça existe ailleurs, que ça peut se retrouver. On compte là-dessus. On regarde, on espère, on attend. Avec l'amour maternel, la vie vous fait à l'aube une promesse qu'elle ne tient jamais. On est obligé ensuite de manger froid jusqu'à la fin de ses jours. Après cela, chaque fois qu'une femme vous prend dans ses bras et vous serre sur son cœur, ce ne sont plus que des condoléances. On revient toujours gueuler sur la tombe de sa mère comme un chien abandonné. Jamais plus, jamais plus, jamais plus. Des bras adorables se referment autour de votre cou et des lèvres très douces vous parlent d'amour, mais vous êtes au courant. Vous êtes passé à la source très tôt et vous avez tout bu. Lorsque la soif vous reprend, vous avez beau vous jeter de tous côtés, il n'y a plus de puits, il n'y a que des mirages. Vous avez fait, dès la première lueur de l'aube, une étude très serrée de l'amour et vous avez sur vous de la documentation. Partout où vous allez, vous portez en vous le poison des comparaisons et vous passez votre temps à attendre ce que vous avez déjà reçu.

Je ne dis pas qu'il faille empêcher les mères d'aimer leurs petits. Je dis simplement qu'il vaut mieux que les mères aient encore quelqu'un d'autre à aimer. Si ma mère avait eu un amant, je n'aurais pas passé ma vie à mourir de soif auprès de chaque fontaine. Malheureusement pour moi, je me connais en vrais diamants.

Je dois dire que ma mère avait au plus haut degré le don de l'invective ; en quelques mots bien choisis, sa nature poétique et nostalgique parvenait à merveille à reconstituer l'atmosphère à la Gorki des *Bas-Fonds* ou, plus modestement, des *Bateliers de la Volga*. Il suffisait d'un rien pour que cette dame distinguée aux cheveux blancs, qui inspirait une telle confiance aux acheteurs des « bijoux de famille », se mît soudain à évoquer, devant son auditoire sidéré, toute la Sainte Russie des pale-freniers ivres, des moujiks et des feldvebels ; elle possédait incontestablement un grand talent de reconstitution historique, par la voix et le geste, et ces scènes semblaient bien prouver qu'elle avait vraiment été, dans sa jeunesse, la grande artiste dramatique qu'elle prétendait avoir été.

Je ne suis cependant jamais parvenu à éluci-der ce dernier point entièrement. J'ai toujours su, bien entendu, que ma mère avait été « artiste dramatique » — avec quel accent de fierté, elle avait, toute sa vie, prononcé ces mots ! — et je me revois encore à ses côtés, à l'âge de cinq, six ans, dans les solitudes enneigées où nous errions au hasard de ses tournées théâtrales, dans les traî-neaux aux clochettes tristes qui nous ramenaient de quelque usine glacée, où elle venait de « don-ner du Tchékov » devant les ouvriers d'un Soviet local, ou de quelque caserne, où elle avait « dit des poèmes » devant les soldats et les matelots de la Révolution. Je me retrouve aussi sans peine dans sa petite loge de théâtre, à Moscou, assis par terre, en train de jouer avec des bouts d'étoffe multico-lores, que j'essayais d'assortir harmonieusement :

mon premier effort d'expression artistique. Je me souviens même du nom de la pièce qu'elle interprétait alors : *Le Chien du jardinier*. Mes premiers souvenirs d'enfant sont un décor de théâtre, une délicieuse odeur de bois et de peinture, une scène vide, où je m'aventure prudemment dans une fausse forêt et me fige de terreur en découvrant soudain devant moi une salle immense, béante et noire ; je revois encore des visages grimés, étrangement beiges, aux yeux cerclés de blanc et de noir, qui se penchent sur moi et me sourient ; des hommes et des femmes bizarrement vêtus qui me tiennent sur les genoux, pendant que ma mère est en scène ; je me souviens encore d'un matelot soviétique qui me soulève et m'installe sur ses épaules, pour me permettre de voir ma mère interprétant le personnage de Rosa, dans *Le Naufrage de l'espoir*. Je me souviens même de son nom de théâtre, ce furent les premiers mots russes que j'appris à lire moi-même et ils étaient écrits sur la porte de sa loge : Nina Borisovskaia. Il semble donc bien que sa situation, dans le petit monde de théâtre russe, aux environs des années 1919-1920, était assez solidement établie. Ivan Mosjoukine, le grand acteur de cinéma, qui avait connu ma mère à l'époque de ses débuts artistiques, avait cependant toujours été assez évasif à ce sujet. Fixant sur moi ses yeux pâles sous des sourcils de Cagliostro, il me disait, à la terrasse de la « Grande Bleue », où il me faisait venir parfois, lorsqu'il tournait un film à Nice, pour voir « ce que je devenais » : « Votre mère aurait dû faire le Conservatoire ; malheureusement, les événements ne lui ont pas permis de développer son talent. Et puis, dès votre naissance, jeune homme, en dehors de son fils, rien ne l'intéressait vraiment. » Je savais aussi qu'elle était fille d'un horloger juif de la steppe russe, de Koursk, plus précisément ; qu'elle avait été très belle, qu'elle avait quitté sa famille à l'âge de seize ans ; qu'elle avait été mariée, divorcée, remariée, divorcée encore — et tout le reste, pour moi, était une joue contre la mienne, une voix mélodieuse, qui murmurait, parlait, chantait, riait — un rire insouciant, d'une gaieté étonnante, que je guette, j'attends, je cherche en vain, depuis, autour de moi ; un parfum de muguet, une chevelure sombre qui coule à flots sur mon visage et, murmurées à l'oreille, des histoires étranges d'un pays qui, un jour, allait être le mien. Conservatoire ou pas, elle devait cependant avoir du talent, parce qu'elle mettait à évoquer pour moi la France tout l'art des conteurs orientaux et une force de conviction dont je ne me suis jamais remis. Jusqu'à ce jour, il m'arrive d'*attendre* la France, ce pays intéressant, dont j'ai tellement entendu parler, que je n'ai pas connu et que je ne connaîtrai jamais — car la France que ma mère évoquait dans ses descriptions lyriques et inspirées depuis ma plus tendre enfance avait fini par devenir pour moi un mythe fabuleux, entièrement à l'abri de la réalité, une sorte de chef-d'œuvre poétique, qu'aucune expérience humaine ne pouvait atteindre ni révéler. Elle connaissait notre langue remarquablement — avec un fort accent russe, il est vrai, dont je garde la trace dans ma voix jusqu'à ce jour — elle n'avait jamais voulu m'expliquer où, comment, de qui, à quel moment de sa vie elle l'avait apprise. « J'ai été à Nice et à Paris » — c'était tout ce qu'elle avait consenti à me confier. Dans sa loge de théâtre glacée, dans l'appartement que nous partagions avec trois autres familles d'acteurs, où une jeune bonne, Aniela, prenait soin de moi et, plus tard, dans les wagons à bestiaux qui nous emportaient vers l'Ouest, avec le typhus pour compagnie, elle s'agenouillait devant moi, frottait mes doigts engourdis et continuait à me parler de la terre lointaine où les plus belles histoires du monde arrivaient vraiment ; tous les hommes étaient libres et égaux ; les artistes étaient reçus dans les meilleures familles ; Victor Hugo avait été Président de la République ; l'odeur du collier de camphre que je portais autour du cou, remède souverain, paraît-il, contre les poux typhiques, me piquait aux narines ; j'allais être un grand violoniste, un grand acteur, un grand poète ; le Gabriele d'Annunzio français, Nijinsky ; Émile Zola ; on nous gardait en quarantaine à Lida, à la frontière polonaise ; je marchais dans la neige, le long de la voie ferrée, une main dans celle de ma mère, tenant dans l'autre un pot de chambre dont je refusais de me séparer depuis Moscou et qui était devenu un ami : je m'attache très facilement ; on me rasait le crâne ; couchée sur une paillasse, le regard perdu dans le lointain, elle continuait à évoquer mon avenir radieux ; je luttais contre le sommeil et ouvrais des yeux tout grands pour essayer d'apercevoir ce qu'elle voyait ; le Chevalier Bayard ; la Dame aux Camélias ; on trouvait du beurre et du sucre dans tous les magasins ; Napoléon Bonaparte ; Sarah Bernhardt — je m'endormais enfin, la tête sur son épaule, le pot de chambre serré dans mes bras. Plus tard, beaucoup plus tard, après quinze ans de contact avec la réalité française, à Nice, où nous étions venus nous établir, le visage ridé, maintenant, et les cheveux tout blancs, vieillie, puisqu'il faut bien dire le mot, mais n'ayant rien appris, rien remarqué, elle continua à évoquer, avec le même sourire confiant, ce pays merveilleux qu'elle avait apporté avec elle dans son baluchon ; quant à moi, élevé dans ce musée imaginaire de toutes les noblesses et de toutes les vertus, mais n'ayant pas le don extraordinaire de ma mère de ne voir partout que les couleurs de son propre cœur, je passai d'abord mon temps à regarder autour de moi avec stupeur et à me frotter les yeux, et ensuite, l'âge d'homme venu, à livrer à la réalité un combat homérique et désespéré, pour redresser le monde et le faire coïncider avec le rêve naïf qui habitait celle que j'aimais si tendrement.

Oui, ma mère avait du talent — et je ne m'en suis jamais remis.

D'un autre côté, le sinistre Agroff, usurier, boulevard Gambetta, un répugnant factotum d'Odessa, déteint, graisseux, flasque, m'avait dit un jour, s'étant vu refuser les dix pour cent d'intérêt mensuel de la somme qu'il nous avait prêtée pour l'achat d'une « participation » dans un taxi Renault : « Ta mère fait la grande dame, mais quand je l'ai connue, elle chantait dans les beuglants, dans les caf'conc' pour soldats. Son langage vient de là. Je ne me sens pas insulté. Une femme comme ça ne peut pas insulter un honorable commerçant. »

N'ayant, à cette époque, que quatorze ans, et ne pouvant guère encore subvenir aux besoins de ma mère, ce qui était mon plus cher désir, je me soulageai en donnant à l'honorable commerçant une très belle paire de claques, la première que j'assenais dans une longue et brillante carrière de distributeur de paires de claques qui devait bientôt me rendre célèbre dans le quartier. À partir de ce jour, en effet, ma mère, éblouie par cet exploit, prit l'habitude de venir se plaindre à moi chaque fois qu'à tort ou à raison, elle se sentait insultée, concluant invariablement sa version, pas toujours exacte, de l'incident, par ce refrain : « Il croit que je n'ai personne pour me défendre, qu'on peut m'insulter impunément. Comme il se trompe ! Va lui donner une paire de gifles. » Je savais que, neuf fois sur dix, l'insulte était imaginaire, que ma mère voyait des insultes partout, qu'elle était parfois la première à injurier les gens sans raison, sous l'effet de ses nerfs surmenés. Mais je ne me suis jamais dérobé. J'avais horreur de ces scènes, ces éclats continuels m'étaient insupportables, odieux, mais je m'exécutais. Il y avait quatorze ans, déjà, que ma mère vivait et luttait seule, et rien ne l'enchantait plus que de se sentir « protégée », de sentir une présence virile à ses côtés. Je prenais donc mon courage à deux mains, j'étouffais ma honte et j'allais trouver quelque malheureux diamantaire, boucher, marchand de tabac, antiquaire, qui m'était ainsi désigné. L'intéressé voyait alors entrer dans sa boutique un garçon frémissant, qui se plantait devant lui, les poings serrés, et lui disait d'une voix tremblante d'indignation — une indignation qui allait avant tout à la manifestation de mauvais goût à laquelle sa piété filiale l'obligeait à se livrer : « Monsieur, vous avez insulté ma mère, tenez ! » Là-dessus, je donnais une gifle au malheureux. J'acquis ainsi, très tôt, une réputation de voyou dans les environs du boulevard Gambetta, et personne n'imaginait quelle horreur j'avais moi-même de ces scènes, combien j'en souffrais et combien elles m'humiliaient. Une ou deux fois, sachant l'accusation de ma mère entièrement injustifiée, je tentai de protester, mais alors, la vieille dame s'asseyait devant moi, comme si ses jambes se fussent soudain dérobées sous elle devant une telle ingratitude, ses yeux s'emplissaient de larmes, et elle restait là, à me regarder avec stupeur, dans une sorte d'abandon total des forces et du courage.

Je me levais alors silencieusement et allais me battre. Je n'ai jamais pu supporter la vue d'une créature en proie à ce que je ne peux décrire autrement que comme une sorte d'incompréhension lucide de sa condition. Je n'ai jamais pu tolérer le spectacle d'un être abandonné, homme ou bête et, dans ses attitudes, ma mère avait le don intolérable d'incarner tout ce qu'il peut y avoir de tragiquement muet dans les deux. Si bien qu'Agroff avait à peine fini de parler qu'il recevait une gifle, ce à quoi il répondit simplement : « Voyou. Ça ne m'étonne pas de la part du rejeton d'une saltimbanque et d'un aventurier. » C'est ainsi que je fus brusquement éclairé sur mes intéressantes origines, ce qui ne me fit du reste aucun effet, car je n'attachais nulle importance à ce que je pouvais bien être ou ne pas être d'une manière provisoire et transitoire, puisque je me savais promis à des sommets vertigineux, d'où j'allais faire pleuvoir sur ma mère mes lauriers, en guise de réparation. Car j'ai toujours su que je n'avais pas d'autre mission ; que je n'existais, en quelque sorte, que par procuration ; que la force mystérieuse mais juste qui préside au destin des hommes m'avait jeté dans le plateau de la balance pour rétablir l'équilibre d'une vie de sacrifices et d'abnégation. Je croyais à une logique secrète et souriante, dissimulée aux recoins les plus ténébreux de la vie. Je croyais à l'honorabilité du monde. Je ne pouvais voir le visage désemparé de ma mère sans sentir grandir dans ma poitrine une extraordinaire confiance dans mon destin. Aux heures les plus dures de la guerre, j'ai toujours fait face au danger avec un sentiment d'invincibilité. Rien ne pouvait m'arriver, puisque j'étais son *happy end*. Dans ce système de poids et mesures que l'homme cherche désespérément à imposer à l'univers, je me suis toujours vu comme *sa* victoire.

Cette conviction ne m'était pas venue toute seule. Sans doute ne faisait-elle que refléter la foi que ma mère, dès sa naissance, avait placée en celui qui était devenu sa seule raison de vivre et d'espérer. J'avais huit ans, je crois, lorsque la vision grandiose qu'elle avait de mon avenir donna lieu à une scène dont le comique et l'horreur sont demeurés à jamais présents dans ma mémoire.

CHAPITRE VI

Nous étions alors installés provisoirement à Wilno, en Pologne, « de passage », ainsi que ma mère aimait à le souligner, en attendant d'aller nous fixer en France, où je devais « grandir, étudier, devenir quelqu'un ». Elle gagnait notre vie en façonnant, avec l'aide d'une ouvrière, des chapeaux pour dames, dans notre appartement transformé en « grand salon de modes de Paris ». Un jeu habile d'étiquettes falsifiées faisait croire aux clientes que les chapeaux étaient l'œuvre d'un couturier parisien célèbre de l'époque, Paul Poiret. Inlassablement, elle allait de maison en maison avec ses cartons, une femme encore jeune, aux grands yeux verts, au visage illuminé par une volonté maternelle indomptable et qu'aucun doute ne pouvait ni effleurer ni, encore moins, entamer. Je restais à la maison avec Aniela, qui nous avait suivis lors de notre départ de Moscou, un an auparavant. Nous étions alors dans une situation matérielle déplorable, les derniers « bijoux de famille » — les vrais, cette fois — avaient été depuis longtemps vendus, et il faisait terriblement froid, à Wilno, où la neige montait lentement du sol, le long des murs sales et gris. Les chapeaux se vendaient assez mal. Lorsque ma mère revenait de ses courses, le propriétaire de l'immeuble l'attendait parfois dans l'escalier, pour lui annoncer qu'il allait nous jeter dans la rue, si le loyer n'était pas payé dans les vingt-quatre heures. Le loyer, en général, était payé dans les vingt-quatre heures. Comment, je ne le saurai jamais. Tout ce que je sais, c'est que le loyer était toujours payé, le poêle allumé et ma mère m'embrassait et me regardait avec cette flamme de fierté et de triomphe dans les yeux dont je me souviens si bien. Nous étions alors vraiment au fond du trou — je ne dis pas de l'« abîme », parce que j'ai appris, depuis, que l'abîme n'a pas de fond, et que nous pouvons tous y battre des records de profondeur sans jamais épuiser les possibilités de cette intéressante institution. Ma mère revenait de ses périples à travers la ville enneigée, posait ses cartons à chapeaux dans un coin, s'asseyait, allumait une cigarette et me regardait avec un sourire radieux.

— Qu'est-ce qu'il y a, maman ?

— Rien. Viens m'embrasser.

J'allais l'embrasser. Ses joues sentaient le froid. Elle me tenait contre elle, fixant, par-dessus mon épaule, quelque chose de lointain, avec un air émerveillé. Puis elle disait :

— Tu seras ambassadeur de France.

Je ne savais pas du tout ce que c'était, mais j'étais d'accord. Je n'avais que huit ans, mais ma décision était déjà prise : tout ce que ma mère voulait, j'allais le lui donner.

— Bien, disais-je, nonchalamment.

Aniela, assise près du poêle, me regardait avec respect. Ma mère essuyait des larmes de bonheur. Elle me serrait dans ses bras.

— Tu auras une voiture automobile.

Elle venait de parcourir la ville à pied, par dix degrés au-dessous de zéro.

— Il faut patienter un peu, voilà tout.

Le bois craquait dans le poêle de faïence. Dehors, la neige donnait au monde une étrange épaisseur et une dimension de silence, que la clochette d'un traîneau venait souligner parfois. Aniela, la tête penchée, était en train de coudre une étiquette « Paul Poiret, Paris » sur le dernier chapeau de la journée. Le visage de ma mère était à présent heureux et apaisé, sans trace de souci. Les marques de fatigue avaient elles-mêmes disparu ; son regard errait dans un pays merveilleux et, malgré moi, je tournais la tête dans sa direction pour chercher à apercevoir cette terre de la justice rendue et des mères récompensées. Ma mère me parlait de la France comme d'autres mères parlent de Blanche-Neige et du Chat Botté et, malgré tous mes efforts, je n'ai jamais pu me débarrasser entièrement de cette image féerique d'une France de héros et de vertus exemplaires. Je suis probablement un des rares hommes au monde restés fidèles à un conte de nourrice.

Malheureusement, ma mère n'était pas femme à garder pour elle ce rêve consolant qui l'habitait. Tout, chez elle, était immédiatement extériorisé, proclamé, déclamé, claironné, projeté au-dehors, avec, en général, accompagnement de lave et de cendre.

Nous avions des voisins et ces voisins n'aimaient pas ma mère. La petite bourgeoisie de Wilno n'avait rien à envier à celle d'ailleurs, et les allées et venues de cette étrangère avec ses valises et ses cartons, jugées mystérieuses et louches, eurent vite fait d'être signalées à la police polonaise, très soupçonneuse, à cette époque, à l'égard des Russes réfugiés. Ma mère fut accusée de recel d'objets volés. Elle n'eut aucune peine à confondre ses détracteurs, mais la honte, le chagrin, l'indignation, comme toujours, chez elle, prirent une forme violemment agressive. Après avoir sangloté quelques heures, parmi ses chapeaux bouleversés — les chapeaux de femmes sont restés jusqu'à ce jour une de mes petites phobies — elle me prit par la main et, après m'avoir annoncé qu'« Ils ne savent pas à qui ils ont affaire », elle me traîna hors de l'appartement, dans l'escalier. Ce qui suivit fut pour moi un des moments les plus pénibles de mon existence — et j'en ai connu quelques-uns.

Ma mère allait de porte en porte, sonnant, frappant et invitant tous les locataires à sortir sur le palier. Les premières insultes à peine échangées — là, ma mère avait toujours et incontestablement le dessus — elle m'attira contre elle et, me désignant à l'assistance, elle annonça, hautement et fièrement, d'une voix qui retentit encore en ce moment à mes oreilles :

— Sales petites punaises bourgeoises ! Vous ne savez pas à qui vous avez l'honneur de parler ! Mon fils sera ambassadeur de France, chevalier de la Légion d'honneur, grand auteur dramatique, Ibsen, Gabriele d'Annunzio ! Il...

Elle chercha quelque chose de tout à fait écrasant, une démonstration suprême et définitive de réussite terrestre :

— Il s'habillera à Londres !

J'entends encore le bon gros rire des « punaises bourgeoises » à mes oreilles. Je rougis encore, en écrivant ces lignes. Je les entends clairement et je vois les visages moqueurs, haineux, méprisants — je les vois sans haine : ce sont des visages humains, on connaît ça. Il vaut peut-être mieux dire tout de suite, pour la clarté de ce récit, que je suis aujourd'hui Consul Général de France, compagnon de la Libération, officier de la Légion d'honneur et que si je ne suis devenu ni Ibsen, ni d'Annunzio, ce n'est pas faute d'avoir essayé.

Et qu'on ne s'y trompe pas : je m'habille à Londres. J'ai horreur de la coupe anglaise, mais je n'ai pas le choix.

Je crois qu'aucun événement n'a joué un rôle plus important dans ma vie que cet éclat de rire qui vint se jeter sur moi, dans l'escalier d'un vieil immeuble de Wilno, au n° 16 de la Grande-Pohulanka. Je lui dois ce que je suis : pour le meilleur comme pour le pire, ce rire est devenu moi.

Ma mère se tenait debout sous la bourrasque, la tête haute, me serrant contre elle. Il n'y avait en elle nulle trace de gêne ou d'humiliation. Elle *savait*.

Ma vie, au cours des quelques semaines qui suivirent, ne fut pas agréable. J'avais beau n'avoir que huit ans, mon sens du ridicule était très développé — et ma mère y était pour quelque chose, naturellement. Je m'y suis fait peu à peu. J'ai appris lentement, mais sûrement, à perdre le pantalon en public sans me sentir le moins du monde gêné. Cela fait partie de l'éducation de tout homme de bonne volonté. Il y a longtemps que je ne crains plus le ridicule ; je sais aujourd'hui que l'homme est quelque chose qui ne peut pas être ridiculisé.

Mais durant ces quelques minutes que nous demeurâmes sur le palier, sous les quolibets, les sarcasmes et les insultes, ma poitrine se transforma en une cage d'où un animal pris de honte et de panique cherchait désespérément à s'arracher.

Il y avait, alors, dans la cour de l'immeuble, un dépôt de bois, et ma cachette favorite se trouvait au centre de cet entassement de bûches ; je me sentais merveilleusement en sécurité lorsque, après des acrobaties expertes — les bûches s'élevaient à une hauteur de deux étages — je parvenais à m'y glisser, protégé de tous côtés par des murs de bois humide et parfumé. J'y passais de longues heures, avec mes jouets favoris, entièrement heureux et inaccessible. Les parents interdisaient à leurs enfants de s'approcher de cet édifice fragile et menaçant : un fagot déplacé, une poussée malencontreuse risquaient de tout faire crouler et de vous enterrer. J'avais acquis une grande agilité à me faufiler à travers les étroits corridors de cet univers où je régnais en maître absolu, où le moindre faux pas risquait de provoquer une avalanche, mais où je me sentais chez moi. En déplaçant savamment les bûches, je m'étais aménagé des galeries et des passages secrets, des tanières, tout un monde sûr et amical, si différent de l'autre, où je me glissais comme un furet, et où je demeurais tapi, malgré l'humidité qui mouillait peu à peu le fond de ma culotte et me glaçait le dos. Je savais exactement quelles pièces il fallait retirer pour m'ouvrir un passage, et je les replaçais toujours soigneusement derrière moi pour augmenter encore mon sentiment d'inaccessibilité.

Ce fut donc vers mon domaine de bois que je courus ce jour-là, dès que je pus le faire décemment, c'est-à-dire sans donner l'impression que j'abandonnais ma mère seule devant l'ennemi — nous demeurâmes jusqu'au bout sur le terrain et le quittâmes les derniers.

En quelques mouvements experts, retrouvant mes galeries secrètes, remettant une à une les bûches sur mon passage, je fus au cœur de l'édifice, avec cinq ou six mètres d'épaisseur protectrice au-dessus de ma tête, et là, entouré de cette carapace, sûr enfin que personne ne me voyait, j'éclatai en sanglots. Je pleurai longuement. Après quoi, j'examinai attentivement les bûches au-dessus et autour de moi, afin de choisir exactement celles qu'il fallait retirer pour en finir une fois pour toutes, pour que ma forteresse de bois mort croulât sur moi d'un seul coup et me délivrât de la vie. Je les touchai une à une avec gratitude. Je me souviens encore de leur contact amical et rassurant, et de mon nez humide et de la tranquillité qui s'était soudain faite en moi à l'idée que je n'allais plus jamais être humilié, ni malheureux. Le mouvement devait consister à pousser les bûches à la fois avec mes jambes et avec mon dos.

Je me mis en position.

Puis je me rappelai que j'avais dans ma poche un morceau de gâteau au pavot que j'avais volé le matin dans l'arrière-boutique d'une pâtisserie située dans l'immeuble, et que le pâtissier laissait sans surveillance lorsqu'il avait des clients. Je mangeai le gâteau. Je me remis ensuite en position et, avec un gros soupir, me préparai à pousser.

Je fus sauvé par un chat.

Son museau apparut brusquement devant moi entre les bûches, et nous nous regardâmes un instant avec étonnement. C'était un incroyable matou pelé, galeux, couleur de marmelade d'oranges, aux oreilles en lambeaux et avec une de ces mines moustachues, patibulaires et renseignées que les vieux matous finissent par acquérir à force d'expériences riches et variées.

Il me regarda attentivement, après quoi, sans hésiter, il se mit à me lécher la figure.

Je n'avais aucune illusion sur les mobiles de cette soudaine affection. J'avais encore des parcelles de gâteau au pavot répandues sur mes joues et mon menton, collées par mes larmes. Ces caresses étaient strictement intéressées. Mais cela m'était égal. La sensation de cette langue râpeuse et chaude sur mon visage me fit sourire de délice — je fermai les yeux et me laissai faire — pas plus à ce moment-là que plus tard, au cours de mon existence, je n'ai cherché à savoir ce qu'il y avait, exactement, derrière les marques d'affection qu'on me prodiguait. Ce qui comptait, c'est qu'il y avait là un museau amical et une langue chaude et appliquée qui allait et venait sur ma figure avec toutes les apparences de la tendresse et de la compassion. Il ne m'en faut pas davantage pour être heureux.

Lorsque le matou eut fini ses épanchements, je me sentis beaucoup mieux. Le monde offrait encore des possibilités et des amitiés qu'il n'était pas possible de négliger. Le chat se frottait à présent contre mon visage, en ronronnant. J'essayai d'imiter son ronron, et nous eûmes une pinte de bon temps, en ronronnant, tous les deux, à qui mieux mieux. Je ramassai les miettes du gâteau au fond de ma poche et les lui offris. Il se montra intéressé et s'appuya contre mon nez, la queue raide. Il me mordit l'oreille. Bref, la vie valait à nouveau la peine d'être vécue. Cinq minutes plus tard, je grimpais hors de mon édifice de bois et me dirigeais vers la maison, les mains dans les poches, en sifflotant, le chat sur mes talons.

J'ai toujours pensé depuis qu'il vaut mieux avoir quelques miettes de gâteau sur soi, dans la vie, si on veut être aimé d'une manière vraiment désintéressée.

Il va sans dire que les mots *frantzuski poslannik* — ambassadeur de France — me suivirent partout pendant de longs mois et lorsque le pâtissier Michka me surprit enfin en train de m'esquiver, sur la pointe des pieds, un énorme morceau de gâteau au pavot à la main, toute la cour fut invitée à constater que l'immunité diplomatique ne s'étendait pas à une certaine partie bien connue de mon individu.

CHAPITRE VII

La dramatique révélation de ma grandeur future, faite par ma mère aux locataires du n° 16 de la Grande-Pohulanka, n'eut pas sur tous les spectateurs le même effet désopilant.

Il y avait parmi eux un certain M. Piekielny — ce qui, en polonais, veut dire « Infernal ». Je ne sais dans quelles circonstances les ancêtres de cet excellent homme avaient acquis ce nom peu ordinaire, mais jamais un nom n'alla plus mal à celui qui en fut affublé. M. Piekielny ressemblait à une souris triste, méticuleusement propre de sa personne et préoccupée ; il avait l'air aussi discret, effacé, et pour tout dire absent, que peut l'être un homme obligé malgré tout, par la force des choses, à se détacher, ne fût-ce qu'à peine, au-dessus de la terre. C'était une nature impressionnable, et l'assurance totale avec laquelle ma mère avait lancé sa prophétie, en posant une main sur ma tête, dans le plus pur style biblique, l'avait profondément troublé. Chaque fois qu'il me croisait dans l'escalier, il s'arrêtait et me contemplait gravement, respectueusement. Une ou deux fois, il se risqua à me tapoter la joue. Puis il m'offrit deux douzaines de soldats de plomb et une forteresse en carton. Il m'invita même dans son appartement et me combla de bonbons et de rahat-loukoums. Pendant que je m'empiffrais — on ne sait jamais de quoi demain sera fait — le petit homme demeurait assis en face de moi, caressant sa barbiche roussie par le tabac. Et puis un jour, enfin, vint la pathétique requête, le cri du cœur, l'aveu d'une ambition dévorante et démesurée que cette gentille souris humaine cachait sous son gilet.

— Quand tu seras...

Il regarda autour de lui avec un peu de gêne, conscient sans doute de sa naïveté, mais incapable de se dominer.

— Quand tu seras... tout ce que ta mère a dit.

Je l'observais attentivement. La boîte de rahat-loukoums était à peine entamée. Je devinais instinctivement que je n'y avais droit qu'en raison de l'avenir éblouissant que ma mère m'avait prédit.

— Je seraï ambassadeur de France, dis-je, avec aplomb.

— Prends encore un rahat-loukoum, dit M. Piekielny, en poussant la boîte de mon côté.

Je me servis. Il toussa légèrement.

— Les mères sentent ces choses-là, dit-il. Peut-être deviendras-tu vraiment quelqu'un d'important. Peut-être même écriras-tu dans les journaux, ou des livres...

Il se pencha vers moi et me mit une main sur le genou. Il baissa la voix.

— Eh bien ! quand tu rencontreras de grands

personnages, des hommes importants, promets-moi de leur dire...

Une flamme d'ambition insensée brilla soudain dans les yeux de la souris.

— Promets-moi de leur dire : au n° 16 de la rue Grande-Pohulanka, à Wilno, habitait M. Piekielny...

Son regard était plongé dans le mien avec une muette supplication. Sa main était posée sur mon genou. Je mangeais mon rahat-lokoum, en le fixant gravement.

À la fin de la guerre, en Angleterre, où j'étais venu continuer la lutte quatre ans auparavant, Sa Majesté la Reine Elizabeth, mère de la souveraine actuelle, passait mon escadrille en revue sur le terrain de Hartford Bridge. J'étais figé au garde-à-vous avec mon équipage, à côté de mon avion. La reine s'arrêta devant moi et, avec ce bon sourire qui l'avait rendue si justement populaire, me demanda de quelle région de la France j'étais originaire. Je répondis, avec tact, « de Nice », afin de ne pas compliquer les choses pour Sa Gracieuse Majesté. Et puis... Ce fut plus fort que moi. Je crus presque voir le petit homme s'agiter et gesticuler, frapper du pied et s'arracher les poils de sa barbiche, essayant de se rappeler à mon attention. Je tentai de me retenir, mais les mots montèrent tout seuls à mes lèvres et, décidé à réaliser le rêve fou d'une souris, j'annonçai à la reine, à haute et intelligible voix :

— Au n° 16 de la rue Grande-Pohulanka, à Wilno, habitait un certain M. Piekielny...

Sa Majesté inclina gracieusement la tête et

continua la revue. Le commandant de l'escadrille « Lorraine », mon cher Henri de Rancourt, me jeta au passage un regard venimeux.

Mais quoi : j'avais gagné mon rahat-lokoum.

Aujourd'hui, la gentille souris de Wilno a depuis longtemps terminé sa minuscule existence dans les fours crématoires des nazis, en compagnie de quelques autres millions de Juifs d'Europe.

Je continue cependant à m'acquitter scrupuleusement de ma promesse, au gré de mes rencontres avec les grands de ce monde. Des estrades de l'ONU à l'Ambassade de Londres, du Palais Fédéral de Berne à l'Élysée, devant Charles de Gaulle et Vichinsky, devant les hauts dignitaires et les bâtisseurs pour mille ans, je n'ai jamais manqué de mentionner l'existence du petit homme et j'ai même eu la joie de pouvoir annoncer plus d'une fois, sur les vastes réseaux de la télévision américaine, devant des dizaines de millions de spectateurs, qu'au n° 16 de la rue Grande-Pohulanka, à Wilno, habitait un certain M. Piekielny, Dieu ait son âme.

Mais enfin, ce qui est fait est fait, et les os du petit homme, transformés à la sortie du four en savon, ont depuis longtemps servi à satisfaire les besoins de propreté des nazis.

J'aime toujours autant le rahat-lokoum. Cependant, ma mère n'ayant jamais cessé de me voir autrement que comme un mélange de Lord Byron, Garibaldi, d'Annunzio, d'Artagnan, Robin Hood et Richard Cœur de Lion, je suis à présent obligé de faire très attention à ma ligne. Je n'ai pas pu accomplir toutes les prouesses qu'elle attendait de moi, mais j'ai tout de même réussi à ne pas trop prendre de ventre. Tous les jours, je me livre à des exercices d'assouplissement et deux fois par semaine, je fais de la course à pied. Je cours, je cours, oh, comme je cours ! Je fais également de l'escrime, du tir à l'arc et au pistolet, du saut en hauteur, du saut de carpe, des poids et haltères, et je sais encore jongler avec trois balles. Évidemment, dans votre quarante-cinquième année, il est un peu naïf de croire à tout ce que votre mère vous a dit, mais je ne peux pas m'en empêcher. Je n'ai pas réussi à redresser le monde, à vaincre la bêtise et la méchanceté, à rendre la dignité et la justice aux hommes, mais j'ai tout de même gagné le tournoi de ping-pong à Nice, en 1932, et je fais encore, chaque matin, mes douze tractions, couché, alors, il n'y a pas lieu de se décourager.

CHAPITRE VIII

À peu près à la même époque, nos affaires prirent meilleure tournure. Les « modèles de Paris » eurent beaucoup de succès et bientôt une nouvelle ouvrière fut engagée pour faire face à la demande. Ma mère ne passait plus son temps à courir de porte en porte : la clientèle affluait à présent dans nos salons. Le jour vint où elle put annoncer dans les journaux que, désormais, sa maison, « par arrangement spécial avec M. Paul Poiret » allait assurer la représentation exclusive, « sous la supervision personnelle du maître », non seulement de chapeaux, mais encore de robes. Une plaque fut clouée à l'entrée, avec les mots « Maison Nouvelle, Haute Couture de Paris », gravés en français, en lettres d'or. Ma mère ne faisait jamais les choses à demi. À ce début de réussite, il manquait un élément de transcendance, de merveilleux, un *deus ex machina* qui viendrait transformer notre premier succès en une victoire définitive et écrasante sur l'adversité. Assise sur le petit divan rose du salon, les jambes croisées, une cigarette oubliée aux lèvres, son regard inspiré suivait dans l'espace un projet hardi, cependant que son visage prenait peu à peu cette expression que je commençais à connaître si bien, un mélange de ruse, de triomphe et de naïveté. J'étais tapi dans un fauteuil en face d'elle, mon gâteau au pavot à la main, légitimement acquis, cette fois. Parfois, je tournais la tête dans la direction de son regard, mais je ne voyais jamais rien. Le spectacle de ma mère faisant des projets était pour moi quelque chose de fabuleux et de bouleversant. J'en oubliais mon gâteau et je restais là, bouche bée, débordant de fierté et d'admiration.

Je dois dire que, même dans une petite ville comme Wilno, dans cette province ni lituanienne, ni polonaise, ni russe, où les photographies de presse n'existaient pas encore, la ruse que ma mère imagina était singulièrement osée et eût fort bien pu nous expédier une fois de plus sur la grand-route, avec notre baluchon.

Bientôt, en effet, un faire-part informait « la société élégante » de Wilno, que M. Paul Poiret lui-même, venu tout spécialement de Paris, allait inaugurer les salons de « Haute Couture Maison Nouvelle », 16, rue de la Grande-Pohulanka, à quatre heures de l'après-midi.

Ainsi que je l'ai dit, ma mère, lorsqu'elle avait pris une décision, allait toujours jusqu'au bout, et même un peu plus loin. Le jour convenu, alors qu'une foule de belles dames grasses se pressait dans l'appartement, elle n'annonça pas que « Paul Poiret, empêché, nous prie de l'excuser ». Ce genre de petite habileté n'était pas dans sa nature. Décidée à frapper un grand coup, elle produisit M. Paul Poiret en personne.

Au temps de sa « carrière théâtrale », en Russie, elle avait connu un acteur-chanteur français, un de ces éternels errants des tournées périphériques, sans talent et sans espoir, un dénommé Alex Gubernatis. Il végétait alors vaguement à Varsovie, où il était devenu perruquier de théâtre, après avoir resserré de plusieurs crans la ceinture de ses ambitions, en passant d'une bouteille de cognac par jour à une bouteille de vodka. Ma mère lui envoya un billet de chemin de fer et, huit jours plus tard, Alex Gubernatis incarnait dans les salons de « Maison Nouvelle », le grand maître de la Haute Couture parisienne, Paul Poiret. Il donna à cette occasion le meilleur de lui-même. Vêtu d'une incroyable pèlerine écossaise, d'un pantalon à petits carreaux affreusement collant qui révélait, lorsqu'il se courbait pour baiser la main de ces dames, une petite paire de fesses pointues, une cravate Lavallière nouée sous une pomme d'Adam démesurée, il allongeait, vautré dans un fauteuil, des jambes interminables sur le parquet fraîchement ciré, un verre de mousseux à la main, évoquant d'une voix de fausset les grandeurs et ivresses de la vie parisienne, citant les noms des gloires depuis vingt ans disparues de la scène, passant de temps en temps dans sa moumoute des doigts inspirés, comme une sorte de Paganini du cheveu. Malheureusement, vers la fin de l'après-midi, le mousseux faisant son œuvre, ayant réclamé le silence, il commença par réciter à l'assistance le deuxième acte de *L'Aiglon*, après quoi, la nature reprenant le dessus, il se mit à glapir d'une voix affreusement enjouée des fragments

de son répertoire de caf'conc', dont le refrain intéressant et quelque peu énigmatique est resté dans
ma mémoire : « Ah ! Tu l'as voulu, tu l'as voulu, tu
l'as voulu — Tu l'as bien eu, ma Pomponnette ! »,
ponctué d'un claquement du talon et de ses doigts
osseux, et d'un clin d'œil particulièrement fripon
adressé à la femme du chef de l'orchestre municipal. À ce moment-là, ma mère jugea plus prudent de l'emmener dans la chambre d'Aniela où il
fut allongé sur le lit et enfermé à double tour ; le
soir même, avec sa pèlerine écossaise et son âme
d'artiste bafoué, il reprenait le train pour Varsovie, protestant avec véhémence contre une telle
ingratitude et une telle incompréhension des dons
dont le ciel l'avait comblé.

Vêtu d'un costume de velours noir, j'assistais
à l'inauguration ; je ne quittais pas des yeux le
superbe M. Gubernatis et, quelque vingt-cinq ans
après, je m'en inspirai pour le personnage de Sacha
Darlington, dans mon roman *Le Grand Vestiaire*.

Je ne crois pas que cette petite supercherie ait
eu des motifs uniquement publicitaires. Ma mère
avait besoin de merveilleux. Elle rêva toute sa vie
de quelque démonstration souveraine et absolue,
d'un coup de baguette magique, qui confondrait
les incrédules et les narquois, et viendrait faire
régner partout la justice sur les humbles et les
démunis. Lorsqu'elle demeurait, au cours des
semaines qui précédèrent l'inauguration de nos
salons, le regard perdu dans l'espace, le visage inspiré et ébloui, je sais bien, aujourd'hui, ce qu'elle
voyait : elle voyait M. Paul Poiret faire son apparition devant sa clientèle réunie, lever la main,

réclamer le silence, et désignant ma mère à l'assistance, vanter longuement le goût, le talent et l'inspiration artistique de son unique représentant à Wilno. Mais elle savait bien, malgré tout, que les miracles se produisent rarement et que le ciel a d'autres chats à fouetter. Alors, avec un de ses sourires un peu coupables, elle avait fabriqué le miracle de toutes pièces et forcé un peu la main au destin — on avouera cependant que le destin est plus coupable que ma mère et qu'il a bien davantage à se faire pardonner.

En tout cas, la supercherie ne fut, à ma connaissance, jamais éventée, et « Maison Nouvelle, grand salon de Haute Couture parisienne » fut lancée avec éclat. En quelques mois, toute la riche clientèle de la ville vint s'habiller chez nous. L'argent afflua dans nos caisses avec une abondance accrue. L'appartement fut redécoré ; des tapis moelleux couvrirent nos parquets, et je me gorgeai de rahat-lokoums, en regardant, assis sagement dans un fauteuil, les belles dames se déshabiller devant moi. Ma mère tenait beaucoup à ce que je fusse là, vêtu de velours et de soie ; j'étais exhibé à ces personnes, conduit à la fenêtre et invité à lever les yeux au ciel, pour que la clientèle pût admirer comme il convenait leur couleur bleue ; on me caressait la tête, on me demandait mon âge, on s'extasiait, pendant que je léchais le sucre sur le lokoum, observant avec intérêt toutes ces choses nouvelles pour moi dont le corps féminin était nanti.

Je me souviens encore d'une certaine chanteuse de l'Opéra de Wilno, dont le nom, ou le pseudonyme, était Mlle La Rare. Je devais avoir alors un peu plus de huit ans.

Ma mère et la modéliste étaient sorties du salon, en emportant « le modèle de Paris » pour opérer quelque suprême ajustement. Je demeurai seul avec Mlle La Rare, très déshabillée. Je la contemplai morceau par morceau, en léchant mon rahat-lokoum. Quelque chose, dans mon regard, avait dû paraître familier à Mlle La Rare, parce qu'elle saisit brusquement sa robe et s'en couvrit. Comme je continuais à la détailler, elle courut se réfugier derrière le miroir de la table de toilette. Je me sentis furieux et, faisant le tour de la table, je me plantai résolument devant Mlle La Rare, les jambes écartées, le ventre en avant et me mis à lécher mon lokoum rêveusement. Lorsque ma mère revint, elle nous trouva figés ainsi l'un devant l'autre, dans un silence glacé.

Je me souviens que ma mère, après m'avoir fait sortir du salon, me serra dans ses bras et m'embrassa avec une extraordinaire fierté, comme si j'avais enfin commencé à justifier les espoirs qu'elle avait placés en moi.

Malheureusement, l'entrée du salon me fut désormais interdite. Je me dis souvent qu'avec un peu d'habileté et un peu moins de franchise dans le regard j'aurais pu gagner encore au moins six mois.

CHAPITRE IX

Les fruits de notre prospérité se mirent à pleuvoir sur moi. J'eus une gouvernante française et je fus vêtu d'élégants costumes de velours spécialement coupés pour moi, avec des jabots de dentelle et de soie et, pour faire face aux intempéries, je fus affublé d'une surprenante pelisse d'écureuil dont les centaines de petites queues grises, tournées vers l'extérieur, provoquaient l'hilarité des passants. On me donna des leçons de maintien. On m'apprit à baiser la main des dames, à les saluer en faisant une sorte de plongeon en avant et en ramenant en même temps un pied contre l'autre, et à leur offrir des fleurs : sur ces deux points, le baise-main et les fleurs, ma mère était particulièrement intraitable.

— Tu n'arriveras à rien sans cela, me disait-elle, assez mystérieusement.

Une ou deux fois par semaine, lorsque quelques clientes de marque visitaient nos salons, ma gouvernante, après m'avoir brossé, pommadé, relevé mes chaussettes et noué soigneusement l'énorme jabot de soie sous le menton, me faisait effectuer mon entrée dans le monde.

J'allais de dame en dame, faisant ma courbette, ramenant un pied contre l'autre, baisant les mains, levant les yeux le plus haut possible à la lumière, ainsi que ma mère me l'avait appris. Les dames s'extasiaient poliment, et celles qui savaient se montrer particulièrement enthousiastes dans leurs exclamations obtenaient en général un rabais considérable sur le prix du « dernier modèle de Paris ». Quant à moi, n'ayant déjà d'autre ambition que de faire plaisir à celle que j'aimais tant, je levais les yeux à la lumière à tout bout de champ, n'attendant même plus qu'on me le demandât — tout au plus me permettais-je, pour ma distraction personnelle, de remuer les oreilles, petit talent dont je venais d'apprendre le secret auprès de mes camarades de la cour. Après quoi, ayant à nouveau baisé la main de ces dames, fait mes courbettes, claqué les talons, je courais joyeusement derrière le dépôt de bois où, coiffé d'un tricorne de papier et armé d'un bâton, je défendais l'Alsace-Lorraine, marchais sur Berlin et accomplissais la conquête du monde jusqu'à l'heure du goûter.

Souvent, avant de m'endormir, je voyais ma mère entrer dans ma chambre. Elle se penchait sur moi et souriait tristement. Puis elle disait :

— Lève les yeux...

Je levais les yeux. Ma mère demeurait penchée sur moi un long moment. Puis elle m'entourait de ses bras et me serrait contre elle. Je sentais ses larmes sur mes joues. Je finis bien par me douter qu'il y avait là quelque chose de mystérieux et que ces larmes troublantes, ce n'était pas moi qui les inspirais. Un jour, je finis par interroger

Aniela là-dessus. Avec l'avènement de notre prospérité matérielle, Aniela avait été promue au rang
de « directrice du personnel » et généreusement
rétribuée. Elle détestait ma gouvernante, qui la
séparait de moi, et faisait tout ce qu'elle pouvait
pour rendre la vie impossible à la « mamzelle »,
ainsi qu'elle l'appelait. Un jour, donc, me jetant
dans ses bras, je lui demandai :

— Aniela, pourquoi maman pleure-t-elle en
regardant mes yeux ?

Aniela parut gênée. Elle était avec nous depuis
ma naissance et il y avait peu de choses qu'elle
ignorait.

— C'est à cause de leur couleur.

— Mais pourquoi ? Qu'est-ce qu'ils ont, mes yeux ?

Aniela poussa un gros soupir.

— Ils la font rêver, dit-elle évasivement.

Il me fallut plusieurs années pour m'orienter
dans cette réponse. Un jour, je compris. Ma mère
avait déjà soixante ans et moi vingt-quatre, mais
parfois son regard cherchait mes yeux avec une
tristesse infinie, et je savais bien que dans le soupir
qui soulevait alors sa poitrine, ce n'était pas de moi
qu'il s'agissait. Je la laissais faire. Dieu me pardonne, il m'est même arrivé, à l'âge d'homme, de
lever exprès les yeux vers la lumière, et de demeurer ainsi, pour l'aider à se souvenir : j'ai toujours
fait pour elle tout ce que j'ai pu.

Rien ne fut omis dans la formation que ma
mère entendait me donner pour faire de moi un
homme du monde. Elle me prodigua elle-même
des leçons de polka et de valse, les seules danses
qu'elle connaissait.

Après le départ des clientes, le salon était gaiement éclairé, le tapis roulé, un gramophone placé sur la table et ma mère s'asseyait dans un des fauteuils Louis XVI récemment acquis. Je m'approchais d'elle, je m'inclinais, je la prenais par la main et une-deux-trois ! une-deux-trois ! nous nous élancions sur le parquet, sous le regard désapprobateur d'Aniela.

— Tiens-toi droit ! Marque bien la mesure ! Lève un peu le menton et observe la dame fièrement en souriant d'un air charmé !

Je levais fièrement le menton, je souriais d'un air charmé et une ! deux-trois, une ! deux-trois — je sautillais sur le parquet miroitant. Ensuite, j'accompagnais ma mère jusqu'à son fauteuil, je lui baisais la main et m'inclinais devant elle, et ma mère me remerciait d'un mouvement de tête gracieux, en s'éventant. Elle soupirait et disait quelquefois avec conviction, en essayant de reprendre son souffle :

— Tu gagneras des prix au Concours Hippique.

Sans doute me voyait-elle en uniforme blanc d'officier de la Garde, sautant quelque obstacle sous les yeux éperdus d'amour d'Anna Karenine. Il y avait, dans ses élans d'imagination, quelque chose d'étonnamment démodé et d'un romanesque vieillot ; je crois qu'elle cherchait à recréer ainsi autour d'elle un monde qu'elle n'avait jamais connu autrement qu'à travers les romans russes antérieurs à 1900, date à laquelle la bonne littérature s'arrêtait pour elle.

Trois fois par semaine, ma mère me prenait par la main et me conduisait au manège du lieutenant

Sverdlovski, où j'étais initié par le lieutenant lui-même aux mystères de l'équitation, de l'escrime et du tir au pistolet. Le lieutenant était un homme grand et sec, d'aspect jeune, au visage osseux, armé d'une immense moustache blanche à la Lyautey. À huit ans, j'étais certainement son plus jeune élève et j'avais la plus grande peine à soulever l'immense pistolet qu'il me tendait. Après une demi-heure de fleuret, une demi-heure de tir, une demi-heure de cheval — gymnastique et exercices respiratoires. Ma mère restait assise dans un coin, fumant une cigarette, observant mes progrès avec satisfaction.

Le lieutenant Sverdlovski, qui parlait d'une voix sépulcrale et ne semblait pas connaître d'autre passion dans la vie que de « faire mouche » et de « viser au cœur », ainsi qu'il le disait, avait pour ma mère une admiration sans bornes. Notre arrivée créait toujours dans le stand un mouvement de sympathie. Je me plaçais devant la barrière en compagnie d'autres tireurs, officiers de réserve, généraux en retraite, jeunes gens élégants et désœuvrés, je mettais une main sur ma hanche, j'appuyais le lourd pistolet sur le bras du lieutenant, j'aspirais l'air, arrêtais mon souffle, tirais. Le carton était ensuite présenté à ma mère pour inspection. Elle regardait le petit trou, comparait le résultat à celui de la séance précédente et reniflait avec satisfaction. Après un tir particulièrement réussi, elle mettait le carton dans son sac et l'emportait à la maison. Souvent, elle me disait :

— Tu me défendras, n'est-ce pas ? Encore quelques années et...

Elle faisait un geste vague et large, un geste

russe. Quant au lieutenant Sverdlovski, il caressait ses longues moustaches raides, baisait la main de ma mère, claquait les talons, et disait :

— Nous ferons de lui un cavalier.

Il me donna lui-même des leçons d'escrime et me fit faire de longues marches à la campagne, sac au dos. On m'apprenait également le latin, l'allemand — l'anglais n'existait pas encore à l'époque ou, du moins, était considéré par ma mère comme une facilité commerciale à l'usage des gens de peu. J'apprenais aussi maintenant, avec une certaine Mlle Gladys, le shimmy et le fox-trot, et lorsque ma mère recevait, j'étais souvent tiré du lit, habillé, traîné dans le salon et invité à réciter des fables de La Fontaine, après quoi, ayant dûment levé les yeux vers le lustre, baisé la main de ces dames et fait claquer un pied contre l'autre, j'étais autorisé à me retirer. Avec un programme pareil, je n'avais pas le temps d'aller à l'école où, d'ailleurs, l'enseignement, ne se faisant pas en français, mais en polonais, était à nos yeux complètement dépourvu d'intérêt. Mais je prenais des leçons de calcul, d'histoire, de géographie et de littérature d'une succession de professeurs dont les noms et les visages ont laissé aussi peu de traces dans ma mémoire que les matières qu'ils étaient chargés de m'enseigner.

Il arrivait à ma mère de m'annoncer :

— Ce soir, nous allons au cinéma.

Et le soir, affublé de ma pelisse d'écureuil ou, si la saison était clémente, d'un imperméable blanc et d'une toque de matelot, je déambulais sur les trottoirs de bois de la ville, en offrant le bras à ma mère. Elle veillait farouchement à mes bonnes manières. Je devais toujours courir lui ouvrir la porte et la tenir ouverte pendant qu'elle passait. Une fois, à Varsovie, m'étant rappelé que les dames devaient toujours passer les premières, je m'effaçai galamment devant elle, en descendant d'un tramway. Ma mère me fit immédiatement une scène, devant les vingt personnes qui se bousculaient à l'arrêt : je fus informé que le cavalier doit descendre le premier et offrir ensuite la main à la dame pour l'aider. Quant au baise-main, encore aujourd'hui, je n'arrive pas à m'en débarrasser. Aux États-Unis, c'est pour moi une source continuelle de malentendus. Neuf fois sur dix, lorsque, après une petite lutte musculaire, je parviens à porter la main d'une Américaine à mes lèvres, elle me lance un *Thank you !* étonné, ou bien, prenant cela pour quelque marque d'attention très personnelle, elle m'arrache sa main avec inquiétude, ou, chose plus pénible encore, surtout lorsque la dame est mûre, m'adresse un petit sourire coquin. Allez donc leur expliquer que je fais simplement comme ma mère me l'a dit !

Je ne sais si c'est un de ces films que nous avons vus ensemble, ou l'attitude de ma mère après le spectacle qui m'a laissé un souvenir si étrange et indélébile. Je revois encore l'acteur principal, vêtu de l'uniforme noir des Tcherkesses et d'un bonnet de fourrure, me fixer de l'écran de son regard pâle sous des sourcils ouverts comme des ailes, cependant que le pianiste, dans la salle, jouait son petit air nostalgique et claudiquant. En sortant du cinéma, nous marchâmes en nous tenant par la main à travers la ville déserte. Parfois, je sentais les doigts de ma mère qui serraient les miens, presque douloureusement. Lorsque je me tournais alors vers elle, je voyais qu'elle pleurait. À la maison, m'ayant aidé à me déshabiller et après m'avoir bordé dans mon lit, elle me demanda :

— Lève les yeux.

Je levai les yeux vers la lampe. Elle demeura un long moment penchée sur moi, puis, avec un curieux sourire de triomphe, un sourire de victoire et de possession, elle m'attira à elle et me serra dans ses bras. Or, il advint que, quelque temps après notre visite au cinéma, un bal costumé fut donné pour les enfants de la bonne société de la ville. J'y fus invité, naturellement : ma mère régnait alors souverainement sur la mode locale et nous étions très recherchés. Dès que l'invitation nous parvint, l'atelier de couture fut entièrement voué à la préparation de mon costume.

J'ai à peine besoin de dire que j'allai au bal vêtu en officier des Tcherkesses, avec poignard, bonnet de fourrure, cartouchières et tout le tra la la.

CHAPITRE X

Un jour, un cadeau inattendu me parvint, apparemment tombé du ciel. C'était une bicyclette-bébé, juste ce qu'il fallait pour ma taille. Le nom du mystérieux donateur ne me fut pas révélé et toutes mes questions demeurèrent sans réponse. Aniela, après avoir longuement contemplé l'objet, me dit simplement, avec animosité :

— Ça vient de loin.

Ma mère et Aniela débattirent longuement le point de savoir s'il fallait accepter le cadeau ou le renvoyer à l'expéditeur. Je ne fus pas autorisé à assister au débat, mais, le cœur serré et suant d'appréhension à l'idée que l'engin merveilleux allait peut-être m'échapper, j'entrouvis la porte du salon et surpris quelques bribes d'un dialogue sibyllin :

— Nous n'avons plus besoin de lui.

C'était dit par Aniela, sévèrement. Ma mère pleurait dans un coin. Aniela surenchérit alors :

— Il se rappelle un peu tard notre existence.

Puis la voix de ma mère, étrangement suppliante — elle n'avait pas l'habitude de supplier — dit, presque timidement :

— C'est tout de même gentil de sa part.

Là-dessus, Aniela conclut :

— Il aurait pu se souvenir de nous plus tôt.

La seule chose qui m'intéressait à l'époque était de savoir si je pourrais garder ma bicyclette. Finalement, ma mère m'y autorisa. Et avec cette habitude qu'elle avait de me couvrir de « professeurs » — professeur de calligraphie — Dieu ait pitié de lui ! s'il pouvait voir mon écriture, le pauvre se dresserait sûrement dans son cercueil — professeur d'élocution, professeur de maintien — là non plus, je n'ai pas fait preuve de beaucoup d'aptitude, et tout ce que j'ai retenu de son enseignement, c'est qu'il ne faut pas écarter le petit doigt en tenant ma tasse de thé — professeur d'escrime, de tir, d'équitation, de gymnastique, de... Un père aurait fait beaucoup mieux l'affaire. Bref, ayant acquis une bicyclette, j'acquis aussitôt un professeur de bicyclette, et après quelques chutes et misères d'usage, on put me voir pédaler fièrement sur mon vélo miniature, sur les gros pavés de Wilno, à la suite d'un long jeune homme triste qui portait un chapeau de paille et qui était un « sportif » célèbre dans le quartier. Il m'était formellement interdit de rouler seul dans les rues.

Un beau matin, en revenant de ma promenade avec mon instructeur, je trouvai une petite foule réunie à l'entrée de notre immeuble, bavant d'admiration devant une immense automobile jaune décapotée, arrêtée devant la porte cochère. Un chauffeur en livrée se tenait au volant. Ma bouche s'ouvrit démesurément, mes yeux s'agrandirent, je demeurai figé sur place devant cette merveille. Les autos étaient encore assez rares dans les rues de Wilno, et celles qui y circulaient n'avaient qu'un très lointain rapport avec la création prodigieuse du génie humain que je voyais. Un petit camarade, fils du cordonnier, me glissa d'une voix respectueuse : « C'est chez vous. » Laissant là ma bicyclette, je courus me renseigner.

La porte me fut ouverte par Aniela et celle-ci, sans un mot d'explication, me saisit par la main et m'entraîna dans ma chambre. Là, elle se livra sur moi à des travaux de propreté prodigieux. L'atelier de couture vint à la rescousse et toutes les filles, Aniela dirigeant les opérations, se mirent à me frotter, savonner, laver, parfumer, habiller, déshabiller, rhabiller, chausser, coiffer et pommader avec un empressement dont je ne devais plus connaître d'égal et que j'attends pourtant toujours de ceux qui vivent avec moi. Souvent, en rentrant du bureau, j'allume un cigare, je m'assieds dans un fauteuil, et j'attends que quelqu'un vienne s'occuper de moi. J'attends en vain. J'ai beau me consoler en pensant qu'aucun trône n'est solide à l'époque actuelle, le petit prince en moi continue à s'étonner. Je finis par me lever et par aller prendre mon bain. Je suis obligé de me déchausser et de me déshabiller moi-même et il n'y a même plus personne pour me frotter le dos. Je suis un grand incompris.

Pendant une bonne demi-heure, Aniela, Maria, Stefka et Halinka s'affairèrent autour de moi. Ensuite, les oreilles écarlates et meurtries par les brosses, un immense nœud de soie blanche autour du cou, chemise blanche, pantalon bleu, souliers à rubans blancs et bleus, je fus introduit dans le salon.

Le visiteur était assis dans un fauteuil, les jambes allongées. Je fus frappé par son regard étrange, d'une clarté et d'une fixité légèrement inquiétantes et comme animales, sous des sourcils qui donnaient à ses yeux quelque chose d'ailé. Un sourire un peu ironique errait sur ses lèvres serrées. Je l'avais vu deux ou trois fois au cinéma et je le reconnus immédiatement. Il m'examina longuement, froidement, avec une sorte de curiosité détachée. J'étais très inquiet, mes oreilles sonnaient et brûlaient et l'odeur d'eau de Cologne dans laquelle je baignais me faisait éternuer. Je sentais confusément que quelque chose d'important était en train de se passer, mais je ne savais guère quoi. J'en étais encore à mes débuts d'homme du monde. Bref, complètement abruti et désorienté par les préparatifs qui avaient précédé mon entrée dans le salon, décontenancé par le regard fixe et le sourire énigmatique du visiteur et encore plus par le silence qui m'accueillit et l'attitude bizarre de ma mère, que je n'avais jamais vue aussi pâle, aussi tendue, le visage figé et semblable à un masque, je commis une gaffe irréparable. Comme un chien trop bien dressé qui ne peut plus s'arrêter de faire son numéro, je m'avançai vers la dame qui accompagnait l'étranger, je fis une courbette, claquai un pied contre l'autre, lui baisai la main, et ensuite, m'approchant du visiteur lui-même, je perdis complètement les pédales et baisai sa main également.

Le résultat de mon impair fut heureux. L'atmosphère de contrainte glacée qui régnait dans le salon disparut aussitôt. Ma mère me saisit dans ses bras. La belle dame rousse en robe couleur d'abricot vint m'embrasser à son tour. Et le visiteur me prit sur les genoux et, pendant que je sanglotais, conscient de la monstruosité de ma gaffe, il me proposa d'aller faire une promenade en automobile, ce qui eut pour effet de faire cesser mes larmes instantanément.

Je devais revoir Ivan Mosjoukine souvent, sur la Côte d'Azur, à la « Grande Bleue », où je venais boire un café avec lui. Il fut une vedette de cinéma célèbre jusqu'à l'avènement du parlant. À ce moment-là, son accent russe très fort et dont il n'essaya, du reste, jamais de se débarrasser, lui rendit la carrière très difficile et, peu à peu, le condamna à l'oubli. À plusieurs reprises, il m'aida à faire de la figuration dans ses films, pour la dernière fois, en 1935 ou 1936, dans une histoire de contrebandiers et de sous-marins, où il expirait, à la fin, dans un nuage de fumée, son bateau canonné et coulé par Harry Baur. Le film s'appelait *Nitchevo*. J'étais payé cinquante francs par jour : une fortune. Mon rôle consistait à m'appuyer au bastingage et à regarder la mer. Ce fut le plus beau rôle de ma vie.

Mosjoukine mourut peu de temps après la guerre, dans l'oubli et la gêne. Jusqu'à la fin, il conserva son regard étonnant et cette dignité physique qui lui était si personnelle, silencieuse, un peu hautaine, ironique et discrètement désabusée.

Je m'arrange parfois avec les cinémathèques pour revoir ses vieux films.

Il y joue toujours des rôles de héros romantique et de noble aventurier ; il sauve des empires, triomphe à l'épée et au pistolet ; caracole dans l'uniforme blanc d'officier de la Garde ; enlève à cheval de belles captives ; subit sans broncher la torture au service du Tsar ; les femmes meurent d'amour dans son sillage... J'en sors en frémissant à l'idée de tout ce que ma mère attendait de moi. Je continue d'ailleurs à faire un peu de culture physique, chaque matin, pour me maintenir dispos.

Le visiteur nous quitta le soir même, mais il eut à notre égard un geste généreux. Pendant huit jours, la Packard jaune canari et le chauffeur en livrée furent laissés à notre disposition. Il faisait très beau et il eût été agréable de quitter les lourds pavés de la ville pour aller nous promener dans la forêt lituanienne.

Mais ma mère n'était pas femme à perdre la tête et à se laisser griser par les effluves du printemps. Elle avait le sens de l'important, le goût de la revanche, et une volonté bien arrêtée de confondre ses ennemis. L'automobile fut donc utilisée dans ce dessein unique et exclusif. Tous les matins, vers onze heures, ma mère me faisait mettre mes plus beaux vêtements — elle-même s'habillait avec une discrétion exemplaire — le chauffeur ouvrait la portière, nous montions et, pendant deux heures, la voiture décapotée roulait lentement à travers la ville, nous conduisant dans tous les endroits publics fréquentés par la « bonne société » : au Café Rudnicki, au jardin botanique, et ma mère ne manquait jamais de saluer avec un sourire condescendant ceux qui l'avaient mal reçue, blessée ou traitée avec hauteur au temps où elle allait de maison en maison avec ses cartons sous le bras.

Aux enfants de huit ans qui seraient parvenus à

ce point de mon récit, et qui auraient vécu, comme moi, leur plus grand amour prématurément, je voudrais donner ici quelques conseils pratiques. Je suppose qu'ils souffrent tous du froid, comme moi, et qu'ils passent de longues heures au soleil, à essayer de retrouver quelque chose de la chaleur qu'ils ont connue. De longs séjours sous les tropiques sont aussi recommandés. Un bon feu de cheminée n'est pas à négliger et l'alcool peut être d'un certain secours. Je leur recommande également la solution d'un autre enfant de huit ans de mes amis, également fils unique, qui est ambassadeur de son pays quelque part dans le monde. Il s'est fait fabriquer un pyjama chauffé électriquement et il dort sous une couverture et sur un matelas électriquement chauffés. C'est à essayer. Je ne dis pas que cela vous fait oublier l'amour maternel, mais c'est tout de même bon à prendre.

Le moment est peut-être venu aussi de m'expliquer franchement sur un point délicat, au risque de choquer et de décevoir quelques-uns de mes lecteurs et de passer pour un fils dénaturé auprès de certains tenants des écoles psychanalytiques en vogue : je n'ai jamais eu, pour ma mère, de penchant incestueux. Je sais que ce refus de regarder les choses en face fera immédiatement sourire les avertis et que nul ne peut se porter garant de son subconscient. Je m'empresse aussi d'ajouter que même le béotien que je suis s'incline respectueusement devant le complexe d'Œdipe, dont la découverte et l'illustration honorent l'Occident et constituent certainement, avec le pétrole du

Sahara, une des explorations les plus fécondes des richesses naturelles de notre sous-sol. Je dirai plus : conscient de mes origines quelque peu asiatiques, et pour me montrer digne de la communauté occidentale évoluée qui m'avait si généreusement accueilli, je me suis fréquemment efforcé d'évoquer l'image de ma mère sous un angle libidineux, afin de libérer mon complexe, dont je ne me permettais pas de douter, l'exposer à la pleine lumière culturelle et, d'une manière générale, prouver que je n'avais pas froid aux yeux et que lorsqu'il s'agissait de tenir son rang parmi nos éclaireurs spirituels, la civilisation atlantique pouvait compter sur moi jusqu'au bout. Ce fut sans succès. Et pourtant, je compte sûrement, du côté de mes ancêtres tartares, des hommes de selle rapides, qui n'ont dû trembler, si leur réputation est justifiée, ni devant le viol, ni devant l'inceste, ni devant aucun autre de nos illustres tabous. Là encore, sans vouloir me chercher des excuses, je crois cependant pouvoir m'expliquer. S'il est vrai que je ne suis jamais parvenu à désirer physique-ment ma mère, ce ne fut pas tellement en raison de ce lien de sang qui nous unissait, mais plutôt parce qu'elle était une personne déjà âgée, et que, chez moi, l'acte sexuel a toujours été lié à une certaine condition de jeunesse et de fraîcheur physique. Mon sang oriental m'a même toujours rendu, je l'avoue, particulièrement sensible à la tendresse de l'âge et, avec le passage des années, ce penchant, je regrette de le dire, n'a fait que s'accentuer en moi, règle presque générale, me dit-on, chez les satrapes de l'Asie. Je ne crois donc avoir éprouvé

90

à l'égard de ma mère, que je n'ai jamais connue vraiment jeune, que des sentiments platoniques et affectueux. Pas plus bête qu'un autre, je sais qu'une telle affirmation ne manquera pas d'être interprétée comme il se doit, c'est-à-dire, à l'envers, par ces frétillants parasites suceurs de l'âme que sont les trois quarts de nos psychothérapistes actuellement en plongée. Ils m'ont bien expliqué, ces subtils, que si, par exemple, vous recherchez trop les femmes, c'est que vous êtes, en réalité, un homosexuel en fuite ; si le contact intime du corps masculin vous repousse — avouerai-je que c'est mon cas ? — c'est que vous êtes un tout petit peu amateur sur les bords, et, pour aller jusqu'au bout de cette logique de fer, si le contact d'un cadavre vous répugne profondément, c'est que, dans votre subsonscient, vous êtes atteint de nécrophilie, et irrésistiblement attiré, à la fois comme homme et comme femme, par toute cette belle raideur. La psychanalyse prend aujourd'hui, comme toutes nos idées, une forme aberrante totalitaire ; elle cherche à nous enfermer dans le carcan de ses propres perversions. Elle a occupé le terrain laissé libre par les superstitions, se voile habilement dans un jargon de sémantique qui fabrique ses propres éléments d'analyse et attire la clientèle par des moyens d'intimidation et de chantage psychiques, un peu comme ces racketters américains qui vous imposent leur protection. Je laisse donc volontiers aux charlatans et aux détraqués qui nous commandent dans tant de domaines le soin d'expliquer mon sentiment pour ma mère par quelque enflure pathologique : étant donné ce que la liberté, la fraternité et les plus nobles aspirations de l'homme sont devenues entre leurs mains, je ne vois pas pourquoi la simplicité de l'amour filial ne se déformerait pas dans leurs cervelles malades à l'image du reste.

Je m'accommoderai d'autant mieux de leur diagnostic que je n'ai jamais contemplé l'inceste sous cette terrible lueur de caveau et de damnation éternelle qu'une fausse morale s'est délibérément appliquée à jeter sur une forme d'exubérance sexuelle qui, pour moi, n'occupe qu'une place extrêmement modeste dans l'échelle monumentale de nos dégradations. Toutes les frénésies de l'inceste me paraissent infiniment plus acceptables que celles d'Hiroshima, de Buchenwald, des pelotons d'exécution, de la terreur et de la torture policières, mille fois plus aimables que les leucémies et autres belles conséquences génétiques probables des efforts de nos savants. Personne ne me fera jamais voir dans le comportement sexuel des êtres le critère du bien et du mal. La funeste physionomie d'un certain physicien illustre recommandant au monde civilisé de poursuivre les explosions nucléaires m'est incomparablement plus odieuse que l'idée d'un fils couchant avec sa mère. À côté des aberrations intellectuelles, scientifiques, idéologiques de notre siècle, toutes celles de la sexualité éveillent dans mon cœur les plus tendres pardons. Une fille qui se fait payer pour ouvrir ses cuisses au peuple me paraît une sœur de charité et une honnête dispensatrice de bon pain lorsqu'on compare sa modeste vénalité à la prostitution des savants prêtant leurs cerveaux à l'élaboration de l'empoisonnement génétique et de la terreur atomique. À côté de la perversion de l'âme, de l'esprit et de l'idéal à laquelle se livrent ces traîtres à l'espèce, nos élucubrations sexuelles, vénales ou non, incestueuses ou non, prennent, sur les trois humbles sphincters dont dispose notre anatomie, toute l'innocence angélique d'un sourire d'enfant.

Enfin, pour fermer entièrement le cercle vicieux, je dirai encore que je n'ignore point combien cette façon de minimiser l'inceste peut être aisément interprétée comme une ruse du subconscient cherchant à apprivoiser ce qui, à la fois, lui fait horreur et l'attire délicieusement et, ayant ainsi fait mes ronds de jambe et mes trois tours de piste sur l'air de cette chère vieille valse de Vienne, j'en reviens à mon humble amour.

Car j'ai à peine besoin de dire que ce qui me fait tenter ici ce récit c'est bien le caractère commun, fraternel et reconnaissable de ma tendresse : je n'ai aimé ma mère ni plus, ni moins, ni autrement que le commun des mortels. Je crois aussi sincèrement que ma juvénile tentative de jeter le monde à ses pieds fut, dans une grande mesure, impersonnelle, et, quelle que fût — chacun en jugera à son gré, à sa mesure et selon son cœur — la nature, complexe ou élémentaire, du lien qui nous unissait, une chose, du moins, m'apparaît clairement aujourd'hui, au moment où je jette un dernier regard sur ce qui fut ma vie : il s'agissait, dans tout cela, pour moi, beaucoup plus d'une volonté farouche d'éclairer triomphalement la destinée de l'homme, que du destin d'un seul être aimé.

CHAPITRE XI

J'avais déjà près de neuf ans lorsque je tombai amoureux pour la première fois. Je fus tout entier aspiré par une passion violente, totale, qui m'empoisonna complètement l'existence et faillit même me coûter la vie.

Elle avait huit ans et elle s'appelait Valentine. Je pourrais la décrire longuement et à perte de souffle, et si j'avais une voix, je ne cesserais de chanter sa beauté et sa douceur. C'était une brune aux yeux clairs, admirablement faite, vêtue d'une robe blanche et elle tenait une balle à la main. Je l'ai vue apparaître devant moi dans le dépôt de bois, à l'endroit où commençaient les orties, qui couvraient le sol jusqu'au mur du verger voisin. Je ne puis décrire l'émoi qui s'empara de moi : tout ce que je sais, c'est que mes jambes devinrent molles et que mon cœur se mit à sauter avec une telle violence que ma vue se troubla. Absolument résolu à la séduire immédiatement et pour toujours, de façon qu'il n'y eût plus jamais de place pour un autre homme dans sa vie, je fis comme ma mère me l'avait dit et, m'appuyant négligemment contre les bûches, je levai les yeux vers la lumière pour la subjuguer. Mais Valentine n'était pas femme à se laisser impressionner. Je restai là, les yeux levés vers le soleil, jusqu'à ce que mon visage ruisselât de larmes, mais la cruelle, pendant tout ce temps-là, continua à jouer avec sa balle, sans paraître le moins du monde intéressée. Les yeux me sortaient de la tête, tout devenait feu et flamme autour de moi, mais Valentine ne m'accordait même pas un regard. Complètement décontenancé par cette indifférence, alors que tant de belles dames, dans le salon de ma mère, s'étaient dûment extasiées devant mes yeux bleus, à demi aveugle et ayant ainsi, du premier coup, épuisé, pour ainsi dire, mes munitions, j'essuyai mes larmes et, capitulant sans conditions, je lui tendis les trois pommes vertes que je venais de voler dans le verger. Elle les accepta et m'annonça, comme en passant :

— Janek a mangé pour moi toute sa collection de timbres-poste.

C'est ainsi que mon martyre commença. Au cours des jours qui suivirent, je mangeai pour Valentine plusieurs poignées de vers de terre, un grand nombre de papillons, un kilo de cerises avec les noyaux, une souris et, pour finir, je peux dire qu'à neuf ans, c'est-à-dire bien plus jeune que Casanova, je pris place parmi les plus grands amants de tous les temps, en accomplissant une prouesse amoureuse que personne, à ma connaissance, n'est jamais venu égaler. Je mangeai pour ma bien-aimée un soulier en caoutchouc.

Ici, je dois ouvrir une parenthèse.

Je sais bien que, lorsqu'il s'agit de leurs exploits amoureux, les hommes ne sont que trop portés à la vantardise. À les entendre, leurs prouesses viriles ne connaissent pas de limite, et ils ne vous font grâce d'aucun détail.

Je ne demande donc à personne de me croire lorsque j'affirme que, pour ma bien-aimée, je consommai encore un éventail japonais, dix mètres de fil de coton, un kilo de noyaux de cerises — Valentine me mâchait, pour ainsi dire, la besogne, en mangeant la chair et en me tendant les noyaux — et trois poissons rouges, que nous étions allés pêcher dans l'aquarium de son professeur de musique.

Dieu sait ce que les femmes m'ont fait avaler dans ma vie, mais je n'ai jamais connu une nature aussi insatiable. C'était une Messaline doublée d'une Théodora de Byzance. Après cette expérience, on peut dire que je connaissais tout de l'amour. Mon éducation était faite. Je n'ai fait, depuis, que continuer sur ma lancée.

Mon adorable Messaline n'avait que huit ans, mais son exigence physique dépassait tout ce qu'il me fut donné de connaître au cours de mon existence. Elle courait devant moi, dans la cour, me désignait du doigt tantôt un tas de feuilles, tantôt du sable, ou un vieux bouchon, et je m'exécutais sans murmurer. Encore bougrement heureux d'avoir pu être utile. À un moment, elle s'était mise à cueillir un bouquet de marguerites, que je voyais grandir dans sa main avec appréhension — mais je mangeai les marguerites aussi, sous son œil attentif — elle savait déjà que les hommes essayent toujours de tricher, dans ces jeux-là — où je cherchais en vain une lueur d'admiration. Sans une marque d'estime ou de gratitude, elle repartit en sautillant, pour revenir, au bout d'un moment, avec quelques escargots qu'elle me tendit dans le creux de la main. Je mangeai humblement les escargots, coquille et tout.

À cette époque, on n'apprenait encore rien aux enfants sur le mystère des sexes et j'étais convaincu que c'était ainsi qu'on faisait l'amour. J'avais probablement raison.

Le plus triste était que je n'arrivais pas à l'impressionner. J'avais à peine fini les escargots qu'elle m'annonçait négligemment :

— Josek a mangé dix araignées pour moi et il s'est arrêté seulement parce que maman nous a appelés pour le thé.

Je frémis. Pendant que j'avais le dos tourné, elle me trompait avec mon meilleur ami. Mais j'avalai cela aussi. Je commençais à avoir l'habitude.

— Je peux t'embrasser ?

— Oui. Mais ne me mouille pas la joue, je n'aime pas ça.

Je l'embrassai, en essayant de ne pas mouiller la joue. Nous étions agenouillés derrière les orties et je l'embrassai encore et encore. Elle faisait tourner distraitement le cerceau autour de son doigt. L'histoire de ma vie.

— Ça fait combien de fois ?

— Quatre-vingt-sept. Est-ce que je peux aller jusqu'à mille ?

— C'est combien, mille ?

— Je ne sais pas. Est-ce que je peux t'embrasser sur l'épaule aussi ?

— Oui.

Je l'embrassai sur l'épaule aussi. Mais ce n'était pas ça. Je sentais bien qu'il devait y avoir encore autre chose qui m'échappait, quelque chose d'essentiel. Mon cœur battait très fort et je l'embrassai sur le nez et sur les cheveux et dans le cou et quelque chose me manquait de plus en plus, je sentais que ce n'était pas assez, qu'il fallait aller plus loin, beaucoup plus loin et, finalement, éperdu d'amour et au comble de la frénésie érotique, je m'assis dans l'herbe et j'enlevai un de mes souliers en caoutchouc.

— Je vais le manger pour toi, si tu veux.

Si elle le voulait ! Ha ! Mais bien sûr qu'elle le voulait, voyons ! C'était une vraie petite femme.

Elle posa son cerceau par terre et s'assit sur ses talons. Je crus voir dans ses yeux une lueur d'estime. Je n'en demandais pas plus. Je pris mon canif et entamai le caoutchouc. Elle me regardait faire.

— Tu vas le manger cru ?

— Oui.

J'avalai un morceau, puis un autre. Sous son regard enfin admiratif, je me sentais devenir vraiment un homme. Et j'avais raison. Je venais de faire mon apprentissage. J'entamai le caoutchouc encore plus profondément, soufflant un peu, entre les bouchées, et je continuai ainsi un bon moment, jusqu'à ce qu'une sueur froide me montât au front. Je continuai même un peu au-delà, serrant les dents, luttant contre la nausée, ramassant toutes mes forces pour demeurer sur le terrain, comme il me fallut le faire tant de fois, depuis, dans mon métier d'homme.

Je fus très malade, on me transporta à l'hôpital, ma mère sanglotait, Aniela hurlait, les filles de l'atelier geignaient, pendant qu'on me mettait sur un brancard dans l'ambulance. J'étais très fier de moi.

Mon amour d'enfant m'inspira vingt ans plus tard mon premier roman *Éducation européenne*, et aussi certains passages du *Grand Vestiaire*.

Pendant longtemps, à travers mes pérégrinations, j'ai transporté avec moi un soulier d'enfant en caoutchouc, entamé au couteau. J'avais vingt-cinq ans, puis trente, puis quarante, mais le soulier était toujours là, à portée de la main. J'étais toujours prêt à m'y attabler, à donner, une fois de plus, le meilleur de moi-même. Ça ne s'est pas trouvé. Finalement, j'ai abandonné le soulier quelque part derrière moi. On ne vit pas deux fois.

Ma liaison avec Valentine dura près d'un an. Elle me transforma complètement. Je dus lutter constamment contre mes rivaux, affirmer et illustrer ma supériorité, marcher sur les mains, voler dans les boutiques, me battre, me défendre sur tous les terrains. Mon plus grand tourment était un certain garçon dont le nom m'échappe, mais qui savait jongler avec cinq pommes — et il y avait des moments où, assis sur une pierre, la tête basse, après des heures d'essais infructueux, les pommes répandues autour de moi, je sentais que la vie ne valait vraiment pas la peine d'être vécue. Néanmoins, je faisais face, et, encore aujourd'hui, je sais jongler avec trois pommes et, souvent, sur ma colline de Big Sur, face à l'Océan et l'infini du ciel, je mets un pied en avant et j'accomplis cet exploit, pour montrer que je suis quelqu'un.

En hiver, alors que nous nous jetions en traîneaux du haut des collines, je me disloquai l'épaule en sautant d'une hauteur de cinq mètres dans la neige, sous le regard de Valentine, simplement parce que j'étais incapable de descendre la pente debout sur mon traîneau, comme le faisait ce voyou de Jan. Ce Jan, comme je le détestais et comme je le déteste encore ! Je n'ai jamais su exactement ce qu'il y avait, entre lui et Valentine, et même aujourd'hui, je préfère ne pas y penser, mais il avait presque un an de plus que moi, allant sur ses dix ans, il avait une plus grande habitude des femmes, et tout ce que je savais faire, il le faisait mieux que moi. Il avait la mine patibulaire d'un chat de gouttière, était d'une agilité incroyable et pouvait mettre au but à cinq mètres en crachant.

Il savait siffler d'une manière particulièrement impressionnante, en mettant deux doigts dans sa bouche, un tour que je ne suis pas parvenu à apprendre jusqu'à ce jour, et que je n'ai vu accomplir, depuis, avec la même force stridente, que par mon ami l'ambassadeur Jaime de Castro et la comtesse Nelly de Vogüé. Je dois à Valentine d'avoir compris que l'amour de ma mère et la tendresse dont j'étais entouré à la maison n'avaient aucun rapport avec ce qui m'attendait dehors, et aussi, que rien n'était jamais définitivement acquis, gagné, assuré et conservé. Jan, avec un sens inné de l'injure, m'avait surnommé le « petit bleu », et pour me débarrasser de ce surnom, que je jugeais très blessant, bien que je n'eusse guère pu dire pourquoi, je dus multiplier les preuves de courage et de virilité, et je devins très rapidement la terreur des commerçants du quartier. Je peux dire sans me vanter que j'ai cassé plus de vitres, volé plus de boîtes de dattes et de khalva et tiré plus de sonnettes que n'importe quel autre garçon de la cour ; j'appris aussi à risquer ma vie avec une facilité qui me fut bien utile, plus tard, pendant la guerre, lorsque ce genre de chose fut officiellement admis et encouragé.

Je me souviens notamment d'un certain « jeu de la mort » que Jan et moi pratiquions sur la margelle d'une fenêtre, au quatrième étage de l'immeuble, sous le regard de nos camarades éblouis.

Peu nous importait que Valentine ne fût pas là — c'était d'elle qu'il s'agissait, dans ce duel, et aucun de nous ne se trompait là-dessus.

Le jeu était très simple, et je crois vraiment que, comparée à lui, la fameuse « roulette russe » n'est que gentil passe-temps de collégiens.

Nous montions au dernier étage de l'immeuble, dans la cage de l'escalier, nous ouvrions une fenêtre qui donnait sur la cour et nous nous asseyions aussi près que possible du vide, les jambes dehors. La fenêtre se prolongeait vers l'extérieur par un rebord de zinc qui ne devait pas avoir plus de vingt centimètres de largeur. Le jeu consistait à pousser le partenaire dans le dos d'un coup brusque, mais calculé de telle façon que le sujet glissât de la fenêtre sur le parapet et se trouvât assis sur l'étroite margelle extérieure, les jambes dans le vide.

Nous jouâmes à ce jeu mortel un nombre incroyable de fois.

Dès que, dans la cour, un débat quelconque nous opposait, ou même sans raison apparente, dans un paroxysme d'hostilité, sans un mot, après nous être défiés du regard, nous montions au quatrième étage de l'immeuble pour « jouer le jeu ».

Le caractère étrangement désespéré et en même temps loyal de ce duel venait évidemment du fait que vous vous mettiez entièrement à la merci de votre plus grand ennemi, puisqu'une poussée tant soit peu mal calculée, ou malintentionnée, condamnait le partenaire à une mort certaine, quatre étages plus bas.

Je me souviens encore très bien de mes jambes suspendues dans le vide, de la margelle métallique et des mains de mon rival posées sur mon dos, prêtes à pousser.

Jan est aujourd'hui un personnage important du parti communiste polonais. Je l'ai rencontré, il y a une dizaine d'années, à Paris, dans les salons de l'Ambassade de Pologne, au cours d'une réception officielle. Je l'ai reconnu tout de suite. C'était étonnant combien ce gamin avait peu changé. À trente-cinq ans, il avait le même air hâve, la même maigreur, la même démarche féline et les yeux minces, durs et narquois. Étant donné que nous étions là, l'un et l'autre, ès qualité, représentant nos pays respectifs, nous fûmes courtois et polis. Le nom de Valentine ne fut pas prononcé. Nous bûmes de la vodka. Il évoqua ses luttes dans la Résistance et je lui dis quelques mots de mes combats dans l'aviation. Nous bûmes encore un verre.

— J'ai été torturé par la Gestapo, me dit-il.

— J'ai été blessé trois fois, lui dis-je.

Nous nous regardâmes. Puis, d'un commun accord, nous posâmes nos verres et nous dirigeâmes vers l'escalier. Nous montâmes au deuxième étage et Jan m'ouvrit la fenêtre : après tout, on était à l'Ambassade polonaise et j'étais l'invité. J'avais déjà enjambé la fenêtre lorsque l'ambassadrice, une dame charmante et digne des plus beaux poèmes d'amour de son pays, sortit brusquement d'un des salons. Je retirai rapidement ma jambe et m'inclinai, avec un sourire aimable. Elle nous prit chacun par le bras et nous accompagna au buffet.

Il m'arrive de penser avec une certaine curiosité à ce que la presse mondiale aurait dit si l'on avait trouvé sur un trottoir, en pleine guerre froide, un haut fonctionnaire polonais ou un diplomate français, précipité d'une fenêtre de l'Ambassade de Pologne à Paris.

CHAPITRE XII

La cour du n° 16 de la Grande-Pohulanka m'a laissé le souvenir d'une immense arène où je faisais mon apprentissage de gladiateur en vue de combats futurs. On y pénétrait par une vieille porte cochère ; au milieu, il y avait un grand tas de briques d'une usine de munitions que les partisans avaient fait sauter pendant les combats patriotiques entre les armées lituaniennes et polonaises ; plus loin, le dépôt de bois déjà mentionné ; un terrain vague, envahi par les orties, auxquelles j'ai livré les seuls combats vraiment victorieux de ma vie ; au fond, il y avait la haute palissade des vergers voisins. Les immeubles des deux rues tournaient le dos à la cour. À droite s'étendaient des granges où je pénétrais souvent par le toit, en soulevant quelques planches. Les granges, que les locataires utilisaient comme garde-meubles, étaient pleines de valises et de coffres que j'ouvrais délicatement, en faisant sauter la serrure ; ils déversaient sur le sol, dans une odeur de naphtaline, toute une vie étrange d'objets vieillots et désuets, parmi lesquels je passais des heures merveilleuses, dans une atmosphère de trésors trouvés et de naufrage ; chaque chapeau, chaque soulier, chaque coffret de boutons et de médailles, me parlait d'un monde mystérieux et inconnu, le monde des autres. Un boa de fourrure, des bijouteries de pacotille, des costumes de théâtre — une toque de toréador, un chapeau haut-de-forme, un tutu de danseuse, jauni et miteux, des miroirs ébréchés, d'où paraissaient revenir vers moi mille regards engloutis, un frac, des pantalons de dentelle, des mantilles déchirées, un uniforme de l'armée du Tsar, avec des rubans de décorations rouges, noirs et blancs, des albums de photographies sépia, des cartes postales, des poupées, des chevaux de bois — tout ce petit bric-à-brac que l'humanité laisse derrière elle sur ses rives, à force de couler, à force de mourir, traces de passage, humbles et biscornues, de mille campements évanouis. Je demeurais, assis sur la terre nue, le derrière glacé, à rêver devant les vieux atlas, les montres cassées, les loups noirs, les articles d'hygiène, les bouquets de violettes en taffetas, les habits de soirée, les vieux gants comme des mains oubliées.

Un après-midi, ayant grimpé sur le toit et retiré la planche pour descendre dans mon royaume, je vis, couché parmi mes trésors, entre le frac, le boa et le mannequin de bois, un couple très occupé. Je n'eus aucune hésitation à reconnaître la nature exacte du phénomène que j'observais : c'était pourtant la première fois que j'assistais à ce genre d'ébats. Je remis pudiquement la planche en place, ne laissant que juste ce qu'il fallait de fente pour me renseigner. L'homme était le pâtissier Michka, et la fille, Antonia, une des servantes de l'immeuble. Je dois dire que je fus complètement instruit, et très étonné, aussi. Ce que ces deux-là faisaient ensemble dépassait de très loin les notions un peu simplistes qui avaient cours parmi mes camarades. À plusieurs reprises, je faillis tomber du toit, essayant de démêler ce qui se passait. Lorsque j'en parlai plus tard à mes petits amis, ils me traitèrent à l'unanimité de menteur ; les plus bienveillants m'expliquèrent que, regardant de haut en bas, je devais tout voir à l'envers, d'où mon erreur. Mais moi, j'avais bien vu ce que j'avais vu et je défendis mon opinion avec vigueur et conviction. Finalement, une permanence fut installée sur le toit du hangar, armée d'un drapeau polonais, emprunté au concierge : il fut entendu que lorsque les amants reviendraient sur les lieux, le drapeau serait agité, la confrérie avertie, et que nous nous précipiterions à ce signal vers notre poste d'observation. La première fois que notre éclaireur vit ce qui se passait — c'était le petit Marek Luka, un gamin boiteux et blond comme les blés — il fut à ce point pris par le spectacle bouleversant qu'il oublia complètement d'agiter le drapeau, au désespoir de tous. Par contre, il confirma point par point la description que j'avais faite de ce processus extraordinaire — et il le fit par une mimique éloquente, avec tant d'énergie et de volonté de communiquer son expérience, qu'il se mordit profondément le doigt dans un excès de réalisme — ce qui remonta sérieusement mes actions dans la cour. Nous nous consultâmes longuement pour essayer de nous expliquer les mobiles d'une conduite aussi bizarre, et finalement, ce fut Marek lui-même qui formula l'hypothèse qui nous parut la plus plausible :

— Peut-être qu'ils savent pas s'y prendre, alors ils cherchent de tous les côtés ?

Le lendemain, ce fut le tour du fils du pharmacien de monter la garde. Il était trois heures de l'après-midi lorsque les gamins qui écrasaient leurs nez contre la vitre ou jouaient dans la cour, sans trop de conviction, virent le drapeau polonais s'épanouir et s'agiter triomphalement sur le toit du hangar. Quelques secondes plus tard, six ou sept garçons frénétiques fonçaient, poings au corps, vers le signal de ralliement. La planche fut écartée discrètement et nous eûmes tous droit à une leçon de choses d'une grande valeur éducative. Michka, le pâtissier, se surpassa ce jour-là, comme si sa nature généreuse eût deviné la présence des six têtes angéliques penchées sur ses travaux. J'ai toujours aimé la bonne pâtisserie, mais, depuis, je n'ai jamais regardé les gâteaux du même œil. Ce pâtissier-là était un grand artiste. Pons, Rumpelmeyer et le célèbre Lours, de Varsovie, peuvent mettre chapeau bas devant lui. Il est certain qu'à notre tendre âge, nous ne disposions d'aucun élément de comparaison, mais aujourd'hui, après avoir beaucoup voyagé, beaucoup vu et écouté, ayant prêté une oreille attentive à ceux qui ont pu goûter aux meilleures glaces américaines, déguster les petits fours du fameux Florian, à Venise, savourer les bons *strudel* et *sachertorte* de Vienne et, ayant moi-même fréquenté les meilleurs salons de thé des deux continents, je demeure convaincu que Michka était certainement un très grand pâtissier. Il nous donna, ce jour-là, une leçon d'une haute portée morale, il fit de nous des hommes modestes, qui ne prétendront plus jamais avoir inventé la poudre. Si, au lieu de s'être établi dans une petite ville perdue de l'Est européen, Michka était venu ouvrir sa pâtisserie à Paris, il serait aujourd'hui un homme riche, célèbre, décoré. Les plus belles dames de Paris viendraient goûter à ses gâteaux. Dans le domaine de la pâtisserie, il ne craignait personne, et je trouve navrant que des débouchés plus grands n'aient pas été ouverts à ses produits. Je ne sais s'il vit encore — quelque chose me dit qu'il a dû mourir jeune — mais qu'il me soit permis, en tout cas, de m'incliner ici devant la mémoire de ce grand artiste, avec tout le respect d'un modeste écrivain.

Le spectacle auquel nous assistâmes était tellement émouvant et tellement inquiétant, aussi, par certains côtés, que le plus jeune d'entre nous, le petit Kazik, lequel ne devait pas avoir plus de six ans, prit peur et se mit à pleurer. Je reconnais qu'il y avait de quoi, mais nous craignions par-dessus tout de déranger le pâtissier et de lui révéler notre présence, et chacun de nous, tour à tour, dut perdre de précieuses minutes à appliquer sa main sur la bouche de l'innocent pour l'empêcher de hurler.

Lorsque l'inspiration eut enfin quitté Michka, et qu'il ne resta, par terre, que le haut-de-forme écrasé, le boa de plumes aplati et un mannequin de bois stupéfait, ce fut un petit groupe de garçons bien fatigués et silencieux qui descendit du toit. On nous racontait alors l'histoire du gamin Stas, lequel, s'étant couché entre les rails sous un train qui passait, s'était retrouvé ensuite avec des cheveux tout blancs. Aucun de nous n'ayant vu ses cheveux devenir blancs après le passage de Michka, je considère cette histoire comme apocryphe. Après notre descente du toit, nous demeurâmes longuement sans nous parler, recueillis et un peu consternés, sans aucune de ces grimaces, culbutes joyeuses et pitreries diverses qui étaient nos moyens d'expression favoris. Nos visages étaient graves et, debout en petit cercle au milieu de la cour, nous nous regardions dans un silence étrange et respectueux, comme à la sortie d'un lieu sacré. Je crois que nous étions étreints par un sentiment presque surnaturel de mystère et de révélation devant le jaillissement de cette force prodigieuse que les hommes portent dans leurs entrailles : sans le savoir, nous venions de vivre notre première expérience religieuse.

Le petit Kazik ne fut pas le moins frappé par ce mystère.

Le lendemain matin, je le trouvai accroupi derrière le tas de bois. Il avait baissé culotte et était perdu dans la contemplation de son sexe, les sourcils froncés et le visage empreint d'une profonde méditation. De temps en temps, il prenait délicatement l'objet entre le pouce et l'index et tirait dessus, le petit doigt écarté, exactement comme mon professeur de maintien m'avait interdit de le faire, lorsque je tenais ma tasse de thé à la main. Il ne m'avait pas vu venir et je fis « Hou ! » dans son oreille ; il s'envola littéralement, tenant sa culotte à deux mains, et il me semble le voir encore, détalant à toutes jambes à travers la cour comme un lapin levé.

Le souvenir du grand virtuose à l'ouvrage est resté à jamais présent dans ma mémoire. Je pense souvent à lui. En regardant, dernièrement, un film sur Picasso, où l'on voit le pinceau du maître courir sur la toile à la poursuite de l'impossible, l'image du pâtissier de Wilno me revint irrésistiblement à l'esprit. Il est difficile d'être un artiste, de conserver son inspiration intacte, de croire au chef-d'œuvre accessible. La possession du monde, toujours recommencée, le goût de l'exploit, du style, de la perfection, le désir de parvenir au sommet et d'y demeurer à jamais, dans une sorte d'assouvissement total — je regardais le pinceau du maître s'acharner à la poursuite de l'absolu et une grande tristesse me vint devant ce torse de l'éternel gladiateur qu'aucune victoire nouvelle ne pouvait empêcher d'être vaincu.

Mais il est encore plus difficile de se résigner. Combien de fois me suis-je trouvé, depuis mes débuts dans la carrière d'artiste, la plume à la main, plié en deux, accroché au trapèze volant, les jambes en l'air, la tête en bas, lancé à travers l'espace, les dents serrées, tous les muscles tendus, la sueur au front, au bout de l'imagination et de la volonté, à la limite de moi-même, cependant qu'il faut encore conserver le souci du style, donner une impression d'aisance, de facilité, paraître détaché, au moment de la plus intense concentration, léger au moment de la plus violente crispation, sourire agréablement, retarder la détente et la chute inévitable, prolonger le vol, pour que le mot « fin » ne vienne pas prématurément comme un manque de souffle, d'audace et de talent, et lorsque vous voilà enfin de retour au sol, avec tous vos membres miraculeusement intacts, le trapèze vous est renvoyé, la page redevient blanche, et vous êtes prié de recommencer.

Le goût de l'art, cette obsédante poursuite du chef-d'œuvre, malgré tous les musées que j'ai fréquentés, tous les livres que j'ai lus et tous mes propres efforts au trapèze volant, demeure pour moi, à ce jour, un mystère aussi obscur qu'il l'était il y a trente-cinq ans, lorsque je me penchais du toit sur l'œuvre inspirée du plus grand pâtissier de la terre.

CHAPITRE XIII

Pendant que je procédais ainsi, côté cour, à mes premiers contacts avec l'art, côté jardin, ma mère se livrait à une prospection systématique pour tenter de découvrir en moi la pépite secrète de quelque talent caché. Le violon et la danse tour à tour écartés, la peinture mise hors de course, on me donna des leçons de chant et les grands maîtres de l'Opéra local furent invités à se pencher sur mes cordes vocales, afin de juger si je n'avais pas en moi la graine de quelque Chaliapine futur, promis aux acclamations des foules dans un décor de lumière, de pourpre et d'or. À mon vif regret, je suis obligé de reconnaître aujourd'hui, après trente ans d'hésitation, qu'il y a entre moi et mes cordes vocales un malentendu complet. Je n'ai pas d'oreille et pas de voix. Je ne sais pas du tout comment c'est arrivé, mais il me faut bien reconnaître ce fait. Je n'ai pas, notamment, cette voix de basse qui m'irait si bien : pour une raison ou une autre, c'est Chaliapine hier et Boris Christoff aujourd'hui qui se sont trouvés dotés de ma voix. Ce n'est pas là le seul malentendu dans ma vie, mais celui-là est de taille. Je suis incapable de dire à quel moment, à la suite de quelle sinistre manipulation, la substitution a eu lieu, mais c'est ainsi, et ceux qui veulent connaître ma véritable voix sont invités à acheter un disque de Chaliapine. Ils n'ont qu'à écouter *La Puce*, de Moussorgsky, en particulier : c'est tout à fait moi. Ils n'ont qu'à m'imaginer, debout sur la scène, faisant « Ha ! Ha ! Ha ! *blokha*[1] ! » de ma voix de basse, et je suis sûr qu'ils seront de mon avis. Malheureusement, ce qui sort de ma gorge, lorsque, mettant une main sur ma poitrine, le pied en avant et la tête haute, je laisse libre cours à ma puissance vocale, est pour moi une source constante d'étonnement et de tristesse. Encore cela n'aurait-il guère d'importance, si je n'avais pas la vocation. Or, je l'ai. Je ne l'ai jamais dit à personne, pas même à ma mère, mais à quoi bon le cacher plus longtemps ? C'est moi, le vrai Chaliapine. Je suis une grande basse tragique incomprise et je le demeurerai jusqu'à la fin de mes jours. Je me souviens qu'au cours d'une représentation de *Faust* au Metropolitan de New York, je me tins assis près de Rudolf Bing dans sa loge de directeur, les bras croisés, le sourcil méphistophélique, un sourire énigmatique aux lèvres, pendant qu'une doublure, en scène, faisait dans mon rôle ce qu'elle pouvait, et je trouvais quelque chose de tout à fait piquant dans l'idée qu'il y avait là, à côté de moi, un des plus grands impresarii d'opéra du monde, et *qu'il ne savait pas*. Si Bing, ce soir-là, s'est étonné de mon air diabo-

1. Puce.

lique et mystérieux, qu'il veuille bien en trouver aujourd'hui, ici, l'explication.

Ma mère était passionnée d'opéra, elle avait pour Chaliapine une admiration presque religieuse, et je suis sans excuses. Combien de fois à huit, neuf ans, ayant interprété comme il convenait le regard tendre et rêveur qu'elle posait sur moi, ai-je couru me réfugier dans le dépôt de bois, et là, ayant aspiré l'air et pris la pose, je poussais du fond de mes entrailles un ha ! ha ! ha ! *blokha !* à faire trembler le monde. Hélas ! Ma voix m'avait préféré un autre.

Personne n'a appelé le génie vocal avec plus de ferveur, plus de chaudes larmes que l'enfant que j'étais. S'il m'avait été donné une fois, une seule, de paraître devant ma mère, installée triomphalement dans sa loge, à l'Opéra de Paris, ou même, plus modestement, à la Scala de Milan, devant un parterre éblouissant, dans mon grand rôle de *Boris Godounov*, je crois que j'eusse donné un sens à son sacrifice et à sa vie. Ça ne s'est pas trouvé. Le seul exploit que je pus accomplir pour elle fut de gagner le championnat de Nice de ping-pong, en 1932. J'ai gagné le championnat une fois, mais j'ai été battu depuis régulièrement.

Les leçons de chant furent donc rapidement abandonnées. Un de mes professeurs me qualifia même, assez perfidement, d'« enfant prodige » : il prétendait n'avoir jamais rencontré, dans sa carrière, un gosse aussi dépourvu d'oreille et de talent.

Je mets souvent le disque de *La Puce* de Chaliapine sur mon phono et j'écoute ma voix véritable avec émotion.

Forcée ainsi à admettre que je ne manifestais aucune disposition spéciale, ni talent caché, ma mère finit par conclure, comme tant d'autres mères avant elle, qu'il ne me restait plus qu'une solution : la diplomatie. Une fois cette idée ancrée dans son esprit, elle se ragaillardit considérablement. Cependant, comme il me fallait toujours ce qu'il y avait de plus beau au monde, il fallait que je devinsse ambassadeur de France — elle n'était pas disposée à prendre moins.

L'amour, l'adoration, je devrais dire, de ma mère, pour la France, a toujours été pour moi une source considérable d'étonnement. Qu'on me comprenne bien. J'ai toujours été moi-même un grand francophile. Mais je n'y suis pour rien : j'ai été élevé ainsi. Essayez donc d'écouter, enfant, dans les forêts lituaniennes, les légendes françaises ; regardez un pays que vous ne connaissez pas dans les yeux de votre mère, apprenez-le dans son sourire et dans sa voix émerveillée ; écoutez, le soir, au coin du feu où chantent les bûches, alors que la neige, dehors, fait le silence autour de vous, écoutez la France qui vous est contée comme *Le Chat botté* ; ouvrez de grands yeux devant chaque bergère et entendez des voix ; annoncez à vos soldats de plomb que du haut de ces pyramides quarante siècles les contemplent ; coiffez-vous d'un bicorne en papier et prenez la Bastille, donnez la liberté au monde en abattant avec votre sabre de bois les chardons et les orties ; apprenez à lire dans les fables de La Fontaine — et essayez ensuite, à l'âge d'homme, de vous en débarrasser. Même un séjour prolongé en France ne vous y aidera pas.

Il va sans dire qu'un jour vint où cette image hautement théorique de la France vue de la forêt lituanienne, se heurta violemment à la réalité tumultueuse et contradictoire de mon pays : mais il était déjà trop tard, beaucoup trop tard : j'étais né.

Dans toute mon existence, je n'ai entendu que deux êtres parler de la France avec le même accent : ma mère et le général de Gaulle. Ils étaient fort dissemblables, physiquement et autrement. Mais lorsque j'entendis l'appel du 18 juin, ce fut autant à la voix de la vieille dame qui vendait des chapeaux au 16 de la rue de la Grande-Pohulanka à Wilno, qu'à celle du Général que je répondis sans hésiter.

Dès l'âge de huit ans, surtout lorsque les choses allaient mal — et elles allèrent mal, très rapidement — ma mère venait s'asseoir en face de moi, le visage fatigué, les yeux traqués, me regardait longuement, avec une admiration et une fierté sans limites, puis se levait, prenait ma tête entre ses mains, comme pour mieux voir chaque détail de mon visage, et me disait :

— Tu seras ambassadeur de France, c'est ta mère qui te le dit.

Tout de même, il y a une chose qui m'intrigue un peu. Pourquoi ne m'avait-elle pas fait Président de la République, pendant qu'elle y était ? Peut-être y avait-il, malgré tout, chez elle, plus de réserve, plus de retenue, que je ne lui en accordais. Peut-être considérait-elle, aussi, que dans l'univers d'Anna Karénine et des officiers de la Garde, un Président de la République, ce n'était pas tout à fait du « beau monde », et qu'un ambassadeur en grand uniforme, ça faisait plus distingué.

J'allais parfois me cacher dans mon refuge de bûches parfumées, je songeais à tout ce que ma mère attendait de moi, et je me mettais à pleurer, longuement, silencieusement : je ne voyais pas du tout comment j'allais pouvoir me retourner.

Je revenais ensuite à la maison, le cœur gros, et j'apprenais encore une fable de La Fontaine : c'était tout ce que je pouvais faire pour elle.

Je ne sais quelle idée ma mère se faisait de la Carrière et des diplomates, mais un jour, elle entra dans ma chambre très préoccupée ; elle s'assit en face de moi et entreprit aussitôt un long discours sur ce que je peux seulement appeler « l'art de faire des cadeaux aux femmes ».

— Rappelle-toi qu'il est beaucoup plus touchant de venir toi-même avec un petit bouquet à la main que d'en envoyer un grand par un livreur. Méfie-toi des femmes qui ont plusieurs manteaux de fourrure, ce sont celles qui en attendent toujours un de plus, ne les fréquente que si tu en as absolument besoin. Choisis toujours tes cadeaux avec discrimination, en tenant compte du goût de la personne à qui tu l'offres. Si elle n'a pas d'éducation, pas de penchant littéraire, offre-lui un beau livre. Si tu dois avoir affaire à une femme modeste, cultivée, sérieuse, offre-lui un objet de luxe, un parfum, un fichu. Rappelle-toi, avant d'offrir quelque chose qui se porte, de bien regarder la couleur de ses cheveux et de ses yeux. Les petits objets comme les broches, les bagues, les boucles d'oreilles, assortis-les à la couleur des yeux, et les robes, les manteaux, les écharpes, à celle des cheveux. Les femmes qui ont les cheveux et les yeux de la même couleur sont plus faciles à habiller et coûtent donc moins cher. Mais surtout, surtout...

Elle me regardait avec inquiétude et joignait les mains :

— Surtout, mon petit, surtout, rappelle-toi une chose : n'accepte jamais de l'argent des femmes. Jamais. J'en mourrais. Jure-le-moi. Jure-le sur la tête de ta mère...

Je jurais. C'était un point sur lequel elle revenait continuellement et avec une anxiété extraordinaire.

— Tu peux accepter des cadeaux, des objets, des stylos, par exemple, ou des portefeuilles, même une Rolls-Royce, tu peux l'accepter, mais de l'argent — jamais !

Ma culture générale d'homme du monde n'était pas négligée. Ma mère me donna lecture à haute voix de *La Dame aux Camélias* et lorsque ses yeux se mouillaient, sa voix se brisait et qu'elle était obligée de s'interrompre, je sais bien, aujourd'hui, qui était Armand, dans son esprit. Parmi les autres lectures édifiantes qui me furent ainsi faites, toujours avec un bel accent russe, je me souviens surtout de MM. Déroulède, Béranger et Victor Hugo ; elle ne se bornait pas à me lire les poèmes, mais, fidèle à son passé d'« artiste dramatique », elle me les déclamait, debout dans le salon, sous le lustre étincelant, avec geste et sentiment ; je me souviens, notamment, d'un certain *Waterloo, Waterloo, Waterloo, morne plaine*, qui m'avait vraiment effrayé : assis sur le bord de ma chaise, j'écoutais ma mère déclamer, debout devant moi, le livre de poèmes à la main, un bras levé ; j'avais froid dans le dos devant un tel pouvoir d'évocation ; les yeux agrandis, les genoux serrés, je regardais la morne plaine, et je suis sûr que Napoléon lui-même eût été vivement impressionné, s'il se fût trouvé là.

Une autre partie importante de mon éducation française fut, naturellement, *La Marseillaise*. Nous la chantions ensemble, ma mère assise au piano, moi, debout devant elle, une main sur le cœur, l'autre tendue vers la barricade, nous regardant dans les yeux ; lorsque nous en venions à « Aux armes, citoyens ! », ma mère abattait ses deux mains avec violence sur le clavier et je brandissais le poing d'un air menaçant ; parvenus au « Qu'un sang impur abreuve nos sillons », ma mère, après avoir frappé un dernier coup sur le clavier, demeurait immobile, les deux mains suspendues dans les airs, et moi, frappant du pied, l'air implacable et résolu, j'imitais son geste, les poings fermés, la tête rejetée en arrière — et nous restions ainsi figés un moment, jusqu'à ce que les derniers accords eussent fini de vibrer dans le salon.

CHAPITRE XIV

Mon père avait quitté ma mère peu après ma naissance et chaque fois que je mentionnais son nom, ce que je ne faisais que très rarement, ma mère et Aniela se regardaient rapidement et le sujet de conversation était immédiatement changé. Je savais bien, cependant, par des bribes de conversation, surprises par-ci, par-là, qu'il y avait là quelque chose de gênant, d'un peu douloureux même, et j'eus vite fait de comprendre qu'il valait mieux éviter d'en parler.

Je savais aussi que l'homme qui m'avait donné son nom avait une femme, des enfants, qu'il voyageait beaucoup, allait en Amérique, et je l'ai rencontré plusieurs fois. Il était d'un aspect doux, avait de grands yeux bons et des mains très soignées ; avec moi, il était toujours un peu embarrassé et très gentil, et lorsqu'il me regardait ainsi, tristement, avec, me semblait-il, un peu de reproche, je baissais toujours le regard et j'avais, je ne sais pourquoi, l'impression de lui avoir joué un vilain tour.

Il n'est vraiment entré dans ma vie qu'après

sa mort et d'une façon que je n'oublierai jamais. Je savais bien qu'il était mort pendant la guerre dans une chambre à gaz, exécuté comme Juif, avec sa femme et ses deux enfants, alors âgés, je crois, de quelque quinze et seize ans. Mais ce fut seulement en 1956 que j'appris un détail particulièrement révoltant sur sa fin tragique. Venant de Bolivie, où j'étais Chargé d'Affaires, je m'étais rendu à cette époque à Paris, afin de recevoir le Prix Goncourt, pour un roman que je venais de publier, *Les Racines du Ciel*. Parmi les lettres qui m'étaient parvenues à cette occasion, il y en avait une qui me donnait des détails sur la mort de celui que j'avais si peu connu.

Il n'était pas du tout mort dans la chambre à gaz, comme on me l'avait dit. Il était mort de peur, sur le chemin du supplice, à quelques pas de l'entrée.

La personne qui m'écrivait la lettre avait été le préposé à la porte, le réceptionniste — je ne sais comment lui donner un nom, ni quel est le titre officiel qu'il assumait.

Dans sa lettre, sans doute pour me faire plaisir, il m'écrivait que mon père n'était pas arrivé jusqu'à la chambre à gaz et qu'il était tombé raide mort de peur, avant d'entrer.

Je suis resté longuement la lettre à la main ; je suis ensuite sorti dans l'escalier de la N. R. F., je me suis appuyé à la rampe et je suis resté là, je ne sais combien de temps, avec mes vêtements coupés à Londres, mon titre de Chargé d'Affaires de France, ma croix de la Libération, ma rosette de la Légion d'honneur, et mon Prix Goncourt.

J'ai eu de la chance : Albert Camus est passé à

ce moment-là et, voyant bien que j'étais indisposé, il m'a emmené dans son bureau.

L'homme qui est mort ainsi était pour moi un étranger, mais ce jour-là, il devint mon père, à tout jamais.

Je continuais à réciter les fables de La Fontaine, les poèmes de Déroulède et de Béranger, et à lire un ouvrage intitulé *Scènes édifiantes de la vie des grands hommes*, un gros volume à couverture bleue, ornée d'une gravure dorée représentant le naufrage de Paul et Virginie. Ma mère adorait l'histoire de Paul et Virginie, qu'elle trouvait particulièrement exemplaire. Elle me relisait souvent le passage émouvant où Virginie préfère se noyer plutôt que d'enlever sa robe. Ma mère reniflait toujours avec satisfaction, chaque fois qu'elle finissait cette lecture. J'écoutais attentivement, mais j'étais déjà très sceptique là-dessus. Je croyais que Paul n'avait pas su s'y prendre et voilà tout.

Pour m'apprendre à tenir mon rang avec dignité, je fus également invité à étudier un gros volume intitulé *Vies de Français illustres* ; ma mère m'en donnait elle-même lecture à haute voix, et après avoir évoqué quelque exploit admirable de Pasteur, Jeanne d'Arc et Roland de Roncevaux, elle me jetait un long regard chargé d'espoir et de tendresse, le livre posé sur les genoux. Je ne l'ai vue se révolter qu'une fois, son âme russe reprenant le dessus, devant les corrections inattendues que les auteurs apportaient à l'Histoire. Ils décrivaient, notamment, la bataille de Borodino comme une victoire française, et ma mère, après avoir lu ce paragraphe, est restée un moment décontenancée, avant de dire en fermant le volume et sur un ton scandalisé :

— Ce n'est pas vrai. Borodino a été une grande victoire russe. Il ne faut pas exagérer.

Par contre, rien ne m'empêchait d'admirer Jeanne d'Arc et Pasteur, Victor Hugo et Saint Louis, le Roi-Soleil et la Révolution — je dois dire que, dans cet univers entièrement louable qu'était pour ma mère la France, tout était uni dans la même approbation et, mettant tranquillement dans le même panier la tête de Marie-Antoinette et celle de Robespierre, Charlotte Corday et Marat, Napoléon et le duc d'Enghien, elle me présentait le tout avec un sourire heureux.

Je mis longtemps à me débarrasser de ces images d'Épinal et à choisir entre les cent visages de la France celui qui me paraissait le plus digne d'être aimé ; ce refus de discriminer, cette absence, chez moi, de haine, de colère, de rancune, de souvenir, ont pendant longtemps été ce qu'il y avait en moi de plus typiquement non français ; je dus attendre l'âge d'homme pour parvenir à me dépêtrer enfin de ma francophilie ; ce fut seulement aux environs des années 1935, et surtout, au moment de Munich, que je me sentis gagné peu à peu par la fureur, l'exaspération, le dégoût, la foi, le cynisme, la confiance et l'envie de tout casser, et que je laissai enfin, une fois pour toutes, derrière moi, le conte de nourrice, pour aborder une fraternelle et difficile réalité.

En dehors de cette haute formation morale et spirituelle que je recevais et dont je devais avoir, plus tard, tant de mal à me débarrasser, rien de ce qui peut étendre le champ d'expérience d'un homme du monde n'était omis ni négligé dans mon éducation.

Dès que, venant de Varsovie, une tournée théâtrale arrivait dans notre province, un fiacre était commandé et ma mère, très belle et souriante, sous l'immense chapeau tout neuf, me conduisait à une représentation de *La Veuve joyeuse*, de *La Dame de chez Maxim*, ou quelque autre *Can-Can de Paris*, et moi, chemise de soie, costume de velours noir, une lorgnette de théâtre pressée contre mon nez, je regardais, béat, les scènes de ma vie future, lorsque, brillant diplomate, je boirais le champagne dans les souliers des belles dames, dans les cabinets particuliers, au bord du Danube, ou lorsque le Gouvernement me confierait la mission de séduire la femme du Prince régnant, afin d'empêcher l'alliance militaire qui se préparait contre nous.

Pour m'aider à me familiariser avec mon avenir, ma mère revenait souvent de ses courses chez les brocanteurs avec de vieilles cartes postales de ces hauts lieux qui m'attendaient.

Je connus ainsi très tôt l'intérieur de chez Maxim's, et il fut entendu entre nous que j'y mènerais ma mère à la première occasion. Elle y tenait beaucoup. Elle y avait dîné, en tout bien, tout honneur, m'avait-elle expliqué à plusieurs reprises, au cours d'un voyage qu'elle avait fait à Paris, avant la guerre de 14.

Ma mère choisissait de préférence les cartes postales représentant des parades militaires, avec de beaux officiers à cheval, sabre au clair, passant la revue ; celles des ambassadeurs illustres, en uniformes de gala, celles des grandes personnalités féminines de l'époque, Cléo de Mérode, Sarah Bernhardt, Yvette Guilbert — je me souviens que, devant la carte postale où figurait quelque évêque coiffé de sa mitre et vêtu de violet, elle avait dit, avec approbation : « Ces gens-là s'habillent très bien » — et, naturellement, toutes les cartes reproduisant « les Français illustres » — sauf, bien entendu, ceux qui, tout en ayant accédé à la gloire posthume, n'avaient pas entièrement réussi de leur vivant. C'est ainsi que la carte postale représentant l'Aiglon, après avoir trouvé, je ne sais comment, le chemin de l'album, en fut promptement enlevée, avec cette simple réflexion qu'« il était tuberculeux » — je ne sais si ma mère craignait ainsi la contagion, ou si le sort du Roi de Rome ne lui paraissait pas un exemple à suivre. Les peintres géniaux, mais ayant connu la misère, les poètes maudits — Baudelaire, en particulier — et les musiciens au destin tragique étaient soigneusement bannis de la collection, car, selon l'expression anglaise connue, ma mère *would stand no nonsense* : le succès était quelque chose qui devait vous arriver de votre vivant. La carte postale qu'elle rapportait le plus souvent à la maison et que je trouvais toujours partout était celle de Victor Hugo. Elle admettait bien, malgré tout, que Pouchkine fût un aussi grand poète, mais Pouchkine avait été tué dans un duel à trente-six ans, tandis que Victor Hugo avait vécu très vieux et honoré. Partout où j'allais, dans l'appartement, il y avait toujours la tête de Victor Hugo qui me contemplait et quand je dis partout, je l'entends littéralement : le grand homme était toujours là, quel que fût l'endroit, posant sur mes efforts un regard grave, habitué pourtant à d'autres horizons. De notre petit Panthéon de cartes jaunies, elle avait catégoriquement rejeté Mozart — « il est mort jeune » —, Baudelaire — « tu comprendras plus tard pourquoi » —, Berlioz, Bizet, Chopin — « ils étaient malchanceux » — mais, chose étrange, et malgré sa crainte affreuse, pour moi, des maladies et, en particulier, de la tuberculose et de la syphilis, Guy de Maupassant paraissait avoir trouvé quelque excuse à ses yeux et fut admis dans l'album, avec un peu de gêne, il est vrai, et après une courte hésitation. Ma mère avait pour lui une tendresse très marquée, et j'ai toujours été très heureux que Guy de Maupassant n'eût pas rencontré ma mère, avant ma naissance — j'ai parfois le sentiment de l'avoir échappé belle.

Ainsi donc, la carte postale représentant le beau Guy en chemise blanche, la moustache bien tournée, fut admise dans ma collection, où elle figura en bonne place, entre le jeune Bonaparte et Mme Récamier. Lorsque je feuilletais l'album, ma mère se penchait souvent par-dessus mon épaule et posait sa main sur l'image de Maupassant. Elle s'absorbait dans sa contemplation et soupirait un peu.

— Les femmes l'aimaient beaucoup, disait-elle.

Puis elle ajoutait, apparemment hors de propos, avec une nuance de regret :

— Mais il vaut peut-être mieux que tu épouses une jeune fille de bonne famille, bien propre.

À force, peut-être, de regarder l'image du pauvre Guy dans notre album, il parut à ma mère que le temps était venu de m'adresser une mise en garde solennelle contre les embûches qui guettent un homme du monde sur son chemin. Un après-midi, je fus invité à monter dans un fiacre et conduit dans un abominable endroit appelé « Panopticum », une sorte de musée d'horreurs médicales, où les échantillons en cire mettaient les collégiens en garde contre les conséquences de certains égarements. Je dois dire que je fus dûment impressionné. Tous ces nez écroulés, fondant, disparaissant sous la morsure du mal, que les autorités offraient à la méditation de la jeunesse des écoles, dans une lumière de caveau, me rendirent malade de peur. Car c'était toujours le nez, apparemment, qui faisait les frais de ces joies funestes.

L'avertissement sévère qui me fut ainsi adressé en ce lieu sinistre eut sur ma nature impressionnable une influence salutaire : toute ma vie, j'ai fait très attention à mon nez. J'ai compris que la boxe était un sport que la hiérarchie ecclésiastique de Wilno me déconseillait fortement de pratiquer, ce qui explique pourquoi le ring est un des rares endroits où je ne me suis jamais risqué dans ma carrière de champion. Je me suis toujours efforcé d'éviter les bagarres et les coups de poing et je peux dire qu'à cet égard, du moins, mes éducateurs peuvent être satisfaits de moi.

Mon nez n'est plus ce qu'il était autrefois. On a dû me le refaire entièrement dans un hôpital de la R. A. F. pendant la guerre, à la suite d'un méchant accident d'avion, mais quoi, il est toujours là, j'ai continué à respirer à travers plusieurs républiques et, encore en ce moment, couché entre ciel et terre, lorsque mon vieux besoin d'amitié me reprend et que je pense à mon chat Mortimer, enterré dans un jardin de Chelsea, à mes chats Nicolas, Humphrey, Gaucho, et à Gaston, le chien sans race, qui m'ont tous quitté depuis longtemps, il me suffit de lever la main et de toucher le bout de mon nez pour m'imaginer qu'il me reste encore de la compagnie.

CHAPITRE XV

En dehors des lectures édifiantes qui m'étaient recommandées par ma mère, je dévorais tous les livres qui me tombaient sous la main ou, plus exactement, sur lesquels je mettais discrètement la main chez les bouquinistes du quartier. Je transportais mon butin dans la grange et là, assis par terre, je me plongeais dans l'univers fabuleux de Walter Scott, de Karl May, de Mayn Reed et d'Arsène Lupin. Ce dernier m'enchantait particulièrement et je m'efforçais de mon mieux d'imposer à mon visage la grimace caustique, menaçante et supérieure, dont l'artiste avait doté le visage du héros sur la couverture du livre. Avec le mimétisme naturel des enfants, j'y réussissais assez bien et, aujourd'hui encore, je retrouve parfois, dans mon expression, dans mes traits, dans mes mines, une vague trace du dessin qu'un illustrateur de troisième ordre avait tracé jadis sur la couverture d'un livre bon marché. Walter Scott me plaisait beaucoup et il m'arrive encore de m'étendre sur mon lit et de m'élancer à la poursuite de quelque noble idéal, de protéger les veuves et de sauver les

orphelins — les veuves sont toujours remarquablement belles et enclines à me témoigner leur
reconnaissance, après avoir enfermé les orphelins
dans une pièce à côté. Un autre de mes ouvrages
favoris était *L'Île au Trésor* de R. L. Stevenson,
encore une lecture dont je ne me suis jamais remis.
L'image d'un coffre en bois plein de doublons, de
rubis, d'émeraudes et de turquoises — je ne sais
pourquoi, les diamants ne m'ont jamais tenté —
est pour moi un tourment continuel. Je demeure
convaincu que cela existe quelque part, qu'il suffit
de bien chercher. J'espère encore, j'attends encore,
je suis torturé par la certitude que c'est là, qu'il
suffit de connaître la formule, le chemin, l'endroit.
Ce qu'une telle illusion peut réserver de déceptions et d'amertume, seuls les très vieux mangeurs
d'étoiles peuvent le comprendre entièrement. Je
n'ai jamais cessé d'être hanté par le pressentiment
d'un secret merveilleux et j'ai toujours marché sur
la terre avec l'impression de passer à côté d'un trésor enfoui. Lorsque j'erre parfois sur les collines de
San Francisco, Nob Hill, Russian Hill, Telegraph
Hill, peu de gens soupçonnent que ce monsieur
aux cheveux grisonnants est à la recherche d'un
Sésame, ouvre-toi, que son sourire désabusé cache
la nostalgie du maître-mot, qu'il croit au mystère,
à un sens caché, à une formule, à une clé ; je fouille
longuement du regard le ciel et la terre, j'interroge,
j'appelle et j'attends. Je sais naturellement dissimuler tout cela sous un air courtois et distant :
je suis devenu prudent, je feins l'adulte, mais,
secrètement, je guette toujours le scarabée d'or,
et j'attends qu'un oiseau se pose sur mon épaule,

pour me parler d'une voix humaine et me révéler enfin le pourquoi et le comment.

Je ne puis pourtant prétendre que ma première rencontre avec la magie fut encourageante.

J'y fus initié dans la cour, par un de mes cadets, prénommé par nous Pastèque, en raison de l'habitude qu'avait l'intéressé d'observer le monde par-dessus la tranche rouge d'une pastèque, dans laquelle il plongeait ses dents et son nez, si bien que seuls ses yeux méditatifs demeuraient visibles. Ses parents avaient une boutique de fruits et légumes dans l'immeuble et il n'émergeait jamais du sous-sol où ils habitaient sans une belle portion de son fruit préféré. Il avait une façon de pénétrer dans la chair succulente la tête la première, qui nous faisait saliver de concupiscence, cependant que ses grands yeux attentifs nous observaient avec intérêt par-dessus l'objet de nos désirs. La pastèque était un des fruits les plus communs du pays, mais il y avait, chaque saison, dans la ville, quelques cas de choléra, et nos parents nous interdisaient formellement d'y toucher. Je suis convaincu que les frustrations éprouvées dans l'enfance laissent une marque profonde et indélébile et ne peuvent plus jamais être compensées ; à quarante-quatre ans, chaque fois que je plonge mes dents dans une pastèque, j'éprouve un sentiment de revanche et de triomphe extrêmement satisfaisant, et mes yeux semblent toujours chercher par-dessus la tranche ouverte et parfumée, le visage de mon petit camarade pour lui signifier que nous sommes enfin quittes, et que moi aussi, je suis parvenu à quelque chose dans la vie. J'ai beau, cependant, me gaver de mon fruit préféré, il serait vain de nier que je sentirai toujours la morsure du regret dans mon cœur et que toutes les pastèques du monde ne me feront pas oublier celles que je n'ai pas mangées à huit ans, lorsque j'en avais le plus envie, et que la pastèque absolue continuera à me narguer jusqu'à la fin de mes jours, toujours présente, pressentie, et toujours hors de portée.

En dehors de cette façon qu'il avait de nous défier en savourant sa possession du monde, Pastèque avait exercé sur moi une autre influence importante. Il devait avoir un ou deux ans de moins que moi, mais j'ai toujours été très influencé par mes cadets. Les hommes âgés n'ont jamais eu d'ascendant sur moi, je les ai toujours considérés comme étant hors jeu et leurs conseils de sagesse me semblent se détacher d'eux comme des feuilles mortes d'une cime sans doute majestueuse, mais que la sève n'abreuve plus. La vérité meurt jeune. Ce que la vieillesse a « appris » est en réalité tout ce qu'elle a oublié, la haute sérénité des vieillards à barbe blanche et au regard indulgent me semble aussi peu convaincante que la douceur des chats émasculés et, alors que l'âge commence à peser sur moi de ses rides et de ses épuisements, je ne triche pas avec moi-même et je sais que, pour l'essentiel, j'ai été et ne serai plus jamais.

Ce fut donc le petit Pastèque qui m'initia à la magie. Je me souviens de l'étonnement que j'éprouvai lorsqu'il m'apprit que tous mes vœux pouvaient être exaucés, si je savais m'y prendre. Il suffisait de se procurer une bouteille, d'y uriner d'abord, et d'y placer ensuite, dans l'ordre : des moustaches de chat, des queues de rats, des fourmis vivantes, des oreilles de chauve-souris, ainsi que vingt autres ingrédients difficiles à trouver dans le commerce, et que j'ai complètement oubliés aujourd'hui, ce qui me fait craindre que mes vœux ne soient plus jamais exaucés. Je me mis aussitôt en quête des éléments magiques indispensables. Les mouches étaient partout, les chats et les rats crevés ne manquaient pas dans la cour, les chauves-souris nichaient dans les hangars et uriner dans la bouteille n'offrait pas de problème particulier. Mais essayez donc de faire entrer dans une bouteille des fourmis vivantes ! On ne peut ni les saisir, ni les garder, elles s'échappent à peine tenues, s'ajoutant au nombre de celles qu'il vous faut encore capturer, et lorsque l'une d'elles prend enfin obligeamment le chemin du goulot, le temps d'en décider une autre et déjà la précédente est ailleurs et tout est à recommencer. Un vrai métier de Don Juan aux enfers. Il arriva cependant un moment où Pastèque, lassé du spectacle de mes efforts, et impatient de goûter au gâteau que je devais lui remettre en échange de sa formule magique, déclara enfin que le talisman était complet et prêt à fonctionner.

Il ne me restait plus qu'à formuler un vœu.

Je me mis à réfléchir.

Assis par terre, la bouteille entre les jambes, je couvrais ma mère de bijoux, je lui offrais des Packard jaunes avec des chauffeurs en livrée, je lui bâtissais des palais de marbre où toute la bonne société de Wilno était invitée à se rendre à genoux. Mais ce n'était pas ça. Quelque chose, toujours, manquait. Entre ces pauvres miettes et l'extraordinaire besoin qui venait de s'éveiller en moi, il n'y avait pas de commune mesure. Vague et lancinant, tyrannique et informulé, un rêve étrange s'était mis à bouger en moi, un rêve sans visage, sans contenu, sans contour, le premier frémissement de cette aspiration à quelque possession totale dont l'humanité a nourri aussi bien ses plus grands crimes que ses musées, ses poèmes et ses empires, et dont la source est peut-être dans nos gènes comme un souvenir et une nostalgie biologique que l'éphémère conserve de la coulée éternelle du temps et de la vie dont il s'est détaché. Ce fut ainsi que je fis connaissance avec l'absolu, dont je garderai sans doute jusqu'au bout, à l'âme, la morsure profonde, comme une absence de quelqu'un. Je n'avais que neuf ans et je ne pouvais guère me douter que je venais de ressentir pour la première fois l'étreinte de ce que, plus de trente ans plus tard, je devais appeler « les racines du ciel », dans le roman qui porte ce titre. L'absolu me signifiait soudain sa présence inaccessible et, déjà, à ma soif impérieuse, je ne savais quelle source offrir pour l'apaiser. Ce fut sans doute ce jour-là que je suis né en tant qu'artiste ; par ce suprême échec que l'art est toujours, l'homme, éternel tricheur de lui-même, essaye de faire passer pour une réponse ce qui est condamné à demeurer comme une tragique interpellation.

Il me semble que j'y suis encore, assis, dans ma culotte courte, parmi les orties, la bouteille magique à la main. Je faisais des efforts d'imagination presque paniques, car je pressentais déjà que le temps m'était strictement compté ; mais je ne trouvais rien qui fût à la mesure de mon étrange besoin, rien qui fût digne de ma mère, de mon amour, de tout ce que j'eusse voulu lui donner. Le goût du chef-d'œuvre venait de me visiter et ne devait plus jamais me quitter. Peu à peu, mes lèvres se mirent à trembler, mon visage fit une grimace dépitée et je me mis à hurler de colère, de peur et d'étonnement.

Depuis, je me suis fait à l'idée et, au lieu de hurler, j'écris des livres.

Parfois, il m'arrive d'ailleurs de désirer quelque chose de concret et de bien terrestre, mais comme je n'ai de toute façon plus la bouteille, ce n'est même pas la peine d'en parler.

J'enterrai mon talisman dans la grange, je plaçai le chapeau haut-de-forme par-dessus, pour pouvoir repérer l'endroit, mais une sorte de désenchantement s'empara de moi et je n'essayai jamais de le récupérer.

CHAPITRE XVI

Pourtant, les circonstances firent que ma mère et moi eûmes bientôt besoin de toutes les puissances magiques que nous eussions pu trouver autour de nous.

D'abord, je tombai malade. La scarlatine me quittait à peine qu'une néphrite lui succédait et les grands médecins accourus à mon chevet me déclarèrent perdu. Je fus déclaré perdu à plusieurs reprises, dans ma vie, et une fois, après m'avoir administré l'extrême-onction, on alla même jusqu'à placer une garde d'honneur devant mon corps, en grande tenue, poignard et gants blancs.

À mes moments de conscience, je me sentais très inquiet.

J'avais un sens aigu de mes responsabilités et l'idée de laisser ma mère seule au monde, sans aucun soutien, m'était insupportable. Je savais tout ce qu'elle attendait de moi et alors que j'étais couché là, vomissant du sang noir, l'idée de me dérober me torturait plus encore que mon rein infecté. J'allais déjà sur ma dixième année et je sentais cruellement que je n'étais qu'un raté. Je n'étais pas Yacha Heifetz, je n'étais pas ambassadeur, je n'avais pas d'oreille, pas de voix, et, par-dessus le marché, j'allais mourir bêtement, sans avoir eu le moindre succès féminin et sans même être devenu Français. Encore aujourd'hui, je frémis à l'idée que j'aurais pu mourir à cette époque, sans avoir gagné le championnat de ping-pong de Nice, en 1932.

J'imagine que mon refus de me dérober à mes obligations envers ma mère joua un rôle considérable dans la lutte que j'entamai pour demeurer vivant. Chaque fois que je voyais, penché sur moi, son visage douloureux, vieilli, creusé, j'essayais de sourire et de dire quelques mots cohérents, pour montrer que je tenais bon et que ça n'allait pas si mal que ça.

Je fis de mon mieux. J'appelais à ma rescousse d'Artagnan et Arsène Lupin, je parlais français au médecin, je balbutiais des fables de La Fontaine et, une épée imaginaire à la main, je me fendais en avant et sus ! sus ! sus ! je faisais comme le lieutenant Sverdlovski me l'avait appris. Le lieutenant Sverdlovski vint me voir lui-même et il resta longuement à mon chevet, sa grosse patte posée sur ma main, remuant violemment ses moustaches, et je me sentais encouragé dans ma lutte par cette présence militaire à côté de moi. J'essayais de lever mon bras et de faire mouche, le pistolet au poing ; je fredonnais *La Marseillaise* et donnais très exactement la date de naissance du Roi-Soleil, je gagnais des concours hippiques et j'eus même l'impudeur de me voir debout sur une scène, dans mon costume de velours, un immense jabot de soie blanche sous le menton, jouant du violon devant un public émerveillé, pendant que ma mère, pleurant de gratitude dans sa loge, recevait des fleurs. Le monocle à l'œil et le haut-de-forme sur la tête, aidé, il faut bien l'avouer, par Rouletabille, je sauvais la France des desseins diaboliques du Kaiser et me précipitais aussitôt à Londres pour récupérer les bijoux de la Reine, revenant juste à temps pour chanter *Boris Godounov* à l'Opéra de Wilno.

Tout le monde connaît l'histoire du caméléon de bonne volonté. On le mit sur un tapis vert, et il devint vert. On le mit sur un tapis rouge, et il devint rouge. On le mit sur un tapis blanc et il devint blanc. Jaune, et il devint jaune. On le plaça alors sur un tapis écossais et le pauvre caméléon éclata. Je n'éclatai pas, mais je fus bien malade tout de même.

Cependant, je me battis courageusement, comme il sied à un Français, et je gagnai la bataille.

J'ai gagné beaucoup de batailles dans ma vie, mais j'ai mis beaucoup de temps à me faire à l'idée qu'on a beau gagner des batailles, on ne peut pas gagner la guerre. Pour que l'homme puisse y parvenir un jour, il nous faudrait une aide extérieure et celle-ci n'est pas encore à l'horizon.

Je peux donc dire que je me battis selon les meilleures traditions de mon pays, avec une abnégation totale, sans penser à moi, mais uniquement pour sauver la veuve et l'orphelin.

Je faillis mourir tout de même, laissant à d'autres le souci de représenter la France à l'étranger.

Mon souvenir le plus pénible fut le moment où, sous l'œil de trois médecins, je fus enveloppé dans un drap glacé, petite expérience que j'eus à subir à nouveau à Damas, en 1941, alors que j'agonisais, atteint d'hémorragies intestinales à la suite d'un cas de typhoïde particulièrement hideux, et que la Faculté réunie décida qu'on pouvait aussi bien essayer de me faire plaisir encore une fois.

Ce traitement intéressant n'ayant donné aucun résultat, il fut décidé à l'unanimité de « décapsuler » mon rein, quoi que cela veuille dire. Mais ce fut là que ma mère eut une réaction digne de tout ce qu'elle attendait de moi. Elle refusa l'opération. Elle s'y opposa, catégoriquement, furieusement, malgré l'avis du grand spécialiste allemand du rein, qu'elle avait fait venir à grands frais de Berlin. J'appris par la suite que, dans son esprit, il y avait un lien direct entre les reins et l'activité sexuelle. Les médecins eurent beau lui expliquer qu'on pouvait fort bien avoir subi l'opération et avoir des occupations sexuelles normales, je suis sûr que le mot « normales » acheva de l'épouvanter et la confirma dans sa décision. Une activité sexuelle « normale » n'était pas du tout ce qu'elle envisageait pour moi. Pauvre maman ! Je n'ai pas le sentiment d'avoir été bon fils.

Mais je gardai mon rein, et le spécialiste allemand reprit le train, m'ayant condamné à une mort imminente. Je ne mourus point, malgré tous les spécialistes allemands auxquels j'eus affaire depuis.

Mon rein guérit. Dès que la fièvre m'eut quitté, je fus placé sur un brancard et transporté dans un compartiment spécial à Bordighera, en Italie, où le soleil de la Méditerranée fut invité à me prodiguer ses soins.

Mon premier contact avec la mer eut sur moi

139

un effet bouleversant. Je dormais paisiblement sur ma couchette lorsque je sentis sur le visage une bouffée de fraîcheur parfumée. Le train venait de s'arrêter à Alassio et ma mère avait baissé la fenêtre. Je me dressai sur les coudes et ma mère suivit mon regard en souriant. Je jetai un coup d'œil dehors et je sus brusquement, clairement, que *j'étais arrivé*. Je voyais la mer bleue, une plage de galets et des canots de pêcheurs, couchés sur le côté. Je regardai la mer. Quelque chose se passa en moi. Je ne sais quoi : une paix illimitée, l'impression d'être rendu. La mer a toujours été pour moi, depuis, une humble mais suffisante métaphysique. Je ne sais pas parler de la mer. Tout ce que je sais, c'est qu'elle me débarrasse soudain de toutes mes obligations. Chaque fois que je la regarde, je deviens un noyé heureux.

Pendant que je me rétablissais sous les citronniers et les mimosas de Bordighera, ma mère fit un rapide voyage à Nice. Son idée était de vendre la maison de couture à Wilno et de venir en ouvrir une autre à Nice. Son sens pratique lui suggérait, malgré tout, que je n'avais que peu de chances de devenir ambassadeur de France en demeurant dans une petite ville de Pologne orientale.

Mais lorsque, six semaines plus tard, nous revînmes à Wilno, il devint apparent que « le grand salon de Haute Couture parisienne *Maison Nouvelle* » n'était plus quelque chose qui pouvait être vendu, ni même sauvé. Ma maladie nous avait ruinés. Pendant deux ou trois mois, les meilleurs spécialistes d'Europe avaient été convoqués auprès de moi et ma mère était criblée de dettes. Même avant ma défaillance et bien que sa maison fût, incontestablement, pendant deux ans, la première de la ville, son prestige était plus reluisant que son chiffre d'affaires, et notre train de vie plus grand que nos moyens ; l'entreprise ne subsistait que dans le cercle infernal des traites sur l'avenir, et le mot russe *wechsel*, traite, était un refrain que j'entendais continuellement. Il faut bien mentionner aussi l'extravagance extraordinaire de ma mère lorsqu'il s'agissait de moi, l'étonnante écurie de professeurs dont j'étais entouré, et surtout, sa détermination de maintenir coûte que coûte une façade de prospérité, de ne pas laisser la rumeur se répandre que l'affaire périclitait car, dans le snobisme capricieux qui pousse la clientèle à accorder ses faveurs à une maison de couture, le succès joue un rôle essentiel : au moindre signe de difficultés matérielles, ces dames font la moue, s'adressent ailleurs, ou s'appliquent à vous arracher un prix de plus en plus bas, accélérant ainsi le mouvement jusqu'à la chute finale. Ma mère le savait bien et elle lutta jusqu'au bout pour sauver les apparences. Elle savait admirablement donner aux clientes l'impression qu'elles étaient « admises », ou même « tolérées », qu'on n'avait pas *vraiment* besoin d'elles, qu'on leur faisait une faveur en acceptant leurs commandes. Ces dames se disputaient son attention, ne discutaient jamais les prix, tremblaient à l'idée qu'une robe nouvelle pût ne pas être prête pour le bal, pour la première, pour le gala — ceci, alors que ma mère avait chaque mois le couteau de l'échéance sur la gorge, qu'il fallait emprunter de l'argent chez les usuriers, que des traites nouvelles étaient tirées pour faire face aux traites échues, cependant qu'il fallait aussi s'occuper de la mode du jour, ne pas se laisser distancer par les concurrents, jouer la comédie devant les acheteurs, procéder aux interminables essayages, sans jamais donner l'impression à l'aimable clientèle qu'elle vous tenait à sa merci, et assister aux « achèterai — achèterai pas » de ces dames avec un sourire amusé, sans leur laisser deviner que l'issue de cette valse-hésitation était pour vous une question de vie ou de mort.

Souvent, je voyais ma mère sortir du salon pendant un essayage particulièrement capricieux, venir dans ma chambre, s'asseoir en face de moi et me regarder silencieusement, en souriant, comme pour reprendre des forces à la source de son courage et de sa vie. Elle ne me disait rien, fumait une cigarette, puis se levait et repartait au combat.

Il n'y avait donc rien d'étonnant à ce que ma maladie et les deux mois d'absence pendant lesquels l'affaire fut laissée aux soins d'Aniela, eussent donné à *Maison Nouvelle* le coup final dont elle ne se releva plus. Peu de temps après notre retour à Wilno, après des efforts désespérés pour renflouer l'entreprise, le combat fut définitivement perdu et nous fûmes déclarés en faillite, à la satisfaction de nos concurrents. Nos meubles furent saisis et je me souviens d'un Polonais gras et chauve, avec des moustaches de cafard, allant et venant dans les salons, une serviette sous le bras, en compagnie de deux acolytes qui paraissaient sortir de Gogol, tâtant longuement les robes dans les placards, les fauteuils, caressant les machines à coudre, les étoffes et les mannequins d'osier. Ma mère avait cependant eu la précaution de mettre à l'abri des créanciers et commissaires son trésor précieux, une collection complète de vieille argenterie impériale qu'elle avait emportée avec elle de Russie, des pièces rares de collectionneur dont la valeur était, d'après elle, considérable ; elle avait toujours refusé de toucher à ce magot, lequel était, en quelque sorte, ma dot ; il devait assurer pour plusieurs années notre avenir en France lorsque nous allions enfin nous y établir, et me permettre de « grandir, étudier, devenir quelqu'un ».

Pour la première fois depuis qu'elle m'avait, ma mère se montra désespérée, et se tourna vers moi avec une sorte de féminité vaincue et désarmée, pour me demander aide et protection. J'avais déjà près de dix ans et j'étais donc prêt à assumer ce rôle. Je compris que mon premier devoir était de paraître imperturbable, calme, fort, sûr de moi, viril et détaché. Le moment était venu de me révéler aux yeux de tous dans mon rôle de cavalier, celui auquel le lieutenant Sverdlovski m'avait si soigneusement préparé. Les huissiers avaient saisi mes *jodhpurs* et ma cravache et j'en fus réduit à leur faire face en culotte courte et les mains nues. Je me promenais sous leur nez d'un air arrogant, à travers l'appartement qui se vidait peu à peu de ses objets familiers. Je me plantais devant l'armoire ou la commode que les sbires soulevaient, je mettais les mains dans les poches, le ventre en avant et je sifflotais avec mépris, observant narquoisement leurs efforts maladroits, les narguant du regard, un vrai gars, dur comme un roc, capable de veiller sur sa mère et de vous cracher dessus, à la moindre provocation. Cette mimique n'était nullement destinée aux huissiers, mais à ma mère, pour qu'elle comprît qu'il n'y avait pas lieu de se frapper, qu'elle était protégée, que j'allais lui rendre tout cela au centuple, tapis, console Louis XVI, lustre et trumeau en acajou. Ma mère paraissait réconfortée, assise dans le dernier fauteuil, me suivant d'un regard émerveillé. Lorsque le tapis fut enlevé, je me mis à siffler un tango et j'effectuai sur le parquet, avec une partenaire imaginaire, quelques-uns de ces pas de danse savants que Mlle Gladys m'avait appris. Je glissais sur le parquet, serrant étroitement la taille de ma partenaire invisible, en sifflotant « Tango Milonga, tango de mes rêves merveilleux » et ma mère, une cigarette à la main, penchait la tête d'un côté puis de l'autre, et battait la mesure, et lorsqu'elle dut quitter le fauteuil pour le céder aux déménageurs, elle le fit presque gaiement et sans me quitter des yeux, cependant que je continuais mes évolutions savantes sur le parquet poussiéreux, pour bien marquer que j'étais toujours là et que son plus grand bien avait, en somme, échappé à la saisie.

Nous tînmes ensuite un long conciliabule pour décider ce que nous allions faire, de quel côté nous devions nous tourner. Nous parlâmes français, pour ne pas être compris des coquins, debout dans le salon vide, pendant que le lustre était descendu du plafond.

Il n'était pas question pour nous de demeurer à Wilno, où les meilleures clientes de ma mère, celles qui la cajolaient et la suppliaient, jadis, pour être servies les premières, levaient à présent le nez et détournaient la tête lorsqu'elles la rencontraient dans la rue, attitude d'autant plus commode et explicable de leur part que, souvent, elles nous devaient de l'argent : cela leur permettait, en somme, de faire d'une pierre deux coups.

Je ne me souviens plus des noms de ces nobles créatures, mais j'espère fermement qu'elles sont toujours en vie, qu'elles n'ont pas eu le temps de mettre leur viande à l'abri et que le régime communiste est venu leur apprendre un peu d'humanité. Je ne suis pas rancunier, et je ne vais pas plus loin.

Il m'arrive parfois d'entrer dans les grands salons de couture parisiens, de m'asseoir dans un coin et d'assister au défilé ; tous mes amis croient que je hante ces lieux aimables en rôdeur, pour me livrer à mon péché mignon, qui est de regarder les jolies filles. Ils se trompent.

Je me rends dans ces lieux en pèlerinage pour y penser à la directrice de *Maison Nouvelle*.

Nous n'avions pas assez d'argent pour aller nous installer à Nice et ma mère refusait de vendre sa précieuse argenterie sur laquelle tout mon avenir était fondé. Avec les quelques centaines de zlotys que nous avions pu sauver du désastre, nous décidâmes donc de nous rendre d'abord à Varsovie, ce qui était tout de même un pas dans la bonne direction. Ma mère y avait des parents et des amis, mais surtout, elle avait un argument décisif en faveur de ce projet.

— Il y a un lycée français à Varsovie, m'annonça-t-elle, en reniflant avec satisfaction.

Il n'y avait plus à discuter. Il n'y avait plus qu'à faire nos valises, ce qui était une façon de parler, car les valises avaient été saisies, elles aussi, et, l'argenterie bien à l'abri, nous dûmes envelopper ce qui nous restait dans un baluchon, suivant la meilleure tradition.

Aniela ne nous accompagna pas. Elle alla rejoindre son fiancé, un employé des chemins de fer, qui habitait dans un wagon sans roues, à côté de la gare ; c'est là que nous la laissâmes, après une scène déchirante où nous sanglotâmes éperdument, en nous jetant dans les bras l'un de l'autre, effectuant de fausses sorties, pour revenir nous embrasser encore une fois ; je n'ai jamais autant hurlé depuis.

J'ai essayé à plusieurs reprises d'avoir de ses nouvelles, mais un wagon sans roues, ce n'est pas là une adresse bien ferme, dans un monde bouleversé. J'aurais beaucoup aimé la rassurer, lui dire que j'ai réussi à ne pas attraper la tuberculose, ce qui était ce qu'elle redoutait pour moi par-dessus tout. C'était une jolie jeune femme au corps opulent, aux grands yeux bruns, aux longs cheveux noirs, mais c'était déjà il y a trente-trois ans.

Nous quittâmes Wilno sans regret. J'emportais dans mon baluchon mes fables de La Fontaine, un volume d'Arsène Lupin et ma *Vie des Français illustres*. Aniela avait pu sauver du désastre l'uniforme de Tcherkesse que j'avais jadis porté au bal costumé et je l'emportais également. Il était déjà trop petit et je n'ai jamais eu l'occasion de porter un uniforme de Tcherkesse depuis.

CHAPITRE XVII

À Varsovie, nous vécûmes difficilement dans des chambres meublées. Quelqu'un, de l'étranger, vint en aide à ma mère, lui envoyant, très régulièrement, des sommes d'argent qui nous permettaient de subsister. J'allais à l'école où, tous les matins, à la récréation de dix heures, ma mère m'apportait du chocolat dans un thermos et des tartines beurrées. Elle fit mille choses pour nous maintenir à flot. Elle fut courtière de bijoux, acheta et revendit des fourrures et des antiquités et fut, je crois, la première à avoir eu une idée qui se révéla modestement lucrative : par voie d'annonces, elle informait le public qu'elle achetait des dents qu'à défaut d'autre terme je peux seulement qualifier de dents d'occasion ; celles-ci contenaient des travaux en or ou en platine et ma mère les revendait avec profit. Elle examinait les dents à la loupe, les trempant dans un acide spécial pour s'assurer que c'était bien d'un métal noble qu'il s'agissait. Elle fit aussi de la gérance d'immeubles, fut placeuse en publicité et se chargea de mille autres besognes dont je ne me souviens plus aujourd'hui ; mais, chaque matin, à

147

dix heures, elle était là, avec son thermos de chocolat et ses tartines beurrées.

Cependant, là encore, nous eûmes à subir un échec cuisant : : je n'ai pas pu entrer au lycée français de Varsovie. Les études y coûtaient cher et dépassaient nos moyens. Je fréquentai donc l'école polonaise pendant deux ans et, aujourd'hui encore, je parle et j'écris le polonais couramment. C'est une très belle langue. Mickiewicz demeure un de mes poètes préférés, et j'aime beaucoup la Pologne — comme tous les Français.

Cinq fois par semaine, je prenais le tramway et me rendais chez un excellent homme qui s'appelait Lucien Dieuleveut-Kaulek et qui m'enseignait ma langue maternelle.

Ici, je dois faire un aveu. Je mens assez peu, car le mensonge a pour moi un goût douceâtre d'impuissance : il me laisse trop loin du but. Mais lorsqu'on me demande où, à Varsovie, j'ai fait mes études, je réponds toujours : au lycée français. C'est une question de principe. Ma mère avait fait de son mieux et je ne vois pas pourquoi je la priverais du fruit de son labeur.

Qu'on ne s'imagine pas, cependant, que j'assistais à ses luttes sans tenter de venir à son secours. Après avoir failli dans tant de domaines, je croyais enfin avoir découvert ma véritable vocation. J'avais commencé à jongler à Wilno, au temps de Valentine, et pour ses beaux yeux. J'avais continué depuis, en pensant surtout à ma mère, et pour me faire pardonner mon manque d'autres talents. Dans les couloirs de l'école, sous le regard de mes camarades éblouis, je jonglais à présent avec cinq et six oranges et, quelque part, au fond de moi, vivait la folle ambition de parvenir à la septième et peut-être à la huitième, comme le grand Rastelli, et même, qui sait, à la neuvième, pour devenir enfin le plus grand jongleur de tous les temps. Ma mère méritait cela et je passais tous mes loisirs à m'entraîner.

Je jonglais avec les oranges, avec les assiettes, avec les bouteilles, avec les balais, avec tout ce qui me tombait sous la main ; mon besoin d'art, de perfection, mon goût de l'exploit merveilleux et unique, bref, ma soif de maîtrise, trouvait là un humble mais fervent moyen d'expression. Je me sentais aux abords d'un domaine prodigieux, et où j'aspirais de tout mon être à parvenir : celui de l'impossible atteint et réalisé. Ce fut mon premier moyen conscient d'expression artistique, mon premier pressentiment d'une perfection possible et je m'y jetai à corps perdu. Je jonglais à l'école, dans les rues, en montant l'escalier, j'entrais dans notre chambre en jonglant et je me plantais devant ma mère, les six oranges volant dans les airs, toujours relancées, toujours rattrapées. Malheureusement, là encore, alors que je me voyais déjà promis au plus brillant destin, faisant vivre ma mère dans le luxe grâce à mon talent, un fait brutal s'imposa peu à peu à moi : je n'arrivais pas à dépasser la sixième balle. J'ai essayé, pourtant, Dieu sait que j'ai essayé. Il m'arrivait à cette époque de jongler sept, huit heures par jour. Je sentais confusément que l'enjeu était important, capital même, que je jouais là toute ma vie, tout mon rêve, toute ma nature profonde, que c'était bien de toute la perfection possible ou impossible qu'il s'agissait. Mais j'avais beau faire, la septième balle se dérobait toujours à mes efforts. Le chef-d'œuvre demeurait inaccessible, éternellement latent, éternellement pressenti, mais toujours hors de portée. La maîtrise se refusait toujours. Je tendais toute ma volonté, je faisais appel à toute mon agilité, à toute ma rapidité, les balles, lancées en l'air, se succédaient avec précision, mais la septième balle à peine lancée, tout l'édifice s'écroulait et je restais là, consterné, incapable de me résigner, incapable de renoncer. Je recommençais. Mais la dernière balle est restée à jamais hors d'atteinte. Jamais, jamais ma main n'est parvenue à la saisir. J'ai essayé toute ma vie. Ce fut seulement aux abords de ma quarantième année, après avoir longuement erré parmi les chefs-d'œuvre, que peu à peu la vérité se fit en moi, et que je compris que la dernière balle n'existait pas.

C'est une vérité triste et il ne faut pas la dévoiler aux enfants. Voilà pourquoi ce livre ne peut être mis entre toutes les mains.

Je ne m'étonne plus aujourd'hui qu'il arrivât à Paganini de jeter son violon et de rester de longues années sans y toucher, gisant là, le regard vide. Je ne m'étonne pas, *il savait*.

Lorsque je vois Malraux, le plus grand de nous tous, jongler avec ses balles, comme peu d'hommes ont jonglé avant lui, mon cœur se serre devant sa tragédie, celle qu'il porte écrite sur son visage, au milieu de ses plus brillants exploits : la dernière balle est hors de sa portée, et toute son œuvre est faite de cette certitude angoissée.

Il serait temps, d'ailleurs, de dire la vérité sur l'affaire Faust. Tout le monde a menti effrontément là-dessus. Goethe plus que les autres, avec le plus de génie, pour camoufler l'affaire et cacher la dure réalité. Là encore, je ne devrais sans doute pas le dire, car s'il y a une chose que je n'aime pas faire, c'est bien enlever leur espoir aux hommes. Mais enfin, la véritable tragédie de Faust, ce n'est pas qu'il ait vendu son âme au diable. La véritable tragédie, c'est qu'il n'y a pas de diable pour vous acheter votre âme. Il n'y a pas preneur. Personne ne viendra vous aider à saisir la dernière balle, quel que soit le prix que vous y mettiez. Il y a bien toute une flopée de margoulins qui se donnent des airs, qui se déclarent preneurs, et je ne dis pas qu'on ne peut pas s'arranger avec eux, avec un certain profit. On peut. Ils vous offrent le succès, l'argent, l'adulation des foules. Mais c'est de la bouillie pour les chats, et lorsqu'on s'appelle Michel-Ange, Goya, Mozart, Tolstoï, Dostoïevski ou Malraux, on doit mourir avec le sentiment d'avoir fait de l'épicerie.

Ceci dit, je continue, bien entendu, à m'entraîner.

Il m'arrive encore de sortir de ma maison, sur ma colline, au-dessus de la baie de San-Francisco, et là, en pleine vue, en pleine lumière, je jongle avec trois oranges, tout ce que je peux faire aujourd'hui.

Ce n'est pas un défi. C'est une simple déclaration de dignité.

J'ai vu le grand Rastelli, un pied sur un goulot de bouteille, faire tourner deux cerceaux sur l'autre pied replié derrière lui, tout en tenant une canne sur son nez, un ballon sur la canne, un verre d'eau sur le ballon, et jonglant en même temps avec sept balles.

Je croyais voir là un moment de maîtrise totale et incontestée, un instant souverain de victoire de l'homme sur sa condition, mais Rastelli est mort quelques mois plus tard, désespéré, après avoir quitté l'arène sans être jamais parvenu à saisir la huitième balle, la dernière, la seule qui comptait pour lui.

Je crois que si j'avais pu me pencher sur son lit, il m'eût renseigné sur tout cela une bonne fois et, comme je n'avais alors que seize ans, une vie d'efforts et d'échecs m'aurait peut-être été épargnée.

Je serais désolé si on concluait de tout ce qui précède que je n'ai pas été un homme heureux. Ce serait là une erreur tout à fait regrettable. J'ai connu et je connais encore, dans ma vie, des bonheurs inouïs. Depuis mon enfance, par exemple, j'ai toujours aimé les concombres salés, pas les cornichons, mais les concombres, les vrais, les seuls et uniques, ceux qu'on appelle concombres à la russe. J'en ai toujours trouvé partout. Souvent, je m'en achète une livre, je m'installe quelque part au soleil, au bord de la mer, ou n'importe où, sur un trottoir ou sur un banc, je mords dans mon concombre et me voilà complètement heureux. Je reste là, au soleil, le cœur apaisé, en regardant les choses et les hommes d'un œil amical et je sais que la vie vaut vraiment la peine d'être vécue, que le bonheur est accessible, qu'il suffit simplement de trouver sa vocation profonde, et de se donner à ce qu'on aime avec un abandon total de soi.

Ma mère assistait à mes efforts pour lui venir en

aide avec une gratitude émue. Lorsqu'elle revenait à la maison, en traînant sous son bras quelque tapis usé ou quelque lampe d'occasion qu'elle se proposait de revendre, et qu'elle me trouvait dans ma chambre en train de jongler avec mes balles, elle ne se trompait pas sur le motif de mon acharnement. Elle s'asseyait, me regardait faire, et m'annonçait :

— Tu seras un grand artiste ! C'est ta mère qui te le dit.

Sa prédiction faillit se réaliser. Notre classe, à l'école, avait organisé un spectacle dramatique, et, après des éliminatoires serrées, le rôle principal dans le poème dramatique de Mickiewicz, *Konrad Wallenrod*, me fut dévolu, malgré le fort accent russe que j'avais en polonais. Ce ne fut pas par hasard que je gagnai les éliminatoires.

Tous les soirs, ayant terminé ses courses et préparé notre souper, ma mère, pendant une heure ou deux, me faisait répéter mon rôle. Elle l'avait appris par cœur et elle me le jouait d'abord elle-même pour me mettre en train. Elle donnait dans ses récitations le meilleur d'elle-même et j'étais ensuite invité à répéter le texte, en imitant ses gestes, ses attitudes et ses intonations. Le rôle était dramatique à souhait et, vers onze heures du soir, les voisins excédés commençaient à se fâcher et à réclamer le silence. Ma mère n'était pas femme à se laisser faire, et il y eut, dans les couloirs, des scènes mémorables, où, continuant sur la lancée du noble poème tragique du grand poète, elle se surpassait dans l'invective, le défi et les tirades enflammées. Le résultat ne se fit pas attendre, et, quelques jours avant la représentation, nous fûmes invités à aller déclamer ailleurs. Nous allâmes vivre chez une parente de ma mère, dans un appartement occupé par un avocat et sa sœur, qui était dentiste : nous dormîmes d'abord dans la salle d'attente, ensuite dans le cabinet, et chaque matin, il nous fallait débarrasser les lieux avant l'arrivée des clients et des patients.

La représentation eut enfin lieu et je remportai, ce soir-là, mon premier grand succès sur les planches. Après le spectacle, ma mère, encore bouleversée par les applaudissements et le visage ruisselant de larmes, m'emmena manger des gâteaux dans une pâtisserie. Elle avait encore l'habitude de me tenir par la main lorsque nous marchions dans la rue, et comme j'avais déjà onze ans et demi, je trouvais cela terriblement gênant. Je tâchais toujours de dégager poliment ma main, sous quelque prétexte plausible, et j'oubliais ensuite de la lui rendre, mais ma mère la reprenait toujours fermement dans la sienne.

Les rues voisines de la Poznanska étaient, dès l'après-midi, envahies par les prostituées. Il y en avait de véritables nuées, particulièrement dans la rue Chmielna et nous étions devenus, ma mère et moi, pour ces braves filles, un spectacle familier. Lorsque nous marchions ainsi parmi elles, la main dans la main, elles s'écartaient toujours respectueusement et complimentaient ma mère sur ma bonne mine. Lorsque je passais seul, elles m'arrêtaient souvent, me posaient des questions sur ma mère, me demandaient pourquoi elle ne se remariait pas, me donnaient des bonbons et l'une d'elles, une petite rousse maigre avec des jambes en cerceaux, m'embrassait toujours sur la joue, après quoi, me demandant mon mouchoir, elle m'essuyait la joue soigneusement. Je ne sais comment la nouvelle que j'allais tenir un rôle important dans notre représentation scolaire s'était répandue sur le trottoir, et je soupçonne ma mère d'y avoir été pour quelque chose, en tout cas, sur notre chemin à la pâtisserie, les filles nous entourèrent pour nous interroger anxieusement sur l'accueil qui m'avait été fait. Ma mère ne se montra pas inutilement modeste et, pendant les jours qui suivirent, une pluie de cadeaux s'abattit sur moi chaque fois que je passais dans la rue Chmielna. Je reçus de petites croix et des médailles saintes, des chapelets, des canifs, des tablettes de chocolat et des statuettes de la Vierge, et je fus à plusieurs reprises entraîné par les filles dans une petite charcuterie voisine où, sous leurs regards admiratifs, je me gavai de concombres salés.

Lorsque nous fûmes enfin dans la pâtisserie et qu'après mon cinquième gâteau, je commençai à souffler un peu, ma mère m'exposa brièvement ses projets d'avenir. Enfin, nous tenions quelque chose de concret, le talent était certain, la voie tracée, il n'y avait plus qu'à continuer. J'allais devenir un grand acteur, j'allais rendre les femmes malheureuses, j'allais avoir une immense voiture jaune décapotable, j'allais avoir un contrat avec la U.F.A. Cette fois, c'était là, on le tenait, on y était. Encore un gâteau pour moi, un verre de thé pour ma mère : elle devait boire entre quinze et vingt verres de thé par jour. Je l'écoutai — com-

155

ment dire ? — je l'écoutai prudemment. Je dois dire sans me vanter que je n'ai pas perdu la tête. Je n'avais que onze ans et demi, mais j'étais déjà résolu à être l'élément pondéré, mesuré, français, dans la famille. Pour le moment, la seule chose concrète que je voyais dans tout cela était les gâteaux sur le plateau, et là, je n'en ai pas laissé échapper un seul. J'ai bien fait, car ma grande carrière théâtrale et cinématographique ne s'est jamais matérialisée. Ce ne fut pourtant pas faute d'avoir essayé. Pendant plusieurs mois, ma mère ne cessa d'envoyer ma photo à tous les directeurs de théâtres de Varsovie et elle l'adressa également à Berlin, à la U.F.A., avec une longue description du grand triomphe dramatique que j'avais remporté dans le rôle principal de *Konrad Wallenrod*. Elle m'obtint même une audition avec le directeur du Théâtre Polski, un monsieur distingué et courtois qui m'écouta poliment, pendant que, un pied en avant, un bras levé, dans l'attitude de Rouget de Lisle chantant *La Marseillaise*, je déclamais énergiquement, dans son bureau, avec un fort accent russe, les vers immortels du barde polonais. J'avais un trac effroyable que j'essayais de cacher en hurlant encore plus fort ; il y avait, dans le bureau, plusieurs personnes qui me contemplaient et qui paraissaient vivement frappées, et je ne devais pas avoir, dans cette atmosphère qui manquait, il faut bien le dire, de chaleur, tout le contrôle de mes moyens, parce que le contrat fabuleux ne me fut pas offert. On m'écouta, toutefois, jusqu'au bout et, lorsque après avoir avalé mon poison, comme le rôle l'exige, je tombai à ses pieds, agonisant dans des convulsions affreuses, cependant que ma mère promenait sur l'assistance un regard triomphant, le directeur m'aida à me relever et, après s'être assuré que je ne m'étais pas fait de mal, disparut si rapidement que je me demande encore comment il avait fait et par où il était passé.

Je ne remontai sur les planches que seize ans plus tard, devant un public bien différent et dont le général de Gaulle fut le plus intéressant élément. Cela advint au cœur de l'Afrique équatoriale, à Bangui, dans l'Oubangui-Chari, en 1941. Je m'y trouvais depuis quelque temps avec deux autres équipages de mon escadrille, lorsque nous fut annoncée la visite du général de Gaulle, en tournée d'inspection.

Nous décidâmes d'honorer le chef de la France Libre par un spectacle de théâtre et nous mîmes aussitôt à l'ouvrage. Une revue extrêmement spirituelle, de l'avis de ses auteurs, destinée à dérider notre illustre visiteur, fut composée sur-le-champ. Le texte était très gai et léger, pétillant d'esprit et de bonne humeur, car nous étions à l'époque des grands désastres militaires de 1941 et nous étions fermement résolus à témoigner, devant notre chef, d'un moral à toute épreuve et d'un entrain endiablé.

Nous donnâmes notre première représentation avant l'arrivée du Général pour mettre le spectacle bien au point, et nous eûmes un succès très encourageant. Le public applaudissait à tout casser et bien qu'une mangue se détachât parfois d'un arbre et tombât sur la tête d'un spectateur, tout se passa vraiment très bien.

Le Général arriva le lendemain matin et, le soir, assista à la représentation en compagnie des chefs militaires et hautes personnalités politiques de son entourage.

Ce fut un désastre complet — j'ai juré, depuis, de ne plus jamais, jamais jouer la comédie, ni chanter la chansonnette devant le général de Gaulle, quelles que soient les circonstances dramatiques que mon pays traverserait. La France peut me demander tout, mais pas ça.

Je reconnais que l'idée de jouer de petits sketches fripons devant celui qui se tenait tout seul dans la tempête et dont la volonté et le courage devaient soutenir tant de cœurs défaillants, n'était pas ce que notre jeunesse avait trouvé de plus heureux.

Mais je n'aurais jamais cru qu'un seul spectateur, dans la salle, parfaitement correct et silencieux, pût réduire les acteurs et le public entier à un tel état de gravité.

Le général de Gaulle, dans sa tenue blanche, se tint très droit au premier rang des spectateurs, le képi sur les genoux, les bras croisés.

Il n'a pas bougé, tressailli, ou marqué une réaction quelconque pendant toute la durée de la représentation.

Je crois simplement me rappeler qu'à un moment, alors que, levant très haut la jambe, j'esquissais un pas de french-cancan, cependant qu'un autre acteur s'exclamait : « Je suis cocu ! Je suis cocu ! », comme son rôle l'exigeait, je crus percevoir, en louchant, un léger frémissement de la moustache sur le visage du chef de la France Libre. Mais peut-être me suis-je trompé. Il se tenait là, très droit, les bras croisés, et il nous fixait avec une sorte d'implacable attention.

L'œil était dans la salle et regardait Caïn.

Mais le phénomène le plus étonnant fut l'attitude des deux cents spectateurs. Alors que la veille, la salle entière riait, éclatait en applaudissements et s'amusait follement, cette fois, pas un rire ne monta vers nous du public.

Pourtant, le Général était assis au premier rang et les spectateurs ne pouvaient guère lire l'expression de son visage. À ceux qui affirment que le général de Gaulle ne sait pas établir un contact avec les foules et communiquer ses sentiments, je donne cet exemple à méditer.

Quelque temps après la guerre, Louis Jouvet montait *Don Juan*. J'assistais aux répétitions. Dans la scène où la statue du Commandeur, fidèle au rendez-vous, vient entraîner le libertin aux enfers, j'eus soudain une sensation étonnante de déjà-vu, d'une expérience déjà vécue par moi et je me rappelai Bangui, 1941, et le général de Gaulle me fixant de son regard droit.

J'espère qu'il m'a pardonné.

CHAPITRE XVIII

Mon triomphe théâtral dans *Konrad Wallenrod* fut donc éphémère, et ne résolut aucun des problèmes matériels dans lesquels ma mère se débattait. Nous n'avions plus un sou. Ma mère courait toute la journée à travers la ville à la recherche des affaires et revenait épuisée. Mais je n'ai jamais eu ni faim, ni froid et elle ne se plaignait jamais.

Encore une fois, il ne faudrait cependant pas croire que je ne faisais rien pour l'aider. Au contraire, je me surpassais dans mes efforts pour voler à son secours. J'écrivais des poèmes et je les lui récitais à haute voix : ces poèmes allaient nous rapporter la gloire, la fortune et l'adulation des foules. Je travaillais cinq, six heures par jour à polir mes vers, et je couvrais des cahiers de stances, d'alexandrins et de sonnets. Je commençai même à composer une tragédie en cinq actes, avec un prologue et un épilogue, intitulée *Alcymène*. Chaque fois que ma mère revenait de ses courses en ville et qu'elle s'asseyait sur une chaise — les premières marques de vieillesse apparaissaient déjà sur sa figure — je lui lisais les strophes immortelles qui devaient jeter le monde à ses pieds. Elle les écoutait toujours attentivement. Peu à peu, son regard s'éclairait, les traces de fatigue disparaissaient de son visage et elle s'exclamait, avec une conviction absolue :

— Lord Byron ! Pouchkine ! Victor Hugo !

Je m'exerçai également à la lutte gréco-romaine, dans l'espoir de remporter un jour ou l'autre le championnat du monde, et je devins assez rapidement connu à l'école sous le nom de « Gentleman Jim ». Je n'étais pas le plus fort, loin de là, mais je savais mieux que personne prendre des attitudes nobles et élégantes, et donner une impression de force tranquille et de dignité. J'avais du style. J'allais presque toujours au tapis.

M. Lucien Dieuleveut-Kaulek se penchait sur mes créations poétiques avec beaucoup d'attention. Car il va sans dire que je n'écrivais pas en russe ou en polonais. J'écrivais en français. Nous n'étions à Varsovie que de passage, mon pays m'attendait, il n'était pas question de me dérober. J'admirais beaucoup Pouchkine, qui écrivait en russe, et Mickiewicz, qui écrivait en polonais, mais je n'avais jamais très bien compris pourquoi ils n'avaient pas composé leurs chefs-d'œuvre en français. Ils avaient pourtant, l'un et l'autre, reçu une bonne éducation et ils connaissaient notre langue. Ce manque de patriotisme me paraissait difficile à expliquer.

Je ne cachais jamais à mes petits camarades polonais que je n'étais parmi eux que de passage et que nous comptions bien rentrer chez nous à la première occasion. Cette naïveté obstinée ne me facilitait pas la vie à l'école. Pendant les récréations, alors que je me promenais dans les couloirs d'un air important, un petit groupe d'élèves se formait parfois autour de moi. Ils me regardaient gravement. Puis l'un d'eux faisait un pas en avant, et, s'adressant à moi à la troisième personne, selon le mode polonais, me demandait d'un ton plein de respect :

— Le camarade a encore remis son voyage en France, il paraît ?

Je marchais toujours.

— Ce n'est pas la peine d'arriver au milieu de l'année scolaire, leur expliquais-je. Il faut arriver au début.

Le camarade faisait un geste d'approbation. Puis il remarquait :

— J'espère que le camarade les a prévenus, pour qu'ils ne s'inquiètent pas ?

Ils se poussaient du coude et je sentais bien qu'on se moquait de moi, mais j'étais au-dessus de leurs insultes. Elles ne pouvaient pas m'atteindre. Mon rêve était plus important pour moi que mon amour-propre et le jeu qu'ils me poussaient à jouer avait beau me couvrir de ridicule, il m'aidait à nourrir mon espoir et mes illusions. Je leur faisais donc face et je répondais tranquillement à toutes les questions qu'ils me posaient. Est-ce que les études étaient plus difficiles, en France, à mon avis ? Oui, elles étaient très difficiles, beaucoup plus difficiles qu'*ici*. On y faisait beaucoup de sport et je comptais me spécialiser tout particulièrement dans l'escrime et la lutte gréco-romaine. Est-ce que les uniformes y étaient obligatoires, dans les lycées ? Oui, ils étaient obligatoires. À quoi ressemblaient-ils, ces uniformes ? Eh bien, ils étaient bleus, avec des boutons d'or et des képis bleu horizon, et le dimanche, on mettait un pantalon rouge et une plume blanche au képi. Est-ce qu'on y portait le sabre ? Seulement le dimanche et la dernière année. Est-ce qu'on y commençait la journée d'études en chantant *La Marseillaise* ? Oui, on y chantait *La Marseillaise* tous les matins, naturellement. Est-ce que je voulais bien leur chanter *La Marseillaise* ? Dieu me pardonne, je mettais un pied en avant, la main sur le cœur, je brandissais le poing, et je chantais mon hymne national, d'une voix enflammée. Oui, je marchais, comme on dit, et pourtant, je n'étais pas dupe, je voyais bien des visages réjouis qui se dissimulaient pour pouffer de rire, mais cela m'était étrangement égal, je restais là, au milieu des banderilleros, complètement indifférent, je sentais que j'avais un grand pays derrière moi et je ne craignais ni les sarcasmes, ni les quolibets. Ces jeux auraient pu continuer pendant longtemps, si le petit groupe de mes provocateurs ne m'avait brusquement touché au point le plus sensible. La séance avait pourtant commencé de la manière habituelle, lorsque cinq ou six élèves plus âgés que moi vinrent m'entourer, avec beaucoup de considération.

— Tiens, le camarade est encore parmi nous ? Nous croyions pourtant qu'il était parti pour la France, où on l'attend si impatiemment ?

J'allais me lancer dans mes explications habituelles, lorsque l'aîné du groupe intervint :

— On n'accepte pas les anciennes cocottes, là-bas.

Je ne me souviens plus qui était ce garçon et je ne sais d'où il tenait son étrange information. Ai-je besoin de dire que rien, dans le passé de ma mère, ne justifiait une telle calomnie ? Ma mère n'avait peut-être pas été la « grande artiste dramatique » qu'elle se prétendait parfois, mais elle avait tout de même joué dans l'un des bons théâtres de Moscou, et tous ceux qui l'avaient connue à cette époque, tous les témoins de sa jeunesse, me parlaient d'un être fier, que sa beauté extraordinaire n'avait jamais ni grisé, ni égaré.

Mais ma surprise fut si complète qu'elle prit l'apparence de la lâcheté. Mon cœur disparut soudain dans un trou, mes yeux s'emplirent de larmes et je tournai pour la première et dernière fois de ma vie le dos à mes ennemis.

Je n'ai jamais tourné le dos à rien ni à personne, depuis, mais ce jour-là, je l'ai fait, il est inutile de le nier. J'ai été un instant décontenancé.

Lorsque ma mère revint à la maison, je me jetai vers elle et lui dis tout. Je m'attendais à ce qu'elle m'ouvrît ses bras et me consolât, comme elle savait si bien le faire. Mais ce qui se passa alors fut pour moi une surprise complète. Brusquement toute trace de tendresse, d'amour quitta son visage. Elle ne déversa pas sur moi le flot de pitié et d'affection que j'attendais. Elle ne dit rien, et me regarda longuement, presque froidement. Puis elle s'éloigna, alla prendre une cigarette sur la table et l'alluma. Elle alla ensuite à la cuisine, que nous partagions avec les propriétaires de l'appartement, et s'occupa de mon souper. Son visage était indifférent, fermé, et parfois, elle me jetait un regard presque hostile. Je ne comprenais pas ce qui m'arrivait. Une immense pitié pour moi-même me saisit. Je me sentais outré, trahi, abandonné. Elle fit mon lit, toujours sans me parler. Elle ne se coucha pas, cette nuit-là. En me réveillant le matin, je l'ai trouvée assise sur le même vieux fauteuil de cuir vert glauque, face à la fenêtre, une cigarette à la main. Le parquet était couvert de mégots : elle les jetait toujours n'importe où. Elle me lança un regard inexpressif et se tourna à nouveau vers la fenêtre. Je crois savoir aujourd'hui ce qu'elle pensait — du moins, je l'imagine. Elle devait se demander si j'en valais la peine, si tous ses sacrifices, ses efforts, ses espoirs, avaient un sens — si je n'allais pas me révéler un homme comme les autres — si je n'allais pas la traiter comme un autre homme l'avait traitée. Elle me fit mes trois œufs à la coque et ma tasse de chocolat. Elle me regarda manger. Pour la première fois, un peu de tendresse revint dans ses yeux. Elle devait se dire que je n'avais que douze ans, après tout. Lorsque je ramassai mes livres et mes cahiers pour me rendre en classe, son visage se durcit à nouveau.

— Tu ne vas plus là-bas C'est fini.

— Mais...

— Tu vas aller étudier en France. Seulement... Assieds-toi.

Je m'assis.

— Écoute-moi, Romain.

Je levai les yeux, étonné. Ce n'était plus « Romantchik-Romouchka ». C'était la première fois qu'elle abandonnait le diminutif. Je me sentis extrêmement inquiet.

— Écoute-moi bien. La prochaine fois que ça t'arrive, qu'on insulte ta mère devant toi, la prochaine fois, je veux qu'on te ramène à la maison sur des brancards. Tu comprends ?

Je restai là, bouche bée. Son visage était complètement fermé, très dur. Les yeux n'avaient pas trace de pitié. Je ne pouvais croire que c'était ma mère qui parlait. Comment pouvait-elle ? N'étais-je pas son Romouchka, son petit prince, son trésor précieux ?

— Je veux qu'on te ramène à la maison en sang, tu m'entends ? Même s'il ne te reste pas un os intact, tu m'entends ?

Sa voix montait, elle se penchait vers moi, les yeux étincelants, elle criait presque.

— Sans ça, ce n'est pas la peine de partir... Ce n'est pas la peine d'aller là-bas.

Un sentiment profond d'injustice s'empara de moi. Mes lèvres se mirent à grimacer, mes yeux s'emplirent de larmes, j'ouvris la bouche... Je n'eus pas le temps d'en faire plus. Une gifle formidable s'abattit sur moi et puis une autre, et une autre encore. Ma stupeur fut telle que mes larmes disparurent comme par enchantement. C'était la première fois que ma mère levait la main sur moi. Et comme tout ce qu'elle faisait, ce n'était pas fait à demi. Je demeurai immobile et pétrifié sous les coups. Je ne gueulai même pas.

— Rappelle-toi ce que je te dis. À partir de maintenant, tu vas me défendre. Ça m'est égal ce qu'ils te feront avec leurs poings. C'est avec le reste que ça fait mal. Tu vas te faire tuer, au besoin.

Je faisais encore semblant de ne pas comprendre, d'avoir douze ans, de me cacher, mais je comprenais très bien. Mes joues brûlaient, je voyais encore des étincelles, mais je comprenais. Ma mère s'en aperçut et parut rassérénée. Elle aspira l'air avec bruit, signe de satisfaction, et alla se verser un verre de thé. Elle but le thé, le morceau de sucre dans la bouche, le regard perdu, en train de chercher, de combiner, de calculer. Puis elle recracha ce qui restait du sucre dans la soucoupe, prit sa sacoche et s'en alla. Elle alla tout droit au Consulat de France et entreprit énergiquement des démarches pour nous faire admettre comme résidents dans ce pays où, écrivait-elle dans la demande qu'elle avait fait rédiger par M. Lucien Dieuleveut-Kaulek, « mon fils a l'intention de s'établir, étudier, devenir un homme » — mais là, je suis sûr que l'expression dépassait sa pensée et qu'elle ne se rendait pas entièrement compte de ce qu'elle exigeait ainsi de moi.

DEUXIÈME PARTIE

CHAPITRE XIX

J'ai gardé, de mon premier contact avec la France, le souvenir d'un porteur à la gare de Nice, avec sa longue blouse bleue, sa casquette, ses lanières de cuir et un teint prospère, fait de soleil, d'air marin et de bon vin.

La tenue des porteurs français est à peu près la même aujourd'hui et, à chacun de mes retours dans le Midi, je retrouve cet ami d'enfance.

Nous lui confiâmes notre coffre, lequel contenait notre avenir, c'est-à-dire la fameuse vieille argenterie russe, dont la vente devait assurer notre prospérité, au cours des quelques années qu'il me fallait encore pour me retourner et prendre les choses en main. Nous nous installâmes dans une pension de famille, rue de la Buffa, et ma mère, ayant à peine pris le temps de fumer sa première cigarette française — une gauloise bleue — ouvrit le coffre, prit quelques pièces de choix du « trésor », les plaça dans sa petite valise et, d'un air assuré, partit à travers Nice à la recherche d'un acquéreur. Quant à moi, brûlant d'impatience, je courus renouer mon amitié avec la mer. Elle me reconnut tout de suite et vint me lécher les doigts de pied.

Lorsque je revins à la maison, ma mère m'attendait. Elle était assise sur le lit et fumait nerveusement. Son visage portait la marque de l'incompréhension la plus complète, d'une sorte de prodigieux étonnement. Elle m'interpella du regard, comme si elle attendait de moi une explication de l'énigme. Dans tous les magasins où elle s'était présentée avec les échantillons de notre trésor, elle n'avait rencontré que l'accueil le plus froid. Les prix qui lui furent proposés étaient complètement ridicules. Naturellement, elle leur avait dit ce qu'elle pensait d'eux. Tous ces bijoutiers étaient des voleurs patentés, qui avaient essayé de la piller, d'ailleurs, aucun d'eux n'était français. Ils étaient tous arméniens, russes, peut-être même allemands. Demain, elle allait s'adresser à des magasins *français*, dirigés par de vrais *Français* et non par des réfugiés douteux des pays de l'Est, que la France n'aurait jamais dû laisser s'établir sur son territoire, pour commencer. Je ne devais pas m'inquiéter, tout allait s'arranger, l'argenterie impériale valait une fortune, nous avions du reste assez d'argent devant nous pour tenir quelques semaines ; entre-temps, on allait trouver un acquéreur et notre avenir serait assuré pour plusieurs années. Je ne dis rien, mais l'angoisse, l'incompréhension que je voyais bien dans son regard un peu fixe et agrandi se communiqua aussitôt à mes entrailles, renouant ainsi notre lien le plus direct. Je savais déjà que l'argenterie n'allait pas trouver d'acheteur et que, dans quinze jours, nous allions nous retrouver une fois de plus sans un sou en pays étranger. C'était bien la première fois que je pensais à la France comme à un pays étranger, ce qui prouvait bien que nous étions une fois de plus chez nous.

Au cours de cette première quinzaine, ma mère livra et perdit un combat épique pour la défense et l'illustration de la vieille argenterie russe. C'est à une véritable éducation des bijouteries et orfèvres de Nice qu'elle tenta de procéder. Je l'ai vue jouer, devant un brave Arménien de l'avenue de la Victoire, qui devait devenir par la suite notre ami, une scène de véritable extase artistique devant la beauté, la rareté et la perfection du sucrier qu'elle tenait à la main, ne s'interrompant que pour entonner un chant dithyrambique en l'honneur du samovar, de la soupière et du moutardier. L'Arménien, les sourcils levés, son front illimité, libre de tout obstacle chevelu, plissé des mille rides de l'étonnement, suivait d'un regard médusé le mouvement que la louche décrivait dans les airs, que la salière exécutait, pour assurer ensuite ma mère de l'estime considérable dans laquelle il tenait l'article en question, sa légère réserve portant uniquement sur le prix, lequel lui paraissait dix ou douze fois plus élevé que la valeur courante de l'objet. Devant une telle ignorance, ma mère remettait son bien dans la valise et quittait la boutique sans un mot d'adieu. Elle n'eut guère plus de succès dans le magasin suivant, tenu, celui-là, par un couple de bons Français bien nés, où, plaçant sous le nez du vieux monsieur le petit samovar admirablement proportionné, elle évoqua, avec une éloquence virgilienne, l'image d'une belle famille française

173

réunie autour du samovar familial, ce à quoi le charmant M. Sérusier, lequel devait par la suite employer ma mère souvent, lui confiant des objets à la commission, répondit, en hochant la tête, et en portant à ses yeux un pince-nez enrubanné qu'il ne mettait jamais tout à fait :

— Madame, le samovar n'a jamais pu s'acclimater sous nos latitudes — ce fut dit avec un tel air de regret navré que je crus presque voir le dernier troupeau de samovars mourant dans les profondeurs de quelque forêt française.

Lorsqu'un tel accueil courtois lui était fait, ma mère paraissait décontenancée — la courtoisie et la gentillesse la désarmaient immédiatement — elle ne disait plus rien, n'insistait plus, baissait les yeux et se mettait à envelopper silencieusement chaque objet dans du papier, avant de le remettre dans la valise — sauf le samovar, qui était trop volumineux, et que je devais transporter moi-même, en le tenant précieusement dans mes mains, marchant derrière elle, sous le regard curieux des passants.

Il ne nous restait que très peu d'argent et l'idée de ce qui allait arriver lorsqu'il n'en resterait plus du tout me rendait malade d'angoisse. La nuit venue, nous faisions, l'un et l'autre, semblant de dormir, mais je voyais pendant longtemps la pointe rouge de sa cigarette bouger dans le noir. Je la suivais du regard avec un désespoir affreux, aussi impuissant qu'un scarabée renversé. Encore aujourd'hui, je ne puis voir de la belle argenterie sans avoir envie de vomir.

Ce fut M. Sérusier qui nous tira d'affaire, le

lendemain matin. En commerçant averti, il avait reconnu le talent certain de ma mère, lorsqu'il s'agissait de chanter aux acheteurs éventuels la beauté et la rareté de ses « objets de famille », et il crut pouvoir utiliser ce talent pour notre profit mutuel. J'imagine aussi que ce collectionneur averti avait été vivement frappé par la vue des deux spécimens vivants, mais assez rares, qu'il avait pu contempler dans son magasin, parmi tant d'autres curiosités. Sa gentillesse naturelle aidant, il avait décidé de nous donner un coup de main. Il nous avança de l'argent et bientôt ma mère commença à faire le tour des palaces de la Côte, offrant à la clientèle du Winter-Palace, de l'Hermitage et du Négresco, les « bijoux de famille » qu'elle avait emportés avec elle dans l'émigration, ou dont un grand-duc russe de ses amis, à la suite de « certaines circonstances », était obligé de se séparer discrètement.

Nous étions sauvés, et sauvés par un Français — ce qui était d'autant plus encourageant que, la France comptant quarante millions d'habitants, tous les espoirs nous étaient permis.

D'autres commerçants lui confièrent également leurs objets et peu à peu, marchant inlassablement à travers la ville, ma mère put subvenir entièrement à nos besoins.

Quant à la fameuse argenterie, indignée par le prix dérisoire qu'on nous en offrait, ma mère l'enferma au fond du coffre, en remarquant que ce service de vingt-quatre couverts marqués de l'aigle impériale me serait un jour bien utile, lorsque j'aurais à « recevoir » — ce dernier mot était prononcé un peu solennellement, sur un mode mystérieux.

Peu à peu, ma mère étendit le champ de ses activités. Elle eut des vitrines d'articles de luxe dans les hôtels, agit comme intermédiaire dans la vente d'appartements et de terrains, eut une participation dans un taxi, détint vingt-cinq pour cent dans un camion faisant livraison de graines aux éleveurs de poulets de la région, prit un appartement plus grand dont elle sous-loua deux chambres, s'occupa d'une affaire de tricotage — bref, m'entoura de tous les soins. Ses plans, en ce qui me concernait, étaient arrêtés depuis longtemps. Le bachot, la naturalisation, une licence en droit, le service militaire — comme officier de cavalerie, cela allait de soi — les Sciences Politiques et l'entrée dans « la diplomatie ». Lorsqu'elle prononçait ces mots, sa voix baissait respectueusement et un sourire timide et émerveillé apparaissait sur son visage. Pour parvenir à ce but — j'étais en troisième — il nous fallait, d'après les calculs souvent recommencés, une bagatelle de huit ou neuf ans, et ma mère se sentait de taille à tenir bon jusque-là. Elle reniflait avec satisfaction, en me regardant avec une admiration anticipée. Secrétaire d'ambassade, disait-elle à haute voix, comme pour mieux se pénétrer de ces mots merveilleux. Il n'y avait qu'à patienter un peu. J'avais déjà quatorze ans. On y était presque. Elle mettait son manteau gris, prenait sa valise, et je la voyais qui marchait énergiquement vers cet avenir brillant, la canne à la main. Elle marchait avec une canne, à présent.

J'étais, quant à moi, beaucoup plus réaliste. Je n'avais aucune intention de piétiner encore neuf ans — on ne sait jamais ce qui peut arriver. Je voulais accomplir pour elle mes prouesses sans attendre, immédiatement. Je tentai d'abord de devenir champion du monde junior de natation — je m'entraînais tous les jours à la « Grande Bleue », un établissement balnéaire aujourd'hui disparu — mais je ne parvins qu'à me classer onzième dans la traversée de la Baie des Anges — et, une fois de plus, je dus me rabattre vers la littérature, comme tant d'autres ratés. Les cahiers s'amoncelaient sur ma table, couverts de pseudonymes de plus en plus éloquents, de plus en plus superbes, de plus en plus désespérés et, dans mon désir de faire mouche d'un seul coup, de dérober le feu sacré sans tarder et d'en éclairer triomphalement le monde, je lisais les noms, nouveaux pour moi, sur la couverture des livres, Antoine de Saint-Exupéry, André Malraux, Paul Valéry, Mallarmé, Montherlant, Apollinaire, et comme ils me paraissaient briller à la devanture de tout l'éclat désirable, je me sentais dépossédé et m'irritais fort de n'avoir pas été le premier à m'en parer.

Je fis encore quelques efforts timides pour triompher sur mer, sur terre et dans les airs, je continuai à faire de la natation, de la course à pied et du saut en hauteur, mais ce fut seulement au ping-pong que je pus vraiment donner le meilleur de moi-même et ramener des lauriers à la maison. Ce fut la seule victoire que je pus offrir à ma mère et la médaille d'argent, gravée à mon nom et placée dans un écrin de velours violet, figura jusqu'à la fin à une place d'honneur sur sa table de chevet.

Je tâtai également du tennis, ayant reçu en cadeau une raquette des parents d'un ami. Mais il fallait payer, pour devenir membre du Club du Parc Impérial, une somme qui dépassait nos moyens. Ici se situe un épisode particulièrement pénible de ma vie de champion. Voyant que, faute d'argent, l'accès du Parc Impérial allait me demeurer interdit, ma mère fut prise d'une juste indignation. Elle écrasa sa cigarette dans une soucoupe et saisit sa canne et son manteau. Ça n'allait pas se passer comme ça. Je fus invité à prendre ma raquette et à accompagner ma mère au Club du Parc Impérial. Là, le secrétaire du Club fut sommé de comparaître devant nous et, les éclats de voix de ma mère faisant leur chemin, il le fit incontinent, suivi par le président du Club, lequel portait le nom admirable de Garibaldi, et qui accourut également. Ma mère, debout au milieu de la pièce, son chapeau légèrement de travers, brandissant sa canne, ne leur laissa rien ignorer de ce qu'elle pensait d'eux. Comment ! Avec un peu d'entraînement, je pouvais devenir champion de France, défendre victorieusement contre l'étranger les couleurs de mon pays, et l'entrée des courts m'était interdite pour une pâle et vulgaire question d'argent ! Tout ce que ma mère tenait à dire à ces messieurs, c'est qu'ils n'avaient pas à cœur les intérêts de la patrie — elle tenait à le proclamer hautement, en tant que mère d'un Français — je n'étais pas encore naturalisé, à cette époque, mais ce n'était évidemment là qu'un détail trivial — et elle exigeait qu'on m'admît séance tenante sur les courts du Club. Je n'avais tenu que trois ou quatre fois une raquette de tennis à la main, et l'idée que l'un de ces messieurs pût soudain m'inviter à aller sur le court et à montrer ce que je savais faire me faisait frémir. Mais les deux personnalités distinguées que nous avions devant nous étaient trop étonnées pour songer à mes talents sportifs. Ce fut, je crois, M. Garibaldi qui eut à ce moment-là une idée fatale, destinée, dans son esprit, à calmer ma mère, mais qui mena au contraire à une scène dont le souvenir m'emplit d'ahurissement encore aujourd'hui.

— Madame, dit-il, je vous prie de modérer votre voix. Sa Majesté le roi Gustave de Suède est à quelques pas d'ici, et je vous demande de ne pas faire de scandale.

Cette phrase eut sur ma mère un effet instantané. Un sourire à la fois naïf et émerveillé, que je connaissais si bien, commença à se dessiner sur ses lèvres et elle se rua en avant.

Un vieux monsieur était en train de prendre le thé sur la pelouse, sous un parasol blanc. Il portait un pantalon de flanelle blanche, un blazer bleu et noir, et un canotier, posé légèrement de travers sur la tête. Le roi Gustave V de Suède était un habitué de la Côte d'Azur et des courts de tennis, et son canotier célèbre apparaissait régulièrement en première page des journaux locaux.

Ma mère n'hésita pas une seconde. Elle fit une révérence et, pointant sa canne dans la direction du président et du secrétaire du Club, elle s'écria :

— Je viens demander justice à Votre Majesté ! Mon jeune fils, qui va avoir quatorze ans, a des dispositions extraordinaires pour le tennis et ces mauvais Français l'empêchent de venir s'entraîner ici ! Toute notre fortune a été confisquée par les bolcheviks et nous ne pouvons pas payer la cotisation ! Nous venons demander aide et protection à Votre Majesté.

Ce fut dit et fait dans la meilleure tradition des légendes populaires russes, d'Ivan le Terrible à Pierre le Grand. Après quoi, ma mère promena sur l'assistance nombreuse et intéressée un regard de triomphe. Si j'avais pu m'évanouir dans les airs ou me fondre à jamais avec la terre, mon dernier moment de conscience eût été celui d'un profond soulagement. Mais il ne me fut pas donné de m'en tirer à si bon compte. Je dus demeurer là, sous l'œil narquois des belles dames et de leurs beaux messieurs.

Sa Majesté Gustave V était déjà à cette époque un homme fort âgé, et ceci, joint sans doute au flegme suédois, fit qu'il ne parut pas le moins du monde étonné. Il ôta le cigare de ses lèvres, contempla ma mère gravement, me jeta un coup d'œil et se tourna vers son entraîneur.

— Faites quelques balles avec lui, dit-il de sa voix caverneuse. Voyons un peu ce qu'il sait faire.

Le visage de ma mère s'éclaira. L'idée que je n'avais tenu que trois ou quatre fois la raquette de tennis à la main ne la préoccupait nullement. Elle avait confiance en moi. Elle savait qui j'étais. Les petits détails quotidiens, les petites difficultés pratiques n'entraient pas en ligne de compte. J'hésitai une seconde et puis, sous ce regard de confiance totale et d'amour, j'avalai ma honte et ma peur et, baissant la tête, j'allai à mon exécution.

Ce fut vite fait — mais il me semble parfois que j'y suis encore. Je fis, bien entendu, de mon mieux. Je sautais, plongeais, bondissais, pirouettais, courais, tombais, rebondissais, volais, me livrant à une sorte de danse de pantin désarticulé, mais c'est tout juste si je parvenais parfois à effleurer une balle, et encore, uniquement avec le cadre de bois — tout cela sous l'œil imperturbable du roi de Suède, qui m'observait froidement, sous le fameux canotier. On se demandera sans doute pourquoi j'avais accepté de me laisser conduire ainsi à l'abattoir, pourquoi je m'étais aventuré sur le terrain. Mais je n'avais pas oublié ma leçon de Varsovie, ni la gifle que j'avais reçue, ni la voix de ma mère me disant : « La prochaine fois, je veux qu'on te ramène à la maison sur des brancards, tu m'entends ? » Il ne pouvait être question pour moi de me dérober.

Je mentirais aussi si je n'avouais pas que, malgré mes quatorze ans, je croyais encore un peu au merveilleux. Je croyais à la baguette magique et, en me risquant sur le court, je n'étais pas du tout sûr que quelque force entièrement juste et indulgente n'allait pas intervenir en notre faveur, qu'une main toute-puissante et invisible n'allait pas guider ma raquette et que les balles n'allaient pas obéir à son ordre mystérieux. Ce ne fut pas le cas. Je suis obligé de reconnaître que cette défaillance du miracle a laissé en moi une marque profonde, au point que j'en viens parfois à me demander si l'histoire du *Chat botté* n'a pas été inventée de toutes pièces, et si les souris venaient vraiment, la nuit, coudre les boutons sur le surtout du tailleur de Gloucester. Bref, à quarante-quatre ans, je commence à me poser certaines questions. Mais j'ai beaucoup vécu et il ne faut pas prêter trop d'attention à mes défaillances passagères.

Lorsque l'entraîneur eut enfin pitié de moi et que je revins sur la pelouse, ma mère m'accueillit comme si je n'avais pas démérité. Elle m'aida à mettre mon pull-over, prit son mouchoir et m'essuya le visage et le cou. Ensuite, elle se tourna vers l'assistance et — comment exprimer ce silence, cette attention tendue, soutenue, avec laquelle elle les dévisagea tous, comme à l'affût ? Les rieurs parurent légèrement décontenancés, et les belles dames, reprenant leurs pailles, baissèrent les cils et se remirent à sucer leur limonade avec entrain. Peut-être quelque vague cliché sur la femelle défendant son petit passa-t-il dans leur esprit. Ma mère, cependant, n'eut pas à bondir. Le roi de Suède nous tira de l'embarras. Le vieux monsieur toucha son canotier et dit, avec infiniment de courtoisie et de gentillesse — et pourtant, on prétendait qu'il n'avait pas le caractère commode :

— Je pense que ces messieurs seront d'accord avec moi : nous venons d'assister à quelque chose d'assez émouvant... Monsieur Garibaldi, — et je me souviens que le mot « monsieur » sonna sur ses lèvres d'un ton particulièrement sépulcral — je paierai la cotisation de ce jeune homme : il a du courage et du mordant.

J'ai toujours aimé la Suède, depuis.

Mais je n'ai plus jamais remis les pieds au Parc Impérial.

CHAPITRE XX

Toutes ces mésaventures firent que je m'enfermais de plus en plus dans ma chambre et que je me mis à écrire pour de bon. Attaqué par le réel sur tous les fronts, refoulé de toutes parts, me heurtant partout à mes limites, je pris l'habitude de me réfugier dans un monde imaginaire et à y vivre, à travers les personnages que j'inventais, une vie pleine de sens, de justice et de compassion. Instinctivement, sans influence littéraire apparente, je découvris l'humour, cette façon habile et entièrement satisfaisante de désamorcer le réel au moment même où il va vous tomber dessus. L'humour a été pour moi, tout le long du chemin, un fraternel compagnonnage ; je lui dois mes seuls instants véritables de triomphe sur l'adversité. Personne n'est jamais parvenu à m'arracher cette arme, et je la retourne d'autant plus volontiers contre moi-même, qu'à travers le « je » et le « moi », c'est à notre condition profonde que j'en ai. L'humour est une déclaration de dignité, une affirmation de la supériorité de l'homme sur ce qui lui arrive. Certains de mes « amis », qui en sont totalement dépourvus, s'attristent de me voir, dans mes écrits, dans mes propos, tourner contre moi-même cette arme essentielle ; ils parlent, ces renseignés, de masochisme, de haine de soi-même, ou même, lorsque je mêle à ces jeux libérateurs ceux qui me sont proches, d'exhibitionnisme et de muflerie. Je les plains. La réalité est que « je » n'existe pas, que le « moi » n'est jamais visé, mais seulement franchi, lorsque je tourne contre lui mon arme préférée ; c'est à la situation humaine que je m'en prends, à travers toutes ses incarnations éphémères, c'est à une condition qui nous fut imposée de l'extérieur, à une loi qui nous fut dictée par des forces obscures comme une quelconque loi de Nuremberg. Dans les rapports humains, ce malentendu fut pour moi une source constante de solitude, car, rien ne vous isole plus que de tendre la main fraternelle de l'humour à ceux qui, à cet égard, sont plus manchots que les pingouins.

Je commençai aussi à m'intéresser enfin aux problèmes sociaux et à vouloir un monde où les femmes seules n'auraient plus à porter leurs enfants sur le dos. Mais je savais déjà que la justice sociale n'était qu'un premier pas, un balbutiement de nouveau-né, et que ce que je demandais à mes semblables était de se rendre maîtres de leur destin. Je me mis à concevoir l'homme comme une tentative révolutionnaire en lutte contre sa propre donnée biologique, morale, intellectuelle. Car, plus je regardais le visage vieilli, fatigué, de ma mère, et plus mon sens de l'injustice et ma volonté de redresser le monde et de le rendre honorable grandissaient en moi. J'écrivais tard dans la nuit.

Notre situation financière s'aggrava à cette époque une fois de plus. La crise économique de 1929 avait à présent ses répercussions sur la Côte d'Azur, et nous connûmes de nouveau des jours difficiles.

Ma mère transforma une chambre de notre appartement en chenil, prit en pension des chiens, des chats et des oiseaux, lut les lignes de la main, prit des pensionnaires, assuma la gérance d'un immeuble, agit comme intermédiaire dans une ou deux ventes de terrain. Je l'aidai de mon mieux, c'est-à-dire, en essayant d'écrire un chef-d'œuvre immortel. Parfois, je lui lisais quelque passage dont j'étais particulièrement fier, et elle ne manquait jamais de m'accorder toute l'admiration que j'attendais ; cependant, un jour, je me souviens, après avoir écouté un de mes poèmes, elle me dit, avec une sorte de timidité :

— Je crois que tu n'auras pas beaucoup de sens pratique, dans la vie. Je ne sais pas du tout comment ça se fait.

Et en effet, au lycée, dans les sciences exactes, mes notes demeurèrent désastreuses jusqu'au bachot. À l'oral de chimie, en première partie du baccalauréat, l'examinateur, M. Passac, m'ayant demandé de lui parler du plâtre, tout ce que je trouvai à lui dire fut, textuellement :

— Le plâtre sert à fabriquer les murs.

L'examinateur attendit patiemment. Puis comme rien ne venait, il me demanda :

— C'est tout ?

Je lui jetai un regard hautain et, me tournant vers le public, je le pris à témoin.

— Comment, est-ce tout ? C'est déjà énorme !
Monsieur le Professeur, enlevez les murs, et
quatre-vingt-dix-neuf pour cent de notre civilisation sont par terre !

Les affaires devenaient de plus en plus rares, et
un soir, ma mère, après avoir beaucoup pleuré,
s'assit à la table et écrivit une longue lettre à
quelqu'un. Le lendemain, je fus invité à me rendre
chez le photographe, où je fus pris de trois quarts,
vêtu d'un blazer bleu, les yeux levés. La photo fut
jointe à la lettre, et ma mère, après avoir hésité
pendant plusieurs jours, gardant l'enveloppe dans
un tiroir fermé, finit cependant par aller la mettre
à la boîte.

Elle passa ensuite la soirée penchée sur son
coffre, à relire un paquet de correspondance tenu
ensemble par un ruban bleu.

Ma mère devait avoir alors cinquante-deux ans.
Les lettres étaient vieilles et chiffonnées. Je les ai
retrouvées dans la cave en 1947, et je les ai lues,
et les relis souvent.

Huit jours plus tard, un mandat de cinq cents
francs nous parvenait. Il eut sur ma mère un effet
tout à fait extraordinaire : *elle me regarda avec gratitude*. Ce fut soudain comme si j'eusse accompli
quelque chose d'énorme pour elle. Elle s'approcha
de moi, prit mon visage entre ses mains, fixant
chaque trait avec une attention étonnante et les
larmes se mirent à briller dans ses yeux. Un sentiment étrange de gêne s'empara de moi : j'eus
soudain la sensation d'être quelqu'un d'autre.

Pendant dix-huit mois, les mandats continuè-
rent à nous arriver, plus ou moins irrégulièrement.

J'eus droit à une bicyclette Thommann de course, couleur orange. Nous eûmes une période glorieuse de paix et de prospérité. Je reçus deux francs d'argent de poche par jour, et je pus ainsi, en revenant du lycée, m'arrêter parfois au marché aux fleurs et acheter, pour cinquante centimes, un bouquet parfumé, que j'offrais à ma mère. Le soir, je l'emmenais écouter l'orchestre tzigane du Royal : nous restions debout sur le trottoir, évitant la terrasse, où les consommations étaient obligatoires. Ma mère adorait les orchestres tziganes ; avec les officiers de la Garde, la mort de Pouchkine dans le duel, et le champagne bu dans les souliers, ils étaient pour elle ce qu'il y avait de plus romantiquement dépravé au monde. Elle me mettait toujours en garde contre les filles tziganes, lesquelles, à l'entendre, étaient une des plus grandes menaces qui allaient peser sur moi, me ruinant physiquement, moralement et matériellement, si je n'y prenais garde, et me menant tout droit à la tuberculose. J'étais agréablement chatouillé par ces perspectives, lesquelles ne se sont pas réalisées. La seule fille tzigane à laquelle je me sois intéressé dans ma jeunesse, en raison, précisément, des descriptions si tentantes que ma mère m'avait faites quelques années auparavant, s'était contentée de voler mon portefeuille, mon foulard et mon bracelet-montre, et elle ne m'avait même pas laissé le temps de me retourner, encore moins d'attraper la tuberculose.

J'ai toujours rêvé d'être ruiné par une femme moralement, physiquement et matériellement : ça doit être merveilleux de pouvoir faire tout de même quelque chose de sa vie. Je peux évidemment encore attraper la tuberculose, mais à mon âge, je ne crois plus que ça puisse encore être de cette façon-là. La nature a de ces limites. Quelque chose me dit, du reste, que les filles tziganes ni même les officiers de la Garde ne sont plus ce qu'ils étaient autrefois.

Après le spectacle, j'offrais mon bras à ma mère et nous allions nous asseoir sur la Promenade des Anglais. Les fauteuils étaient payants, là aussi, mais c'était un luxe que nous pouvions à présent nous offrir.

En choisissant bien son fauteuil, on pouvait se placer d'une telle façon que soit l'orchestre du Lido, soit celui du Casino, vous était accessible sans bourse délier. Généralement, ma mère emportait avec elle, discrètement dissimulés au fond de son sac, du pain noir et des concombres salés, notre gourmandise préférée. On pouvait donc voir, à cette époque, vers neuf heures du soir, contemplant la foule de flâneurs, sur la Promenade des Anglais, une dame distinguée aux cheveux blancs et un adolescent en blazer bleu, assis discrètement le dos contre la balustrade, en train de savourer des concombres salés à la russe avec du pain noir, sur une feuille de papier journal posée sur leurs genoux. C'était très bon.

Ce n'était pas suffisant. Mariette avait éveillé en moi une faim qu'aucun concombre au monde, même le plus salé, ne pouvait plus apaiser. Mariette nous avait quittés il y avait déjà deux ans, mais son souvenir continuait à couler dans mon sang et à me tenir éveillé la nuit. J'ai conservé jusqu'à ce jour, pour cette bonne Française qui m'avait ouvert la porte d'un monde meilleur, une gratitude profonde. Trente ans se sont écoulés, mais je peux dire, avec plus de vérité que les Bourbons, que depuis, je n'ai rien appris, ni rien oublié. Que sa vieillesse soit heureuse et paisible, et qu'elle sache qu'elle avait vraiment fait pour le mieux avec ce que le bon Dieu lui avait donné. Je sens que je vais m'attendrir si je continue plus longtemps sur ce sujet, alors, je m'arrête.

Mais il y avait donc un bon moment que Mariette n'était plus là pour me tendre la main et me secourir. Mon sang s'indignait dans mes veines et frappait à la porte avec une véhémence, une insistance, que les trois kilomètres, que je parcourais à la nage, chaque matin, ne parvenaient pas à calmer. Assis à côté de ma mère sur la Promenade des Anglais, je guettais toutes les merveilleuses porteuses de pain qui défilaient devant moi, je soupirais profondément, et je restais là, désemparé, mon concombre à la main.

Mais la plus vieille civilisation du monde, avec sa compréhension souriante de la nature humaine et de ses faillibilités, avec son sens du compromis et des arrangements, vint à mon secours. La Méditerranée vivait depuis trop longtemps avec le soleil pour le traiter en ennemi et elle pencha sur moi son visage aux mille pardons.

Le lycée de Nice n'était pas le seul établissement éducatif qui s'élevât alors entre la place Masséna et l'esplanade du Paillon. Mes camarades et moi trouvâmes, rue Saint-Michel, un accueil simple et amical, tout au moins, lorsque l'escadre américaine ne faisait pas escale à Villefranche, jours néfastes entre tous, où la consternation régnait dans les classes, et où le tableau noir devenait un véritable drapeau de notre mélancolie.

Mais avec deux ou trois francs d'argent de poche par jour, il est difficile de *fréquenter*, comme on dit dans le Midi.

Des choses étranges commencèrent donc à se produire à la maison. Un tapis disparut, puis un autre et, un jour, en revenant du casino municipal où l'on donnait *Madame Butterfly*, ma mère fut stupéfaite de constater que le petit trumeau qu'elle avait acquis la veille chez un brocanteur, dans l'intention de le revendre à profit, s'était littéralement évanoui dans les airs, toutes portes et fenêtres fermées. Un étonnement sans bornes se dessina sur sa figure. Elle soumit l'appartement à un examen détaillé pour voir si rien d'autre ne manquait. Il se trouvait que si : mon appareil photographique, ma raquette de tennis, ma montre, mon pardessus d'hiver, ma collection de timbres-poste et les œuvres de Balzac que je venais de recevoir pour mon premier prix de français, avaient suivi le même chemin. J'avais même réussi à vendre le fameux samovar, que j'avais placé chez un antiquaire du vieux Nice, pour une somme sans doute dérisoire, mais qui m'avait tout de même tiré momentanément d'embarras. Ma mère réfléchit un moment, puis s'assit dans un fauteuil et me regarda. Elle me regarda longuement, avec attention et puis, à ma très grande surprise, au lieu de la scène dramatique que j'attendais, je vis une expression de triomphe presque solennel et de fierté se répandre sur son visage. Elle renifla bruyamment, avec une immense satisfaction, et me regarda encore une fois avec gratitude, admiration et attendrissement : j'étais enfin devenu un homme. Elle n'avait pas lutté en vain.

Ce soir-là, elle écrivit une longue lettre de sa grande écriture nerveuse, toujours avec le même air de triomphe et de satisfaction, comme si elle eût hâte d'annoncer que j'avais été un bon fils. Un mandat personnel de cinquante francs me parvint peu après et j'en reçus plusieurs autres, au cours de l'année. J'étais provisoirement sauvé. Par contre, je fus invité à me rendre chez un vieux docteur de la rue de France, lequel, après avoir longuement tourné autour du pot, m'expliqua que la vie d'un jeune homme était pleine d'embûches, que notre vulnérabilité était grande, que les flèches empoisonnées sifflaient à nos oreilles, et que nos ancêtres les Gaulois eux-mêmes n'allaient jamais au combat sans leurs boucliers. Après quoi, il me remit un petit paquet. J'écoutai poliment, comme il se doit avec un ancien. Mais la visite au *Panopticum* de Wilno m'avait éclairé à cet égard définitivement et j'étais depuis longtemps résolu à conserver mon nez intact. J'aurais pu lui dire aussi qu'il sous-estimait gravement l'honorabilité et les scrupules des braves âmes que nous fréquentions. La plupart d'entre elles étaient elles-mêmes des mères dévouées et jamais, au grand jamais, il ne nous était permis de nous risquer dans le sillage de toutes les marines du monde sans être initiés aux règles de prudence nécessaires à tout navigateur respectueux des éléments.

Chère Méditerranée ! Que ta sagesse latine, si

douce à la vie, me fut donc clémente et amicale, et avec quelle indulgence ton vieux regard amusé s'est posé sur mon front d'adolescent ! Je reviens toujours à ton bord, avec les barques qui ramènent le couchant dans leurs filets. J'ai été heureux sur ces galets.

CHAPITRE XXI

Notre vie prenait tournure. Je me souviens même qu'un certain mois d'août ma mère partit se reposer trois jours à la montagne. Je l'accompagnai à l'autocar, un bouquet à la main. Les adieux furent déchirants. C'était la première fois que nous nous séparions, et ma mère pleurait, pressentant nos séparations futures. Le chauffeur de l'autocar, après avoir observé longuement la scène des adieux, finit par me demander, avec cet accent niçois qui va si bien avec l'émotion :

— C'est pour longteing ?

— Pour trois jours, répondis-je.

Il parut très impressionné et nous contempla, ma mère et moi, avec estime. Puis il dit :

— Eh bieng, on peut dire que vous avez du seintimeing !

Ma mère revint de ses vacances débordant de projets et d'énergie. Les affaires reprenaient, à Nice, et cette fois, c'est en compagnie d'un authentique Grand-Duc russe qu'elle allait présenter ses « bijoux de famille » aux honorables étrangers. Le Grand-Duc était un débutant dans le métier et ma mère perdait beaucoup de temps à lui remonter le moral. Nice comptait alors encore près de dix mille familles russes, un noble assortiment de généraux, de cosaques, d'*atamans* ukrainiens, de colonels de la garde impériale, princes, comtes, barons baltes et ci-devant de tout poil — ils réussissaient à recréer au bord de la Méditerranée une atmosphère à la Dostoïevski, le génie en moins. Pendant la guerre, ils se scindèrent en deux, une partie fut favorable aux Allemands et servit dans la Gestapo, l'autre prenant une part active à la Résistance. Les premiers furent liquidés à la Libération, les autres s'assimilèrent complètement et disparurent à tout jamais dans la masse fraternelle des quatre-chevaux Renault, des congés payés, des cafés-crème et de l'abstention aux élections.

Ma mère traitait le Grand-Duc et sa petite barbiche blanche avec une condescendance ironique, mais elle était secrètement flattée par cette association et ne manquait jamais de lui donner, en russe, du « prince sérénissime », tout en lui tendant la valise à porter. Le « prince sérénissime », devant les acheteurs éventuels, devenait si gêné, si malheureux et se taisait d'un air si coupable, lorsque ma mère leur décrivait longuement son degré exact de parenté avec le Tsar, le nombre de palais qu'il avait en Russie et les liens étroits qui l'unissaient à la Cour d'Angleterre, que les clients avaient tous le sentiment de faire une belle affaire et d'exploiter un être sans défense et ils concluaient presque toujours le marché. C'était, pour ma mère, un excellent élément, et elle en prenait grand soin. Il souffrait d'une maladie de cœur et ma mère, avant chaque expédition, lui donnait vingt gouttes de son médicament dans un verre d'eau. On pouvait les voir, tous les deux, à la terrasse du café de la Buffa, faisant des projets d'avenir, ma mère, exposant ses idées sur mon rôle d'ambassadeur de France, et le Prince Sérénissime, le genre de vie qu'il entendait mener après la chute du régime communiste et le retour des Romanoff sur le trône de Russie.

— J'entends vivre tranquillement sur mes terres, loin de la Cour et des affaires publiques, disait le Grand-Duc.

— Mon fils se destine à la Carrière, disait ma mère, en buvant son thé.

Je ne sais ce qu'est devenue Son Altesse Sérénissime. Il y a bien un Grand-Duc russe enterré au cimetière de Roquebrune-village, non loin de ma propriété, mais j'ignore si c'est le même ; je crois, du reste, que sans sa barbiche blanche, je ne le reconnaîtrais pas.

Ce fut à cette époque que ma mère fit sa meilleure affaire, la vente d'un immeuble de sept étages dans l'ancien boulevard Carlonne, aujourd'hui boulevard Grosso. Il y avait déjà plusieurs mois qu'elle parcourait inlassablement la ville à la recherche d'un acheteur, sachant bien qu'il y avait là un tournant décisif et que si la vente était conclue, ma première année d'études à l'Université d'Aix-en-Provence allait être assurée. Ce fut tout à fait par hasard que l'acheteur se présenta. Un jour, une Rolls-Royce s'arrêta devant notre maison, le chauffeur ouvrit la portière, un petit monsieur rond en descendit, suivant une belle jeune dame deux fois sa taille et moitié son âge. Il s'agissait d'une ancienne cliente du salon de couture de ma mère à Wilno et de son mari, récemment acquis, un homme très riche et qui le devenait chaque jour davantage. Ils venaient, nous le découvrîmes, directement du ciel. Non seulement le petit M. Jedwabnikas acheta l'immeuble, mais encore, frappé, comme tant d'autres avant lui, par l'esprit d'entreprise et l'énergie de ma mère, il lui en confia la gérance, acceptant séance tenante la suggestion de transformer une partie de l'immeuble en hôtel-restaurant. Ce fut ainsi que l'Hôtel-Pension Mermonts — « Mer » comme mer, et « Monts » comme montagnes —, sa façade repeinte et ses assises assurées, ouvrit ses portes à « la grande clientèle internationale, dans une atmosphère de tranquillité, de confort et de bon goût » — je cite le premier prospectus textuellement : j'en suis l'auteur. Ma mère ignorait tout de l'hôtellerie, mais elle fut immédiatement à la hauteur des circonstances. J'ai passé depuis ma vie dans les hôtels du monde entier, et à la lumière de cette expérience, je puis dire qu'avec des moyens matériels très limités, ma mère avait réalisé un véritable tour de force. Trente-six chambres, deux étages d'appartements et un restaurant — avec deux femmes de chambre, un garçon, un chef et un plongeur, l'affaire marcha tambour battant dès le début. Quant à moi, je fus préposé aux fonctions de réceptionniste, de guide en autocar, de maître d'hôtel et, en général, chargé de faire bonne impression aux clients. J'avais déjà seize ans, mais c'était la première fois que je me trouvais exposé à des contacts humains à doses si massives. Notre clientèle venait de tous les côtés du monde, avec une forte prédominance d'Anglais. Ils débarquaient, en général, par groupes, envoyés par des agences et, dilués ainsi dans la démocratie du nombre, fondaient de gratitude à la moindre marque d'attention. C'étaient alors les débuts du « petit tourisme », qui devait devenir la règle générale peu avant la guerre et depuis. À quelques exceptions près, c'était une clientèle douce, soumise, peu sûre d'elle-même et facile à satisfaire. Les femmes prédominaient.

Ma mère se levait à six heures du matin, fumait trois ou quatre cigarettes, buvait une tasse de thé, s'habillait, prenait sa canne et se rendait au marché de la Buffa, où elle régnait incontestablement. Le marché de la Buffa, plus petit que celui de la vieille ville, où allaient s'approvisionner les grands palaces, desservait principalement les pensions de la région du boulevard Gambetta. C'était un lieu d'accents, d'odeurs et de couleurs, où de nobles imprécations s'élevaient au-dessus des escalopes, côtelettes, poireaux et yeux de poissons morts, parmi lesquels, par quelque miracle méditerranéen, d'énormes bottes d'œillets et de mimosa trouvaient toujours moyen de surgir inopinément. Ma mère tâtait une escalope, méditait sur l'âme d'un melon, rejetait avec mépris une pièce de bœuf dont le « flop » mou sur le marbre prenait un accent d'humiliation, pointait sa canne vers des salades que le maraîcher protégeait immédiatement de son corps, avec un « Je vous dis de ne pas toucher à la marchandise ! » désespéré, reniflait un brie, plongeait le doigt dans la crème d'un camembert et le goûtait — elle avait, lorsqu'elle portait à son nez un fromage, un filet, un poisson, un art de *suspense* qui rendait les marchands blêmes d'exaspération — et lorsque, repoussant d'un geste définitif l'article, elle s'éloignait enfin, la tête haute, leurs interpellations, insultes, invectives et cris indignés reformaient autour de nous le plus vieux chœur de la Méditerranée. On était en pleine cour de justice orientale où ma mère, d'un geste de son sceptre, pardonnait soudain aux gigots, aux salades, aux petits pois, leur qualité douteuse et leur prix exorbitant, et les faisait passer ainsi de l'état de vile marchandise à celui de « cuisine française de premier ordre », selon les termes du prospectus déjà cité. Pendant plusieurs mois, elle s'arrêta chaque matin à l'étalage de M. Renucci pour tâter longuement les jambons sans jamais en acheter, dans un pur esprit de provocation, à la suite de quelque obscure querelle, quelque compte personnel à régler, et uniquement pour rappeler au marchand quelle cliente de marque il avait perdue. Dès que le charcutier voyait ma mère s'approcher de l'étalage, sa voix montait comme une sirène d'alarme, il se précipitait, se penchait, la panse sur le comptoir, brandissait le poing, faisait mine de défendre sa marchandise de son corps, sommant ma mère de passer son chemin, et, pendant que la cruelle plongeait dans le jambon un nez impitoyable, avec une grimace d'abord d'incrédulité, et ensuite d'horreur, indiquant par toute une mimique variée qu'une odeur abominable venait de frapper ses narines, Renucci, les yeux levés au ciel, les mains jointes, implorait la madone de le retenir, de l'empêcher de tuer, et déjà ma mère, repoussant enfin le jambon avec dédain, un sourire de défi aux lèvres, allait continuer son règne ailleurs, parmi les rires, les « Santa Madonna ! » et les jurons.

Je crois qu'elle avait vécu là quelques-uns de ses meilleurs moments.

Chaque fois que je reviens à Nice, je me rends au marché de la Buffa. J'erre longuement parmi les poireaux, les asperges, les melons, les pièces de bœuf, les fruits, les fleurs et les poissons. Les bruits, les voix, les gestes, les odeurs et les parfums n'ont pas changé, et il ne manque que peu de chose, presque rien, pour que l'illusion soit complète. Je reste là pendant des heures et les carottes, les chicorées et les endives font ce qu'elles peuvent pour moi.

Ma mère rentrait toujours à la maison les bras chargés de fleurs et de fruits. Elle croyait profondément à l'effet bienfaisant des fruits sur l'organisme et veillait à ce que j'en mangeasse au moins un kilo par jour. Je souffre de colite chronique depuis. Elle descendait ensuite aux cuisines, arrêtait le menu, recevait les fournisseurs, surveillait le service du petit déjeuner aux étages, écoutait les clients, faisait préparer les pique-niques des excursionnistes, inspectait la cave, faisait les comptes, veillait à tous les détails de l'affaire.

Un jour, après avoir grimpé une vingtaine de fois le maudit escalier qui menait du restaurant aux cuisines, elle s'assit brusquement sur une chaise, son visage et ses lèvres devinrent gris ; elle pencha un peu la tête de côté, ferma les yeux et mit la main sur sa poitrine ; tout son corps se mit à trembler. Nous eûmes la chance que le diagnostic du médecin fût rapide et sûr : il s'agissait d'une crise de coma hypoglycémique, due à une trop forte piqûre d'insuline.

C'est ainsi que j'appris ce qu'elle me cachait depuis deux ans : ma mère était diabétique et, chaque matin, se faisait une piqûre d'insuline, avant de commencer sa journée.

Une peur abjecte me saisit. Le souvenir du visage gris, de la tête légèrement penchée, des yeux fermés, de cette main douloureusement posée sur la poitrine, ne me quitta plus jamais. L'idée qu'elle pût mourir avant que j'eusse accompli tout ce qu'elle attendait de moi, qu'elle pût quitter la terre avant d'avoir connu *la justice*, cette projection dans le ciel du système des poids et mesures humains, me paraissait un défi au bon sens, aux bonnes mœurs, aux lois, une sorte d'attitude de gangster métaphysique, quelque chose qui vous permettait d'appeler la police, d'invoquer la morale, le droit et l'autorité.

Je sentis qu'il fallait me dépêcher, qu'il me fallait en toute hâte écrire le chef-d'œuvre immortel, lequel, en faisant de moi le plus jeune Tolstoï de tous les temps, me permettrait d'apporter immédiatement à ma mère la récompense de ses peines et le couronnement de sa vie.

Je m'attelai d'arrache-pied à la besogne.

Avec l'accord de ma mère, j'abandonnai provisoirement le lycée, et, m'enfermant une fois de plus dans ma chambre, me ruai à l'assaut. Je plaçai devant moi trois mille feuilles de papier blanc, ce qui était, d'après mes calculs, l'équivalent de *Guerre et Paix*, et ma mère m'offrit une robe de chambre très ample, modelée sur celle qui avait fait déjà la réputation de Balzac. Cinq fois par jour, elle entrouvrait la porte, déposait sur la table un plateau de victuailles et ressortait sur la pointe des pieds. J'écrivais alors sous le pseudonyme de François Mermont. Cependant, comme mes œuvres m'étaient régulièrement renvoyées par les éditeurs, nous décidâmes que le pseudonyme était mauvais, et j'écrivis le volume suivant sous le nom de Lucien Brûlard. Ce pseudonyme ne paraissait pas non plus satisfaire les éditeurs. Je me souviens qu'un de ces superbes, qui sévissait alors à la N. R. F., à un moment où je crevais de faim à Paris, me retourna un manuscrit, avec ces mots : « Prenez une maîtresse et revenez dans dix ans. » Lorsque je revins, en effet, dix ans plus tard, en 1945, il n'était malheureusement plus là : on l'avait déjà fusillé.

Le monde s'était rétréci pour moi jusqu'à devenir une feuille de papier contre laquelle je me jetais de tout le lyrisme exaspéré de l'adolescence. Et cependant, en dépit de ces naïvetés, ce fut à cette époque que je m'éveillai entièrement à la gravité de l'enjeu et à sa nature profonde. Je fus étreint par un besoin de justice pour l'homme tout entier, quelles que fussent ses incarnations méprisables ou criminelles, qui me jeta enfin et pour la première fois au pied de mon œuvre future, et s'il est vrai que cette aspiration avait, dans ma tendresse de fils, sa racine douloureuse, tout mon être fut enserré peu à peu dans ses prolongements, jusqu'à ce que la création littéraire devînt pour moi ce qu'elle est toujours, à ses grands moments d'authenticité, une feinte pour tenter d'échapper à l'intolérable, une façon de rendre l'âme pour demeurer vivant.

Pour la première fois, en voyant ce visage gris aux yeux fermés, penché sur le côté, cette main sur la poitrine, la question de savoir si la vie est une tentation honorable se posa brusquement à moi. Ma réponse à la question fut immédiate, peut-être parce qu'elle m'était dictée par mon instinct de conservation, et j'écrivis fébrilement un conte intitulé *La Vérité sur l'affaire Prométhée*, qui reste encore aujourd'hui pour moi la vérité sur l'affaire Prométhée.

Car il est hors de doute qu'on nous a trompés sur la véritable aventure de Prométhée. Ou plus exactement, on nous a caché la fin de l'histoire. Il est parfaitement vrai que, pour avoir dérobé le feu aux dieux, Prométhée avait été enchaîné à un rocher et qu'un vautour se mit à lui dévorer le foie. Mais quelque temps après, lorsque les dieux jetèrent un coup d'œil sur la terre pour voir ce qui se passait, ils virent que non seulement Prométhée s'était débarrassé de ses chaînes, mais qu'il s'était emparé du vautour, et qu'il lui dévorait le foie, pour reprendre des forces et remonter au ciel.

Je souffre tout de même d'une maladie de foie, aujourd'hui. On avouera qu'il y a de quoi : j'en suis à mon dix millième vautour. Et mon estomac n'est plus ce qu'il était autrefois.

Mais je fais de mon mieux. Le jour où un coup de bec final me chassera de mon rocher, j'invite les astrologues à guetter l'apparition d'un signe nouveau au Zodiaque : celui d'un roquet humain accroché de toutes ses dents à quelque vautour céleste.

L'avenue Dante, qui mène de l'Hôtel-Pension Mermonts au marché de la Buffa, s'ouvrait devant ma fenêtre. De ma table de travail, je voyais ma mère venir de loin. Un matin, une envie irrésistible me vint de la consulter sur tout cela, de lui demander ce qu'elle en pensait. Elle était entrée dans ma chambre sans aucune raison, comme elle le faisait souvent, simplement pour fumer une cigarette en silence, en ma compagnie. J'étais en train d'apprendre, pour mon bachot, quelque vague folie sur la structure de l'univers.

— Maman, lui dis-je. Maman. Écoute.

Elle écoutait.

— Trois ans de licence, deux ans de service militaire...

— Tu seras officier, m'interrompit-elle.

— Bon, mais ça fait cinq ans. Tu es malade.

Elle chercha à me rassurer immédiatement.

— Tu auras le temps de finir tes études. Tu ne manqueras de rien, sois tranquille...

— Bon Dieu, ce n'est pas de ça qu'il s'agit... J'ai peur de ne pas y arriver... de ne pas y arriver à temps...

Cela lui donna tout de même à penser. Elle réfléchit longuement, calmement. Et puis elle me dit, en reniflant bruyamment, les deux mains posées sur ses genoux :

— Il y a une justice.

Elle alla s'occuper du restaurant.

Ma mère croyait à une structure de l'univers

plus logique, plus souveraine et plus cohérente que tout ce qu'on pouvait apprendre là-dessus dans mon livre de physique.

Ce jour-là, elle portait une robe grise, un fichu violet, un collier de perles et un manteau gris jeté sur les épaules. Elle avait pris quelques kilos. Le médecin m'avait dit qu'elle pouvait encore tenir pendant des années. Je cachai mon visage dans mes mains.

Si seulement elle pouvait me voir en uniforme d'officier français, même si je ne devais jamais devenir ambassadeur de France, Prix Nobel de littérature, un de ses plus beaux rêves serait réalisé. Je devais commencer mon droit, cet automne-là, et avec un peu de chance... Dans trois ans, je pouvais faire une entrée triomphale à l'Hôtel-Pension Mermonts, dans mon uniforme de sous-lieutenant aviateur. Nous avions choisi l'aviation, ma mère et moi, depuis assez longtemps déjà : la traversée de l'Atlantique par Lindbergh l'avait vivement impressionnée et, là encore, je m'en voulais de ne pas y avoir pensé le premier. J'allais l'accompagner au marché de la Buffa, vêtu de bleu et d'or, avec des ailes partout, offert à l'admiration des carottes et des poireaux, des Pantaleoni, Renucci, Buppi, Cesari et Fassoli, défilant ma mère à mon bras, sous l'arc de triomphe des salamis et des oignons, et cherchant l'admiration jusque dans l'œil rond des merlans.

L'adoration naïve de ma mère pour la France continuait à être pour moi une source d'étonnement. Lorsque quelque fournisseur exaspéré la traitait de « sale étrangère », elle souriait, et, avec un mouvement de la canne qui prenait tout le marché de la Buffa à témoin, elle déclarait :

— Mon fils est officier de réserve et il vous dit merde !

Elle ne faisait pas de distinction entre « est » et « sera ». Le galon de sous-lieutenant prit soudain à mes yeux une importance et une signification énormes, et tous mes rêves se réduisirent provisoirement à celui, beaucoup plus modeste, de défiler en uniforme de sous-lieutenant aviateur au marché couvert de la Buffa, avec ma mère à mon bras.

CHAPITRE XXII

M. Zaremba était un Polonais de belle prestance, enclin à la mélancolie, qui parlait peu et dont le regard paraissait interroger le monde avec une expression de léger reproche, comme pour lui demander : « Pourquoi m'as-tu fait ça ? » Il descendit un beau jour du taxi devant l'hôtel, avec sa moustache blonde déjà touchée de gris qui pendait à l'ancienne, vêtu de blanc colonial, coiffé d'un panama crème et armé de nombreuses valises couvertes d'étiquettes que je contemplai longuement : Calcutta, Malacca, Singapour, Surabaya... Voilà qui témoignait enfin d'une manière pour ainsi dire matérielle et irréfutable de la réalité des pays de rêve dont je n'avais recueilli jusque-là d'autres preuves d'existence que ce que voulaient bien m'en dire Somerset Maugham et De Vere Stackpoole dans leurs romans. M. Zaremba prit une chambre pour « quelques jours », et resta un an.

Rien, dans son aspect un peu las, dans ses manières de parfait homme du monde, ne laissait deviner le petit garçon en culottes courtes qu'il cachait en lui, enfoui sous les sables du temps ; il en est souvent des apparences de maturité comme des autres façons de s'habiller, et l'âge, à cet égard, est le plus adroit des tailleurs. Mais je venais d'avoir dix-sept ans et je ne savais encore rien de moi-même ; j'étais donc loin de soupçonner qu'il arrive aux hommes de traverser la vie, d'occuper des postes importants et de mourir sans jamais parvenir à se débarrasser de l'enfant tapi dans l'ombre, assoiffé d'attention, attendant jusqu'à la dernière ride une main douce qui caresserait sa tête et une voix qui murmurerait : « Oui, mon chéri, oui. Maman t'aime toujours comme personne d'autre n'a jamais su t'aimer. »

M. Zaremba fit d'abord une bonne impression à la directrice de l'hôtel-pension Mermonts, qui l'avait pris pour un gentleman. Mais lorsqu'il se pencha sur le registre de l'hôtel et inscrivit sa profession, ma mère, ayant jeté un regard sur les mots *artiste peintre*, s'empressa de lui demander, fort brutalement, une semaine d'avance. Quant à la distinction, aux manières exemplaires et à tout ce qu'on appelait au temps jadis le « comme il faut » de notre nouveau client, ils me semblaient aller à l'encontre de l'opinion que je n'avais cessé d'entendre depuis mon enfance, selon laquelle les peintres étaient voués à l'alcool et à la déchéance physique et morale. Il ne restait qu'une explication, et ma mère l'avança bien avant d'avoir daigné accorder un regard aux tableaux de l'artiste : il devait être totalement dénué de talent.

Cette conclusion se trouva confirmée à ses yeux lorsqu'il s'avéra que la réussite matérielle de M. Zaremba permettait à celui-ci de posséder une maison en Floride et un chat en Suisse. Ma mère commença à manifester à notre locataire une commisération teintée d'ironie. Sans doute redoutait-elle que l'exemple d'un peintre prospère n'exerçât sur moi une influence néfaste ; cela pouvait, Dieu nous garde, non seulement me détourner de la carrière diplomatique qui m'attendait les bras ouverts, mais encore m'inciter à me remettre une fois de plus aux pinceaux.

Ce n'était pas une inquiétude injustifiée. Le démon secret m'habitait toujours : il ne devait jamais me quitter. J'éprouvais souvent une nostalgie confuse, un besoin presque physique de formes et de couleurs. Lorsque je me décidai enfin — trois décennies plus tard — à donner libre cours à ma « vocation », le résultat fut désastreux. Je me ruais sur des toiles dans une sorte de danse frénétique, vidant directement sur le « tableau » les plus gros tubes que je pouvais me procurer ; les pinceaux ne me donnant pas de contact assez direct, j'y allais avec les mains. Je travaillais aussi au « lancé ». Il y avait de la peinture partout. Personne ne pouvait entrer dans la pièce où je sévissais sans en prendre sur les vêtements et le visage : les murs, les meubles et le plafond recueillaient les bribes de mon génie. Car si mon inspiration était bien authentique, le résultat, lui, était d'une effrayante nullité. Je n'avais aucun talent pour la peinture. À chaque coup de pinceau, cet art suprême me renvoyait dédaigneusement à mes chers romans. Depuis, je comprends les graphomanes : j'ai appris à mes dépens qu'une vocation, une inspiration profonde et irrésistible, peuvent s'accompagner d'un manque total de don. Jamais je n'avais connu pareille griserie créatrice, et jamais pourtant l'évidence de l'échec artistique ne fut plus implacable. Je continuai pendant quelque temps à vider des centaines de tubes de couleurs, comme pour me vider moi-même. Mais je n'arrivais au vide que sur la toile. En deux ans, je ne réussis à terminer qu'un seul « tableau ». Je l'accrochai au mur, parmi d'autres, et lorsque le grand critique américain Grinberg vint me voir, il s'arrêta longuement devant mon œuvre, avec un intérêt évident. « Et celui-là, de qui est-ce ? » Je répondis astucieusement : « Oh, c'est d'un jeune peintre que j'ai découvert à Milan. » Son expression devint encore plus admirative. « Eh bien, mon vieux, pour une merde, c'est une vraie merde. *For a piece of shit, it's a real piece of shit !* » Je m'en doutais bien, mais je continuais à croire au miracle. Ça pouvait venir n'importe quand. Le ciel, à tout moment, pouvait encore me foudroyer de génie. Peu à peu, la frustration fut telle que je frisais la dépression nerveuse : je dois être le seul homme au monde à qui un médecin interdit de peindre. Il y avait, sur mes « tableaux », des couches si épaisses qu'il fallait se mettre à plusieurs pour les porter aux ordures. Une de mes voisines alla sauver une de mes « œuvres » de la poubelle et la fit transporter chez elle. « On ne sait jamais », expliqua-t-elle.

Cependant, si j'étais un fréquent visiteur dans l'atelier que M. Zaremba avait loué boulevard du Tsarevitch, le goût que j'avais pour l'art n'y était pour rien. Le peintre était d'ailleurs spécialisé dans les figures d'enfants angéliques qui me laissaient indifférent. Il y avait une tout autre raison à l'intérêt que je lui portais. Je m'étais aperçu, en effet, que ce quelque peu neurasthénique personnage s'était mis à rechercher la compagnie de ma mère avec une persistance discrète mais indubitable. Maniée avec diplomatie, d'une main sûre, cette situation pouvait se révéler riche de possibilités et apporter dans notre vie un changement des plus heureux. Déjà aventureux, casse-cou comme tous ceux dont le goût de l'action et de l'exploit ne trouvent pas de prise, l'idée de pouvoir « caser » ma mère et de la mettre ainsi à l'abri des soucis matériels se doublait dans mon esprit d'un autre espoir : celui de pouvoir me jeter enfin dans une vie d'aventures, sans me reprocher d'avoir laissé sans soutien celle qui m'avait tout donné.

M. Zaremba ne s'était jamais marié. Il avait été aussi seul dans son enfance qu'il l'était demeuré dans sa maturité. Ses parents étaient morts jeunes, romantiquement emportés par la tuberculose. Ils étaient enterrés au cimetière de Menton où il se rendait souvent pour déposer des fleurs sur leur tombe. Il avait été élevé avec indifférence par un oncle célibataire, dans un riche domaine de Pologne orientale.

Il ne tarda pas à se livrer, avec infiniment de tact, à de prudents travaux d'approche.

— Vous êtes très jeune, mon cher Romain...

Il disait à la polonaise *panie Romanie*, monsieur Romain.

— Vous êtes très jeune. Vous avez toute la vie devant vous. Vous trouverez une femme qui se dévouera à vous. Une autre femme, devrais-je dire, car je vois à chaque instant de quelle tendre sollicitude votre mère vous entoure. Je n'ai pas eu cette chance. J'avoue que j'aimerais rencontrer une personne que je pourrais aimer et qui s'intéresserait un peu à moi. Je dis bien : un peu. Je ne suis pas quelqu'un d'exigeant. Je me contenterais parfaitement de n'occuper que la seconde place dans l'affection d'une femme.

Je réprimai un sourire à l'idée qu'un autre que moi puisse occuper la première place dans l'affection de ma mère. Mais il ne fallait surtout pas l'effaroucher.

— Il me semble que vous avez raison de vous préoccuper de votre avenir, m'avançai-je prudemment. D'un autre côté cela risquerait de vous imposer certaines responsabilités. Financières, par exemple. Je ne sais si un peintre a les moyens de subvenir aux besoins d'une famille.

— Je suis très à l'aise matériellement, je vous assure.

Il se lissa la moustache.

— Il me plairait d'ailleurs de partager ma réussite avec quelqu'un. Je ne suis pas égoïste.

Cette fois, je me sentis ému. Je rêvais déjà d'apprendre à piloter. C'était, pécuniairement, tout à fait hors de ma portée : il fallait au moins cinq mille francs. Je pouvais peut-être lui demander de nous verser des arrhes, en signe de sérieux. L'idée d'une petite voiture me traversa également l'esprit à cent à l'heure, avec moi au volant. J'avais également remarqué que le peintre possédait une superbe robe de chambre en soie de Damas, brodée d'or.

Je riais intérieurement. Déjà l'humour était pour moi ce qu'il devait demeurer toute ma vie : une aide nécessaire, la plus sûre de toutes. Plus tard, bien plus tard, en privé et en public, à la télé et dans le « monde », les inconditionnels du sérieux n'ont jamais cessé de me demander : « Pourquoi racontez-vous toujours des histoires contre vous-même, Romain Gary ? » Mais il ne s'agit pas seulement de moi. Il s'agit de notre *je* à tous. De notre pauvre petit royaume du Je, si comique, avec sa salle du trône et son enceinte fortifiée. J'y répondrai peut-être plus longuement un jour[1].

L'idée d'avoir M. Zaremba pour beau-père suscitait en moi toutes sortes de remous. Il y avait des moments où l'amour sans répit dont j'étais l'objet était plus que je ne pouvais supporter. Me voir constamment dans un regard passionné et éperdu comme unique, incomparable, doué de toutes les qualités et promis à la voie triomphale, ne faisait qu'accentuer mes frustrations et la conscience déjà fort lucide et douloureuse que j'avais du gouffre entre cette image de grandeur et ma piètre réalité. Non que je songeasse à me soustraire aux responsabilités que m'imposaient, dans le « devenir », le dévouement et les sacrifices dont j'étais entouré. J'étais résolu à réaliser tout ce que ma mère attendait de moi, et je l'aimais trop pour être sensible à ce que ses rêves pouvaient avoir de naïf et de démesuré. Il m'était d'autant plus difficile de faire la part du phantasme que, bercé ainsi

1. Voir *La nuit sera calme*, Gallimard, 1974

de promesses et de récits de ma grandeur future depuis mon enfance, je m'y perdais parfois, et ne savais plus très bien ce qui était son rêve et ce qui était moi. Surtout, je n'en pouvais plus d'être ainsi couvé. Si M. Zaremba réussissait à détourner vers lui un peu de cette charge d'amour qui m'écrasait, je respirerais enfin plus librement.

Je ne tardai pas à m'apercevoir que ma mère commençait à sentir qu'il y avait anguille sous roche. Elle s'était mise à traiter le Polonais avec une froideur qui confinait à l'hostilité. Elle était entrée dans sa cinquante-troisième année, et si, malgré ses cheveux tout blancs et les traces d'usure dont la dureté des luttes que cette femme seule avait menées dans trois pays pour survivre, bien plus que l'âge lui-même, avait marqué ses traits, il y avait encore dans sa féminité un rayonnement chaleureux et gai qui pouvait faire rêver un homme. J'eus cependant tôt fait de comprendre que mon timide et distingué ami n'était pas épris d'elle comme un homme tombe amoureux d'une femme. Sous son apparence de grand seigneur dans la force de l'âge, M. Zaremba cachait un orphelin qui n'avait jamais reçu sa part de tendresse et d'affection, et qui a été saisi d'espoir et peut-être d'envie à la vue de cet amour maternel qui brûlait d'une telle flamme sous ses yeux. Manifestement, il avait décidé qu'il y avait de la place pour deux.

Souvent, lorsque ma mère, dans ce que j'appelais ses élans d'« expressionnisme », me serrait dans ses bras ou venait m'apporter dans le petit jardin devant l'hôtel le thé, les gâteaux et les fruits de cinq heures, je décelais sur le long

visage osseux de M. Zaremba une ombre de chagrin, voire même d'exaspération. Il aspirait à être
admis, lui aussi. Il se tenait assis dans un fauteuil
d'osier, les jambes élégamment croisées, sa canne
au pommeau d'ivoire posée sur ses genoux ; il lis-
sait sa moustache et nous observait, sombrement,
tel un banni qui contemple le seuil du royaume
interdit. Je dois avouer que j'étais encore assez
gamin et ignorant de ce qui m'attendait moi-même
au bout du chemin pour prendre quelque plaisir à
son irritation. Pourtant, sans qu'il s'en doutât, loin
d'avoir un rival, il avait trouvé en moi un solide
allié. Si je devais un jour gagner mes galons dans
la diplomatie, c'était le moment de le prouver. Je
me gardais donc bien de l'encourager.

M. Zaremba toussotait parfois, d'un air contrarié, pendant que ma mère déposait devant moi ses
offrandes, mais il ne soufflait mot et ne se permettait jamais la moindre remarque dans le genre :
« Nina, vous êtes en train de gâter votre fils et,
dans ses rapports avec les femmes, vous lui réser-
vez un avenir bien difficile. Que fera-t-il, plus tard ?
À quelle quête affective impossible le condamnez-
vous ainsi ? » Non, M. Zaremba ne se livrait jamais
à une pareille intrusion ; il se tenait simplement là,
dans son costume tropical, légèrement peiné ; il
soupirait parfois et détournait son regard, avec un
peu de mauvaise humeur, de nos effusions. J'étais
convaincu que ma mère se rendait parfaitement
compte de sa légère envie, ne serait-ce que parce
qu'elle exagérait toujours ses manifestations de
tendresse lorsque son timide soupirant se trouvait
là ; elle devait même y prendre goût, d'abord parce

que la comédienne manquée en elle aimait avoir un public, et ensuite parce que notre « exclu » accentuait par son attitude notre complicité et témoignait aux yeux de tous de la solidité et de la sécurité absolue de notre inexpugnable royaume. Et puis, un jour, après que fut déposé devant moi le plateau de cinq heures, sur une table du jardin, M. Zaremba se permit un geste qui, venant d'un homme aussi timide et réservé, équivalait à une démonstration de culot énorme, et à une sorte de proclamation muette mais véhémente de ses sentiments. Il se leva de son fauteuil, vint s'asseoir à ma table sans y être convié, tendit la main et prit dans la corbeille une de mes pommes, qu'il se mit à croquer résolument, tout en regardant ma mère dans les yeux avec une expression de défi. J'en restai bouche bée. Jamais nous n'aurions cru M. Zaremba capable d'une telle hardiesse. Nous échangeâmes un coup d'œil indigné, après quoi nous contemplâmes le peintre avec une telle froideur que le pauvre homme, après un ou deux efforts pour mâchonner la pomme, replaça le fruit sur le plateau, se leva, et s'en alla, la tête basse, les épaules voûtées.

Peu après, M. Zaremba se livra à une tentative plus directe.

J'étais assis dans ma chambre, au rez-de-chaussée de l'hôtel, devant la fenêtre ouverte, occupé à polir le dernier chapitre du roman auquel je travaillais. C'était un superbe dernier chapitre, et je regrette aujourd'hui encore de n'avoir jamais réussi à écrire ceux qui devaient le précéder. À l'époque, j'avais déjà au moins vingt derniers chapitres à mon actif.

Ma mère prenait le thé dans le jardin. Debout à ses côtés, légèrement incliné, une main déjà posée sur le dossier de la chaise, M. Zaremba attendait une invitation à s'asseoir qui ne venait pas. Comme il y avait un sujet de conversation qui ne laissait jamais ma mère indifférente, il n'eut aucune difficulté à éveiller son attention.

— Il y a une chose, Nina, dont je tenais à vous parler depuis quelque temps déjà. Il s'agit de votre fils.

Elle buvait toujours son thé beaucoup trop chaud, et, après s'être brûlé les lèvres, elle avait l'étrange habitude de souffler dans la tasse pour le refroidir.

— Je vous écoute.

— Ce n'est jamais bon — je dirais même que c'est dangereux — d'être fils unique. On prend ainsi l'habitude de se sentir le centre du monde, et cet amour qu'on ne partage avec personne vous condamne plus tard à bien des déceptions.

Ma mère écrasa sa gauloise.

— Je n'ai aucune intention d'adopter un autre enfant, répliqua-t-elle sèchement.

— Je ne songeais à rien de ce genre, voyons ! murmura M. Zaremba, qui n'avait pas cessé de contempler la chaise.

— Asseyez-vous.

Le peintre s'inclina pour la remercier et s'assit.

— Ce que je voulais dire, simplement, c'est qu'il est important pour Romain de se sentir moins... unique. Il n'est pas bon pour lui d'être le seul homme dans votre vie. Une pareille exclusivité affective risque de le rendre terriblement exigeant dans ses rapports avec les femmes.

Ma mère repoussa sa tasse de thé et prit une autre gauloise. M. Zaremba s'empressa de lui offrir du feu.

— Où, exactement, voulez-vous en venir, *panie Janie* ? Vous autres, Polonais, vous avez une manière de tourner en rond en faisant des arabesques qui fait de vous d'excellents valseurs mais qui vous rend parfois bien compliqués.

— Je voudrais seulement vous dire que cela aiderait Romain s'il y avait un autre homme à vos côtés. À condition, bien entendu, qu'il s'agisse de quelqu'un de compréhensif et qui ne se montrerait pas trop exigeant.

Elle l'observait très attentivement, un œil mi-clos, derrière la fumée de sa cigarette, avec une expression que je qualifierais de goguenarde bienveillance.

— Comprenez bien, continua M. Zaremba, en regardant à ses pieds, qu'il ne me viendrait pas à l'esprit de qualifier d'« excessif » l'amour d'une mère. Personnellement, je n'ai jamais connu un tel amour, et je ne cesse de mesurer ce que j'ai manqué. Je suis orphelin, comme vous savez.

— Vous êtes certainement le plus vieil orphelin que j'aie rencontré, dit ma mère.

— L'âge n'y fait rien, Nina. Le cœur ne vieillit jamais, et le vide, l'absence qui l'ont marqué, demeurent et ne font que grandir. J'ai évidemment conscience de mon âge mais les rapports humains peuvent s'épanouir dans la maturité d'une manière… Comment dirais-je ? Radieuse et paisible. Et si vous pouviez partager avec un autre cette tendresse dont vous entourez votre fils, j'ose dire que Romain deviendrait un homme qui compterait davantage sur lui-même. Cela lui épargnerait peut-être aussi d'être torturé toute sa vie par le besoin impérieux de quelque immanente, et, si je puis m'exprimer ainsi, toute-puissante féminité... Si je pouvais vous aider et, par là même, aider votre fils à...

Il s'interrompit et se tut, tout penaud, sous le regard qui l'anéantissait. Ma mère aspira une grande bouffée d'air par le nez, avec un léger sifflement, à la manière des paysans russes qui expriment ainsi leur satisfaction. Elle était assise très droite, les mains posées à plat sur les cuisses. Puis elle se leva.

— Vous avez complètement perdu l'esprit, mon pauvre ami, dit-elle, et pour moi qui connaissais toutes les ressources de vocabulaire dont elle disposait à ses moments d'emportement, il y avait dans ce choix de mots un signe de modération qui n'interdisait pas tout espoir. Après quoi elle se leva et s'éloigna, la tête haute, avec une extrême dignité.

Le regard désolé de M. Zaremba rencontra brusquement le mien. Il n'avait pas remarqué ma présence derrière la fenêtre et il parut encore plus confus comme si je l'avais surpris en train de voler mes billes. J'étais tout disposé à le rassurer. La meilleure façon était de montrer que je le traitais déjà en futur beau-père. Il me fallait aussi savoir s'il se montrerait à la hauteur et s'il était prêt à faire face à ses obligations envers nous.

Je me levai et me penchai par la fenêtre.

— Est-ce que vous pourriez me prêter cinquante francs, *panie Janie* ? demandais-je.

La main de M. Zaremba se porta immédiatement à son portefeuille. La mode des tests psychologiques auxquels on soumet aujourd'hui les candidats à une place n'était pas encore connue à cette époque ; je peux donc dire que j'ai été là un précurseur.

Après cet assaut frontal de notre royaume, mon ami se rendit sagement à l'évidence : la meilleure façon pour lui de courtiser ma mère était de gagner mes bonnes grâces.

C'est ainsi que je reçus un superbe portefeuille en crocodile, avec quinze dollars discrètement glissés à l'intérieur, suivi d'un Kodak, puis d'une montre-bracelet, cadeaux que je prenais pour des gages, car, lorsqu'il s'agit de l'avenir d'une famille, on ne s'entoure jamais assez de précautions. M. Zaremba le comprenait fort bien. Je me trouvai donc bientôt possesseur d'un stylo Waterman, et ma modeste bibliothèque entra dans une ère de folle prospérité. Des billets de théâtre et de cinéma étaient toujours à ma disposition et je me surpris à décrire à mes camarades de la Grande Bleue notre propriété en Floride, récemment acquise.

M. Zaremba décida bientôt qu'il m'avait suffisamment rassuré, et c'est ainsi que vint le jour où il me fit sa demande.

J'étais couché avec une petite grippe et notre prétendant frappa à la porte et fit son entrée à quatre heures et demie, devançant ainsi ma mère, porteur du plateau rituel de fruits, de thé, de miel et de mes gâteaux favoris. J'étais vêtu de son pyjama et de sa belle robe de chambre damassée. Il déposa le plateau sur le lit, me versa une tasse de thé, s'enquit de ma température, prit une chaise et s'assit, le mouchoir à la main, longue silhouette en tweed gris. Il se tapota le front avec son mouchoir. Je compatissais à sa nervosité. Une demande en mariage est toujours un moment difficile. Je me rappelai soudain avec un peu d'inquiétude que ses parents étaient morts de tuberculose. Peut-être faudrait-il lui demander un certificat de bonne santé.

— Mon cher Romain, commença-t-il, non sans une certaine solennité, vous connaissez, bien sûr, mes sentiments à votre égard.

Je pris une grappe de raisins.

— Nous avons beaucoup d'amitié pour vous, monsieur Zaremba.

J'attendais, le cœur battant, tout en m'efforçant de paraître indifférent. Ma mère n'aurait plus à monter et à descendre cent fois par jour le maudit escalier qui menait de la salle de restaurant à la cuisine. Elle pourrait aller passer chaque année un mois à Venise, qu'elle aimait tant. Au lieu de courir tous les matins à six heures au marché de la Buffa, elle parcourrait la Promenade des Anglais dans un fiacre, en regardant d'un air distant ceux qui lui avaient « manqué ». Je pourrais enfin partir à la conquête du monde et revenir à temps, couvert de gloire, afin que sa vie s'éclaire enfin de sens et pour que justice soit rendue. Je voyais aussi la tête de mes petits copains de la plage quand ils me verraient apparaître à la barre de mon yacht aux voiles bleues — je tenais expressément à cette couleur. Je m'intéressais alors à une petite Péruvienne, Lucita, et mon rival n'était rien de moins que

Rex Ingram, le célèbre metteur en scène, qui avait découvert Rudolph Valentino. La Péruvienne avait quatorze ans, Rex Ingram près de cinquante, j'en avais un peu plus de dix-sept ; donc, il fallait que les voiles soient bleues.

Je m'imaginais aussi très bien en Floride : une grande maison blanche, une mer chaude, des plages immaculées — la vraie vie, quoi. Nous irions passer là-bas notre lune de miel.

M. Zaremba se tapotait le front. À son doigt, je voyais la chevalière marquée des armes de notre vieille race, le *herb* des Zaremba. Il allait sûrement me donner son nom. J'allais avoir non seulement un petit frère, mais aussi des ancêtres.

— Je ne suis plus jeune, *panie Romanie*. Il faut reconnaître que je demande plus que je n'ai à offrir. Mais je vous promets que je vais m'occuper de votre mère dans toute la mesure de mes moyens, ce qui vous permettra de vous vouer entièrement à votre vocation littéraire. Un écrivain doit avoir avant tout la paix de l'esprit, pour pouvoir donner le meilleur de lui-même. J'y veillerai.

— Je suis certain que nous pourrions être très heureux ensemble, *panie Janie*.

Je m'impatientais un peu. Il n'avait qu'à nous faire carrément sa demande en mariage au lieu d'être là, à se tapoter nerveusement le front.

— Vous disiez donc ? lançai-je.

C'était curieux. J'attendais ce moment depuis des mois, mais maintenant que cet homme allait me demander la main de ma mère, mon cœur se serrait.

— Je souhaite que Nina m'accepte pour mari,

dit M. Zaremba d'une voix blanche, comme s'il se préparait à faire ce qu'on appelle au cirque le « saut de la mort ». Pensez-vous que j'aie une chance ?

Je françai les sourcils.

— Je n'en sais rien. Nous avons déjà eu plusieurs propositions.

Je me rendis compte que j'y allais un peu fort, mais M. Zaremba, piqué au vif, se redressa vivement.

— De qui ? tonna-t-il.

— Il ne me semble pas convenable de citer des noms.

M. Zaremba retrouva, non sans effort, le contrôle de lui-même.

— Bien sûr, excusez-moi. J'aimerais au moins savoir si vous me donnez votre préférence. Étant donné l'adoration de votre mère pour vous, je connais le rôle que vous jouerez dans sa décision.

Je le regardai amicalement.

— Nous avons beaucoup de sympathie pour vous, *panie Janie*, mais, sûrement, vous comprenez que c'est là une décision très importante. Il ne faut pas nous bousculer. Nous réfléchirons.

— Vous lui direz un mot en ma faveur ?

— Le moment venu, oui… Enfin, je crois. Laissez-nous le temps de penser à tout cela. Le mariage est une affaire sérieuse. Quel âge avez-vous, exactement ?

— Cinquante-cinq, hélas…

— Je n'ai pas encore dix-huit ans, répliquai-je. Je ne puis lancer brusquement ma vie dans une direction aussi inattendue sans savoir exactement où je vais. Vous ne pouvez pas me demander de prendre une pareille décision comme ça, tout de go.

— Je m'en rends bien compte, dit M. Zaremba. Je voulais seulement savoir si, *a priori*, mes intentions seraient accueillies par vous avec sympathie. Si je ne me suis jamais marié, c'est que, justement, je ne suis pas homme à me dérober devant les responsabilités qu'impose une famille. Il me fallait donc être sûr de moi. Je ne crois pas que vous regretteriez votre choix.

— Je vous promets d'y réfléchir, c'est tout.

M. Zaremba se leva, visiblement soulagé.

— Votre mère est une femme exceptionnelle, dit-il. Jamais encore je n'ai été témoin d'un tel dévouement. J'espère que vous saurez trouver les mots pour la convaincre. J'attendrai votre réponse.

Je décidai d'aborder le sujet dès le retour de ma mère. Elle revenait toujours du marché d'excellente humeur, après avoir régné pendant deux heures sur les étalages et exercé son autorité sur les marchands. Je m'habillai avec soin, me fis couper les cheveux, nouai une très belle cravate en soie bleu marine brodée de mousquetaires d'argent, que le peintre m'avait offerte, achetai un bouquet de roses rouges — des « veloutées d'aurore » — et, vers dix heures et demie, le lendemain, j'attendais dans le vestibule, en proie à une nervosité que seul M. Zaremba, qui se morfondait là-haut dans sa chambre au septième, était capable de comprendre. Je savais fort bien que notre prétendant aux moustaches tombantes recherchait plus une mère qu'une épouse, mais c'était un homme d'une grande gentillesse, qui traiterait ma mère avec plus de déférence que la vie ne lui en avait témoigné jusqu'ici. Certes, on pouvait avoir des doutes sur son talent de peintre, mais après tout, un seul authentique créateur dans la famille suffirait amplement.

Ma mère me trouva dans le salon, maladroitement armé de mon bouquet de fleurs que je tenais sous le bras. Je le lui tendis en silence : j'avais la gorge nouée. Elle enfouit son visage dans les roses, puis me jeta un regard de reproche.

— Il ne fallait pas !

— J'ai à te parler.

Je lui fis signe de s'asseoir. Elle prit place sur le petit sofa légèrement râpé de l'entrée.

— Écoute, dis-je.

Mais il n'était pas facile de trouver les mots.

— Je... Heu... C'est un homme très bien, murmurai-je.

Cela suffit. Elle comprit immédiatement. Saisissant le bouquet, elle le lança à travers le vestibule d'un geste large, méprisant et définitif. Il alla cogner contre un vase qui tomba en miettes sur le sol, avec un sens aigu du drame. Lina, la femme de chambre italienne, entra précipitamment et, voyant l'expression sur le visage de ma mère, sortit tout aussi vite.

— Mais enfin, quoi ! gueulai-je. Il possède une superbe propriété en Floride !

Elle pleurait. J'essayai de rester calme mais, comme toujours entre nous, son émotion me gagnait et rejaillissait à son tour sur elle, montant d'un cran à chaque aller-retour, selon la meilleure

tradition des scènes d'amour. Je voulais lui crier
que c'était sa dernière chance, qu'elle avait besoin
d'un homme à ses côtés, que je ne pouvais être
cet homme parce que, tôt ou tard, je partirais,
la laissant seule. Je voulais lui dire surtout qu'il
n'y avait rien que mon amour ne pût accomplir
pour elle, sauf une chose, sauf renoncer à ma vie
d'homme, à mon droit d'en disposer comme je
l'entendrais. Mais à mesure que l'émotion et les
pensées contradictoires se bousculaient dans ma
tête, il m'apparut qu'en un sens je m'efforçais de
me débarrasser d'elle, de son amour envahissant,
de l'accablant poids de sa tendresse. J'avais mille
fois le droit de me rebeller et de lutter pour mon
indépendance mais je ne savais plus très bien où
finissait la légitime défense et où commençait la
dureté.

— Écoute, maman, je suis pour le moment incapable de t'aider. Lui, il peut.

— Je n'ai pas la moindre intention d'adopter un
fils quinquagénaire !

— C'est un monsieur très distingué, gueulai-je. Il a des manières formidables. Il s'habille
à Londres ! Il...

Et c'est alors que je commis l'ultime et fatale
erreur. Jamais je ne comprendrais comment j'avais
pu, même à dix-sept ans, me montrer aussi ignorant de la féminité.

— Il te respecte et il te respectera toujours, il
te traitera comme une grande dame...

Ses yeux se remplirent de larmes, et elle sourit.
Elle se leva lentement.

— Je te remercie, dit-elle. Je sais que je suis

vieille. Je sais qu'il y a dans ma vie des choses à jamais disparues. Seulement, Romouchka, il m'est arrivé une fois, une seule, d'aimer un homme passionnément. C'était il y a bien longtemps et je l'aime toujours. Il ne me respectait pas et il ne m'a jamais traitée en gentleman. Mais c'était un homme, ce n'était pas un petit garçon. Et je suis une femme, vieillie, bien sûr, mais qui se souvient. Quant à ce mauvais peintre... J'ai un fils et ça me suffit. Je refuse d'en adopter un autre. Qu'il aille *k tchortou...* qu'il aille au diable !

Nous demeurâmes là en silence, un long, un très long moment. Elle me regardait en souriant. Elle savait ce qui se passait dans ma tête. Elle savait que je rêvais d'évasion.

Mais il n'y avait pas d'évasion pour moi. Je suis resté prisonnier du souvenir. D'une introuvable féminité...

Il ne me restait plus qu'à faire part du refus à notre soupirant. Ce n'était pas facile. S'il est pénible d'avoir à annoncer à un homme qu'une femme ne veut pas de lui, il est plus ardu encore d'avoir à informer un petit garçon qu'il avait perdu sa dernière chance de trouver une maman. Je passai une heure dans ma chambre, assis sur mon lit, regardant sombrement le mur.

J'ai toujours éprouvé une insurmontable répugnance à faire de la peine à autrui, ce qui doit être chez moi un signe de faiblesse et un manque de caractère. Je savais que, pendant que j'étais là à me morfondre et à chercher la meilleure façon d'annoncer avec ménagement la funeste nouvelle à mon ami, celui-ci attendait anxieusement dans sa chambre. Finalement, je trouvai une solution qui me parut avoir la délicatesse et l'éloquence nécessaires. J'ouvris mon armoire. J'y pris la robe de chambre et la cravate brodée de mousquetaires, le Kodak, le pyjama, le stylo et les autres « gages » que j'avais reçus de mon futur père adoptif. J'ôtai la montre de mon poignet. Puis je pris l'ascenseur. Je frappai à la porte et fus invité à entrer. M. Zaremba attendait dans un fauteuil. Il avait le teint jaune et il me parut avoir subitement vieilli. Il ne posa aucune question. Il se contenta de m'observer douloureusement, tandis que je déposai sur le lit chaque objet l'un après l'autre. Nous demeurâmes ensuite silencieux, et nous nous quittâmes sans avoir prononcé une parole.

Il prit le train de Vintimille très tôt le lendemain, sans me dire au revoir. Il laissa derrière lui, soigneusement rangés sur le lit, les cadeaux que j'étais venu lui rendre, avec, bien en évidence, la cravate brodée de mousquetaires. Je l'ai encore quelque part dans un coin, mais je ne la porte jamais. D'Artagnan en moi a fait son temps.

Il m'arrive de penser à M. Zaremba, lorsque je me vois dans une glace. Il me semble que je lui ressemble, ce qui n'est pas sans m'ennuyer un peu, car enfin, quoi ! j'ai encore quelques bonnes années de moins que lui à l'époque, lorsqu'il était déjà un homme vieillissant.

CHAPITRE XXIII

Je m'inscrivis à la Faculté de Droit d'Aix-en-Provence, et quittai Nice en octobre 1933. De Nice à Aix, il y a cinq heures d'autocar et les adieux furent déchirants. Je fis de mon mieux pour me composer, sous l'œil des passagers, une attitude virile et légèrement ironique, cependant que ma mère, soudain voûtée et comme réduite de moitié, demeurait là, les yeux rivés à mon visage, la bouche ouverte dans une expression de douloureuse incompréhension. Lorsque l'autocar s'ébranla, elle fit quelques pas sur le trottoir, puis s'arrêta et se mit à pleurer. Je revois encore le petit bouquet de violettes que je lui avais donné et qu'elle tenait à la main. Je me transformai donc en statue, aidé, il faut l'avouer, dans mes efforts, par la présence, dans l'autocar, d'une jolie fille qui me regardait. Il me faut toujours un public pour donner le meilleur de moi-même. Je fis sa connaissance pendant le voyage : c'était une charcutière d'Aix ; elle m'avoua qu'elle avait failli pleurer elle-même pendant notre scène d'adieu et j'entendis une fois de plus le refrain que je commençais à connaître si bien : « Vous pouvez dire que votre mère, elle vous aime vraiment », ceci, avec un soupir, un regard rêveur et une pointe de curiosité.

Ma chambre à Aix, rue Roux-Alphéran, coûtait soixante francs par mois. Ma mère gagnait alors cinq cents francs ; cent francs pour l'insuline et les soins médicaux, cent francs pour les cigarettes et les dépenses diverses et le reste était pour moi. Il y avait aussi ce que ma mère appelait, avec tact, les « arrangements ». Presque chaque jour, l'autocar de Nice m'apportait quelque victuaille prélevée sur les réserves de l'Hôtel-Pension Mermonts, et peu à peu, le toit autour de la fenêtre de ma mansarde commença à ressembler à un étalage du marché de la Buffa. Le vent secouait les saucissons, les œufs s'alignaient dans la gouttière, au grand étonnement des pigeons ; les fromages gonflaient sous la pluie, les jambons, les gigots, les rôtis faisaient des effets de nature morte sur les tuiles. Rien n'était jamais oublié : ni les concombres salés, ni la moutarde à l'estragon, ni la khalva grecque, ni les dattes, figues, oranges et noix, et les fournisseurs de la Buffa y joignaient parfois leurs improvisations : la pizza au fromage et anchois de M. Pantaleoni, les célèbres « gousses d'ail » de M. Peppi, une spécialité admirable, qui se présentait à vous sous l'apparence d'une simple croûte pâtissière, laquelle fondait dans votre bouche dans une succession de saveurs inattendues : fromage, anchois, champignons, pour finir soudain dans une apothéose d'ail comme je n'en ai jamais connu depuis — et des quartiers de bœuf entiers que M. Jean m'expédiait personnellement, le seul et authentique bœuf sur le toit, n'en déplaise à la fameuse boîte parisienne de ce nom. La réputation de mon garde-manger fit son chemin, Cours Mirabeau, et je pus me faire des amis : un guitariste-poète du nom de Sainthomme, un jeune étudiant-écrivain allemand qui avait pour ambition de féconder le Nord par le Sud ou vice versa, je ne me souviens plus, deux étudiants du cours de philosophie du Professeur Segond — et ma charcutière, naturellement, que j'ai revue en 1952, mère de neuf enfants, ce qui prouve que la Providence avait veillé sur moi, car je n'avais jamais eu avec elle aucun ennui. Je passai mon temps libre au café des Deux Garçons, où j'écrivis un roman, sous les platanes du Cours Mirabeau. Ma mère m'envoyait fréquemment des billets lapidaires, aux phrases bien senties, remplies d'exhortations à la vaillance et à la ténacité ; ils ressemblaient aux proclamations que les généraux adressent à leurs troupes à la veille de la défaite, vibrantes de promesses de triomphe et d'honneur, et lorsque je lus sur les murs, en 1940, le célèbre, « nous vaincrons, parce que nous sommes les plus forts » du Gouvernement Reynaud, je pensai à mon commandant en chef avec une tendre ironie. Je l'imaginais souvent, qui se levait à six heures du matin, allumait sa première cigarette, faisait bouillir de l'eau pour sa piqûre, enfonçait la seringue d'insuline dans sa cuisse, comme je l'avais vue faire tant de fois, puis, saisissant son crayon, elle griffonnait l'ordre du jour qu'elle allait jeter dans la boîte, avant de courir au marché. « Courage mon fils, tu reviendras à la maison, le front ceint de lauriers… » Oui, c'était aussi simple que ça, elle retrouvait tout naturellement les clichés les plus vieux et les plus naïfs de l'humanité. Je crois qu'elle avait besoin de ces billets, qu'elle les écrivait beaucoup plus pour se convaincre elle-même et pour se donner du courage qu'à mon intention. Elle me suppliait aussi de ne pas me battre en duel, car elle avait toujours été hantée par la mort de Pouchkine et de Lermontov sur le pré, et comme mon génie littéraire lui paraissait au moins égal au leur, elle craignait que je ne fisse le troisième, si je puis m'exprimer ainsi. Je ne négligeais pas mes travaux littéraires, loin de là. Un nouveau roman fut bientôt terminé et expédié aux éditeurs et, pour la première fois, l'un d'eux, Robert Denoël, se dérangea et me répondit personnellement. Il pensait, m'écrivit-il, qu'il m'intéresserait de prendre connaissance du rapport d'un de ses lecteurs. Apparemment, ayant parcouru quelques pages de mon œuvre, il l'avait soumise à un psychanalyste de renom, en l'occurrence la princesse Marie Bonaparte, et il me communiquait à présent son étude de vingt pages sur l'auteur du *Vin des Morts*. C'était assez clair. J'étais atteint de complexe de castration, de complexe fécal, de tendances nécrophiliques, et de je ne sais combien d'autres petits travers, à l'exception du complexe d'Œpide, je me demande bien pourquoi. Pour la première fois, je sentis que j'étais « devenu quelqu'un », et que je commençais enfin à justifier les espoirs et la confiance que ma mère avait placés en moi.

Bien que mon livre fût refusé par l'éditeur, je fus donc très flatté par le document psychanalytique dont j'étais l'objet, et j'adoptai incontinent des airs et des attitudes qui me paraissaient désormais attendus de moi. Je montrai l'étude à tout le monde, et mes amis furent dûment impressionnés, surtout par mon complexe fécal, lequel, témoignant vraiment d'une âme ténébreuse et tourmentée, leur paraissait le comble du chic. Au café des Deux Garçons, j'étais devenu incontestablement quelqu'un et je peux dire que, pour la première fois, la lumière de la réussite effleura mon jeune front. Seule ma charcutière réagit à la lecture du document d'une manière inattendue. Le côté démoniaque, surhumain, de ma nature, qu'elle n'avait jamais soupçonné jusque-là, mais qui était ainsi révélé au monde, la poussa soudain à me témoigner une exigence qui dépassait de très loin mes moyens, démoniaques ou pas ; et elle m'accusa amèrement de cruauté lorsque, doué d'un tempérament très sain, mais assez simple, je me montrai frappé d'étonnement devant certaines de ses suggestions. Bref, je crains de n'avoir point été à la hauteur de ma réputation. Je me mis cependant à cultiver un genre fatal, selon l'idée que je me faisais d'un homme atteint de tendances nécrophiliques et du complexe de castration ; je ne me montrais jamais en public sans une paire de petits ciseaux que j'ouvrais et refermais d'un air engageant ; lorsqu'on me demandait ce que je faisais là, avec ces ciseaux, je disais : « Je ne sais pas, je ne peux pas m'en empêcher », et mes camarades se regardaient silencieusement. J'exhibai aussi, Cours Mirabeau, un rictus très réussi et je fus très rapidement connu à la Faculté de Droit comme un disciple de Freud, dont je ne parlais jamais, mais dont j'avais toujours un ouvrage à la main. Je tapai moi-même le rapport en vingt exemplaires et le distribuai généreusement aux jeunes filles de l'Université ; j'en envoyai deux copies à ma mère, dont la réaction fut tout à fait pareille à la mienne : enfin, j'étais célèbre, j'avais été jugé digne d'un document de vingt pages, écrit par une princesse, par-dessus le marché. Elle fit lire ce document aux clients de l'Hôtel-Pension Mermonts et, retournant à Nice, après ma première année de droit, je fus accueilli avec beaucoup d'intérêt et passai des vacances agréables. La seule chose qui inquiéta un peu ma mère fut le complexe de castration, car elle craignait que je ne me fisse mal.

L'Hôtel-Pension Mermonts faisait d'excellentes affaires, ma mère gagnait près de sept cents francs par mois, et il fut décidé que j'irais terminer mes études à Paris, pour m'y faire des relations. Ma mère connaissait déjà un colonel en retraite, un ancien administrateur des colonies rayé des cadres, et un vice-consul de France en Chine opiomane, venu à Nice faire une cure de désintoxication. Ils s'étaient tous montrés bien disposés à mon égard, et ma mère sentait que nous avions enfin une base solide pour notre départ dans la vie et que notre avenir était assuré. Par contre, son diabète s'aggravait, et les doses d'insuline, de plus en plus fortes, provoquaient des crises d'hypoglycémie. À plusieurs reprises, en revenant du marché, il lui était arrivé de tomber dans un état de coma insulinique en pleine rue. Elle avait cependant trouvé un moyen fort simple de pallier cette menace, car un évanouissement hypoglycémique, s'il n'était pas immédiatement diagnostiqué et traité, menait presque toujours à la mort. Elle prenait donc la précaution de ne jamais quitter la maison sans une inscription épinglée en évidence sous son manteau : « Je suis diabétique. Si on me trouve évanouie, prière de me faire absorber les sachets de sucre qui sont dans mon sac. Merci. » Ce fut là une excellente idée, qui nous épargna bien des soucis, et permit à ma mère de quitter chaque matin la maison avec confiance, la canne à la main. Parfois, lorsque je la voyais sortir de la maison, et marcher dans la rue, une angoisse terrible me saisissait, un sentiment d'impuissance, de honte, une panique affreuse, et la sueur me montait au front. Une fois, timidement, je suggérai qu'il valait peut-être mieux interrompre mes études, trouver du travail, gagner de l'argent. Elle ne dit rien, me regarda avec reproche et se mit à pleurer. Je ne soulevai plus jamais la question.

Je ne l'entendis se plaindre vraiment que de l'escalier circulaire qui menait du restaurant aux cuisines et qu'il lui fallait descendre et grimper vingt fois par jour. Elle m'annonça cependant que le médecin avait jugé son cœur « bon », et qu'il n'y avait pas lieu de s'inquiéter.

J'avais déjà dix-neuf ans. Je n'avais pas l'âme d'un maquereau. Je souffrais cruellement. Un sentiment de dévirilisation de plus en plus obsédant s'emparait de moi et je luttais contre lui comme tous les autres hommes avant moi, qui voulaient se rassurer sur leur virilité. Mais cela ne suffisait pas. Je vivais de son travail, de sa santé. Deux ans au moins me séparaient du moment où j'allais pouvoir enfin commencer à tenir ma promesse, revenir à la maison, le galon de sous-lieutenant sur les manches, et lui apporter ainsi le premier triomphe de sa vie. Je n'avais pas le droit de me dérober et de refuser son aide. Mon amour-propre, ma virilité, ma dignité, tout cela ne pouvait entrer en ligne de compte. La légende de mon avenir était ce qui la tenait en vie. Il n'était pas question pour moi de m'indigner, de faire le dégoûté. À plus tard, les manières et les grimaces, les pudeurs farouches et les jolis mouvements du menton. À plus tard, aussi, les conclusions philosophiques et politiques, les leçons tirées et les moralités, puisque aussi bien je savais que la démonstration impitoyable, qui m'était faite dans ma chair et dans mon sang depuis mon enfance, me condamnait à lutter pour un monde où il n'y aurait plus d'abandonnés. En attendant, il me fallait avaler ma honte et continuer ma course contre la montre, pour essayer de tenir ma promesse et de donner à un rêve absurde et tendre de quoi demeurer vivant.

Il me restait deux ans de droit à faire, plus deux ans de service militaire, plus... Je passais jusqu'à onze heures par jour à écrire.

Une fois, M. Pantaleoni et M. Bucci l'avaient ramenée du marché dans un taxi, le visage encore gris, les cheveux en désordre, mais déjà une cigarette aux lèvres et le sourire tout prêt à me rassurer.

Je ne me sens pas coupable. Mais si tous mes livres sont pleins d'appels à la dignité, à la justice, si l'on y parle tellement et si haut de l'honneur d'être un homme, c'est peut-être parce que j'ai vécu, jusqu'à l'âge de vingt-deux ans, du travail d'une vieille femme malade et surmenée. Je lui en veux beaucoup.

CHAPITRE XXIV

L'été fut troublé par un événement inattendu. Un joli matin, un taxi s'arrêta devant l'Hôtel-Pension Mermonts et ma charcutière en descendit. Elle se rendit auprès de ma mère et lui fit une grande scène de larmes, de sanglots, de menaces de suicide et d'autodafé. Ma mère fut extrêmement flattée : c'était tout à fait ce qu'elle attendait de moi. J'étais enfin devenu un homme du monde. Le jour même, tout le marché de la Buffa fut mis au courant. Quant à ma charcutière, son point de vue était très simple : je devais l'épouser. Elle accompagna sa mise en demeure d'un des arguments les plus étranges qu'il m'eût été donné d'entendre, dans le genre fille-mère abandonnée :

— Il m'a fait lire du Proust, du Tolstoï et du Dostoïevski, déclara la malheureuse, avec un regard à vous fendre le cœur. Maintenant, qu'est-ce que je vais devenir ?

Je dois dire que ma mère fut très frappée par cette preuve flagrante de mes intentions et me jeta un coup d'œil peiné. J'étais manifestement allé trop loin. Je me sentais moi-même assez embarrassé, car il était exact que j'avais fait ingurgiter à Adèle tout Proust coup sur coup, et, pour elle, c'était en somme, comme si elle eût déjà cousu sa robe de mariée. Dieu me pardonne ! Je lui avais même fait apprendre par cœur des passages d'*Ainsi parlait Zarathoustra* et je ne pouvais évidemment plus songer à me retirer sur la pointe des pieds... Elle n'était pas, à proprement parler, enceinte de mes œuvres, mais les œuvres l'avaient tout de même mise dans un état intéressant.

Ce qui m'effraya, ce fut que je sentis ma mère faiblir. Elle devint soudain, avec Adèle, d'une douceur extraordinaire et une sorte d'étonnante solidarité féminine s'établit entre les deux nouvelles amies. On me toisa avec reproche. On soupira ensemble. On murmura. Ma mère offrit le thé à Adèle et, marque de bienveillance insigne, elle lui fit goûter à la confiture de fraises qu'elle avait préparée elle-même. Cette gourmandise était, bien entendu, interdite à ma mère, et elle en gavait quelques rares élus, en les priant ensuite de lui décrire l'effet que cela faisait. Ma charcutière, fort habilement, sut trouver les mots qu'il fallait. Je me sentis perdu. Après le thé, ma mère m'entraîna dans le bureau.

— Est-ce que tu l'aimes d'amour ?

— Non. Je l'aime, mais je ne l'aime pas d'amour.

— Alors, pourquoi lui as-tu fait des promesses ?

— Je n'ai pas fait de promesses.

Ma mère me regarda avec reproche.

— Combien de volumes il y a dans Proust ?

— Écoute, maman...

Elle secoua la tête.

— Ce n'est pas bien, dit-elle. Non, ce n'est pas bien.

Brusquement, sa voix trembla et, à ma stupeur, je vis qu'elle pleurait. Elle me fixait avec une attention que je ne connaissais que trop, s'attardait à chaque trait de mon visage — je sus soudain qu'elle cherchait une ressemblance et j'eus presque peur qu'elle ne me demandât de m'approcher de la fenêtre et de lever les yeux.

Elle ne m'imposa toutefois pas d'épouser ma charcutière, épargnant ainsi à cette dernière un destin cruel, et lorsque vingt ans après, Adèle me présenta triomphalement à ses neuf enfants, je ne m'étonnai point de la gratitude chaleureuse que toute la famille me témoignait : ils me devaient tout. Le mari d'Adèle ne s'y trompa pas et il me serra la main longuement et avec effusion. Je regardai les neuf visages angéliques levés vers moi, je sentais autour de moi l'aisance tranquille de ce bon foyer, je jetai un coup d'œil discret à la bibliothèque, où seules *Les Aventures des Pieds Nickelés* figuraient, et j'eus le sentiment d'avoir tout de même réussi quelque chose, dans ma vie, et d'avoir été bon père, par abstention.

L'automne approchait et mon départ pour Paris devenait imminent. Huit jours avant l'embarquement pour Babylone, ma mère fit une crise religieuse. Jusque-là, je ne l'avais jamais entendue parler de Dieu autrement qu'avec un certain respect bourgeois, comme de quelqu'un qui a très bien réussi. Elle avait toujours témoigné de beaucoup de considération envers le Créateur, mais avec cette sorte de déférence purement verbale et impersonnelle qu'elle réservait aux gens en place. Je fus donc assez surpris lorsque, après avoir mis son manteau et pris sa canne, elle me demanda de l'accompagner à l'église russe du Parc Impérial.

— Mais je croyais qu'on était plus ou moins juifs ?

— Ça ne fait rien, je connais le pope.

Je trouvai l'explication valable. Ma mère croyait aux relations personnelles, même dans les rapports avec le Tout-Puissant.

Je m'étais tourné vers Dieu à plusieurs reprises, dans mon adolescence, et je m'étais même converti pour de bon, bien que provisoirement, lorsque ma mère avait fait sa première crise d'hypoglycémie et que j'avais assisté, impuissant, à son coma insulinique. La vue du visage terreux, de la tête penchée, de la main sur la poitrine, de cet abandon total des forces, alors qu'il restait encore tant de poids à soulever, m'avait précipité aussitôt dans la première église sur mon chemin, et il s'était trouvé que ce fût celle de Notre-Dame. Je le fis secrètement, craignant que ma mère ne vît, dans cet appel à une aide extérieure, un signe de manque de confiance et de foi en elle, et aussi un indice de la gravité de son état. Je craignis qu'elle n'imaginât soudain que je ne comptais plus sur elle, que je m'adressais ailleurs, et que, me tournant ainsi vers quelqu'un d'autre, en somme, je l'abandonnais. Mais très rapidement, l'idée que je me faisais de la grandeur divine m'apparut inconciliable avec ce que je voyais sur la terre, et c'est *ici* que je voulais voir sur le visage de ma mère un sourire de bonheur. Et cependant, le mot « athée » m'est insupportable ; je le trouve bête, étriqué, il sent la mauvaise poussière des siècles, il fait vieux jeu et borné d'une certaine façon bourgeoise et réactionnaire que je ne peux pas définir, mais qui me met hors de moi, comme tout ce qui est satisfait de soi et se prétend avec suffisance entièrement affranchi et renseigné.

— Bon. Allons à l'église russe du Parc Impérial.

Je lui donnai le bras. Elle marchait encore assez vite, de cette démarche déterminée des gens qui ont un but dans la vie. Elle portait maintenant des lunettes, des lunettes d'écaille qui soulignaient la beauté de ses yeux verts. Elle avait de très beaux yeux. Le visage était ridé, flétri, et elle ne se tenait plus aussi droite qu'avant. Elle s'appuyait de plus en plus sur sa canne. Elle n'avait pourtant que cinquante-cinq ans. Elle souffrait aussi d'un eczéma chronique aux poignets, à présent. On n'a pas le droit de traiter ainsi les êtres humains. Il m'arrivait de rêver à cette époque d'être transformé en un arbre, avec une très dure écorce, ou en éléphant, avec une peau cent fois plus épaisse que la mienne. Il m'arrivait aussi, comme il m'arrive encore aujourd'hui, de prendre mon fleuret, d'aller sur le terrain et, sans même le salut d'usage, de croiser le fer avec chaque rayon de lumière qui me venait du ciel. Je me mets en position, je me fends en deux, je bondis, je fonce, je cherche à toucher, un cri jaillit parfois de mes lèvres — « Eh là ! » — je me rue en avant, je cherche l'ennemi, je feinte, je me détends, un peu comme jadis, sur le court de tennis du Parc Impérial, je dansais ma danse désespérée à la poursuite des balles que je n'arrivais pas à toucher.

Parmi tous les autres bretteurs, j'ai beaucoup

admiré Malraux. Sur le terrain, c'est celui que je préfère. Ce fut surtout avec son poème sur l'art que Malraux m'apparut comme un grand auteur-acteur de sa propre tragédie. Un mime, plutôt, un mime universel : lorsque, seul sur ma colline, face au ciel, je jongle avec mes trois balles, pour montrer ce que je sais faire, je pense à lui. Avec le Chaplin de jadis, il est sans doute le plus poignant mime de l'affaire homme que ce siècle ait connu. Cette pensée fulgurante, condamnée à se réduire à l'art, cette main tendue vers l'éternel et qui ne peut saisir qu'une autre main d'homme, cette merveilleuse intelligence, obligée de se contenter d'elle-même, cette aspiration bouleversante à percer, à deviner, à franchir, à transcender, et qui ne parvient finalement qu'à la beauté, ont été, pour moi, sur le terrain, un fraternel encouragement.

Nous marchâmes le long du boulevard Carlone, vers le boulevard du Tzarevitch. L'église était vide et ma mère parut contente d'avoir ainsi, en quelque sorte, l'exclusivité.

— Il n'y a que nous, dit-elle. On n'aura pas à attendre.

Elle s'exprimait comme si Dieu fût un médecin et qu'on eût la chance d'arriver à une heure creuse. Elle se signa et je me signai aussi. Elle s'agenouilla devant l'autel et je m'agenouillai à côté d'elle. Des larmes apparurent sur ses joues et ses lèvres balbutièrent de vieilles prières russes, où les mots *Yessouss Christoss* revenaient continuellement. Je me tenais à ses côtés, les yeux baissés. Elle se frappait la poitrine, et une fois, sans se tourner vers moi, elle murmura :

— Jure-moi que tu n'accepteras jamais de l'argent des femmes !

— Je le jure.

L'idée qu'elle fût elle-même une femme ne lui venait pas à l'esprit.

— Seigneur, aidez-le à tenir debout, aidez-le à se tenir droit, gardez-le des maladies !

Se tournant vers moi :

— Jure-moi de faire attention ! Promets-moi de ne rien attraper !

— Je te le promets.

Ma mère resta là un long moment encore, sans prier, en pleurant seulement. Puis je l'aidai à se relever, et nous nous retrouvâmes dans la rue. Elle essuya ses larmes et parut tout à coup très satisfaite. Il y eut même une trace de ruse presque enfantine sur son visage, lorsqu'elle se tourna vers l'église pour la dernière fois.

— On ne sait jamais, dit-elle.

Le lendemain matin, je pris l'autocar pour Paris. Avant de partir, je dus m'asseoir et rester assis un moment, selon la vieille superstition russe, pour conjurer le mauvais sort. Elle m'avait remis cinq cents francs, qu'elle me força à porter dans une sacoche, sous la chemise, autour du ventre, sans doute pour le cas où l'autocar serait arrêté par des brigands. Je me promis que ce serait là la dernière somme d'argent que j'accepterais d'elle, et bien que je n'aie pas tenu tout à fait parole, cela me soulagea beaucoup sur le moment.

À Paris, je m'enfermai dans ma minuscule chambre d'hôtel et, négligeant les cours à la Faculté de Droit, je me mis à écrire tout mon saoul. À midi, je me rendais rue Mouffetard où j'achetais du pain, du fromage et, naturellement, des concombres salés. Je n'arrivais jamais à rapporter les concombres chez moi intacts : je les dévorais toujours séance tenante, dans la rue. Ce fut pendant plusieurs semaines ma seule source de satisfaction. Les tentations, pourtant, ne manquaient pas. En me restaurant, debout dans la rue, le dos au mur, mon regard fut à plusieurs reprises attiré par une jeune fille d'une beauté absolument inouïe, aux yeux noirs et aux cheveux bruns, d'une douceur tout à fait sans précédent dans l'histoire du cheveu humain. Elle faisait son marché à la même heure que moi et je pris l'habitude de guetter son passage dans la rue. Je n'attendais absolument rien d'elle — je ne pouvais même pas lui offrir le cinéma — tout ce que je désirais, c'était pouvoir manger mon concombre en la savourant du regard. J'ai toujours eu tendance à avoir faim devant le spectacle de la beauté, devant les paysages, les couleurs, les femmes. Je suis un consommateur-né. La jeune fille finit du reste par s'apercevoir du regard bizarre que je posais sur elle en dévorant mes concombres salés. Elle dut être assez frappée par mon goût immodéré pour les crudités, par la rapidité avec laquelle je les ingurgitais, et, le regard fixe, elle souriait tout de même un peu en passant à côté de moi. Finalement, un beau jour, comme je me surpassais, avalant un concombre énorme, elle n'y tint plus et elle me dit au passage, avec une trace de sincère sollicitude dans la voix :

— Dites donc, vous finirez par en crever !

Nous liâmes connaissance. J'eus cette chance que la première jeune fille dont je tombai amoureux à Paris fût un être totalement désintéressé. Elle était étudiante, et, avec sa sœur, certainement la plus jolie fille du Quartier latin à l'époque. Des jeunes gens à automobile lui faisaient une cour assidue, et encore aujourd'hui, vingt ans après, lorsqu'il m'arrive de l'apercevoir dans Paris, mon cœur se met à battre plus vite et j'entre dans la première épicerie russe sur mon chemin pour acheter une livre de concombres salés.

Un matin, alors qu'il ne me restait plus que cinquante francs en poche et qu'un nouvel appel à ma mère devenait impératif, en ouvrant l'hebdomadaire *Gringoire*, je trouvai ma nouvelle *L'Orage* imprimée sur toute une page, et mon nom en caractères bien gras, partout où il fallait.

Je repliai l'hebdomadaire lentement et rentrai chez moi. Je n'éprouvais aucune joie, au contraire, je me sentais étrangement fatigué et triste : je venais de donner mon premier coup d'épée dans l'eau.

Par contre, il est difficile de décrire la sensation que la publication de la nouvelle provoqua au marché de la Buffa. Un apéritif d'honneur fut offert à ma mère par la corporation, et des discours furent prononcés, avec l'accent. Ma mère mit le numéro de l'hebdomadaire dans son sac et ne s'en sépara plus jamais. À la moindre altercation, elle le sortait de là, le dépliait, fourrait la page ornée de mon nom sous le nez de l'adversaire, et disait :

— Rappelez-vous à qui vous avez l'honneur de parler !

Après quoi, la tête haute, elle quittait triomphalement le terrain, suivie par des regards éberlués.

La nouvelle me fut payée mille francs et, cette fois, je perdis complètement la tête. Je n'avais jamais vu une telle somme d'argent auparavant et, allant tout de suite à l'extrême, comme quelqu'un que je connaissais si bien, je me sentis à l'abri du besoin jusqu'à la fin de mes jours. La première chose que je fis fut d'aller à la brasserie Balzar, où je dégustai deux choucroutes et du bœuf gros sel. J'ai toujours été gros mangeur et, au fur et à mesure que je diminue moi-même, je mange de plus en plus. Je louai une chambre au cinquième, avec fenêtre sur rue, et j'écrivis une lettre très calme à ma mère, dans laquelle j'expliquais que j'avais désormais un contrat permanent avec *Gringoire*, ainsi qu'avec plusieurs autres publications, et que si elle avait besoin d'argent, elle n'avait qu'à me le faire savoir. Je lui fis parvenir un énorme flacon de parfum et un bouquet de fleurs par télégramme. Je m'achetai une boîte de cigares et une veste de sport. Les cigares me donnaient mal au cœur, mais résolu à bien vivre, je les fumai jusqu'au dernier. Là-dessus, saisissant mon stylo, j'écrivis coup sur coup trois nouvelles, lesquelles me furent toutes renvoyées, non seulement par *Gringoire*, mais aussi par tous les autres hebdomadaires parisiens. Pendant six mois, aucune de mes œuvres ne vit la lumière du jour. Elles étaient jugées trop « littéraires ». Je ne comprenais pas ce qui m'arrivait. Je l'ai compris depuis. Encouragé par mon premier succès, je me laissais aller à mon dévorant besoin de saisir coûte que coûte la dernière balle, d'aller d'un seul jet de la plume jusqu'au fond du problème, et comme le problème n'avait pas de fond, et que, de toute façon, je n'avais pas le bras assez long, j'en étais une fois de plus réduit à mon rôle de clown dansant et piétinant sur le court de tennis du Parc Impérial, et mon exhibition, pour tragique et burlesque qu'elle fût, ne pouvait que rebuter le public par son impuissance à dominer ce que je n'arrivais même pas à saisir, au lieu de le rassurer par l'aisance et la maîtrise avec lesquelles les professionnels savaient se maintenir toujours légèrement en deçà de leurs moyens. Il me fallut beaucoup de temps pour admettre que le lecteur avait droit à certains égards et qu'il fallait bien lui indiquer, comme à l'Hôtel-Pension Mermonts, le numéro de la chambre, lui donner la clef, et l'accompagner à l'étage pour lui montrer où se trouvent la lumière et les objets de première nécessité.

Je me trouvai très rapidement dans une situation matérielle désespérée. Non seulement mon argent s'était évaporé avec une rapidité incroyable, mais je ne cessais de recevoir des lettres de ma mère, débordantes de fierté et de gratitude, et elle me demandait de lui annoncer à l'avance les dates de publication de mes chefs-d'œuvre futurs, afin de pouvoir les montrer à tout le quartier.

Je n'eus pas le cœur de lui avouer ma déconvenue.

Je fis appel à un subterfuge fort habile, dont je suis très fier encore aujourd'hui.

J'écrivis à ma mère une missive dans laquelle je lui expliquai que les directeurs de journaux exigeaient de moi des nouvelles d'une qualité si

bassement commerciale, que je me refusais à com-
promettre ma réputation littéraire en les signant
de mon nom. J'allais donc, lui confiai-je, signer
ces sous-produits de pseudonymes divers — et
je la suppliais, en même temps, de ne pas divul-
guer, autour d'elle, l'expédient auquel j'avais ainsi
recours, afin de ne pas causer de peine à mes amis,
à mes professeurs du lycée de Nice, bref, à tous
ceux qui croyaient à mon génie et à mon intégrité.

Après quoi, avec beaucoup de sérénité, je
découpais chaque semaine les œuvres de différents confrères que les hebdomadaires parisiens
publiaient et les envoyais à ma mère, la conscience
tranquille et avec le sentiment du devoir accompli.

Cette solution disposait du problème moral,
mais le problème matériel demeurait entier. Je
n'avais plus de quoi payer mon loyer et je passais
des journées sans manger. J'aurais crevé de faim
plutôt que d'enlever à ma mère ses triomphales
illusions.

Une soirée particulièrement sombre me revient
à l'esprit chaque fois que je pense à cette période
de ma vie. Je n'avais rien mangé depuis la veille.
J'allais souvent rendre visite à un de mes camarades, qui habitait avec ses parents aux environs
du métro Lecourbe, et j'avais remarqué qu'en
calculant bien mon arrivée, on me demandait
presque toujours de rester dîner.

Le ventre creux, je décidai de leur faire une
petite visite de courtoisie. Je pris même un de mes
manuscrits avec moi, pour en faire la lecture à
M. et Mme Bondy, me sentant très bien disposé à
leur égard. J'avais une dent énorme et je calculai soi-

gneusement mon temps pour arriver au potage. Je commençai à sentir nettement le fumet délicieux de ce potage aux pommes de terre et poireaux dès la place de la Contrescarpe, alors que quarante-cinq minutes de marche me séparaient encore de la rue Lecourbe — je n'avais pas de quoi m'offrir le métro. J'avalais ma salive, et mon regard devait avoir une lueur de concupiscence folle, parce que les femmes seules que je croisais s'écartaient légèrement et pressaient le pas. J'étais à peu près sûr qu'il y aurait aussi du salami hongrois et du gâteau au chocolat, il y en avait toujours. Je crois que je ne me suis jamais rendu à un rendez-vous d'amour avec, dans mon cœur, une plus merveilleuse anticipation.

Lorsque j'arrivai enfin à destination, débordant d'amitié, personne ne répondit à mon coup de sonnette : mes amis étaient sortis.

Je m'assis dans l'escalier et attendis une heure, puis deux. Mais vers onze heures, un sentiment élémentaire de dignité — il vous en reste toujours quelque part — m'empêcha d'attendre jusqu'à minuit leur retour, pour leur demander à manger.

Je me levai et refis en sens inverse la maudite rue de Vaugirard, dans un état de frustration que l'on imagine.

Et c'est là que se situe un autre sommet de ma vie de champion.

Arrivé au Luxembourg, je passai devant la brasserie Médicis. La malchance voulut qu'à cette heure tardive je pus voir, à travers le rideau en tulle blanc, un brave bourgeois en train de manger un chateaubriand aux pommes-vapeur.

Je m'arrêtai, jetai un coup d'œil au chateaubriand et m'évanouis tout bonnement.

Mon évanouissement n'était pas dû à la faim. Je n'avais certes pas mangé depuis la veille, mais j'avais à cette époque une vitalité à toute épreuve et il m'était arrivé souvent de demeurer deux jours sans nourriture et sans pour cela me dérober à mes obligations, quelles qu'elles fussent.

Je m'étais évanoui de rage, d'indignation et d'humiliation. Je ne pouvais admettre qu'un être humain pût se trouver dans une telle situation, et je ne l'admets pas encore aujourd'hui. Je juge les régimes politiques à la quantité de nourriture qu'ils donnent à chacun, et lorsqu'ils y attachent un fil quelconque, lorsqu'ils y mettent des conditions, je les vomis : les hommes ont le droit de manger sans conditions.

Ma gorge se serra de rage, mes poings se fermèrent, ma vue s'obscurcit et je tombai de tout mon long sur le trottoir. Je dus rester là un bon moment, car, lorsque j'ouvris les yeux, il y avait autour de moi tout un attroupement. J'étais bien habillé, je portais même des gants, et il ne vint heureusement à l'esprit de personne de soupçonner la raison de ma défaillance. On avait déjà appelé l'ambulance et j'étais très tenté de me laisser faire : j'étais sûr qu'à l'hôpital, il y aurait moyen de se remplir le ventre, d'une façon ou d'une autre. Mais je ne me laissai pas aller à cette facilité. Avec quelques mots d'excuse, je me dérobai à l'attention du public et rentrai chez moi. Chose vraiment remarquable, je n'avais plus faim. Le choc de l'humiliation et de l'évanouissement fit passer mon estomac quelque part à l'arrière-plan. J'allumai ma lampe, pris mon stylo et commençai une nouvelle, intitulée *Une petite femme*, que *Gringoire* publia quelques semaines après.

Je fis aussi mon examen de conscience. Je découvris que je me prenais trop au sérieux et que je manquais à la fois d'humilité et d'humour. J'avais aussi manqué de confiance dans mes semblables et n'avais pas tenté d'explorer suffisamment les possibilités de la nature humaine, laquelle ne pouvait tout de même pas être entièrement dépourvue de générosité. Je tentai une expérience dès le lendemain matin, et mes vues optimistes se trouvèrent entièrement confirmées. Je commençai par emprunter cent sous au garçon d'étage, en prétextant la perte de mon portefeuille. Après quoi, je me rendis au comptoir chez Capoulade, commandai un café, et plongeai résolument la main dans la corbeille de croissants. J'en mangeai sept. Je commandai encore un café. Puis je fixai gravement le garçon dans les yeux — le pauvre bougre ne se doutait pas qu'en sa personne l'humanité entière était en train de passer un examen.

— Combien je vous dois ?

— Combien de croissants ?

— Un, dis-je.

Le garçon regarda la corbeille presque vide. Puis il me regarda. Puis il regarda de nouveau la corbeille. Puis il hocha la tête.

— Merde, dit-il. Vous charriez, tout de même.

— Peut-être deux, dis-je.

— Bon, ça va, on a compris, dit le garçon. On est pas bouché. Deux cafés, un croissant, ça fait soixante-quinze centimes.

Je sortis de là transfiguré. Quelque chose chantait dans mon cœur : probablement les croissants. À partir de ce jour, je devins le meilleur client de Capoulade. Quelquefois, le malheureux Jules, c'est ainsi que s'appelait ce grand Français, poussait une timide gueulante, sans trop de conviction.

— Tu peux pas aller bouffer ailleurs, non ? Tu vas m'attirer des emmerdements avec le gérant.

— J'peux pas, lui disais-je. Tu es mon père et ma mère.

Parfois, il se lançait dans de vagues problèmes d'arithmétique, que j'écoutais distraitement.

— Deux croissants ? Tu oses me regarder dans les yeux et me dire ça ? Il y avait neuf croissants dans la corbeille il y a trois minutes.

Je prenais ça froidement.

— Il y a des voleurs partout, disais-je.

— Eh bien, merde ! disait Jules avec admiration. Tu as un certain culot. Qu'est-ce que tu étudies, au juste ?

— Le droit. Je finis ma licence en droit.

— Eh bien, mon salaud ! faisait Jules.

Nous devînmes amis. Lorsque ma deuxième nouvelle parut dans *Gringoire*, je lui offris un exemplaire dédicacé.

J'estime qu'entre 1936 et 1937 je mangeai sans payer au comptoir de Capoulade entre mille et mille cinq cents croissants. J'interprétais cela comme une sorte de bourse d'études que l'établissement me consentait.

J'ai conservé une très grande tendresse pour les croissants. Je trouve que leur forme, leur croustillance, leur bonne chaleur, ont quelque chose de sympathique et d'amical. Je ne les digère plus aussi bien qu'autrefois et nos rapports sont devenus plus ou moins platoniques. Mais j'aime les savoir là, dans leurs corbeilles, sur le comptoir. Ils ont fait plus pour la jeunesse estudiantine que la Troisième République. Comme dirait le général de Gaulle, ce sont de bons Français.

CHAPITRE XXV

La deuxième nouvelle dans *Gringoire* arrivait à temps. Ma mère venait de m'écrire une lettre indignée, m'annonçant son intention de confondre, la canne à la main, un individu qui était descendu à l'hôtel et se prétendait l'auteur d'un conte que j'avais publié sous le pseudonyme d'André Corthis. Je fus épouvanté : André Corthis existait vraiment et il était bien l'auteur de la nouvelle. Il devenait urgent de donner à ma mère quelque chose à se mettre sous la dent. La publication *d'Une petite femme* venait à point et les trompettes de la gloire retentirent à nouveau sur le marché de la Buffa. Mais j'avais cette fois compris qu'il ne pouvait être question de subsister par ma plume seule et je me mis à chercher du « travail », un mot que je prononçais avec résolution et un peu mystérieusement.

Je fus tour à tour garçon dans un restaurant de Montparnasse, livreur tricycliste à la maison « Lunch-Dîner-Repas Fins », réceptionniste dans un palace de l'Étoile, figurant de cinéma, plongeur chez Larue, au Ritz, et maincourantier à l'Hôtel

Lapérouse. J'ai travaillé au Cirque d'Hiver, au « Mimi Pinson », j'ai été placeur de publicité touristique pour le journal *Le Temps*, et je me livrai, pour le compte d'un reporter de l'hebdomadaire *Voilà*, à une enquête approfondie sur le décor, l'atmosphère et le personnel de plus de cent maisons closes de Paris. *Voilà* ne publia jamais l'enquête et j'appris avec une certaine indignation que j'avais œuvré, sans le savoir, pour un guide confidentiel à l'usage des touristes du Gai-Paree. Je ne fus, par-dessus le marché, jamais payé, le « journaliste » en question ayant disparu sans laisser de trace. Je collai des étiquettes sur des boîtes, et je suis probablement un des rares hommes à avoir vraiment sinon peigné, du moins peint la girafe, opération fort délicate, à laquelle je procédais dans une petite fabrique de jouets, où je passais trois heures par jour, le pinceau à la main. De tous les métiers que je fis à l'époque, celui de réceptionniste dans un grand palace de l'Étoile me fut de loin le plus pénible. Je fus continuellement snobé par le chef de réception, qui méprisait les « intellectuels » — on savait que j'étais étudiant en droit —, et tous les chasseurs étaient pédérastes. J'étais écœuré par ces gamins de quatorze ans qui venaient vous offrir, en des termes non équivoques, les services les plus précis. Après cela, la visite des maisons closes pour *Voilà* fut comme une bouffée d'air frais.

Que l'on ne s'imagine pas que je jette ici contre les homosexuels une exclusive quelconque. Je n'ai rien contre eux — mais je n'ai rien pour eux non plus. Des personnalités pédérastes les plus éminentes m'ont souvent conseillé discrètement de me faire psychanalyser, pour voir si je n'étais pas récupérable et afin de découvrir si mon amour des femmes n'aurait pas été causé, dans mon enfance, par quelque traumatisme dont je pourrais être guéri. J'ai une nature méditative, un peu triste et je comprends même assez qu'à notre époque, après tout ce qui lui est déjà arrivé, depuis les camps de concentration, l'esclavage sous mille formes et la bombe à hydrogène, il n'y a vraiment aucune raison pour que l'homme ne se fasse pas... par-dessus le marché. Après avoir accepté tout ce que nous avons déjà accepté, comme lâcheté et comme servitude, on comprend mal de quel droit on ferait soudain les dégoûtés et les difficiles. Mais il faut être prévoyant. Il me paraît donc bon que les hommes de notre temps gardent au moins un petit coin de leur personne intacte, afin de se réserver encore quelque chose pour l'avenir, pour qu'il leur reste encore quelque chose à céder.

Mon emploi préféré fut celui de livreur tricycliste. J'ai toujours aimé la vue des victuailles et il ne me déplaisait pas de rouler à travers Paris porteur de plats bien cuisinés. Partout où j'allais, on m'accueillait avec satisfaction et empressement. J'étais toujours attendu. Un jour, je dus livrer un petit souper fin, caviar, champagne, foie gras — la vraie vie, quoi — place des Ternes. C'était au cinquième : une garçonnière. Je fus reçu par un monsieur distingué, aux cheveux grisonnants, qui devait avoir l'âge que j'ai aujourd'hui. Il était vêtu de ce qu'on appelait alors « un veston d'intérieur ». Le couvert était mis pour deux. Le monsieur, en qui je reconnus un écrivain fort célèbre à l'époque, promena sur mes victuailles un regard écœuré. Je remarquai soudain qu'il paraissait très abattu.

— Mon petit, me dit-il, rappelez-vous ceci : toutes les femmes sont des garces. J'aurais dû le savoir. J'ai écrit sept romans là-dessus.

Il fixait avec dégoût le caviar, le champagne et le poulet en gelée. Il soupira.

— Vous avez une maîtresse ?

— Non, lui répondis-je. Je suis fauché.

Il parut favorablement impressionné.

— Vous êtes bien jeune, dit-il, mais vous paraissez connaître les femmes.

— J'en ai connu une ou deux, lui dis-je, modestement.

— Des garces ? me demanda-t-il, avec espoir.

Je louchai vers le caviar. Le poulet en gelée n'était pas mal non plus.

— Ne m'en parlez pas, lui dis-je. J'en ai bavé.

Il parut satisfait.

— Elles vous ont trompé ?

— Oh là ! là ! fis-je, avec un geste résigné.

— Pourtant, vous êtes jeune et vous êtes plutôt joli garçon.

— Maître, lui dis-je, en détournant avec effort mes yeux du poulet. J'ai été cocu, maître, affreusement cocu. Les deux femmes que j'ai aimées d'amour m'ont plaqué pour suivre des hommes de cinquante ans — que dis-je, cinquante ? L'un d'eux avait la soixantaine bien sonnée.

— Non ? dit-il, avec une satisfaction évidente. Racontez-nous ça. Tenez, asseyez-vous. Autant nous débarrasser de ce maudit repas. Le plus tôt il disparaîtra, le mieux cela vaudra.

Je me ruai sur le caviar. Je ne fis qu'une bouchée du foie gras et du poulet en gelée. Lorsque je mange, je mange. Je ne fignole pas, je ne tourne pas autour du pot. Je m'attable, et à nous deux ! Je n'aime pas, en général, le poulet, qui finasse toujours un peu, sauf lorsqu'il se présente aux girolles, ou à l'estragon. Mais enfin, ça se laissait manger. Je lui racontai comment deux créatures, jeunes et belles, aux attaches fines, aux yeux inoubliables, m'avaient abandonné pour suivre dans la vie des hommes mûrs aux cheveux gris, dont l'un était un auteur assez connu.

— Il est certain que les femmes préfèrent des hommes expérimentés, m'expliqua mon hôte. Il y a quelque chose de rassurant, pour elles, dans la compagnie d'un homme qui connaît bien les choses et la vie, et qui s'est débarrassé de certaines... heu ! impatiences de la jeunesse.

J'acquiesçai hâtivement. J'en étais aux petits fours. Mon hôte me versa encore un peu de champagne.

— Il vous faut patienter un peu, jeune homme, me dit-il avec bienveillance. Un jour, vous mûrirez, vous aussi, et vous aurez alors, enfin, quelque chose à offrir aux femmes — quelque chose qu'elles recherchent par-dessus tout — une autorité, une sagesse, une main calme et assurée. La maturité, quoi. Vous saurez alors les aimer, et vous en serez aimé.

Je me versai encore du champagne. Il n'y avait plus à se gêner. Il ne restait plus une profiterole nulle part. Je me levai. Il prit dans sa bibliothèque un de ses ouvrages et me le dédicaça. Il me mit la main sur l'épaule.

— Il ne faut pas vous décourager, mon petit, me dit-il. Vingt ans, c'est un âge difficile. Mais cela ne dure pas. C'est un mauvais moment à passer. Lorsqu'une de vos amies vous quitte pour suivre un homme mûr, prenez cela pour ce que c'est : une promesse d'avenir. Un jour, vous serez un homme mûr, vous aussi.

« Merde », pensai-je, avec inquiétude.

Ma réaction est tout à fait la même aujourd'hui, maintenant que ça y est.

Le maître me raccompagna jusqu'à la porte. Nous nous serrâmes longuement la main, en nous regardant dans les yeux. Un beau sujet pour un prix de Rome : la Sagesse et l'Expérience donnant la main à la Jeunesse et ses Illusions.

J'emportai le livre sous mon bras. Mais je n'avais pas besoin de le lire. Je savais déjà tout ce qu'il y avait dedans. J'avais envie de rire, de siffler et de parler aux passants. Le champagne et mes vingt ans donnaient des ailes à mon tricycle. Le monde était à moi. Je pédalai à travers le Paris des lumières et des étoiles. Je me mis à siffler, lâchant le guidon, battant l'air de mes bras et lançant des baisers aux dames seules dans les voitures. Je brûlai un feu rouge et un flic m'arrêta d'un coup de sifflet indigné.

— Alors, quoi ? gueula-t-il.

— Rien, lui dis-je, en rigolant. La vie est belle !

— Allez, roulez ! me lança-t-il, cédant à ce mot de passe, en vrai Français.

J'étais jeune, plus jeune que je ne le croyais. Ma naïveté cependant était vieille et désabusée. Éternelle, en vérité : je la retrouve dans chaque génération nouvelle, depuis celle des « rats » de Saint-Germain-des-Prés, de 1947, jusqu'à la *beat generation* californienne qu'il m'arrive de fréquenter parfois, pour m'amuser à reconnaître, en d'autres lieux et sur d'autres visages, les grimaces de mes vingt ans.

CHAPITRE XXVI

J'avais rencontré à cette époque une Suédoise adorable, comme on en rêve dans tous les pays depuis que le monde a fait don de la Suède aux hommes. Elle était gaie, jolie, intelligente, et surtout, surtout, elle avait une voix charmante, — j'ai toujours été sensible à la voix. Je n'ai pas d'oreille et il y a entre moi et la musique un malentendu triste et résigné. Mais je suis étrangement sensible aux voix de femmes. Je ne sais pas du tout à quoi c'est dû. C'est peut-être quelque chose de spécial dans mes oreilles, un nerf qui s'est mal logé : je me suis même fait examiner ma trompe d'Eustache par un spécialiste, une fois, pour voir ce qu'il y avait, mais il n'a rien trouvé. Bref, Brigitte avait la voix, moi j'avais l'oreille, et nous étions faits pour nous entendre. Nous nous entendions bien, en effet. J'écoutais sa voix et j'étais heureux. Je croyais naïvement, malgré les airs vieux et renseignés que j'affectais, que rien ne pouvait arriver à un si parfait accord. Nous donnions un tel exemple de bonheur que nos voisins d'hôtel, étudiants de toutes les couleurs et de toutes les latitudes, souriaient en nous croisant, le matin, dans l'escalier. Puis je remarquai que Brigitte devenait rêveuse. Elle allait souvent rendre visite à une vieille dame suédoise qui habitait l'Hôtel des Grands Hommes, place du Panthéon. Elle restait très tard, quelquefois, jusqu'à une heure, deux heures du matin.

Brigitte revenait à la maison très fatiguée et me caressait parfois la joue, en soupirant tristement.

Un doute secret se glissa en moi : je sentis qu'on me cachait quelque chose. Avec ma perspicacité précoce, il ne fallait pas beaucoup pour éveiller mes soupçons : je me demandais donc si la vieille dame suédoise n'était pas tombée malade, si elle n'était pas en train de s'éteindre tout doucement dans sa chambre d'hôtel. Et si elle était la propre mère de mon amie, venue à Paris pour se faire soigner par les grands spécialistes français ? Brigitte avait une très belle âme, elle m'adorait et elle était femme à me dissimuler son chagrin, pour épargner ma sensibilité d'artiste et éviter de me troubler dans mes élans littéraires. Une nuit, vers une heure du matin, imaginant ma pauvre Brigitte en train de pleurer au chevet d'une mourante, je n'y tins plus et me rendis devant l'Hôtel des Grands Hommes. Il pleuvait. La porte de l'hôtel était fermée. Je me mis sous le porche de la Faculté de Droit et observai la façade de l'immeuble avec anxiété. Brusquement, une fenêtre s'éclaira au quatrième étage et Brigitte apparut au balcon, les cheveux défaits. Elle portait un peignoir d'homme et resta un moment immobile, le visage offert à la pluie. Je m'étonnai un peu. Je ne comprenais pas du tout ce qu'elle pouvait faire là, dans ce peignoir d'homme, les cheveux défaits. Peut-être avait-elle été prise sous l'averse et le mari de la dame suédoise avait dû lui prêter sa robe de chambre, pendant que ses vêtements séchaient. Un jeune homme en pyjama apparut soudain au balcon et s'accouda à côté de Brigitte. Cette fois, je fus vraiment surpris. Je ne savais pas que la dame suédoise avait un fils. Ce fut alors que la terre s'ouvrit soudain sous mes pieds, que la Faculté de Droit s'abattit sur ma tête et que l'enfer et l'abomination se partagèrent mon cœur : le jeune homme prit Brigitte par la taille, et mon dernier espoir — elle était peut-être tout simplement entrée chez un voisin pour remplir son stylo — s'évanouit d'un seul coup. Le gredin serra Brigitte contre lui et l'embrassa sur les lèvres. Là-dessus, il l'entraîna vers l'intérieur et la lumière se voila discrètement, mais ne s'éteignit pas tout à fait : ce criminel tenait par-dessus le marché à voir ce qu'il faisait. Je poussai un hurlement affreux et me ruai vers l'entrée de l'hôtel pour empêcher le crime d'être consommé. Il y avait quatre étages à grimper, mais je pensais bien arriver à temps, si le voyou n'était pas une brute finie et s'il avait du savoir-vivre. Malheureusement, la porte de l'hôtel était fermée et je dus cogner, sonner, hurler et me démener de mille façons, perdant ainsi un temps d'autant plus précieux que, là-haut, mon rival ne devait pas avoir les mêmes difficultés. Pour comble de malchance, dans mon affolement, j'avais mal repéré la fenêtre et lorsque le concierge vint enfin m'ouvrir, et que je volai comme un aigle d'étage en étage, je me trompai de porte, et lorsque celle à laquelle je frappai s'ouvrit, je sautai à la gorge d'un petit jeune homme dont la frayeur fut telle qu'il faillit se trouver mal dans mes bras. Il me suffit d'un coup d'œil pour comprendre que ce n'était pas du tout le genre de jeune homme qui reçoit des femmes dans sa chambre, bien au contraire. Il roula vers moi des yeux suppliants, mais je ne pouvais rien pour lui, j'étais trop pressé. Je me retrouvai donc dans l'escalier obscur, perdant des instants précieux à chercher la minuterie. J'étais sûr à présent d'arriver trop tard. Mon assassin n'avait pas quatre étages à grimper, pas de porte à enfoncer, il était à pied d'œuvre et, à l'heure qu'il était, il devait se frotter les mains. Brusquement, les forces me lâchèrent. Le découragement le plus complet s'empara de moi. Je m'assis dans l'escalier et essuyai la sueur et la pluie de mon front. J'entendis un flop-flop timide et le gracieux éphèbe vint s'asseoir à mes côtés et me prit la main. Je n'eus même pas la force de la lui retirer. Il se mit à me consoler : autant que je me souvienne, il m'offrait son amitié. Il me tapotait la main et m'assurait qu'un homme comme moi n'aurait aucune peine à trouver une âme sœur digne de lui. Je le regardai avec un vague intérêt : mais non, pour moi, il n'y a jamais rien eu à faire de ce côté-là. Les femmes étaient d'abominables garces, mais il n'y avait personne d'autre vers qui on pût se tourner. Elles avaient le monopole. Une immense pitié de moi-même m'envahit. Non seulement je venais de subir le plus cruel des affronts, mais il ne se trouvait dans le monde entier qu'une tantouse pour offrir de me consoler et me tenir la main. Je lui jetai un regard noir, et, quittant l'Hôtel des

Grands Hommes, rentrai chez moi. Je me mis au lit, décidé à m'engager dans la Légion étrangère, dès le lendemain.

Brigitte revint vers deux heures du matin, alors que je commençais déjà à m'inquiéter : il lui était peut-être arrivé quelque chose ? Elle gratta timidement à la porte, et je lui dis hautement et clairement, en un mot, ce que je pensais d'elle. Pendant une demi-heure, elle chercha à m'apitoyer, à travers la porte fermée. Puis il y eut un long silence. Pris de frousse à l'idée qu'elle allait peut-être retourner à l'Hôtel des Grands Hommes, je bondis hors du lit et lui ouvris. Je lui donnai quelques gifles bien senties — senties par moi, je veux dire : j'ai toujours eu la plus grande difficulté à battre les femmes, dans ma vie. Je dois manquer de virilité. Après quoi, je lui posai la question que je considère aujourd'hui encore, à la lumière d'une expérience de vingt-cinq ans, comme la plus idiote de ma carrière de champion :

— Pourquoi as-tu fait ça ?

La réponse de Brigitte fut vraiment très belle. Émouvante, je dirai même. Elle montre vraiment la force de ma personnalité. Elle leva vers moi ses yeux bleus pleins de larmes, et puis, secouant ses boucles blondes et avec un effort sincère et pathétique pour tout expliquer, elle me dit :

— Il te ressemblait tellement !

Je n'en suis pas encore revenu. Je n'étais pas encore mort, on habitait ensemble, elle m'avait sous la main, mais non, il fallait qu'elle fît tous les soirs un kilomètre sous la pluie pour aller retrouver quelqu'un, uniquement parce qu'il me ressemblait. C'est ce qu'on appelle avoir du magnétisme, ou je ne m'y connais pas. Je me sentis beaucoup mieux. Je dus même faire un effort pour demeurer modeste, pour ne pas me rengorger. On dira ce qu'on voudra, mais je faisais tout de même une forte impression aux femmes.

Depuis, j'ai beaucoup réfléchi à la réponse que Brigitte m'avait donnée, et les conclusions, strictement nulles, auxquelles je suis parvenu, m'ont tout de même beaucoup facilité mes rapports avec les femmes — et avec les hommes qui me ressemblent.

Je n'ai plus jamais été trompé par une femme, depuis — enfin, je veux dire, je n'ai plus jamais attendu sous la pluie.

CHAPITRE XXVII

J'étais à présent dans ma dernière année de droit et, ce qui était plus important, sur le point de terminer ma Préparation militaire supérieure, dont les séances d'entraînement avaient lieu deux fois par semaine au lieudit La Vache Noire, à Montrouge. Une de mes nouvelles fut traduite et publiée en Amérique et la somme fabuleuse de cent cinquante dollars qui me fut versée me permit de faire un rapide voyage en Suède, à la poursuite de Brigitte, que je trouvai mariée. J'essayai de m'arranger avec le mari, mais ce garçon n'avait pas de cœur. Finalement, comme je devenais encombrant, Brigitte m'exila chez sa mère, dans une petite île tout au nord de l'archipel de Stockholm, dans un paysage de légende suédoise, et là, parmi les pins, j'errais, pendant que l'infidèle et son mari poursuivaient leurs amours coupables. La mère de Brigitte, afin de me calmer, me forçait à prendre chaque jour des bains glacés d'une heure dans la Baltique et elle restait là, implacable, la montre à la main, pendant que tous mes organes se rétrécissaient, que mon corps me quittait peu à peu et que je trempais là, vertical, morose et malheureux. Une fois, alors que j'étais étendu sur un rocher, attendant que le soleil voulût bien faire fondre le sang dans mes veines, je vis un avion à croix gammée traverser le ciel. Ce fut ma première rencontre avec l'ennemi.

Je n'avais prêté aux événements d'Europe qu'une oreille distraite. Non point que je fusse occupé exclusivement de moi-même, mais, peut-être parce que j'avais été élevé par une femme et entouré de tendresse féminine, je n'étais pas capable de haine soutenue, et il me manquait donc l'essentiel pour comprendre Hitler. Et le silence de la France face à ses menaces hystériques, au lieu de m'inquiéter, me paraissait le signe d'une force calme et sûre d'elle-même. Je croyais à l'armée française et à nos chefs vénérés. Bien avant celle que notre État-Major dressa à nos frontières, ma mère avait élevé autour de moi une ligne Maginot de certitudes tranquilles et d'images d'Épinal qu'aucun doute ni aucune inquiétude ne pouvaient entamer. C'est ainsi, par exemple, que ce fut seulement au lycée de Nice que j'appris pour la première fois notre défaite par les Allemands en 1870 : ma mère avait omis de m'en parler. J'ajoute que, tout en ayant mes bons moments, il m'a toujours été difficile d'accomplir cet effort prodigieux de bêtise dont il faut être capable pour croire sérieusement à la guerre et en accepter l'éventualité. Je sais être bête, à mes heures, mais sans m'élever jusqu'à ces glorieux sommets d'où la tuerie peut vous apparaître comme une solution acceptable. J'ai toujours considéré la mort comme un phénomène regrettable et l'infliger à quelqu'un est tout à fait contraire à ma nature : je suis obligé de me forcer. Certes, il m'est arrivé de tuer des hommes, pour obéir à la convention unanime et sacrée du moment, mais ce fut toujours sans entrain, sans une véritable inspiration. Aucune cause ne me paraît assez juste, et le cœur n'y est pas. Lorsqu'il s'agit de tuer mes semblables, je ne suis pas assez poète. Je ne sais pas y mettre la sauce, je ne sais pas entamer un hymne de haine sacrée et je tue sans panache, bêtement, puisqu'il le faut absolument.

La faute en est aussi, je crois, à mon égocentrisme. Mon égocentrisme est en effet tel que je me reconnais instantanément dans tous ceux qui souffrent et j'ai mal dans toutes leurs plaies. Cela ne s'arrête pas aux hommes, mais s'étend aux bêtes, et même aux plantes. Un nombre incroyable de gens peuvent assister à une corrida, regarder le taureau blessé et sanglant sans frémir. Pas moi. Je *suis* le taureau. J'ai toujours un peu mal lorsqu'on coupe les arbres, lorsqu'on chasse l'élan, le lapin ou l'éléphant. Par contre, il m'est assez indifférent de penser qu'on tue les poulets. Je n'arrive pas à m'imaginer dans un poulet.

Nous étions à la veille de Munich, on parlait beaucoup de guerre, et le style de ma mère, dans les lettres qui me parvenaient dans mon exil sentimental à Björkö, prenait déjà des accents sonnants et claironnants. Un de ces billets, d'une écriture énergique, aux grandes lettres penchées en avant et qui paraissaient déjà foncer sur l'ennemi, m'annonçait simplement que « La France vaincra parce qu'elle est la France », et, encore aujourd'hui, je trouve qu'on n'a jamais prédit plus clairement notre défaite de 40, ni mieux exprimé notre manque de préparation.

J'ai souvent essayé de m'orienter dans les « pourquoi » et les « comment » de cet amour étonnant d'une vieille dame russe pour mon pays. Je ne suis jamais parvenu à une explication bien valable. Certes, ma mère avait été marquée par les idées, les valeurs et les opinions bourgeoises qui avaient cours en 1900, à une époque où la France était « ce qu'on faisait de mieux ». Peut-être y a-t-il eu, aussi, à l'origine, quelque traumatisme de jeunesse, subi au cours de ses deux voyages à Paris, et dont je serais, moi, qui ai gardé, toute ma vie, pour la Suède, une grande indulgence, le dernier à m'étonner. J'ai toujours eu tendance à chercher, derrière les causes superbes, quelque élan intime, et à guetter, au cœur des tumultueuses symphonies, le petit son de flûte tendre qui viendrait soudain montrer le bout de l'oreille. Il reste enfin l'explication la plus simple et la plus vraisemblable, c'est que ma mère aimait la France sans raison aucune, comme chaque fois que l'on aime vraiment. On imagine, en tout cas, ce que représentait dans un tel univers psychologique le galon de sous-lieutenant de l'Armée de l'Air qui devait bientôt orner mes manches. Je m'y étais employé activement. J'avais terminé à grand-peine ma licence en droit, mais, en revanche, je fus reçu à la Préparation militaire supérieure quatrième pour la région de Paris.

Le patriotisme de ma mère, s'exaltant dans l'imminence de ma grandeur militaire, prit alors une tournure inattendue.

C'est à cette époque, en effet, que se situe l'affaire de mon attentat manqué contre Hitler.

Les journaux n'en ont pas parlé. Je n'ai pas sauvé la France et le monde, perdant ainsi une occasion qui ne se représentera peut-être jamais.

L'affaire eut lieu en 1938, à mon retour de Suède.

Ayant abandonné tout espoir de reprendre mon bien, déçu et écœuré par le mari de Brigitte, qui n'avait aucun savoir-vivre, stupéfait de voir qu'on me préférait un autre, après tout ce que ma mère m'avait promis, et décidé à ne plus jamais, jamais rien faire pour une femme, je revins à Nice afin de lécher mes blessures et passer à la maison les dernières semaines avant mon incorporation dans l'Armée de l'Air.

Je pris un taxi de la gare, et, dès le tournant du boulevard Gambetta dans la rue Dante, je pus voir de loin, dans le petit jardin devant l'hôtel, une silhouette qui me fit sourire, comme toujours, avec tendresse et ironie.

Ma mère, cependant, m'accueillit d'une manière fort étrange. Certes, je m'attendais à quelques bonnes larmes, à des embrassades sans fin, à des reniflements à la fois émus et satisfaits. Mais pas à ces sanglots, à ces regards désespérés qui ressemblaient à des adieux — elle restait un moment à pleurer et à trembler dans mes bras, s'écartant parfois un peu pour mieux voir mon visage, puis se jetait vers moi avec des transports nouveaux. Je fus pris d'inquiétude, je m'enquis anxieusement de sa santé, mais non, elle paraissait aller bien, et les affaires allaient bien aussi — oui, tout allait bien — là-dessus, c'était une nouvelle explosion de larmes et de sanglots étouffés. Finalement, elle parvint à se calmer et, prenant un air mystérieux, elle me saisit par la main et m'entraîna dans le restaurant vide ; nous nous installâmes à notre table habituelle, dans un coin, et là, elle m'informa sans plus attendre du projet qu'elle avait formé pour moi. C'était très simple : je devais me rendre à Berlin et sauver la France, et incidemment le monde, en assassinant Hitler. Elle avait tout prévu, y compris mon salut ultime, car, à supposer que je fusse pris — mais là, elle me connaissait assez pour savoir que j'étais capable de tuer Hitler sans me laisser prendre —, à supposer, toutefois, que je fusse pris, il était parfaitement évident que les grandes puissances, la France, l'Angleterre, l'Amérique, allaient présenter un ultimatum pour exiger ma libération.

J'avoue que j'eus un moment d'hésitation. Je venais de me battre sur plusieurs fronts, j'avais fait dix métiers divers et souvent déplaisants et donné généreusement, sur le papier et dans la vie, le meilleur de moi-même. L'idée de courir immédiatement à Berlin, en troisième classe, bien entendu, pour tuer Hitler en pleine canicule, avec tout ce que cela supposait d'énervement, de fatigue et de préparatifs, ne me souriait guère. J'avais envie de rester un peu au bord de la Méditerranée — je n'ai jamais bien supporté nos séparations. J'aurais préféré de loin aller tuer le Führer à la rentrée d'octobre. Je contemplais sans enthousiasme la nuit d'insomnie sur la banquette dure du compartiment, dans des wagons bondés, sans parler des heures d'ennui qu'il allait falloir passer à bâiller dans les rues de Berlin, en attendant qu'Hitler voulût bien se présenter. Bref, je manquais d'entrain. Mais enfin, il n'était pas question de me dérober. Je fis donc mes préparatifs. J'étais très bon tireur au pistolet, et, malgré un certain manque de pratique, l'entraînement que j'avais reçu au gymnase du lieutenant Sverdlovski me permettait encore de briller dans les tirs forains. Je descendis dans la cave, pris mon revolver, que j'avais laissé dans le coffre familial, et allai m'occuper de mon billet. Je me sentis un peu mieux en apprenant par les journaux qu'Hitler était à Berchtesgaden, car je préférais respirer l'air des forêts des Alpes Bavaroises plutôt que celui d'une ville en pleine chaleur de juillet. Je mis aussi mes manuscrits en ordre : je n'étais pas du tout sûr, malgré l'optimisme de ma mère, que j'allais m'en tirer vivant. J'écrivis quelques lettres, huilai mon parabellum, et empruntai une veste à un ami plus gros que moi afin de pouvoir dissimuler mon arme plus confortablement. J'étais assez irrité et de fort mauvaise humeur, d'autant plus que l'été était exceptionnellement chaud, la Méditerranée, après des mois de séparation, ne m'avait jamais paru plus désirable, et la plage de la « Grande Bleue » était, comme par hasard, pleine de Suédoises intelligentes et cultivées. Pendant ce temps-là ma mère ne me quitta pas d'une semelle. Son regard de fierté et d'admiration me suivait partout. Je pris mon billet de train et fus assez épaté de voir que les chemins de fer allemands me faisaient trente pour cent de réduction — ils offraient des conditions spéciales pour les voyages de vacances. Au cours des dernières quarante-huit heures qui précédèrent mon départ, je limitai prudemment ma consommation de concombres salés pour éviter tout contretemps intestinal, lequel eût risqué d'être fort mal interprété par ma mère. Enfin, la veille du grand jour, j'allai prendre mon dernier bain à la « Grande Bleue », et regardai ma dernière Suédoise avec émotion. Ce fut à mon retour de la plage que je trouvai ma grande artiste dramatique écroulée dans un fauteuil du salon. À peine me vit-elle que ses lèvres firent une grimace enfantine, elle joignit les mains, et, avant que j'eusse le temps d'esquisser un geste, elle était déjà à genoux, le visage ruisselant de larmes :

— Je t'en supplie, ne le fais pas ! Renonce à ton projet héroïque ! Fais-le pour ta pauvre vieille maman — ils n'ont pas le droit de demander ça à un fils unique ! J'ai tellement lutté pour t'élever, pour faire de toi un homme, et maintenant... Oh, mon Dieu !

Les yeux étaient agrandis par la peur, le visage bouleversé, les mains jointes.

Je n'étais pas étonné. Il y avait si longtemps que j'étais « conditionné » ! Il y avait si longtemps que je la connaissais et je la comprenais si entièrement. Je lui pris la main.

— Mais les billets sont déjà payés, lui dis-je.

Une expression de résolution farouche balaya toute trace de peur et de désespoir de son visage.

— Ils les rembourseront ! proclama-t-elle, en saisissant sa canne.

Je n'avais pas le moindre doute là-dessus.

C'est ainsi que je n'ai pas tué Hitler. Il s'en est fallu de peu, comme on voit.

CHAPITRE XXVIII

Quelques semaines à peine séparaient à présent ma mère de mon galon de sous-lieutenant et on imagine avec quelle impatience nous attendions tous les deux notre appel sous les drapeaux. Nous étions pressés : son diabète s'aggravait et, malgré les divers régimes alimentaires que les médecins essayaient, le degré de sucre dans son sang montait parfois dangereusement. Elle fit une nouvelle crise de coma insulinique en plein marché de la Buffa et ne reprit connaissance sur le comptoir aux légumes de M. Pantaleoni que grâce à la rapidité avec laquelle celui-ci lui versa de l'eau sucrée dans la bouche. Ma course contre la montre commençait à prendre un caractère désespéré et ma littérature s'en ressentait. Dans ma volonté de donner quelque coup de gong prodigieux qui laisserait le monde bouche bée d'admiration, je forçais ma voix au-dessus de mes moyens ; visant à la grandeur, je succombais au grincement et à l'enflure ; me dressant sur la pointe des pieds pour révéler à tous ma stature, je ne donnais la mesure que de mes prétentions ; décidé à faire dans le génie, je n'arrivais qu'à manquer de talent. Il est difficile, lorsqu'on se sent le couteau sur la gorge, de chanter juste. Roger Martin du Gard, invité, au cours de la guerre, à porter un jugement sur un de mes manuscrits, alors qu'on me croyait mort, parla avec raison de « mouton enragé ». Ma mère devinait sans doute le caractère angoissé de ma lutte et faisait tout ce qu'elle pouvait pour m'aider. Pendant que je polissais mes phrases, elle se battait avec le personnel, les agences, les guides, faisait face aux clients capricieux ; pendant que je sommais l'inspiration de se manifester en moi par quelque sujet étourdissant de profondeur et d'originalité, elle veillait jalousement à ce que rien ne vînt me troubler dans mes élans créateurs. J'écris ces lignes sans honte et sans remords, sans nulle haine de moi-même : je ne faisais que m'incliner devant son rêve, devant ce qui était son unique raison de vivre et de lutter. Elle voulait être une grande artiste et je faisais tout ce que je pouvais. Dans ma hâte de la rassurer et de lui prouver ma valeur, mais surtout, peut-être, pour me rassurer moi-même et échapper à la panique qui s'emparait de moi, je descendais parfois aux cuisines, où je survenais en général à temps pour interrompre quelque querelle violente avec le chef, et lui donnais séance tenante lecture d'un passage encore tout chaud et qui me paraissait particulièrement bien venu. Sa colère s'apaisait instantanément, elle invitait d'un geste souverain le chef au silence et à l'attention, et m'écoutait avec une intense satisfaction. Ses cuisses étaient criblées de piqûres. Deux fois par jour, elle s'asseyait dans un coin, une cigarette aux lèvres, les jambes croisées, saisissait la seringue d'insuline et plantait l'aiguille dans sa chair, tout en continuant à donner des ordres au personnel. Elle veillait avec son énergie habituelle à la bonne marche de l'affaire, n'admettait aucun relâchement dans le service et s'efforçait d'apprendre l'anglais afin d'être à même de s'orienter plus facilement dans les désirs, phobies, lubies et caprices de la clientèle d'Outre-Manche. Les efforts qu'elle faisait pour être aimable, souriante et toujours d'accord avec les touristes de tout poil allaient directement à l'encontre de sa nature ouverte et impulsive et aggravaient encore davantage son état nerveux. Elle fumait trois paquets de gauloises par jour. Il est vrai qu'elle ne terminait jamais une cigarette, l'écrasant à peine entamée, pour en allumer aussitôt une autre. Elle avait découpé dans une revue la photo d'un défilé militaire et la montrait aux clients et surtout aux clientes, leur faisant admirer le bel uniforme qui allait être mien dans quelques mois. J'avais beaucoup de peine à obtenir la permission de l'aider au restaurant, de servir à table, de porter le matin dans les chambres le petit déjeuner, comme je le faisais auparavant : elle trouvait une telle activité incompatible avec mon rang d'officier. Souvent, elle saisissait elle-même la valise d'un client et essayait de me repousser lorsque je tentais de l'aider. Il était évident, cependant, à une certaine allégresse nouvelle qui lui venait à présent, au sourire comme victorieux avec lequel elle me regardait parfois, qu'elle avait le sentiment de toucher au but, et qu'elle n'imaginait pas de plus beau jour dans sa vie que celui où j'allais revenir à l'Hôtel-Pension Mermonts revêtu de mon uniforme prestigieux.

Je fus incorporé à Salon-de-Provence le 4 novembre 1938. J'avais pris place dans le train des conscrits et une foule de parents et amis accompagnaient les jeunes gens à la gare, mais seule ma mère était armée d'un drapeau tricolore qu'elle ne cessait d'agiter, en criant parfois « Vive la France », ce qui me valait des regards hostiles ou goguenards. La « classe » qui était ainsi incorporée brillait par son manque d'enthousiasme et une profonde conviction, que les événements de 40 devaient justifier pleinement, qu'on la forçait à prendre part à un « jeu de cons ». Je me souviens d'une jeune recrue, laquelle, irritée par les manifestations patriotardes et cocardières de ma mère, si contraires aux bonnes traditions antimilitaristes en vigueur, avait grommelé :

— Ça se voit qu'elle est pas française, celle-là.

Comme j'étais déjà moi-même excédé et exaspéré par l'exubérance sans retenue de la vieille dame au drapeau tricolore, je fus très heureux de pouvoir prendre prétexte de cette remarque pour me soulager un peu en portant à mon vis-à-vis un très joli coup de tête dans le nez. La bagarre devint aussitôt générale, les cris de « fasciste », « traître », « à bas l'armée » fusant de toutes parts, cependant que le train s'ébranlait, que le drapeau s'agitait désespérément sur le perron et que j'avais à peine le temps de paraître à la portière et de faire un signe de la main, avant de me replonger résolument dans la mêlée providentielle qui me permettait d'échapper au moment des adieux.

Les jeunes gens titulaires de la Préparation militaire supérieure devaient être dirigés sur l'École de l'Air d'Avord dès leur incorporation. Je fus gardé à Salon-de-Provence près de six semaines. À toutes mes questions, les officiers et sous-officiers haussaient les épaules : on n'avait pas d'instructions me concernant. Je fis demande sur demande, par voie hiérarchique, toutes commençant par un « J'ai l'honneur de solliciter de votre haute bienveillance… » comme on me l'avait appris. Rien. Finalement, un lieutenant particulièrement honnête, le lieutenant Barbier, s'intéressa à mon cas et joignit ses protestations aux miennes. Je fus acheminé sur l'École d'Avord, où je parvins avec un retard d'un mois, sur un cours d'une durée totale de trois mois et demi. Je ne me laissai pas décourager par le retard à rattraper. J'y étais, j'y étais enfin. Je me mis à l'étude avec un acharnement dont je ne me croyais pas capable et, à part quelques difficultés avec la théorie du compas, je rattrapai mes camarades, sans briller particulièrement dans les diverses matières autres que le travail aérien proprement dit et le commandement sur le terrain, où je me découvris soudain toute l'autorité de ma mère dans le geste et la voix. J'étais heureux. J'aimais les avions, surtout les avions de cette époque révolue, qui comptaient encore sur l'homme, avaient besoin de lui, n'avaient pas cet air impersonnel qu'ils ont aujourd'hui, où l'on sent déjà que l'avion sans pilote est une simple question de temps. J'aimais ces longues heures que

nous passions sur le terrain revêtus de nos combinaisons de cuir dans lesquelles on avait toutes
les peines du monde à entrer — pataugeant dans
la boue d'Avord, bardés de cuir, casqués, gantés,
les lunettes sur le front, nous grimpions dans les
carlingues des braves Potez-25, avec leurs allures
de percherons et leur bonne odeur d'huile, dont j'ai
conservé jusqu'à ce jour le souvenir nostalgique
dans les narines. Que l'on imagine l'élève-officier
penché à demi hors de la carlingue ouverte d'un
coucou volant à cent vingt à l'heure, ou dirigeant
à la main, debout dans le nez, le pilote d'un biplan
Léo-20 dont les longues ailes noires battaient l'air
avec toute la grâce d'une vieille coccinelle, et l'on
comprendra qu'à un an du Messerschmitt-110 et
à dix-huit mois de la bataille d'Angleterre, le brevet d'observateur en avion nous préparait avec
vigueur et efficacité à la guerre de 1914, avec le
résultat que l'on sait.

Le temps passa rapidement dans ces amuse-
ments, et nous approchâmes enfin du grand jour
de « l'amphi de garnison » où notre rang de sortie
et nos affectations allaient nous être solennellement communiqués.

Le tailleur militaire avait déjà fait le tour des
chambrées et nos uniformes étaient prêts. Ma mère
m'avait envoyé, pour couvrir mes frais d'équipement, la somme de cinq cents francs, qu'elle avait
empruntée chez M. Pantaleoni, au marché de la
Buffa. Mon grand problème était la casquette. Les
casquettes pouvaient être commandées avec deux
sortes de visières : visière courte et visière longue.
Je n'arrivais pas à me décider. La visière longue

me donnait un air plus vache, ce qui était très recherché, mais la visière courte m'allait mieux. Je finis cependant par opter pour l'air vache. Je me fabriquai également, après mille essais infructueux, une petite moustache, très à la mode alors parmi les aviateurs, et, avec des ailes dorées sur la poitrine — enfin, on pouvait trouver mieux sur le marché, je ne dis pas, mais je n'étais pas du tout mécontent, loin de là.

L'amphi de garnison eut lieu dans une atmosphère de joyeuse anticipation. Les noms des garnisons disponibles s'inscrivaient sur le tableau noir — Paris, Marrakech, Meknès, Maison-Blanche, Biskra... Selon le rang de sortie, chacun pouvait faire son choix. Les premiers optaient traditionnellement pour le Maroc. Je souhaitais ardemment être assez bien placé pour recevoir une affectation dans le Midi, afin de pouvoir me rendre à Nice le plus souvent possible et m'exhiber, ma mère à mon bras, sur la Promenade des Anglais et au marché de la Buffa. La base aérienne de Faïence me paraissait convenir le mieux à mes intentions et, au fur et à mesure que les élèves se levaient pour exprimer leur préférence, je la guettais anxieusement sur le tableau.

J'avais bon espoir de sortir dans un rang convenable et j'écoutais avec confiance le capitaine appeler nos noms.

Dix noms, cinquante noms, soixante-quinze noms... Décidément, Faïence risquait de m'échapper.

Nous étions deux cent quatre-vingt-dix élèves au total.

Faïence fut happée par le quatre-vingtième. J'attendais. Cent vingt noms, cent cinquante noms, deux cents noms... Toujours rien. Les bases aériennes boueuses et tristes du Nord s'approchaient de moi à une vitesse redoutable. Ce n'était pas brillant, mais enfin, je n'étais pas obligé d'avouer à ma mère mon rang de sortie.

Deux cent cinquante, deux cent soixante noms... Un atroce pressentiment glaça soudain mon cœur. Je sens encore sur mes tempes la goutte de sueur froide qui commença à y perler... Non, ce n'est pas un souvenir : je viens de l'essuyer de ma main, à vingt ans d'intervalle. Réflexe de Pavlov, j'imagine. Je ne puis penser à ce moment abominable sans qu'une goutte de sueur ne se forme sur ma tempe, encore aujourd'hui.

Sur près de trois cents élèves-observateurs, je fus le seul à ne pas avoir été nommé officier.

Je ne fus même pas nommé sergent, pas même caporal-chef, contrairement à tous les usages et au règlement : je fus nommé caporal.

Au cours des heures qui suivirent l'amphi de garnison, je me débattis dans une sorte de cauchemar, de brouillard hideux. Je me tenais debout à la sortie, entouré par des camarades silencieux et consternés. Toute mon énergie s'employait à me tenir droit, à essayer de conserver un visage humain, à ne pas m'effondrer. Je crois même que je souriais.

En général, un tel coup de barre du commandement envers un élève titulaire du brevet de la Préparation militaire supérieure et ayant terminé le stage n'intervenait que pour des motifs disciplinaires. Deux élèves-pilotes avaient été « stoppés » pour cette raison. Mais tel ne pouvait être mon cas : je n'avais jamais reçu la moindre observation. J'avais manqué le début du stage, mais indépendamment de ma volonté, et du reste, mon chef de brigade, le lieutenant Jacquard, un jeune Saint-Cyrien froid et honnête, m'avait dit, et plus tard m'avait confirmé par écrit, que mes notes, malgré le retard mis par les autorités militaires à m'envoyer à Avord, justifiaient néanmoins entièrement ma nomination au grade d'officier. Que s'était-il passé ? Que se passait-il ? Pourquoi m'avait-on retenu six semaines à Salon-de-Provence, au mépris du règlement ?

Je me tenais là, la gorge serrée, complètement perdu, devant le Sphinx dont le visage cette fois était pourtant simplement humain, essayant de comprendre, d'imaginer, d'interpréter, cependant que des camarades silencieux ou indignés se pressaient pour me serrer la main. Je souriais ; je restais fidèle à mon personnage. Mais je crus mourir. Je voyais devant moi le visage de ma mère et je la voyais debout sur le perron de la gare de Nice, agitant fièrement son drapeau tricolore.

À trois heures de l'après-midi, alors que j'étais allongé sur mon matelas, fixant le plafond, le caporal-chef Piaille — Piaye ? Paille ? — vint me trouver. Je ne le connaissais pas. Je ne l'avais jamais vu auparavant. Il n'était pas du personnel navigant et il grattait du papier dans son bureau. Il se tint là, devant mon lit, les mains dans les poches. Il portait une veste de cuir. « Il n'y a pas droit, pensai-je, sévèrement, les vestes de cuir sont réservées au personnel navigant. »

— Tu veux savoir pourquoi tu as été collé ?

Je le regardai.

— Parce que tu es naturalisé. Ta naturalisation est trop récente. Trois ans, c'est pas beaucoup. Théoriquement, d'ailleurs, il faudrait être fils de Français ou naturalisé depuis au moins dix ans, pour servir dans le P. N. Mais c'est jamais appliqué.

Je ne me souviens pas de ce que je lui dis. Je crois que ce fut « Je suis français » ou quelque chose comme ça, parce qu'il me dit soudain, avec pitié :

— Tu es surtout con.

Mais il ne s'en allait pas. Il paraissait rageur, et indigné. Peut-être était-ce un type dans mon genre, qui ne supportait pas l'injustice, quelle qu'elle fût.

— Merci, lui dis-je.

— On t'a gardé un mois à Salon, parce qu'on faisait une enquête sur toi. Puis ils ont discuté pour savoir si on allait te laisser devenir P. N. ou te verser dans l'infanterie. Finalement, au Ministère de l'Air, on s'est prononcé pour, mais ici, on s'est prononcé contre. C'est à la cote d'amour qu'ils t'ont baisé.

La « cote d'amour » était la note décisive, sans explication, indépendante des examens, que l'on vous donnait à l'École, selon votre bonne tête, et qui était sans appel.

— Tu ne peux même pas râler : c'est régulier.

Je demeurai couché sur le dos. Il resta encore là un moment. C'était un gars qui ne savait pas manifester sa sympathie.

— T'en fais pas, me dit-il.

Et il ajouta :

— On les aura !

C'était la première fois que j'entendais cette expression appliquée par un soldat français à l'armée française : jusqu'à présent, je la croyais strictement réservée aux Allemands. Je ne ressentais, quant à moi, ni haine ni rancœur, rien qu'une envie de vomir et, pour lutter contre la nausée, j'essayais de penser à la Méditerranée et à ses jolies filles, je fermais les yeux et me réfugiais dans leurs bras, là où rien ne pouvait m'atteindre et où rien ne m'était refusé. Autour de moi la chambrée était vide et pourtant j'avais de la compagnie. Les dieux-singes de mon enfance, auxquels ma mère avait eu tant de mal à m'arracher, et qu'elle était si sûre d'avoir laissés loin derrière nous, en Pologne et en Russie, s'étaient brusquement dressés au-dessus de moi sur cette terre française que je leur croyais interdite, et c'était leur rire stupide que j'entendais monter à présent au pays de la raison. Dans le mauvais coup qui venait de m'être fait je n'avais aucune peine à reconnaître la main de Totoche, le dieu de la bêtise, celui qui devait bientôt faire d'Hitler le maître de l'Europe et ouvrir la porte du pays aux blindés allemands, après avoir réussi à convaincre notre État-Major que les théories militaires d'un certain colonel de Gaulle étaient de la bouillie pour les chats. Mais c'est surtout Filoche, le dieu petit-bourgeois de la médiocrité, du mépris et des préjugés que je reconnaissais et ce qui me crevait le cœur, c'est qu'il avait revêtu pour la circonstance l'uniforme et la casquette galonnée de notre Armée de l'Air. Car, comme toujours, je ne

parvenais pas à voir dans les hommes mes ennemis. D'une manière confuse et inexplicable, je me
sentais l'allié et le défenseur de ceux-là mêmes
qui m'avaient frappé dans le dos. Je comprenais
parfaitement les conditions sociales, politiques,
historiques qui m'avaient valu mon humiliation,
et si j'étais résolu à lutter contre tous ces poisons,
c'est vers une plus haute victoire que je levais
obstinément les yeux. Je ne sais s'il dort en moi
quelque fort élément primitif, païen, mais à la
moindre provocation, je me tourne toujours vers
l'extérieur, les poings serrés ; je fais tout ce que
je peux pour tenir honorablement ma place dans
notre vieille rébellion ; je vois la vie comme une
grande course de relais où chacun de nous, avant
de tomber, doit porter plus loin le défi d'être un
homme ; je ne reconnais aucun caractère final à
nos limitations biologiques, intellectuelles, physiques ; mon espoir est à peu près illimité ; je suis
à ce point confiant dans l'issue de la lutte que le
sang de l'espèce se met parfois à chanter en moi
et que le grondement de mon frère l'Océan me
semble venir de mes veines ; je ressens alors une
gaieté, une ivresse d'espoir et une certitude de victoire telles, que sur une terre couverte pourtant de
boucliers et d'épées fracassés, je me sens encore à
l'aube du premier combat. Cela vient sans doute
d'une sorte de bêtise ou de naïveté, élémentaire,
primaire, mais irrésistible, que je dois tenir de ma
mère, dont j'ai pleinement conscience, qui me met
hors de moi, mais contre laquelle je ne puis rien,
et qui me rend la tâche bien difficile lorsqu'il s'agit
de désespérer. Je n'y arrive pour ainsi dire jamais

et je suis obligé de faire semblant. Une étincelle de confiance et d'optimisme atavique demeure toujours dans mon cœur et, pour qu'elle s'embrase, il suffit que les ténèbres autour de moi soient à leur plus épais. Que des hommes se montrent bêtes à pleurer, que l'uniforme d'officier français puisse servir de nid à la petitesse et à la stupidité, que des mains humaines, françaises, allemandes, russes, américaines se révèlent soudain d'une étonnante saleté, l'injustice me semble venir d'ailleurs et les hommes m'en paraissent d'autant plus les victimes qu'ils en sont les instruments. Au plus dur de la mêlée politique ou militaire, je ne cesse de rêver de quelque front commun avec l'adversaire. Mon égocentrisme me rend complètement inapte aux luttes fratricides et je ne vois pas quelle victoire je pourrais arracher à ceux qui, pour l'essentiel, partagent mon destin. Je ne puis non plus être entièrement un animal politique parce que je me reconnais sans cesse dans tous mes ennemis. C'est une véritable infirmité.

Je restai là, allongé, tendu tout entier dans ma jeunesse, et souriant, et je me souviens aussi que mon corps fut soulevé par un besoin physique impétueux, et que pendant plus d'une heure je luttai contre l'appel sauvage et élémentaire de mon sang.

Quant aux beaux capitaines et à leur coup de poignard, je les ai revus cinq ans plus tard, et ils étaient toujours capitaines, mais ils étaient moins beaux. Pas le moindre bout de ruban ne fleurissait leur poitrine et ce fut avec une expression bien curieuse qu'ils regardèrent cet autre capitaine qui les recevait dans son bureau. J'étais alors Compagnon de la Libération, Chevalier de la Légion d'honneur, Croix de Guerre, et je ne faisais rien pour le cacher : je rougis beaucoup plus facilement de colère que de modestie. Je parlai quelques instants avec eux, évoquant des souvenirs d'Avord — des souvenirs inoffensifs. Je ne sentais aucune animosité à leur égard. Il y avait longtemps qu'ils étaient morts et enterrés.

Une autre conséquence, assez inattendue, de mon échec fut qu'à partir de ce moment je me sentis vraiment français, comme si j'eusse été, par ce coup de bâton magique sur le crâne, vraiment assimilé.

Il m'apparut enfin que les Français n'étaient pas d'une race à part, qu'ils ne m'étaient pas supérieurs, qu'ils pouvaient, eux aussi, être bêtes et ridicules — bref, que nous étions frères, incontestablement.

Je compris enfin que la France était faite de mille visages, qu'il y en avait de beaux et de laids, de nobles et de hideux, et que je devais choisir celui qui me paraissait le plus ressemblant. Je me forçai, sans y réussir tout à fait, à devenir un animal politique. Je pris parti, choisis mes allégeances, mes fidélités, ne me laissai plus aveugler par le drapeau, mais cherchai à reconnaître le visage de celui qui le portait.

Il restait ma mère.

Je ne me décidais pas à lui annoncer la nouvelle de mon échec. J'avais beau me répéter qu'elle avait l'habitude de recevoir des coups de pied dans la figure, je cherchais tout de même comment

288

lui donner un tel coup de pied avec ménagement. Nous avions huit jours de congé avant de
rejoindre nos garnisons respectives et je montai
dans le train sans avoir pris de décision. En arrivant à Marseille, j'eus envie de quitter le train, de
déserter, de m'engager sur un cargo, à la Légion,
de disparaître à tout jamais. L'idée de ce visage
usé et ridé, levant vers moi ses grands yeux frap-
pés de consternation et d'incompréhension, était
quelque chose que je ne pouvais tolérer. Je fus
pris de vomissements et c'est tout juste si je pus
me traîner aux toilettes. Je passai tout le parcours
entre Marseille et Cannes à vomir comme un
chien. Ce fut seulement à dix minutes de l'entrée
en gare de Nice que j'eus soudain une véritable
inspiration. Ce qu'il fallait épargner à tout prix,
c'était l'image de la France « patrie de toutes les
justices et de toutes les beautés », dans l'esprit
de ma mère. Cela, j'étais absolument décidé à le
faire, et à n'importe quel prix. La France devait
être mise hors de coup, — ma mère ne pourrait
pas supporter une telle déception. La connaissant
comme je la connaissais, j'eus l'idée d'un mensonge très simple, très plausible et qui allait non
seulement la consoler, mais la confirmer dans la
haute idée qu'elle se faisait de moi.

En arrivant dans la rue Dante, je vis un drapeau
tricolore flotter sur la façade fraîchement repeinte
de l'Hôtel-Pension Mermonts. Ce n'était pourtant
pas un jour de fête nationale : un coup d'œil sur les
façades nues des maisons voisines me le confirma
aussitôt.

Brusquement, je compris ce que ce drapeau

voulait dire : ma mère avait pavoisé en l'honneur du retour à la maison de son fils, fraîchement promu au grade de sous-lieutenant de l'Armée de l'Air.

J'arrêtai le taxi. Je l'eus à peine payé, que je fus malade à nouveau. Je fis le reste du chemin à pied, les jambes molles, respirant profondément.

Ma mère m'attendait dans le vestibule de l'hôtel, derrière le petit comptoir dans le fond.

Un coup d'œil sur mon uniforme de simple soldat, avec le galon rouge de caporal fraîchement cousu sur la manche, et sa bouche s'ouvrit et ce regard animal de muette incompréhension que je n'ai jamais pu tolérer chez homme, bête ou enfant se leva vers moi... J'avais rabattu ma casquette sur l'œil, pris mon air dur, je souris mystérieusement et, prenant à peine le temps de l'embrasser, je lui dis :

— Viens. C'est assez marrant, ce qui m'arrive. Mais il ne faut pas qu'on nous entende.

Je l'entraînai dans le restaurant, dans notre coin.

— J'ai pas été nommé sous-lieutenant. Seul sur trois cents, j'ai pas été nommé. Mesure disciplinaire et provisoire...

Son pauvre visage attendait, confiant, prêt à croire, à approuver...

— Mesure disciplinaire. Je dois attendre six mois. Vois-tu...

Un coup d'œil pour voir si on n'écoutait pas.

— J'ai séduit la femme du Commandant de l'École. Pas pu m'empêcher. L'ordonnance nous a dénoncés. Le mari a exigé des sanctions...

290

Il y eut, sur le pauvre visage, un instant d'hésitation. Et puis le vieil instinct romantique et le
souvenir d'Anna Karenine l'emportèrent sur tout
le reste. Un sourire s'esquissa sur ses lèvres, une
expression de profonde curiosité.

— Elle était belle ?

— Tu peux pas t'imaginer, lui dis-je, simplement. Je savais ce que je risquais. Mais j'ai pas
hésité un moment.

— Tu as une photo ?

Non, je n'avais pas de photo.

— Elle va m'en envoyer une.

Ma mère me regardait avec une fierté inouïe.

— Don Juan ! s'exclama-t-elle. Casanova ! Je l'ai
toujours dit !

Je souris, modestement.

— Le mari aurait pu te tuer !

Je haussai les épaules.

— Elle t'aime d'amour ?

— D'amour.

— Et toi ?

— Oh ! tu sais, lui dis-je, avec mon air vache.

— Il ne faut pas être comme ça, dit ma mère,
sans aucune conviction. Promets-moi de lui
écrire.

— Oh ! je lui écrirai.

Ma mère réfléchit un moment. Une nouvelle
idée lui traversa l'esprit :

— Sur trois cents, le seul à ne pas avoir été
nommé sous-lieutenant ! dit-elle, avec une admiration et une fierté sans bornes.

Elle courut chercher le thé, les confitures, les
sandwiches, les gâteaux et les fruits. Elle s'assit à

la table et renifla profondément, avec une satisfaction intense.

— Raconte-moi tout, m'ordonna-t-elle.

Elle aimait les jolies histoires, ma mère. Je lui
en ai raconté beaucoup.

CHAPITRE XXIX

Ayant ainsi paré habilement au plus pressé, c'est-à-dire ayant sauvé la France de quelque affreux écroulement aux yeux de ma mère, et expliqué à celle-ci mon échec avec une délicatesse d'homme du monde, j'affrontai l'épreuve suivante à laquelle je me trouvais beaucoup mieux préparé.

Quatre mois auparavant, au moment de mon appel sous les drapeaux, j'avais été incorporé à Salon-de-Provence avec le titre d'élève-officier, ce qui me mettait dans une catégorie privilégiée : les sous-offs n'avaient pas d'autorité sur moi, et les soldats me regardaient avec un certain respect. Je revenais à présent parmi eux comme simple caporal.

On imagine ce que fut mon sort, et ce que j'eus à avaler comme sarcasmes, corvées, brimades diverses, quolibets et subtiles ironies. Les sous-offs de ma compagnie ne m'appelaient jamais autrement que « lieutenant de mes deux », ou, plus gracieusement encore, « lieutenant cul et lavement ». C'était une époque où l'armée se décomposait lentement dans le confort et les délices de l'ordure, cette ordure qui finit par se glisser jusque dans les âmes de certains futurs vaincus de 1940. Ma tâche principale, au cours des semaines qui suivirent mon retour à Salon, fut d'être préposé en permanence à l'inspection des latrines, mais j'avoue que les latrines me changeaient agréablement de la contemplation de certains visages d'adjudants et sergents autour de moi. À côté de ce que je ressentis lorsqu'il me fallut revenir chez ma mère sans mon galon de sous-lieutenant, les brimades et vexations diverses dont j'étais l'objet étaient fort peu de chose et me distrayaient plutôt. Et il me suffisait de sortir du camp pour me trouver dans la campagne provençale, cette campagne un peu funéraire dans sa beauté, où les pierres dispersées parmi les cyprès évoquent quelque mystérieuse ruine du ciel.

Je n'étais pas malheureux.

Je me fis des amitiés dans la population civile.

J'allais aux Baux, et, installé sur la grande falaise, je passais des heures à regarder la mer des oliviers.

Je fis du tir au pistolet et une cinquantaine d'heures de pilotage au-dessus des Alpilles, grâce à l'amitié de deux camarades, le sergent Christ et le sergent Blaise. Finalement, quelqu'un, quelque part, s'aperçut que j'avais un brevet de navigant et je fus nommé instructeur de tir aérien. La guerre me surprit là, avec mes mitrailleuses prêtes, braquées vers le ciel. L'idée que cette guerre, la France pouvait la perdre, ne m'était jamais venue à l'esprit. La vie de ma mère ne pouvait finir sur une telle défaite. Ce raisonnement très logique m'inspirait plus de confiance dans la victoire de l'armée française que toutes les lignes Maginot et tous les discours claironnants de nos chefs bien-aimés. Mon chef bien-aimé à moi ne pouvait perdre la guerre, et j'étais sûr que le destin lui réservait la victoire comme une chose qui, après tant de luttes, tant de sacrifices, tant d'héroïsme, allait de soi.

Ma mère vint me dire adieu à Salon-de-Provence, dans le vieux taxi Renault déjà mentionné. Elle vint les bras chargés de victuailles, de jambons, de conserves, de pots de confitures, de cigarettes, tout ce dont le soldat peut rêver à l'heure du besoin.

Il se révéla cependant que les paquets ne m'étaient pas destinés. Le visage de ma mère exprima une grande ruse lorsqu'elle me tendit les paquets, en me disant, sur un mode confidentiel :

— Pour tes officiers.

Je demeurai confondu. Dans un éclair, je vis les têtes que feraient le capitaine de Longevialle, le capitaine Moulignat, le capitaine Turben, en voyant un caporal entrer dans le bureau pour leur remettre, de la part de sa mère, ce tribut de saucisson, de jambon, de cognac et de confiserie, destiné à lui gagner leurs faveurs. Je ne sais si elle s'imaginait que ce genre de *bakhchich* était de rigueur dans l'armée française, comme ce fut peut-être le cas dans les garnisons de province en Russie, un siècle auparavant, mais j'eus bien garde de me lancer dans des explications ou de protester. Elle était parfaitement capable de saisir les « cadeaux » et d'aller les porter elle-même aux intéressés, accompagnés d'une de ses tirades patriotiques à faire rougir Déroulède lui-même.

Je parvins à grand-peine à soustraire ma mère, ses effusions et ses paquets, à la curiosité des troufions vautrés à la terrasse du café, et l'entraînai du côté de la piste, parmi les avions. Elle marcha dans l'herbe, appuyée sur sa canne, passant gravement l'inspection de notre matériel aérien. Trois ans plus tard, je devais assister une autre grande dame lorsqu'elle passerait en revue nos équipages sur un terrain du Kent. C'était la reine Elizabeth d'Angleterre, et je dois dire que Sa Majesté était loin d'avoir cet air de propriétaire avec lequel ma mère marchait devant nos Morane-315, sur le terrain de Salon.

Ayant ainsi inspecté l'état de notre matériel volant, ma mère se sentit un peu fatiguée et nous nous assîmes dans l'herbe, en bordure de la piste. Elle alluma une cigarette et son visage prit un air méditatif. Les sourcils froncés, elle pensait à quelque chose avec préoccupation. J'attendis. Elle me confia le fond de sa pensée avec franchise.

— Il faut attaquer tout de suite, me dit-elle.

Je dus paraître un peu surpris, parce qu'elle précisa :

— Il faut marcher tout droit sur Berlin.

Elle disait en russe : *Nado iti na Bierlinn* avec une conviction profonde et une sorte de certitude inspirée.

J'ai toujours regretté, depuis, qu'à défaut du général de Gaulle, le commandement de l'armée française ne fût pas confié à ma mère. Je crois que l'état-major de la percée de Sedan eût trouvé là à qui parler. Elle avait au plus haut point le sens de l'offensive, et ce don très rare d'inculquer son énergie et son esprit d'initiative à ceux-là mêmes qui en étaient le plus dépourvus. Qu'on veuille bien me croire lorsque je dis que ma mère n'était pas femme à demeurer inactive derrière la ligne Maginot, avec son flanc gauche complètement exposé.

Je lui promis de faire de mon mieux. Elle parut satisfaite et l'expression rêveuse revint sur son visage.

— Tous ces avions sont découverts, remarqua-t-elle. Tu as toujours eu la gorge sensible.

Je ne pus m'empêcher de lui faire remarquer que si tout ce que je risquais d'attraper avec la Luftwaffe était une angine, j'aurais vraiment de la veine. Elle eut un petit sourire protecteur et m'observa avec ironie.

— Il ne t'arrivera rien, dit-elle tranquillement.

Son visage avait une expression de confiance absolue, de certitude. On aurait dit qu'elle *savait*, qu'elle avait conclu un pacte avec le destin, et qu'en échange de sa vie manquée, on lui avait offert certaines garanties, fait certaines promesses. J'en étais moi-même convaincu, mais comme cette connaissance secrète, en supprimant le risque, m'ôtait toute possibilité de caracoler héroïquement au milieu des périls, qu'elle me *désamorçait*, en quelque sorte, en même temps que le danger, je me sentis irrité et indigné.

— Il n'y a pas un aviateur sur dix qui finira cette guerre, lui dis-je.

Elle me regarda un instant avec une incompréhension effrayée et puis ses lèvres frémirent et elle se mit à pleurer. Je saisis sa main. Je faisais rarement ce geste avec elle : je pouvais le faire seulement avec les femmes.

— Il ne t'arrivera rien, dit-elle, cette fois sur un ton suppliant.

— Il ne m'arrivera rien, maman. Je te le promets.

Elle hésita. Un combat intérieur se livrait en elle et se refléta sur son visage. Puis elle fit une concession.

— Tu seras peut-être blessé à la jambe, dit-elle.

Elle essayait de s'arranger. Pourtant, sous ce ciel funéraire des cyprès et des pierres blanches, il était difficile de ne pas sentir la présence du plus vieux destin de l'homme, celui qui ne prend pas part à sa tragédie. Mais en voyant ce visage anxieux, en écoutant cette pauvre femme qui essayait de marchander avec les dieux, il m'était encore plus difficile de croire que ceux-ci pussent être moins accessibles à la pitié que le chauffeur Rinaldi, moins compréhensifs que les marchands d'ail et de pissaladière du marché de la Buffa, qu'ils ne fussent pas un peu méditerranéens, eux aussi. Quelque part, autour de nous, une main honnête devait tenir la balance, et la mesure finale ne pouvait être que juste, les dieux ne jouaient pas le cœur des mères avec des dés pipés. Toute cette terre provençale se mit à chanter soudain autour de moi de sa voix de cigale et ce fut sans trace de doute que je dis :

— T'en fais pas, maman. C'est entendu. Il ne m'arrivera rien.

La malchance voulut qu'au moment où nous approchions du taxi, nous croisions le chef de la division du Pilotage, le capitaine Moulignat. Je le saluai, expliquant à ma mère qu'il commandait mon unité. Imprudent que j'étais ! En une seconde, ma mère avait ouvert la portière et, saisissant un jambon, une bouteille, et deux salamis, avant que j'eusse le temps de faire un geste, elle avait déjà rejoint le capitaine, lui offrant en tribut ces estimables victuailles, avec quelques mots appropriés. Je crus mourir de honte. Il va sans dire que j'avais alors beaucoup d'illusions, car si on pouvait mourir de honte, il y a longtemps que l'humanité ne serait plus là. Le capitaine me lança un coup d'œil étonné et je répondis par une expression d'une telle éloquence que l'officier, en vrai Saint-Cyrien, n'hésita pas. Il remercia ma mère courtoisement, et comme celle-ci, après m'avoir jeté un regard écrasant, se dirigeait vers le taxi, il l'aida à monter et la salua. Ma mère remercia gravement, d'un geste royal de la tête, et s'installa triomphalement sur les coussins ; et j'étais sûr qu'elle reniflait bruyamment, avec satisfaction, ayant fait preuve une fois de plus de ce savoir-vivre que moi, son fils, j'avais la prétention de mettre parfois en doute. Le taxi se mit en route et son visage changea ; il parut soudain faire naufrage ; collé à la vitre, il se tourna vers moi avec anxiété, elle essayait de me crier quelque chose que je ne pus saisir et, finalement, ne sachant comment me faire comprendre à distance ce qu'elle voulait exprimer, elle fit vers moi le signe de la croix.

Il me faut mentionner ici un épisode important dans ma vie que j'ai omis à dessein, rusant naïvement avec moi-même. Voilà un bon moment que j'essaye de sauter par-dessus sans y toucher, parce que ça fait encore très mal : vingt ans à peine se sont écoulés depuis. Quelques mois avant la guerre, je tombai amoureux d'une jeune Hongroise qui habitait l'Hôtel-Pension Mermonts. Nous devions nous marier. Ilona avait des cheveux noirs et de grands yeux gris, pour en dire quelque chose. Elle partit voir sa famille à Budapest, la guerre nous sépara, ce fut une défaite de plus, et voilà tout. Je sais que je manque à toutes les règles du genre en ne donnant pas à cet épisode la place qu'il mérite, mais c'est encore beaucoup trop récent et, même pour écrire ces lignes, je dus saisir l'occasion d'une otite dont je suis atteint en ce moment couché dans ma chambre d'hôtel à Mexico, profitant d'une souffrance pénible, mais heureusement purement physique, qui me sert d'anesthésique et me permet de toucher à la plaie.

CHAPITRE XXX

L'escadre d'entraînement dont je faisais partie fut transférée à Bordeaux-Mérignac et je passai de cinq à six heures par jour en l'air comme instructeur de navigation sur Potez-540. Je fus vite nommé sergent, la solde était suffisante, la France tenait bon et je partageais l'opinion générale de mes camarades qu'il fallait profiter de la vie et avoir du bon temps, puisque la guerre n'allait pas durer éternellement. J'avais une chambre en ville et trois pyjamas de soie dont j'étais très fier. Ils représentaient à mes yeux la grande vie et me donnaient le sentiment que ma carrière d'homme du monde progressait favorablement ; une camarade de la Faculté de Droit les avait volés exprès pour moi, après l'incendie d'un grand magasin où son fiancé était employé. Mes rapports avec Marguerite étaient purement platoniques et la morale avait donc été scrupuleusement respectée dans l'affaire. Les pyjamas étaient légèrement roussis et ils sentirent jusqu'au bout le poisson fumé, mais on ne peut pas tout avoir. Je pus également m'offrir de temps en temps une boîte de cigares, que je parvenais à présent à supporter sans avoir mal au cœur, ce qui me rassurait beaucoup en me prouvant que j'étais vraiment en train de m'aguerrir. Bref, ma vie prenait tournure. J'eus cependant à cette époque un accident d'avion assez ennuyeux, qui faillit bien me coûter mon nez, ce dont je me serais difficilement consolé. Ce fut, naturellement, la faute des Polonais. Les militaires polonais n'étaient pas alors très populaires en France : on les méprisait un peu, parce qu'ils avaient perdu la guerre. Ils s'étaient fait battre à plate couture et on ne leur cachait pas ce qu'on pensait d'eux. De plus, l'espionnite commençait à sévir, comme dans tous les organismes sociaux malades, et chaque fois qu'un soldat polonais allumait une cigarette, on l'accusait immédiatement d'échanger des signaux lumineux avec l'ennemi. Comme je connaissais parfaitement le polonais, je fus utilisé comme interprète au cours des vols en double commande, dont le but était de familiariser les équipages polonais avec notre matériel volant. Debout entre les deux pilotes, je traduisais les conseils et les ordres de l'instructeur français. Le résultat de cette conception originale du travail aérien ne se fit pas attendre. Au moment de l'atterrissage, le pilote polonais ayant été trop long dans la prise du terrain, le moniteur me cria avec une pointe d'anxiété :

— Dis à ce veau qu'il va se vomir dans la nature. Qu'il remette les gaz !

Je traduisis immédiatement. Je peux affirmer, la conscience tranquille, que je ne perdis pas une seconde en disant :

— *Prosze dodac gazu bo za chwile zawalimy sie w drzewa na koncu lotniska !*

Lorsque je repris mes esprits, le sang ruisselait sur ma figure, les infirmiers se penchaient sur nous, et l'adjudant-chef polonais, en fort piteux état, mais toujours courtois, essayait de se soutenir sur un coude et de présenter ses excuses au pilote français :

— *Za pozni mi pan przytlumaczyl !*

— Il dit... bégayai-je.

Le sergent-chef, assez mal en point lui-même, eut le temps de nous souffler :

— Merde ! avant de s'évanouir.

Je traduisis fidèlement, après quoi, mon devoir accompli, je me laissai aller. Mon nez était en capilotade, mais à l'infirmerie, les dégâts internes furent jugés peu graves. En quoi on se trompait. Je souffris du nez pendant quatre ans et je dus dissimuler mon état et les migraines atroces qui me harcelaient sans répit pour ne pas être radié du personnel navigant. Ce fut seulement en 1944 que mon nez fut entièrement refait dans un hôpital de la R.A.F. Il n'est plus le chef-d'œuvre incomparable qu'il était auparavant, mais il fait l'affaire et j'ai tout lieu de croire qu'il durera ce qu'il faudra.

En dehors de mes heures de vol comme navigateur, mitrailleur et bombardier, mes camarades me laissaient souvent les commandes en l'air et je faisais ainsi en moyenne une heure de pilotage par jour. Ces heures précieuses n'avaient malheureusement aucune existence officielle et ne pouvaient même pas figurer sur mon carnet de vol. Je tins donc un deuxième carnet, clandestin, celui-là, légalisant scrupuleusement chaque page avec le tampon de l'escadre, grâce à l'obligeance du chef de bureau. J'étais convaincu qu'après les premières pertes de la guerre, le règlement allait être relâché et mes heures clandestines, une bonne et grasse centaine, me permettraient d'être transformé en pilote de combat.

Le 4 avril 1940, à quelques semaines donc à peine de l'offensive allemande, alors que je fumais paisiblement un cigare sur le terrain, un planton me tendit un télégramme : « Mère gravement malade. Venez immédiatement. »

Je restai là, le cigare idiot aux lèvres, avec ma veste de cuir, ma casquette sur l'œil, mon air dur, mes mains dans les poches, cependant que la terre entière devenait soudain un lieu inhabité. C'est de cela que je me souviens surtout aujourd'hui : une sensation d'étrangeté, comme si les lieux les plus familiers, le sol, les maisons et toutes les certitudes fussent devenus autour de moi une planète inconnue où je n'avais jamais mis les pieds auparavant. Tout mon système de poids et mesures s'écroulait d'un seul coup. J'avais beau me dire que les belles histoires d'amour finissent toujours mal, j'avais cru malgré tout que la mienne finirait mal aussi, mais après justice rendue. Que ma mère pût mourir avant que j'eusse le temps de me jeter dans le plateau de la balance pour la redresser, pour rétablir l'équilibre et démontrer ainsi clairement, irréfutablement, l'honorabilité du monde, témoigner de l'existence, au cœur des choses, d'un dessein honnête et secret me paraissait une négation de la plus humble, de la plus élémentaire dignité humaine, comme une interdiction de respirer. Je n'ai pas besoin d'insister auprès de mes lecteurs sur l'extrême jeunesse dont une telle attitude témoignait. Je suis, aujourd'hui, un homme expérimenté. Je n'ai pas besoin d'en dire plus, on a compris.

Il me fallut quarante-huit heures pour arriver à Nice, par le train des permissionnaires. Le moral de ce train bleu horizon était au plus bas. C'était l'Angleterre qui nous avait entraînés là-dedans, on allait se faire mettre jusqu'au trognon, Hitler était un type pas si mal que ça qu'on n'avait pas compris et avec qui on aurait dû causer, mais il y avait tout de même un point clair dans le ciel : on avait inventé un nouveau médicament qui guérissait la blennorragie en quelques jours.

Cependant, j'étais loin d'être désespéré. Je ne le suis même pas devenu aujourd'hui. Je me donne seulement des airs. Le plus grand effort de ma vie a toujours été de parvenir à désespérer complètement. Il n'y a rien à faire. Il y a toujours en moi quelque chose qui continue à sourire.

J'arrivai à Nice au petit matin et me précipitai au Mermonts. Je montai au septième et frappai à la porte. Ma mère occupait la plus petite chambre de l'hôtel : elle avait les intérêts du patron à cœur. J'entrai. La chambre minuscule, triangulaire, avait un air bien fait et inhabité qui me terrifia complètement. Je me précipitai en bas, réveillai la concierge et appris que ma mère avait été transportée à la clinique Saint-Antoine. Je sautai dans un taxi.

Les infirmières me dirent plus tard qu'en me

voyant entrer elles avaient cru à une attaque à main armée.

La tête de ma mère était enfoncée dans l'oreiller, son visage était creusé, inquiet, et désemparé. Je l'embrassai et m'assis sur le lit. J'avais toujours mon cuir sur le dos, et ma casquette sur l'œil : j'avais besoin de cette carapace. Il m'arriva pendant cette permission de garder un mégot de cigare serré pendant plusieurs heures entre mes lèvres : j'avais besoin de me ramasser autour de quelque chose. Sur la table de chevet, bien en évidence dans son écrin violet, il y avait la médaille d'argent gravée à mon nom que j'avais gagnée au championnat de ping-pong, en 1932. Nous restâmes là une heure, deux heures sans nous parler. Puis elle me demanda d'aller tirer les rideaux. Je tirai les rideaux. J'hésitai un moment et puis je levai les yeux au ciel, pour lui éviter d'avoir à me le demander. Je demeurai ainsi un bon coup, les yeux levés à la lumière. C'était à peu près tout ce que je pouvais faire pour elle. On resta là, tous les trois, en silence. Je n'avais même pas besoin de me tourner vers elle pour savoir qu'elle pleurait. Et je n'étais même pas sûr que c'était de moi qu'il s'agissait. Puis j'allai m'asseoir dans le fauteuil en face du lit. J'ai vécu dans ce fauteuil quarante-huit heures. Je gardai presque tout le temps ma casquette et mon cuir et mon mégot : j'avais besoin d'amitié. À un moment, elle me demanda si j'avais des nouvelles de ma Hongroise, Ilona. Je lui dis que non.

— Il te faut une femme à côté de toi, dit-elle, avec conviction.

Je lui dis que tous les hommes en étaient là.

— Ce sera plus difficile pour toi que pour les autres, dit-elle.

Nous jouâmes un peu à la belote. Elle fumait toujours autant, mais elle me dit que les médecins ne le lui défendaient plus. Ce n'était évidemment plus la peine de se gêner. Elle fumait, en m'observant attentivement, et je sentais bien qu'elle faisait des plans. Mais j'étais très loin de me douter de ce qu'elle était en train de combiner. Car je suis convaincu que ce fut à ce moment-là qu'elle eut, pour la première fois, sa petite idée. Je surprenais bien, dans son regard, une expression de ruse, et je savais bien qu'elle avait une idée en tête, mais je ne pouvais vraiment pas deviner, même la connaissant comme je la connaissais, qu'elle pouvait aller aussi loin. Je parlai un peu au médecin : il était rassurant. Elle pouvait tenir encore le coup pendant quelques années. « Le diabète, vous savez... », me dit-il, d'un air entendu. Le troisième jour, au soir, j'allai dîner au Masséna et j'y tombai sur un mynheer hollandais, lequel se rendait par avion en Afrique du Sud pour « se mettre à l'abri de l'invasion allemande qui se préparait ». Sans aucune provocation de ma part, se fiant sans doute à mon uniforme d'aviateur, il me demanda si je pouvais lui présenter une femme. Quand j'y pense, le nombre de gens qui m'ont fait la même requête, dans ma vie, est assez inquiétant. J'avais pourtant toujours cru que j'avais l'air distingué. Je lui dis que je n'étais pas en forme, ce soir-là. Il m'annonça que toute sa fortune se trouvait déjà en Afrique du Sud et nous allâmes célébrer cette bonne nouvelle au « Chat Noir ». Le mynheer avait de l'estomac ; quant à moi, l'alcool m'a toujours fait horreur, mais je sais me dominer. Nous bûmes donc une bouteille de whisky à nous deux, puis nous passâmes au cognac. Bientôt la rumeur se répandit dans le cabaret que j'étais le premier « as » français de la guerre, et deux ou trois anciens combattants de la guerre de 14 vinrent solliciter l'honneur de me serrer la main. Très flatté d'avoir été reconnu, je distribuai des autographes, serrai des mains et acceptai des tournées. Le mynheer me présenta une vieille amie à lui dont il venait de faire la connaissance. Je pus une fois de plus juger du prestige dont l'uniforme d'aviateur jouissait auprès des populations laborieuses de l'arrière. La petite offrit de gagner ma vie pendant toute la durée des hostilités, en me suivant de garnison en garnison, au besoin. Elle m'assurait pouvoir faire jusqu'à vingt passes dans la journée. Je me sentis déprimé et l'accusai de vouloir faire tout ça non pour moi, mais pour l'Armée de l'Air en général. Je lui dis qu'elle mettait trop son patriotisme en avant, et que je voulais être aimé pour moi-même et non pour mon uniforme. Le mynheer sabla le champagne et s'offrit à bénir notre union en posant, en quelque sorte, la première pierre. Le patron m'apporta le menu à autographier et j'allais m'exécuter lorsque je vis un œil goguenard posé sur moi. L'individu n'avait pas de veste de cuir, il n'avait pas de macaron sur la poitrine, mais il avait malgré tout une croix de guerre avec étoile, ce qui n'était pas mal à l'époque, pour un biffin. Je me calmai un peu. Le mynheer se disposa à monter avec ma promise, laquelle me fit jurer que j'irais l'attendre le lendemain au Cintra. Une casquette aux ailes d'or, une veste de cuir, un air vache et voilà votre avenir assuré. J'avais une migraine effroyable, mon nez pesait un kilo ; je quittai la boîte et m'enfonçai dans la nuit, parmi les milliers de bottes multicolores du marché aux fleurs.

Le lendemain et le surlendemain, ainsi que je l'appris par la suite, la petite de bonne volonté demeura chaque soir de six heures à deux heures du matin au bar du Cintra, à attendre son sous-off aviateur.

Encore aujourd'hui, il m'arrive de me demander si je ne suis pas passé sans le savoir à côté du plus grand amour de ma vie.

Quelques jours plus tard, je lus le nom du bon mynheer parmi les victimes d'une catastrophe aérienne dans la région de Johannesburg, ce qui prouve qu'on n'arrive jamais à mettre ses capitaux à l'abri.

Ma permission expirait. Je passai encore une nuit dans le fauteuil à la clinique Saint-Antoine et le matin, les rideaux à peine tirés, je m'approchai de maman pour lui dire adieu.

Je ne sais trop comment m'y prendre pour décrire cette séparation. Il n'y a pas de mots. Mais je fis front bravement. Je me souvenais très bien de ce qu'elle m'avait appris sur la façon de se conduire avec les femmes. Il y avait vingt-six ans que ma mère vivait sans homme et, en partant, peut-être pour toujours, je tenais beaucoup plus à lui laisser l'image d'un homme que celle d'un fils.

— Alors, au revoir.

Je l'embrassai sur une joue en souriant. Ce que m'a coûté ce sourire, elle seule pouvait le savoir, qui souriait aussi.

— Il faut vous marier, quand elle reviendra, dit-elle. Elle est exactement ce qu'il te faut. Elle est très belle.

Elle devait se demander ce que j'allais devenir sans une femme à mes côtés. Elle avait raison : je ne m'y suis jamais fait.

— Tu as sa photo ?

— Voilà.

— Tu crois que sa famille a de l'argent ?

— Je n'en sais rien.

— Lorsqu'elle est allée au concert de Bruno Walter, à Cannes, elle n'a pas pris l'autocar. Elle a pris un taxi. Sa famille doit avoir beaucoup d'argent.

— Ça m'est égal, maman. Ça m'est égal.

— Dans la diplomatie, il faut recevoir. Il faut des domestiques, des toilettes. Il faut que ses parents le comprennent.

Je lui pris la main.

— Maman, dis-je. Maman.

— Tu peux être tranquille, je dirai tout ça à ses parents, avec tact.

— Maman, allons…

— Ne t'inquiète pas pour moi surtout. Je suis un vieux cheval : j'ai tenu jusque-là, je tiendrai encore un peu. Enlève ta casquette…

Je l'enlevai. Elle fit, de sa main, sur mon front, le signe de la croix.

— *Blagoslavliayou tiebia*. Je te bénis.

Ma mère était juive. Mais ça n'avait pas d'importance. Il fallait bien s'exprimer. Dans quel langage c'était dit importait peu.

J'allai à la porte. Nous nous regardâmes encore une fois en souriant.

Je me sentais tout à fait calme, à présent.

Quelque chose de son courage était passé en moi et y est resté pour toujours. Aujourd'hui encore sa volonté et son courage continuent à m'habiter et me rendent la vie bien difficile, me défendant de désespérer.

TROISIÈME PARTIE

CHAPITRE XXXI

L'idée que la France pouvait perdre la guerre ne m'était jamais venue. Je savais bien que nous avions déjà perdu une fois, en 1870, mais je n'étais pas encore né, et ma mère non plus. C'était différent.

Le 13 juin 1940, alors que le front croulait de toutes parts, en revenant d'une mission de convoyage en Bloch-210 je fus blessé par un éclat sur le terrain de Tours, au cours d'un bombardement. La blessure était légère et je laissai le shrapnell dans ma cuisse : je voyais déjà la fierté avec laquelle ma mère allait le tâter, à la première permission. Je le garde toujours. Il est vrai que maintenant je pourrais aussi bien me le faire enlever.

Les succès foudroyants de l'offensive allemande ne me firent guère d'effet. Nous avions déjà vu cela en 14-18. Nous autres, Français, nous nous ressaisissions toujours au dernier moment, c'était bien connu. Les tanks de Guderian, fonçant à travers la trouée de Sedan, me faisaient rigoler, et je pensais à notre État-Major en train de se frotter les mains, en voyant son plan magistral s'exécuter point par point, et ces gros lourdauds d'Allemands tomber une fois de plus dans le panneau. Je crois que mon sang lui-même charriait une confiance invincible dans les destinées de la patrie, qui devait me venir de mes ancêtres tartares et juifs. Mes chefs militaires à Bordeaux-Mérignac eurent vite fait de reconnaître en moi ces qualités ataviques de fidélité à nos traditions et d'aveuglement, et je fus désigné pour faire partie de l'un des trois équipages de vigilance chargés de patrouiller au-dessus des quartiers ouvriers de Bordeaux. Il s'agissait, nous avait-on expliqué sur un mode confidentiel, d'assurer la protection du maréchal Pétain et du général Weygand, lesquels étaient résolus à continuer la lutte, contre une cinquième colonne communiste qui se disposait à saisir le pouvoir et à traiter avec Hitler. Je ne suis pas le seul témoin, comme je ne fus pas la seule dupe, de cette astucieuse infamie : des brigades d'élèves-officiers, parmi lesquels se trouvait Christian Fouchet, aujourd'hui notre ambassadeur au Danemark, avaient été placées aux carrefours de la ville, afin d'assurer la protection de l'auguste vieillard contre les défaitistes et les pactiseurs avec l'ennemi. Je demeure cependant convaincu que cette habileté avait été le fait des échelons subalternes, et que ceux-ci l'avaient perpétrée spontanément, dans l'enthousiasme patriotique et politique du moment. J'effectuai donc les patrouilles aériennes à basse altitude au-dessus de Bordeaux, les mitrailleuses chargées, prêt à foncer sur tout attroupement qui m'aurait été signalé. Je l'eusse fait sans hésiter et sans me douter une seconde que la cinquième colonne dont nous étions soi-disant chargés de déjouer les plans avait déjà gagné la partie, qu'elle n'était pas de celles qui marchent à ciel ouvert avec des étendards dans les rues, mais qu'elle s'était insinuée insidieusement dans les âmes, les volontés et les esprits. J'étais foncièrement incapable d'imaginer qu'un chef parvenu au premier rang de la plus vieille et de la plus glorieuse armée du monde pût se révéler soudain un défaitiste, un cœur mal trempé, ou même un intrigant prêt à faire passer ses haines, rancunes et passions politiques avant le destin de la nation. L'affaire Dreyfus ne m'avait rien appris à cet égard : d'abord, Esterhazy n'était pas vraiment français, c'était un naturalisé, et puis, il s'agissait là-dedans de déshonorer un Juif et chacun sait que, dans ces cas-là, tous les moyens sont permis : nos chefs militaires de l'affaire Dreyfus avaient cru bien faire. Bref, j'ai conservé ma foi intacte jusqu'au bout et sans doute aujourd'hui encore n'ai-je pas beaucoup changé de ce côté-là : un plongeon comme celui de Dien-Bien-Phu, certaines vilenies en marge de la guerre d'Algérie me frappent de désarroi et d'incompréhension. À chaque avance de l'ennemi, à chaque écroulement du front, je souriais donc d'un air fin et j'attendais le renversement inattendu, la détente fulgurante, le « Eh là ! » ironique et éblouissant de nos stratèges — bretteurs sans pareils. Cette inaptitude atavique à désespérer, qui est en moi comme une infirmité contre laquelle je ne puis rien, finissait par prendre l'apparence de quelque heureuse et congénitale imbécillité, comparable un peu à celle qui avait jadis poussé les reptiles sans poumons à ramper hors de l'Océan originel et les avait menés non seulement à respirer, mais encore à devenir un jour ce premier soupçon d'humanité que nous voyons aujourd'hui patauger autour de nous. J'étais bête et je le suis demeuré — bête à tuer, bête à vivre, bête à espérer, bête à triompher. Plus la situation militaire devenait grave et plus ma bêtise s'exaltait à n'y voir qu'une occasion à notre mesure, et j'attendais que le génie de la patrie s'incarnât soudain dans une figure de chef, selon nos meilleures traditions. J'ai toujours eu tendance à prendre à la lettre les belles histoires que l'homme s'est racontées sur lui-même dans ses moments inspirés, et la France, à cet égard, n'a jamais manqué d'inspiration. Le talent éclatant de ma mère lorsqu'il s'agissait d'avoir confiance, de continuer à croire et à espérer, se réveillait soudain en moi et s'élevait même à des sommets inattendus. J'ai cru tour à tour à tous nos chefs et dans chacun je reconnaissais l'homme providentiel. Et lorsque, l'un après l'autre, ils disparaissaient dans le trou du guignol ou s'installaient dans la défaite, je ne me décourageais pas le moins du monde et ne perdais nullement ma foi en nos généraux ; je changeais simplement de général. Jusqu'au bout, je n'ai cessé de faire mon marché, toujours trompé et toujours preneur, et chaque fois qu'un grand homme me claquait entre les doigts, je passais au suivant avec une confiance redoublée. J'ai donc cru successivement au général Gamelin, au général Georges, au général Weygand — je me souviens avec quelle émotion je lisais la description qu'une agence de presse faisait de ses bottes de cuir fauve et de sa culotte de peau lorsque, le commandement suprême assumé, il descendait les marches de son G.Q.G. — j'ai cru au général Huntziger, au général Blanchard, au général Mittelhauser, au général Noguès, à l'amiral Darlan, et — ai-je besoin de le dire — au maréchal Pétain. C'est ainsi que j'aboutis tout naturellement au général de Gaulle, le petit doigt sur la couture du pantalon et sans jamais cesser de saluer. On imagine mon soulagement lorsque ma bêtise congénitale et mon inaptitude au désespoir trouvèrent soudain à qui parler et lorsque des profondeurs de l'abîme, exactement comme je m'y attendais, surgit enfin une extraordinaire figure de chef qui non seulement trouvait dans les événements sa mesure mais encore portait un nom bien de chez nous. Chaque fois que je me trouve devant de Gaulle, je sens que ma mère ne m'avait pas trompé et qu'elle savait tout de même de quoi elle parlait.

Je décidai donc de passer en Angleterre, en compagnie de trois camarades, à bord d'un Den-55, un type d'appareil tout nouveau qu'aucun de nous n'avait piloté auparavant.

L'aérodrome de Bordeaux-Mérignac les 15, 16 et 17 juin 1940 était certainement un des endroits les plus étranges qu'il m'eût jamais été donné de fréquenter.

De tous les coins du ciel, d'innombrables véhicules aériens venaient sans cesse se poser sur la piste et encombraient le terrain. Des machines dont je ne connaissais ni le type ni l'usage déversaient sur le gazon des passagers non moins curieux, dont certains paraissaient s'être purement et simplement emparés du premier mode de transport qui leur était tombé sous la main.

Le terrain était devenu une sorte de rétrospective de tout ce que l'Armée de l'Air avait compté comme prototypes depuis vingt ans : avant de mourir, l'aviation française revoyait son passé. Les équipages étaient parfois encore plus étranges que les avions. J'ai vu un pilote d'aéronavale avec une des plus belles croix de guerre qu'on puisse contempler sur une poitrine de combattant, sortir de la carlingue de son avion de chasse, tenant une petite fille endormie dans ses bras. J'ai vu un sergent-pilote faire descendre de son Goéland ce qui ne pouvait être autre chose que cinq aimables pensionnaires d'une « maison » de province. J'ai vu, dans un Simoun, un sergent aux cheveux blancs et une femme en pantalon, avec deux chiens, un chat, un canari, un perroquet, des tapis roulés et un tableau d'Hubert Robert contre la paroi. J'ai vu une famille de bon aloi, père, mère, deux jeunes filles, valise à la main, discuter avec un pilote du prix du passage en Espagne, le *pater familias* étant chevalier de la Légion d'honneur. J'ai vu surtout et je verrai toute ma vie les visages des pilotes des Dewoitine-520 et des Morane-406 revenant des derniers combats, les ailes trouées de balles et l'un d'eux, arrachant sa croix de guerre, et la jetant sur le sol. J'ai vu une bonne trentaine de généraux, autour du mirador, attendant, attendant, attendant. J'ai vu de jeunes pilotes s'emparer sans ordres des Bloch-151 et prendre l'air sans munitions, et sans autre espoir que celui d'aller s'écraser contre les bombardiers ennemis que les alertes successives annonçaient, mais qui ne venaient jamais. Et toujours, l'incroyable faune aérienne qui fuyait le naufrage du ciel et parmi laquelle les Bloch-210, les fameux cercueils volants, paraissaient particulièrement bien venus.

Mais je crois que c'est de mes chers Potez-25 et de ces vieux pilotes que nous ne voyions jamais approcher sans entonner un petit air populaire à l'époque : « Grand-père, grand-père, vous oubliez votre cheval » que je me souviendrai avec le plus d'amitié. Ces vieillards de quarante à cinquante ans, tous réservistes, certains anciens combattants de la Première Guerre mondiale, avaient été, malgré les « macarons » de pilote qu'ils arboraient fièrement, maintenus pendant toute la guerre dans des fonctions de « rampants », popotiers, scribes, chefs de bureau, en dépit des promesses de mise à l'entraînement aérien toujours renouvelées et jamais tenues. À présent, ils se rattrapaient. Ils étaient là une vingtaine de solides quadragénaires et, profitant de la capilotade générale, ils avaient pris les choses en main. Réquisitionnant tous les Potez-25 disponibles, indifférents à tous les signes de la défaite qui s'accumulaient autour d'eux, ils s'étaient mis à l'entraînement, amassaient des heures de vol et effectuaient tranquillement leurs tours de piste, comme des passagers qui s'amuseraient à faire des ronds dans l'eau au milieu d'un naufrage, persuadés, avec un optimisme à toute épreuve, qu'ils allaient arriver à temps « pour les premiers combats », ainsi qu'ils le disaient, avec un dédain magnifique pour tout ce qui s'était passé avant leur entrée en lice. Si bien qu'au milieu de

cet étrange Dunkerque aérien, dans une atmosphère de fin du monde, au-dessus des généraux
désemparés, mêlés à la faune aérienne la plus
hybride du monde, au-dessus des têtes vaincues,
habiles ou désespérées, les Potez-25 des « vieilles
tiges » continuaient à ronronner avec application,
se posaient et redécollaient, et les mines joyeuses
et résolues de ces résistants de la dernière et de la
première heure répondaient des carlingues à nos
saluts amicaux. Ils étaient la France du vin et de
la colère ensoleillée, celle qui pousse, grandit et
renaît à chaque bonne saison, quoi qu'il arrive.
Il y avait parmi eux des marchands de soupe et
des ouvriers, des bouchers et des assureurs, des
clochards et des trafiquants, et même un curé.
Mais ils avaient tous une chose en commun, là
où l'on sait.

Le jour où la France est tombée j'étais assis le
dos contre le mur d'un hangar, en regardant tourner les moulins du Den-55 qui devait nous empor-
ter vers l'Angleterre. Je pensais aux six pyjamas
de soie que j'abandonnais dans ma chambre de
Bordeaux, une perte terrible lorsqu'on pense qu'il
fallait y ajouter celle de la France et de ma mère,
que je n'allais plus, en toute probabilité, jamais
revoir. Trois camarades, sergents comme moi,
étaient assis à mes côtés, l'œil froid, le revolver
tout prêt sous la ceinture — nous étions très loin
du front, mais nous étions jeunes, frustrés dans
notre virilité par la défaite, et les revolvers nus et
menaçants étaient un simple moyen visuel d'exprimer ce que nous ressentions. Ils nous aidaient
un peu à nous mettre au diapason du drame qui

était en train de se jouer autour de nous, et aussi, à camoufler et à compenser notre sentiment d'impuissance, de désarroi, et d'inutilité. Aucun de nous ne s'était encore battu et de Gaches, d'une voix ironique, avait fort bien traduit notre pauvre volonté de nous donner des airs, de nous réfugier dans une attitude et de prendre nos distances vis-à-vis de la défaite :

— C'est un peu comme si on avait empêché Corneille et Racine d'écrire pour dire ensuite que la France n'avait pas de poètes tragiques.

Malgré tous les efforts que je faisais pour ne penser qu'à la perte de mes pyjamas de soie, le visage de ma mère m'apparaissait parfois parmi toutes les autres clartés de ce juin sans nuages. J'avais beau alors serrer les mâchoires, avancer le menton et mettre la main à mon revolver, les larmes emplissaient aussitôt mes yeux, et je regardais vite le soleil en face pour donner le change à mes compagnons. Mon camarade Belle-Gueule avait également un problème moral, qu'il nous avait exposé : il était maquereau dans le civil et sa femme préférée était en maison à Bordeaux. Il avait l'impression de ne pas être régulier avec elle, en partant seul. J'essayai de lui remonter le moral, en lui expliquant que la fidélité à la patrie devait passer avant toute autre considération, et que moi aussi, je laissais derrière moi tout ce que j'avais de plus précieux. Je lui citai également notre troisième camarade, Jean-Pierre, qui n'hésitait pas à abandonner sa femme et ses trois enfants pour continuer à se battre. Belle-Gueule eut alors une phrase admirable, qui nous remit tous à notre place et m'emplit encore d'humilité, chaque fois que j'y pense :

— Oui, dit-il, mais vous êtes pas du milieu, alors vous êtes pas obligés.

De Gaches devait piloter l'avion. Il avait trois cents heures de vol : une fortune. Avec sa petite moustache, son uniforme de chez Lanvin, son air racé, il était le garçon de bonne famille par excellence, et il donnait, en quelque sorte, à notre décision de déserter pour continuer la lutte, la consécration de la bonne bourgeoisie catholique française.

Comme on voit, en dehors de notre volonté de ne pas nous reconnaître vaincus, il n'y avait, entre nous, rien de commun. Mais nous puisions dans tout ce qui nous séparait une sorte d'exaltation et une confiance plus grande encore dans le seul lien qui nous unissait. Y eût-il eu un assassin parmi nous que nous y eussions vu la preuve du caractère sacré, exemplaire, au-dessus de toute autre considération, de notre mission, la preuve même de notre essentielle fraternité.

De Gaches monta dans le Den pour recevoir du mécanicien quelques ultimes instructions sur le maniement d'un appareil dont il ignorait tout. Nous devions faire un tour d'essai pour nous familiariser avec les instruments, nous poser, laisser le mécanicien sur le terrain et décoller à nouveau, mettant le cap sur l'Angleterre. De Gaches nous fit signe de l'avion et nous commençâmes à boucler nos ceintures de parachute. Belle-Gueule et Jean-Pierre montèrent les premiers : j'avais des difficultés avec ma ceinture. Je mettais déjà un pied sur l'échelle, lorsque je vis venir vers moi une silhouette en bicyclette, pédalant à toute allure, et gesticulant. J'attendis.

— Sergent, on vous demande au mirador. Il y a une communication téléphonique pour vous. C'est urgent.

Je demeurai pétrifié. Qu'au milieu du naufrage, alors que les routes, les lignes télégraphiques, toutes les voies de communications étaient plongées dans le chaos le plus complet, alors que les chefs étaient sans nouvelles de leurs troupes et que toute trace d'organisation avait disparu sous le déferlement des tanks allemands et de la Luftwaffe, la voix de ma mère ait pu se frayer un chemin jusqu'à moi me paraissait presque surnaturel. Car je n'avais pas le moindre doute, là-dessus : c'était bien ma mère qui m'appelait. Au moment de la trouée de Sedan et, plus tard, alors que les premiers motards allemands visitaient déjà les châteaux de la Loire, j'avais essayé, grâce à l'amitié d'un sergent téléphoniste du mirador, de lui faire parvenir à mon tour un message rassurant, de lui rappeler Joffre, Pétain, Foch et tous les autres noms sacrés qu'elle m'avait tant de fois répétés dans nos moments difficiles, lorsque notre situation matérielle m'emplissait d'inquiétude ou qu'elle avait une de ses crises d'hypoglycémie. Mais il y avait alors encore quelque semblant d'ordre dans les télécommunications, les consignes étaient encore respectées, et je n'étais pas parvenu à la toucher.

Je criai à de Gaches de faire le tour d'essai sans moi et de revenir me prendre devant le hangar ; j'empruntai ensuite la bicyclette du caporal et me mis à pédaler.

J'étais à quelques mètres du mirador lorsque le

Den se lança sur la piste de décollage. Je descendis de bicyclette et, avant d'entrer, jetai un coup d'œil distrait à l'avion. Le Den était déjà à une vingtaine de mètres du sol. Il parut un instant suspendu immobile dans l'air, hésita, se mit en cabré, vira sur l'aile, piqua, et alla s'écraser au sol en explosant. Je regardai un bref instant cette colonne de fumée noire que je devais, par la suite, voir tant de fois au-dessus des avions morts. Je vécus là la première de ces brûlures de solitude soudaine et totale dont plus de cent camarades tombés devaient plus tard me marquer jusqu'à me laisser dans la vie avec cet air d'absence qui est, paraît-il, le mien. Peu à peu, au cours de quatre années d'escadrille, le vide est devenu pour moi ce que je connais aujourd'hui de plus peuplé. Toutes les amitiés nouvelles que j'ai tentées depuis la guerre n'ont fait que me rendre plus sensible cette absence qui vit à mes côtés. J'ai parfois oublié leurs visages, leur rire et leurs voix se sont éloignés, mais même ce que j'ai oublié d'eux me rend le vide encore plus fraternel. Le ciel, l'Océan, la plage de Big Sur déserte jusqu'aux horizons : je choisis toujours pour errer sur la terre les lieux où il y a assez de place pour tous ceux qui ne sont plus là. Je cherche sans fin à peupler cette absence de bêtes, d'oiseaux, et chaque fois qu'un phoque se lance du haut de son rocher et nage vers la rive ou que les cormorans et les hirondelles de mer resserrent un peu leur cercle autour de moi, mon besoin d'amitié et de compagnie se creuse d'un espoir ridicule et impossible et je ne peux pas m'empêcher de sourire et de tendre la main.

Je me frayai un passage parmi les quelque vingt ou trente généraux qui tournaient en rond, comme des hérons, autour du mirador et pénétrai dans la Centrale.

La Centrale téléphonique de Mérignac était à cette époque, avec celle de la ville de Bordeaux proprement dite, le premier souffle du pays. C'était de Bordeaux que partaient les messages de Churchill, accouru pour essayer d'empêcher l'armistice, des généraux qui essayaient de s'orienter dans l'étendue de la défaite, des journalistes et des ambassadeurs du monde entier qui avaient suivi le gouvernement dans son repli. À présent, c'était plus ou moins fini, et les lignes devenaient étrangement silencieuses, et sur tout le territoire, dans l'armée morcelée, la responsabilité des décisions dans les unités encerclées étant tombée au niveau de la compagnie et parfois de la section, il n'y avait plus d'ordre à donner, cependant que les derniers soubresauts de l'agonie avaient lieu dans l'héroïsme silencieux et tragique de quelques-uns, dans des combats de quelques heures ou minutes à un contre cent, ceux que l'on ne peut suivre sur une carte et qui ne s'inscrivent dans aucun compte rendu.

Je trouvai mon ami le sergent Dufour installé dans la Centrale dont il assurait la permanence depuis vingt-quatre heures, son visage ruisselant de cette sueur de juin qui coulait des pores mêmes de la patrie. Avec son front têtu, le mégot éteint aux lèvres, le visage pris par un poil qui paraissait lui-même particulièrement rageur et pointu, il devait avoir, j'en suis sûr, le même air insolent et narquois au moment de tomber dans le maquis, trois ans plus tard, sous les balles de l'ennemi.

Lorsque, dix jours auparavant, j'avais essayé d'obtenir de lui une communication avec ma mère, il m'avait répondu, avec une grimace cynique, « que l'on n'en était pas encore là et que la situation ne justifiait pas une mesure aussi extrême ». À présent, il m'avait fait venir lui-même et ce simple fait en disait plus long sur la situation que toutes les rumeurs d'armistice qui couraient. Il m'observait, débraillé, le pantalon déboutonné, l'indignation, le mépris et l'insoumission marqués jusque dans sa braguette bâillante, avec ce front droit barré de trois lignes horizontales — et ce sont ses traits inoubliables que j'empruntai quelque quinze ans plus tard, lorsque je cherchais un visage à donner à mon Morel des *Racines du Ciel*, l'homme qui ne savait pas désespérer. Il m'observait, un écouteur contre l'oreille. Il paraissait écouter de la musique, avec une sorte de délectation. J'attendis, pendant qu'il m'observait, et sous ses paupières brûlées par l'insomnie, il y avait encore assez de place pour une étincelle de gaieté. Je me demandais quelle était la conversation qu'il surprenait. Peut-être celle du commandant en chef avec ses éléments avancés ? Mais je fus vite renseigné.

— Brossard part se battre en Angleterre, me dit-il. Je lui ai arrangé une séance d'adieu avec sa femme. T'as pas changé d'avis ?

Je secouai la tête. Il fit un geste d'approbation et c'est ainsi que j'appris que le sergent Dufour, depuis plusieurs heures, bloquait toutes les lignes téléphoniques pour permettre à quelques-uns, parmi ceux qui refusaient la soumission et partaient continuer la lutte, d'échanger un dernier cri de tendresse et de courage avec ceux qu'ils quittaient sans doute pour toujours.

Je suis sans rancune envers les hommes de la défaite et de l'armistice de 40. Je comprends fort bien ceux qui avaient refusé de suivre de Gaulle. Ils étaient trop installés dans leurs meubles, qu'ils appelaient la condition humaine. Ils avaient appris et ils enseignaient « la sagesse », cette camomille empoisonnée que l'habitude de vivre verse peu à peu dans notre gosier, avec son goût doucereux d'humilité, de renoncement et d'acceptation. Lettrés, pensifs, rêveurs, subtils, cultivés, sceptiques, bien nés, bien élevés, férus d'humanités, au fond d'eux-mêmes, secrètement, ils avaient toujours su que l'humain était une tentation impossible et ils avaient donc accueilli la victoire d'Hitler comme allant de soi. À l'évidence de notre servitude biologique et métaphysique, ils avaient accepté tout naturellement de donner un prolongement politique et social. J'irai même plus loin, sans vouloir insulter personne : ils avaient *raison*, et cela seul eût dû suffire à les mettre en garde. Ils avaient raison, dans le sens de l'habileté, de la prudence, du refus de l'aventure, de l'épingle du jeu, dans le sens qui eût évité à Jésus de mourir sur la croix, à Van Gogh de peindre, à mon Morel de défendre ses éléphants, aux Français d'être fusillés, et qui eût uni dans le même néant, en les empêchant de naître, les cathédrales et les musées, les empires et les civilisations.

Et il va sans dire qu'ils n'étaient pas tenus par l'idée naïve que ma mère se faisait de la France. Ils n'avaient pas à défendre un conte de nourrice dans l'esprit d'une vieille femme. Je ne puis en vouloir aux hommes qui, n'étant pas nés aux confins de la steppe russe d'un mélange de sang juif, cosaque et tartare, avaient de la France une vue beaucoup plus calme et beaucoup plus mesurée.

Quelques instants plus tard, j'écoutais la voix de ma mère au téléphone. Je suis incapable de transcrire ici ce que nous nous sommes dit. Ce fut une série de cris, de mots, de sanglots, cela ne relevait pas du langage articulé. J'ai toujours eu, depuis, l'impression de comprendre les bêtes. Lorsque, dans la nuit africaine, j'entendais les voix des animaux, souvent mon cœur se serrait quand j'y reconnaissais celles de la douleur, de la terreur, du déchirement et, depuis cette conversation téléphonique, dans toutes les forêts du monde, j'ai toujours su reconnaître la voix de la femelle qui a perdu son petit.

Le seul mot articulé, burlesque, emprunté au plus humble vocabulaire des mirlitons, fut le dernier. Alors que le silence s'était fait déjà et qu'il durait, sans même un grésillement des lignes, un silence qui semblait avoir englouti tout le pays, j'entendis soudain une voix ridicule sangloter dans le lointain :

— On les aura !

Ce dernier cri bête du courage humain le plus élémentaire, le plus naïf, est entré dans mon cœur et y est demeuré à tout jamais — il *est* mon cœur. Je sais qu'il va me survivre et qu'un jour ou l'autre les hommes connaîtront une victoire plus vaste que toutes celles dont ils ont rêvé jusqu'ici.

Je restai là une seconde encore, la casquette sur l'œil, dans ma veste de cuir, aussi seul que des millions et des millions d'hommes l'ont toujours été et le seront toujours face à leur destin commun. Le sergent Dufour m'observait par-dessus son mégot, avec, dans les yeux, cette étincelle de gaieté qui a toujours été, pour moi, chaque fois que je la rencontrai dans les yeux de l'espèce, comme une garantie de survie.

Je m'occupai ensuite de trouver un autre équipage et un autre avion.

Je passai plusieurs heures à errer sur le terrain d'un appareil à l'autre, d'un équipage à l'autre.

J'avais déjà été fort mal reçu par plusieurs pilotes que j'avais essayé de débaucher, lorsque je me rappelai l'immense quadrimoteur Farman tout noir, arrivé la veille sur le terrain, et qui me paraissait de taille à m'emmener en Angleterre. C'était certainement le plus gros avion que j'eusse vu jusqu'alors. Le monstre paraissait inhabité. Par un simple réflexe de curiosité, je grimpai l'échelle et passai la tête à l'intérieur pour voir de quoi cela pouvait bien avoir l'air.

Un général à deux étoiles était en train d'écrire, en fumant sa pipe, sur une table pliante. Un gros revolver à barillet était posé à portée de sa main, sur une feuille de papier. Le général avait un visage jeune, des cheveux gris en brosse et, comme j'émergeais à l'intérieur de l'avion, il posa sur moi un regard absent, puis le ramena sur la feuille et continua d'écrire. Mon premier réflexe fut de le saluer, sans qu'il me répondît.

Je jetai un coup d'œil un peu étonné au revolver et soudain, je compris ce qui se passait. Le général vaincu était en train d'écrire une note d'adieu, avant de se suicider. J'avoue que je me sentis ému et profondément reconnaissant. Il me semblait que, tant qu'il y aurait des généraux capables d'un tel geste face à la défaite, tous les espoirs nous seraient permis. Il y avait là une image de grandeur, un sens de la tragédie, auxquels j'étais alors, à mon âge, extrêmement sensible.

Je saluai donc encore une fois, me retirai discrètement et fis quelques pas sur la piste, en attendant le coup de feu qui sauverait l'honneur. Après un quart d'heure, je commençai à m'impatienter et revenant vers le Farman, je passai une fois de plus le nez à l'intérieur.

Le général était toujours en train d'écrire. Sa main fine et élégante courait sur le papier. Je remarquai deux ou trois enveloppes déjà cachetées, à côté du revolver. De nouveau, il me jeta un regard et de nouveau, je saluai, et me retirai respectueusement. J'avais besoin de faire confiance à quelqu'un, et ce général, avec son visage jeune et noble, m'inspirait confiance : j'attendis donc patiemment près de l'avion qu'il me remontât le moral. Comme rien ne se passait, je décidai d'aller faire un tour à la section de navigation pour voir où en était le projet de l'escadre d'aller se poser au Portugal, avant de rejoindre l'Angleterre. Je revins au bout d'une demi-heure et grimpai l'échelle : le général écrivait toujours. Les feuilles couvertes d'une écriture régulière s'étaient accumulées sous le gros revolver, à portée de sa main.

Brusquement, je compris que loin d'avoir quelque intention sublime et digne d'un héros de tragédie grecque, le brave général faisait tout simplement sa correspondance, utilisant le revolver comme presse-papier. Apparemment, on ne vivait pas dans le même univers, lui et moi. Je fus profondément dépité et découragé, et m'éloignai du Farman, la tête basse. Je revis le grand chef quelque temps après, se dirigeant tranquillement vers le mess, le revolver dans l'étui, la serviette à la main, avec, sur son visage paisible, un air de devoir accompli.

Un soleil sans fin éclairait la faune aérienne biscornue du terrain. Des Sénégalais en armes, placés autour des avions pour les protéger contre des sabotages hypothétiques, regardaient les formes bizarres et parfois légèrement inquiétantes qui descendaient du ciel. Je me souviens notamment d'un Bréguet ventru, dont le fuselage se terminait par une poutre, très jambe de bois, aussi incongru et grotesque que certains fétiches africains. À la section des Potez, les grands-pères de 14-18, invaincus et vengeurs, continuaient à effectuer des tours de piste, s'entraînant pour le miracle ; ils ronronnaient avec application dans le ciel bleu, et, à l'atterrissage, m'exprimaient leur ferme espoir d'être prêts à temps.

Je me souviens de l'un d'eux, émergeant de la carlingue du Potez, image parfaite du chevalier de l'air de l'époque de Reichthoffen et de Guynemer, complet, bas de soie sur les cheveux et culotte de cavalerie, me lançant, à travers le bruit de l'hélice, en soufflant un peu après l'acrobatie que représentait la descente de la carlingue pour un homme de son poids :

— T'en fais pas, p'tite tête, on est là !

Il repoussa énergiquement les deux copains qui l'avaient aidé à descendre et mit le cap sur les canettes de bière qui attendaient dans l'herbe. Les deux copains, l'un cintré dans une vareuse kaki, décorations pendantes, casqué, botté, et l'autre, coiffé d'un béret, lunettes au front, veste de Saumur, bandes molletières, me donna une tape amicale et m'assura :

— On les aura !

Ils étaient manifestement en train de vivre les meilleurs moments de leur vie. Ils étaient à la fois touchants et ridicules, et cependant, avec leurs bandes molletières, leurs bas de soie sur la tête et leurs profils empâtés, mais résolus, sortant des carlingues, ils évoquaient assez bien des heures plus glorieuses, et puis, je n'avais jamais eu plus besoin d'un père qu'à ce moment-là. C'était un sentiment que la France entière éprouvait et l'adhésion quasi unanime qu'elle donnait au vieux maréchal n'avait pas d'autre raison. Je tâchais donc de me rendre utile, je les aidais à monter dans la carlingue, je poussais l'hélice, je courais chercher de nouvelles canettes à la cantine. Eux me parlaient du miracle de la Marne, en clignant de l'œil d'un air entendu, de Guynemer, de Joffre, de Foch, de Verdun, bref, ils me parlaient de ma mère, et c'était tout ce que je demandais. L'un d'eux, surtout, avec des leggings, un casque, des lunettes, baudrier de cuir et toutes ses décorations — je ne sais pourquoi, il me faisait penser aux vers immortels d'une chanson de potache bien connue : « Lorsqu'un morpion motocycliste, prenant le trou du... pour une piste,

vint avertir l'État-Major que le général était mort »
—, finit par s'exclamer, d'une voix qui domina aisément le grondement des hélices :

— Ventre-saint-gris, on va voir ce qu'on va voir !

Après quoi, poussé par moi, il grimpa dans le
Potez, rabattit les lunettes sur ses yeux, saisit les
commandes et s'élança. Je suis peut-être un peu
injuste, mais je crois que ces chères vieilles tiges
étaient surtout en train de prendre une revanche
sur le commandement français qui les avait empê-
chés de voler, et que tous leurs « on va leur faire
voir » étaient pour le moins autant dirigés contre
ce dernier que contre les Allemands.

Au début de l'après-midi, comme je me rendais
une fois de plus au bureau de l'escadre pour avoir
des nouvelles, un camarade vint me dire qu'une
jeune femme me demandait au poste de garde.
J'avais une peur superstitieuse de m'éloigner du
terrain, convaincu que l'escadre allait s'envoler et
mettre le cap sur l'Angleterre dès que j'aurais le
dos tourné, mais une jeune femme est une jeune
femme, et mon imagination s'enflammant, comme
toujours, d'un seul coup, je me rendis au poste,
où je fus assez déçu de trouver une fille fort quelconque, maigrichonne d'épaules et de taille, mais
solide de mollets et de hanches, dont le visage et
les yeux rougis par les larmes portaient la marque
d'un profond chagrin, et aussi d'une sorte de résolution têtue, primaire, qui se manifestait même
dans l'énergie excessive avec laquelle elle serrait
la poignée de la valise qu'elle tenait à la main.
Elle me dit qu'elle s'appelait Annick et qu'elle
était l'amie du sergent Clément, dit Belle-Gueule,

lequel lui avait parlé souvent de moi, comme de son copain « diplomate et écrivain ». Je la voyais pour la première fois, mais Belle-Gueule m'avait lui aussi parlé d'elle, et en des termes très élogieux. Il avait deux ou trois filles « en maison », sa préférée, cependant, était Annick, qu'il avait placée à Bordeaux au moment de son affectation à Mérignac. Belle-Gueule ne s'était jamais caché de son état de mauvais garçon et, au moment de l'offensive allemande, il était sous le coup d'une enquête disciplinaire à ce sujet, avec menace de radiation. Nous étions en assez bons termes, lui et moi, peut-être justement parce que nous n'avions rien de commun, et que tout ce qui nous séparait établissait entre nous une sorte de lien, par contraste. Il me faut reconnaître aussi que la répulsion que son déplorable « métier » m'inspirait se doublait d'une sorte de fascination et même d'envie, car il me paraissait supposer chez celui qui s'y livrait un degré élevé d'insensibilité, d'indifférence et d'endurcissement, qualités indispensables à celui qui veut bien coller à la vie et dont j'étais, quant à moi, fâcheusement dépourvu. Il m'avait souvent vanté les qualités de sérieux et de dévouement d'Annick, dont je le devinais très amoureux. Je regardais donc la fille avec beaucoup de curiosité. Elle avait le type assez banal de toute jeune paysanne habituée à ne pas ménager sa peine, mais, sous le petit front têtu, il y avait quelque chose de plus dans le regard clair, qui allait au-delà, dépassait tout ce qu'on était et tout ce qu'on faisait. Elle me plut immédiatement, simplement parce que, dans l'état de tension nerveuse où j'étais, n'importe quelle présence féminine me réconfortait et m'apaisait. Oui, m'interrompit-elle, comme je commençais à parler de l'accident, oui, elle savait que Clément s'était tué ce matin. Il lui avait répété à plusieurs reprises qu'il allait passer en Angleterre pour continuer à se battre. Elle devait le rejoindre plus tard, en passant par l'Espagne. Maintenant Clément n'était plus, mais elle voulait se rendre en Angleterre, malgré tout. Elle n'allait pas travailler pour les Allemands. Elle voulait aller avec ceux qui continuaient à se battre. Elle savait qu'elle pouvait être utile en Angleterre et comme ça, au moins, elle aurait la conscience tranquille, elle aurait fait de son mieux. Est-ce que je pouvais l'aider ? Elle me regardait avec une muette imploration de chien, serrant la poignée de sa petite valoche avec résolution, le front obstiné sous ses cheveux noisette, si désireuse de bien faire, et on la sentait vraiment décidée à venir à bout de tous les obstacles. Il était impossible de ne pas voir là la présence d'une essentielle pureté et d'une noblesse que ne pouvait ternir aucune souillure insignifiante et éphémère du corps. Il s'agissait chez elle moins, je crois, de fidélité à la mémoire de mon copain, que d'une sorte de dévouement instinctif à quelque chose de plus que ce qu'on est, ce qu'on fait, et que rien ne peut corrompre ou salir. Dans le lâchage et le découragement général, il y avait là une image de constance et de volonté de bien faire qui me touchait profondément. Pour moi, qui n'ai jamais pu accepter de voir dans le comportement sexuel des êtres le critère du bien et du mal, qui ai toujours placé la dignité humaine bien au-dessus de la ceinture, au niveau du cœur et de l'esprit, de l'âme, où nos plus infâmes prostitutions se sont toujours situées, cette petite Bretonne me paraissait avoir bien plus de compréhension instinctive de ce qui est ou n'est pas important que tous les tenants des morales traditionnelles. Elle dut lire dans mes yeux quelque signe de sympathie, parce qu'elle redoubla d'efforts pour me convaincre, comme si j'avais besoin d'être convaincu. En Angleterre, les militaires français allaient se sentir bien seuls, il fallait les aider et elle, le boulot ne lui faisait pas peur, Clément me l'avait peut-être dit. Elle attendit un moment, anxieuse de savoir si Belle-Gueule lui avait rendu cet hommage, ou s'il n'y avait pas pensé. Oui, m'empressai-je de l'assurer, il m'avait dit beaucoup de bien d'elle. Elle rougit de plaisir. Donc, le boulot, ça la connaissait, elle avait les reins solides, et je pouvais l'emmener en Angleterre dans mon avion, comme j'étais un copain de Clément elle travaillerait pour moi, un aviateur a besoin de quelqu'un derrière lui, au sol, c'est connu. Je la remerciai et lui dis que j'avais déjà quelqu'un. Je lui expliquai aussi qu'il était à peu près impossible de trouver un avion pour l'Angleterre, je venais d'en faire moi-même l'expérience, et pour un civil, pour une femme, il ne fallait pas y songer. Mais c'était une fille qui ne se décourageait pas facilement. Comme j'essayais de m'en tirer avec quelques balivernes, lui disant qu'elle pouvait être aussi utile en France qu'en Angleterre, et qu'on allait avoir besoin de filles comme elle ici aussi, elle me sourit gentiment, pour me montrer qu'elle ne m'en voulait pas et, sans mot dire, s'éloigna dans la direction du terrain, sa valoche à la main. Je l'ai aperçue, un quart d'heure plus tard, parmi les équipages des Potez-63, discutant ferme, puis je l'ai perdue de vue. J'ignore ce qu'elle est devenue. J'espère qu'elle vit toujours, qu'elle a pu joindre l'Angleterre et se rendre utile, qu'elle est rentrée en France, qu'elle a eu beaucoup d'enfants. Nous avons besoin de filles et de garçons aux cœurs aussi bien trempés que le sien.

La rumeur s'était répandue en fin d'après-midi que la base de Mérignac allait manquer d'essence et les équipages ne quittaient plus leurs machines, par crainte soit de manquer leur tour au ravitaillement, soit de se faire « sucer » l'essence, ou tout simplement de se faire voler leur avion par quelque rôdeur de mon espèce, à la recherche d'un moyen d'évasion. Ils attendaient des ordres, des consignes, des éclaircissements sur la situation, se consultaient, hésitaient, se demandaient quelle était la décision à prendre, ou ne se demandaient rien et attendaient on ne savait quoi. La plupart étaient convaincus que la guerre allait continuer en Afrique du Nord. Certains étaient tellement désorientés que la moindre question sur leurs intentions les mettait hors d'eux. Ma proposition d'aller en Angleterre était toujours très mal accueillie. Les Anglais étaient impopulaires. Ils nous avaient entraînés dans la guerre. À présent, ils se rembarquaient, nous laissant dans le pétrin. Les sous-officiers de trois Potez-63 que j'essayai imprudemment de racoler se groupèrent autour de moi avec des visages haineux et parlèrent de me mettre en état d'arrestation pour tentative de désertion. Fort heureusement le plus gradé, un adjudant-chef, fut beaucoup plus indulgent et plus humain à mon égard. Pendant que deux sous-offs me tenaient solidement, il se borna à me frapper à coups de poing dans la figure jusqu'à ce que mon nez, mes lèvres et mon visage entier fussent inondés de sang. Après quoi, ils me vidèrent une canette de bière sur la tête et me lâchèrent. J'avais toujours mon revolver sous la ceinture et la tentation de m'en servir fut très grande, une des plus grandes de toutes celles auxquelles je fus exposé dans ma vie. Mais il eût été assez incongru de commencer ma guerre en tuant des Français ; je m'éloignai donc, essuyant le sang et la bière de mon visage, aussi frustré que peut l'être un homme qui n'a pas pu se soulager. J'ai d'ailleurs toujours éprouvé beaucoup de difficulté à tuer des Français, et, à ma connaissance, je n'en ai jamais tué aucun ; je crains que mon pays ne puisse jamais compter sur moi dans une guerre civile et j'ai toujours strictement refusé de commander le moindre peloton d'exécution, ce qui est dû probablement à quelque obscur complexe de naturalisé.

Depuis mon accident d'interprète volant, je supporte fort mal les coups sur le nez, et pendant plusieurs jours, je souffris cruellement. Je serais cependant un ingrat si je m'abstenais de reconnaître que cette souffrance purement physique me fut probablement d'un secours considérable, car elle estompa quelque peu et m'aida à oublier l'autre, la vraie et de loin la plus dure à supporter, me permettant de ressentir un peu moins la chute de la France et l'idée que je n'allais sans doute pas revoir ma mère avant plusieurs années. Ma tête éclatait, je ne cessais d'essuyer le sang de mon nez et de mes lèvres, et j'étais continuellement pris de nausées et de vomissements. Bref, j'étais dans un tel état qu'en ce qui me concerne, Hitler a été vraiment à deux doigts de gagner la guerre, à ce moment-là. Je continuais néanmoins à me traîner d'avion en avion à la recherche d'un équipage.

Un des pilotes que j'essayais ainsi de convaincre me laissa un souvenir indélébile. Il était le propriétaire d'un Amyot-372 fraîchement arrivé sur le terrain. Je dis « propriétaire », car il était assis dans l'herbe, à côté de son avion, avec l'air d'un fermier soupçonneux gardant sa vache. Un nombre impressionnant de sandwiches était posé devant lui sur un journal, et il était en train de les expédier les uns après les autres. Physiquement, il ressemblait un peu à Saint-Exupéry, par une certaine rondeur des traits et du visage et l'envergure massive du corps — mais la ressemblance s'arrêtait là. Il paraissait méfiant, sur ses gardes, l'étui du revolver déboutonné, convaincu sans doute que le terrain de Mérignac était plein de maquignons résolus à lui voler sa vache, ce en quoi il ne se trompait pas. Je lui dis carrément que j'étais à la recherche d'un équipage et d'un avion pour aller continuer la guerre en Angleterre, pays dont je lui vantai la grandeur et le courage sur le mode épique.

Il me laissa parler et continua à se sustenter, tout en observant avec un certain intérêt mon visage tuméfié et le mouchoir couvert de sang que je tenais contre mon nez. Je lui fis un assez bon discours — patriotique, émouvant, inspiré — bien que je souffrisse de violentes nausées — je tenais à peine debout et ma tête était pleine de roches cassées — je fis cependant de mon mieux et, à en juger par la mine satisfaite de mon public, le contraste entre ma piteuse apparence physique et mes propos inspirés devait être agréablement divertissant. Le gros pilote me laissa en tout cas parler fort obligeamment. D'abord, je devais le flatter — c'était le genre de type qui devait aimer à se sentir important — et puis, mon envolée patriotique, la main sur le cœur, ne devait pas lui déplaire, elle devait faciliter sa digestion. De temps en temps, je m'arrêtais, attendant sa réaction — mais comme il ne disait rien et prenait simplement un autre sandwich, je reprenais mon improvisation lyrique, un véritable chant que Déroulède lui-même n'eût pas désavoué. Une fois, lorsque j'en vins à quelque équivalent de « mourir pour la patrie est le sort le plus beau, le plus digne d'envie », il fit un imperceptible geste d'approbation, puis s'arrêtant de mastiquer, s'appliqua à extraire avec son ongle un morceau de jambon d'entre ses dents. Lorsque je m'interrompais un instant pour reprendre mon souffle, il me regardait avec, me semblait-il, un peu de reproche, attendant la suite, c'était un homme apparemment résolu à me faire donner le meilleur de moi-même. Lorsque, finalement, je finis de chanter, il n'y a pas d'autre mot — et me tus, et qu'il vit que c'était fini et qu'il n'y avait plus rien à tirer de moi, il détourna le regard, prit un nouveau sandwich et chercha dans le ciel quelque autre objet d'intérêt. Il n'avait pas dit un seul mot. Je ne saurai jamais s'il était un Normand prodigieusement prudent, ou une effroyable brute sans aucune trace de sensibilité, un imbécile intégral, ou un homme très résolu, qui savait exactement ce qu'il allait faire, mais ne confiait sa décision à personne, un type complètement ahuri par les événements et incapable d'autre réaction que de s'empiffrer, ou un gros paysan n'ayant plus rien d'autre au monde que sa vache et résolu à demeurer auprès d'elle jusqu'au bout, contre vents et marées. Ses petits yeux me regardaient sans la moindre trace d'expression pendant qu'une main sur le cœur, je chantais la beauté de la mère-patrie, notre ferme volonté de continuer la lutte, l'honneur, le courage et les lendemains glorieux. Dans le genre bovin, il avait incontestablement de la grandeur. Chaque fois que je lis quelque part qu'un bœuf a remporté le premier prix aux comices agricoles, je pense à lui. Je le quittai en train d'entamer son dernier sandwich.

Je n'avais moi-même rien mangé depuis la veille. Au mess des sous-officiers, depuis la débâcle, le menu était particulièrement soigné. On nous servait une vraie cuisine française, digne de nos meilleures traditions, pour nous remonter le moral et calmer nos doutes par ce rappel de nos valeurs permanentes. Mais je n'osais pas quitter le terrain, par crainte de manquer quelque occasion de départ. J'avais surtout soif et j'acceptai avec gratitude le coup de rouge que m'offrit l'équipage d'un Potez-63 assis sur le ciment, à l'ombre d'une aile. Peut-être un peu sous le coup de l'ivresse, je me laissai aller à un de mes discours inspirés. Je parlai de l'Angleterre, porte-avions de la victoire, j'évoquai Guynemer, Jeanne d'Arc et Bayard, je gesticulai, je mis une main sur le cœur, je brandis le poing, je pris un air inspiré. Je crois vraiment que c'était la voix de ma mère qui s'était ainsi emparée de la mienne, parce que, au fur et à mesure que je parlais, je fus moi-même éberlué par le nombre étonnant de clichés qui sortaient de moi et des choses que je pouvais dire sans me sentir le moins du monde gêné, et j'avais beau m'indigner devant une telle impudeur de ma part, par un phénomène étrange, sur lequel je n'avais pas le moindre contrôle et dû sans doute en partie à la fatigue et à l'ivresse, mais surtout au fait que la personnalité et la volonté de ma mère avaient toujours été plus fortes que moi, je continuais et en rajoutais encore, avec le geste et le sentiment. Je crois même que ma voix changea et qu'un fort accent russe se fit clairement entendre alors que ma mère évoquait « la Patrie immortelle » et parlait de donner notre vie pour « la France, la France, toujours recommencée » devant un groupe de sous-offs vivement intéressés. De temps en temps, lorsque je faiblissais, ils poussaient le litron vers moi et je me lançais dans une nouvelle tirade, si bien que ma mère, profitant de l'état dans lequel je me trouvais, put vraiment donner le meilleur d'elle-même, dans les scènes les plus inspirées de son répertoire patriotique. Finalement, les trois sous-offs eurent pitié de moi et me firent manger des œufs durs, du pain et du saucisson, ce qui me dégrisa quelque peu, me permit de reprendre des forces et de faire taire et remettre à sa place cette

Russe excitée qui se permettait de nous donner des leçons de patriotisme. Les trois sous-offs m'offrirent encore des pruneaux secs, mais refusèrent d'aller en Angleterre, selon eux l'Afrique du Nord, sous le général Noguès, allait continuer la guerre et c'est au Maroc qu'ils entendaient se rendre, dès qu'ils pourraient faire le plein de leurs avions, ce à quoi ils étaient résolus à parvenir, dussent-ils s'emparer pour cela du camion-citerne les armes à la main.

Il y avait déjà eu plusieurs bagarres autour du camion et le véhicule ne se déplaçait plus que sous la garde de Sénégalais armés, montés sur la citerne, baïonnette au canon.

Mon nez était bouché par les caillots de sang et j'avais de la peine à respirer. Je n'avais qu'une envie : me coucher dans l'herbe et rester là, sur le dos, sans bouger. La vitalité de ma mère, son extraordinaire volonté, me poussaient cependant en avant et, en vérité, ce n'était pas moi qui errais ainsi d'avion en avion, mais une vieille dame résolue, vêtue de gris, la canne à la main et une gauloise aux lèvres, qui était décidée à passer en Angleterre pour continuer le combat.

CHAPITRE XXXII

Je finis cependant par accepter l'opinion générale selon laquelle l'Afrique du Nord allait demeurer en guerre et, comme l'escadre avait enfin reçu l'ordre de rejoindre Meknès, je quittai Mérignac à cinq heures de l'après-midi, et arrivai à la Salanque, au bord de la Méditerranée, à la tombée de la nuit, juste à temps pour apprendre qu'interdiction de décoller était faite à tout avion présent sur le terrain. Une nouvelle autorité contrôlait depuis quelques heures les mouvements aériens sur l'Afrique, et tous les ordres antérieurs étaient considérés comme nuls et non avenus. Je connaissais suffisamment ma mère pour savoir qu'elle n'allait pas hésiter à me faire traverser la Méditerranée à la nage ; aussi m'entendis-je immédiatement avec un adjudant de l'escadre et, sans attendre les ordres et les contrordres nouveaux de nos chefs bien-aimés, nous mîmes dès l'aube le cap sur l'Algérie.

Notre Potez avait des moteurs Pétrel, ce qui ne lui donnait pas une autonomie de vol suffisante pour tenir l'air jusqu'à Alger sans réservoirs supplémentaires. Nous risquions de voir nos moulins s'arrêter à quelque quarante minutes de la côte africaine.

Nous nous envolâmes quand même. Je savais bien, moi, qu'il ne pouvait rien m'arriver, puisqu'une formidable puissance d'amour veillait sur moi, et aussi, parce que tout mon goût du chef-d'œuvre, ma façon instinctive d'aborder la vie comme une œuvre artistique en élaboration, dont la logique cachée mais immuable, serait toujours, en définitive, celle de la beauté, me poussaient à ordonner dans mon imagination l'avenir selon une correspondance rigoureuse dans les tons et les proportions, les zones d'ombre et les clartés, comme si toute destinée humaine procédait de quelque magistrale inspiration classique et méditerranéenne, soucieuse avant tout d'équilibre et d'harmonie. Une telle vision des choses, en faisant de la justice une sorte d'impératif esthétique, me rendait, dans mon esprit, invulnérable tant que ma mère vivait — moi qui étais son *happy end* — et m'assurait d'un retour triomphal à la maison. Quant à l'adjudant Delavault, bien qu'il fût sans doute loin d'imaginer la vie douée de cette sorte de cohérence secrète et heureuse d'une œuvre d'art, il n'hésita pas non plus à se lancer au-dessus des flots sur des moteurs trop faibles, avec un « on verra bien » flegmatique, sans le moindre secours de la littérature, mais uniquement avec deux pneus dans la carlingue, pour nous servir de bouées, en cas de besoin.

Heureusement, un vent providentiel souffla ce matin-là, et ma mère soufflant sans doute aussi un peu, pour plus de sûreté, nous nous posâmes sur le terrain de Maison-Blanche, à Alger, avec une confortable marge de dix minutes d'essence dans nos réservoirs.

Nous continuâmes ensuite vers Meknès où l'École de l'Air était provisoirement évacuée et où nous arrivâmes à temps pour apprendre que non seulement l'armistice était accepté par les autorités de l'Afrique du Nord, mais encore qu'après les premiers vols d'avions par des « déserteurs » qui allaient se poser à Gibraltar, ordre avait été donné de mettre en panne tous les appareils.

Ma mère était outrée. Elle ne me laissait pas une minute tranquille. Elle s'indignait, tempêtait, protestait. Je n'arrivais pas à la calmer. Elle s'enflammait dans chaque globule de mon sang, s'indignait et se révoltait dans chaque battement de mon cœur et me tenait éveillé la nuit, me harcelant, me sommant de faire quelque chose. Je détournais les yeux de son visage, pour essayer de ne plus voir cette expression d'incompréhension scandalisée devant un phénomène complètement nouveau pour elle, l'acceptation de la défaite, comme si l'homme était quelque chose qui pût être vaincu. C'est en vain que je la suppliais de se dominer, de me laisser souffler, de patienter, de me faire confiance, je sentais bien qu'elle ne m'écoutait même pas. Pas à cause de la distance qui nous séparait, bien entendu, car elle ne m'avait pas quitté un seul instant pendant ces heures terribles. Mais elle était scandalisée, profondément blessée par le refus de l'Afrique du Nord de répondre à son appel.

L'appel du général de Gaulle à la continuation

de la lutte date du 18 juin 1940. Sans vouloir compliquer la tâche des historiens, je tiens cependant à préciser que l'appel de ma mère à la poursuite du combat se situe le 15 ou le 16 juin — au moins deux jours auparavant. De nombreux témoignages existent sur ce point et peuvent être recueillis aujourd'hui encore au marché de la Buffa.

Vingt personnes devaient me rapporter une scène effarante, dont le spectacle, grâce au ciel, me fut épargné, mais qui me fait encore rougir de honte lorsque j'y pense, et où ma mère, debout sur une chaise devant l'étalage de légumes de M. Pantaleoni, brandissant sa canne, invitait le bon peuple à refuser l'armistice et à aller continuer la guerre en Angleterre, aux côtés de son fils, le célèbre écrivain, lequel était déjà en train de porter à l'ennemi des coups mortels. Pauvre femme. Des larmes me montent aux yeux lorsque je pense que la malheureuse finissait sa tirade en ouvrant son sac et en exhibant à la ronde une page d'hebdomadaire qui contenait une nouvelle de moi. Il a dû y avoir des rieurs. Je ne leur en veux pas. Je m'en veux seulement d'avoir manqué de talent, d'héroïsme, de n'avoir su être que moi. Ce n'est pas ça que j'aurais voulu lui offrir.

La mise en panne des avions sur les terrains d'Afrique du Nord nous emplit de consternation. Ma mère tempêtait, protestait, s'en prenait à moi, à ma mollesse, s'indignait de cette façon que j'avais de rester là, écroulé sur mon lit de camp, au lieu de réagir énergiquement, d'aller trouver, par exemple, le général Noguès pour lui dire, en quelques phrases bien senties, ce que j'en pensais. J'essayai de lui expliquer que le général n'allait même pas me recevoir, mais je la voyais déjà, armée de sa canne, sur les marches de la Résidence, et je savais bien qu'elle aurait trouvé le moyen, elle, de se faire écouter. Je me sentais indigne.

Jamais sa présence ne fut plus réelle pour moi, plus physique, que pendant ces longues heures passées à errer sans but à travers la Médina de Meknès, dans cette foule arabe qui me dépaysait si complètement, avec ses couleurs, ses bruits, ses odeurs, et à essayer d'oublier ne fût-ce qu'un instant, sous cette vague soudaine d'exotisme qui déferlait sur moi, la voix de mon sang qui ne cessait de m'appeler au combat avec une grandiloquence insupportable, s'enflant de tous les clichés les plus usés du répertoire patriotard. Ma mère profitait de mon extrême fatigue nerveuse et de mon abattement pour occuper toute la place ; mon profond désarroi, mon besoin d'affection et de protection, né d'une trop longue habitude de l'aile maternelle, et qui m'avait laissé avec cette confuse aspiration à sentir quelque tendresse providentielle féminine veiller sur moi, me livraient entièrement à son image, qui ne me quittait pas un seul instant ; ce fut, je crois, au cours de ces longues heures errantes, dans la solitude d'une foule étrangère et bariolée, que ce qu'il y avait de plus fort dans la nature de ma mère prévalut définitivement sur ce qu'il y avait encore en moi de faible et d'irrésolu, que son souffle vint m'habiter et se substitua au mien, et qu'elle devint véritablement moi, avec toute sa violence, ses sautes d'humeur, son manque de mesure, son agressivité, ses attitudes, son goût du drame, tous ces traits d'un caractère excessif qui finirent par me valoir, dans la période qui suivit, auprès de mes camarades et de mes chefs, la réputation d'une tête brûlée.

J'essayais, je l'avoue, de me dérober à sa présence dominatrice, je tentais de la fuir dans l'univers grouillant et bigarré de la Medina ; je traînais dans les souks ; je m'absorbais dans la contemplation des cuirs et des métaux travaillés avec un art nouveau pour moi, je me penchais sur mille objets, sous le regard fixe et lointain des marchands assis, les jambes croisées, sur leurs comptoirs, l'épaule et la tête contre le mur, le tuyau d'un chibouk aux lèvres, dans une odeur d'encens et de menthe ; je parcourais le quartier réservé où m'attendait, sans que je m'en doute alors, l'aventure la plus abjecte de ma vie ; je m'installais à la terrasse des cafés arabes et fumais un cigare, en buvant du thé vert, pour tenter de lutter, selon ma vieille habitude, par un sentiment de bien-être physique contre le malaise de mon esprit ; ma mère, cependant, me suivait partout où j'allais, et sa voix s'élevait en moi avec une cinglante ironie. Ainsi, un peu de tourisme, ça fait du bien ? Pour me changer les idées, sans doute ? Pendant que la France de mes ancêtres gît déchirée entre un ennemi implacable et un gouvernement de têtes baissées ? Eh bien ! si c'était ça, son fils, à l'âge d'homme, on aurait aussi bien pu rester à Wilno, ce n'était pas la peine de venir en France, je n'avais vraiment pas en moi ce qu'il fallait pour faire un Français.

Je me levais et plongeais à grands pas dans une

ruelle, parmi les femmes voilées, les mendiants, les vendeurs, les ânes, les militaires, et, ma foi, dans le renouvellement constant d'impressions, de formes et de couleurs, j'avoue humblement qu'une ou deux fois je réussis à la semer.

Ce fut alors que je vécus ce qui fut, sans doute, la plus brève histoire d'amour de tous les temps.

Dans un bar du quartier européen où j'étais entré boire un verre, la barmaid blonde à laquelle, au bout de deux minutes, je faisais naturellement des confidences, parut particulièrement touchée par ma sérénade enflammée. Son regard se mit à errer sur mon visage, s'attardant à chaque trait avec une expression de tendresse et de sollicitude qui me donnait le sentiment de sortir soudain de l'ébauche pour devenir enfin un homme complet. Pendant que ses yeux passaient de mon oreille à mes lèvres, pour remonter rêveusement à la racine de mes cheveux, ma poitrine doubla d'ampleur et mon cœur de vaillance, mes muscles se gonflèrent d'une force que dix ans d'exercice n'eurent pu leur donner et la terre entière devint un piédestal. Comme je lui faisais part de mon intention de me rendre en Angleterre, elle ôta de son cou une chaîne avec une petite croix en or et me la tendit. Je fus brusquement et irrésistiblement tenté de plaquer là ma mère, la France, l'Angleterre et tout le bagage spirituel dont j'étais si lourdement chargé, pour demeurer auprès de cet être unique qui me comprenait si bien. La barmaid était une Polonaise venue de Russie par le Pamir et l'Iran, et je mis la chaîne autour de mon cou et demandai à ma bien-aimée de m'épouser. Nous nous connaissions alors déjà depuis dix minutes. Elle accepta. Elle me dit que son mari et son frère avaient été tués pendant la campagne de Pologne et que, depuis, elle était seule, à part les coucheries inévitables pour surnager économiquement et obtenir des papiers. Elle avait quelque chose de douloureux et de pathétique dans le visage, ce qui renforçait l'impression que j'avais de lui accorder aide et protection, alors que c'était, au contraire, moi qui cherchais à m'accrocher à la première bouée féminine flottant sur mon chemin. Pour faire face à la vie, il m'a toujours fallu le réconfort d'une féminité à la fois vulnérable et dévouée, un peu soumise et reconnaissante, qui me donne le sentiment d'offrir alors que je prends, de soutenir alors que je m'appuie. Je me demande d'où vient ce curieux besoin. Carapacé dans ma veste de cuir, malgré la chaleur écrasante, la casquette sur l'œil, l'air sûr de moi et virilement protecteur, je m'accrochais à sa main. Le monde qui croulait autour de nous nous lançait l'un vers l'autre à une vitesse vertigineuse, la vitesse même à laquelle il croulait.

Il était deux heures de l'après-midi, heure de la sieste, sacrée en Afrique, et le bar était vide. Nous montâmes dans sa chambre et restâmes une demi-heure accrochés l'un à l'autre, et jamais deux êtres en train de se noyer ne firent plus d'efforts pour se soutenir mutuellement. Nous décidâmes de nous marier immédiatement et de passer ensuite en Angleterre ensemble. J'avais rendez-vous à trois heures et demie avec un camarade qui était allé voir le Consul anglais à Casa pour lui demander de nous aider. Je quittai le bar à trois heures pour aller rejoindre mon camarade et lui dire que nous allions être trois et non deux, comme prévu originairement. Lorsque je revins au bar à quatre heures et demie, il y avait déjà du monde et ma fiancée était très occupée. J'ignore ce qui avait bien pu se passer pendant mon absence — elle avait dû rencontrer quelqu'un — mais je voyais bien que tout était fini entre nous. Sans doute n'avait-elle pas pu supporter la séparation. Elle était en train de parler à un beau lieutenant de spahis : je suppose qu'il était entré dans sa vie pendant qu'elle m'attendait. C'était bien ma faute : il ne faut jamais quitter une femme qu'on aime, la solitude les prend, le doute, le découragement, et ça y est. Elle avait dû perdre confiance en moi, s'imaginant peut-être que je n'allais pas revenir, et elle avait décidé de refaire sa vie. J'étais très malheureux, mais je ne pouvais lui en vouloir. Je traînai là un peu, devant mon verre de bière, terriblement déçu tout de même, car je croyais bien avoir résolu tous mes problèmes. La Polonaise était vraiment jolie, avec ce quelque chose d'abandonné et de sans défense dans l'expression qui m'inspire tellement, et elle avait un geste pour chasser de son visage ses cheveux blonds qui m'émeut encore maintenant quand j'y pense. Je m'attache très facilement. Je les observai un moment, tous les deux, pour voir s'il n'y avait pas d'espoir. Mais il n'y en avait pas. Je lui dis quelques mots en polonais, essayant de toucher sa corde patriotique, mais elle me coupa la parole pour m'annoncer qu'elle allait épouser le lieutenant, qui était colon, qu'elle allait s'établir en Afrique du Nord, qu'elle en avait assez de la guerre et que, d'ailleurs, la guerre était finie et que le maréchal Pétain avait sauvé la France et allait tout arranger. Elle ajouta que les Anglais nous avaient trahis. Je jetai un coup d'œil triste au lieutenant de spahis qui était répandu partout, avec sa cape rouge, et me résignai. La pauvre essayait de s'accrocher à n'importe quoi qui offrait une apparence de solidité dans le naufrage et je ne pouvais lui en vouloir. Je réglai ma bière et laissai dans la soucoupe le pourboire et la petite chaîne avec la croix en or. On est gentleman ou on ne l'est pas.

Les parents de mon camarade habitaient Fez et nous nous rendîmes chez eux en autocar. La porte nous fut ouverte par sa sœur, et je vis là, devant moi, une bouée qui me fit oublier immédiatement celle que j'avais manquée de si peu à Meknès. Simone était une de ces Françaises d'Afrique du Nord dont la peau mate, les attaches fines et les yeux langoureux sont les caractéristiques admirables et bien connues. Elle était gaie, cultivée, encourageait son frère et moi à poursuivre la lutte et me regardait parfois avec une gravité qui me bouleversait. Sous ce regard, je me sentis à nouveau complet, droit, bien solide sur mes jambes, et je décidai aussitôt de lui demander sa main. Je fus bien reçu, nous nous embrassâmes sous l'œil ému des parents, et il fut entendu qu'elle allait me rejoindre en Angleterre, à la première occasion. Six semaines plus tard, à Londres, son frère me remit une lettre dans laquelle Simone m'apprenait qu'elle avait épousé un jeune architecte de Casa, ce qui fut pour moi un coup terrible, car non seulement j'avais cru avoir trouvé en elle la femme de ma vie, mais je l'avais déjà complètement oubliée, et sa lettre fut pour moi, ainsi, sur moi-même, une double et pénible révélation.

Nos efforts pour convaincre le Consul d'Angleterre de nous procurer de faux papiers ne donnèrent pas de résultat et je décidai de m'emparer d'un Morane-315 à l'aérodrome de Meknès, et d'aller me poser à Gibraltar. Encore fallait-il en trouver un qui ne fût pas en panne, ou découvrir un mécanicien bien disposé ; je me mis donc à errer sur le terrain en regardant fixement chaque mécano pour essayer de lire dans son cœur. J'allais en aborder un, dont la bonne mine et le nez retroussé m'inspiraient confiance, lorsque je vis un Simoun se poser sur la piste et s'arrêter à vingt pas de l'endroit où je me trouvais. Un lieutenant-pilote sortit de l'avion et se dirigea vers le hangar. C'était un clin d'œil complice et amical du ciel à mon intention et il n'était pas question de laisser passer cette chance. Je me couvris de sueur froide et l'angoisse me serra le ventre : j'étais loin d'être sûr de pouvoir décoller et piloter un Simoun. Dans mes heures d'entraînement clandestin, je n'avais jamais dépassé le Morane et le Potez-540. Mais il n'était pas question de me dérober : j'étais tenu. Je sentais le regard d'admiration et de fierté de ma mère posé sur moi. Je me demandai soudain si avec la défaite et l'occupation l'insuline n'allait pas manquer en France. Elle n'aurait pas tenu trois jours sans ses piqûres. Peut-être pourrais-je m'arranger avec la Croix-Rouge à Londres pour lui en faire parvenir par la Suisse.

Je marchai vers le Simoun, montai, et m'installai aux commandes. Il me semblait que personne ne m'avait vu.

Je me trompais. Un peu partout, dans chaque hangar, des gendarmes de la police de l'Air avaient été placés par le commandement pour empêcher les « désertions » aériennes, dont plusieurs avaient déjà eu lieu avec la complicité de certains mécaniciens. Le matin même, un Morane-230 et un Goéland étaient allés se poser sur le champ de courses de Gibraltar. J'étais à peine installé dans le siège que je vis deux gendarmes surgir du hangar et se ruer dans ma direction — l'un d'eux était déjà en train de tirer son revolver de l'étui. Ils étaient à trente mètres de moi et l'hélice ne tournait toujours pas. Je fis un dernier essai désespéré, puis bondis hors de l'appareil. Une dizaine de soldats étaient sortis du hangar et m'observaient avec intérêt. Ils ne firent pas le moindre effort pour m'intercepter, alors que je filais comme un lapin devant ce front de troupe, mais ils eurent amplement le temps d'étudier mon visage. Par comble de bêtise, agissant surtout sous l'effet de l'atmosphère de « vaincre ou mourir » dans laquelle je baignais depuis plusieurs jours, j'avais tiré mon revolver en sautant du Simoun et je le tenais toujours au poing, courant à toutes jambes, ce qui, inutile de le dire, n'allait pas faciliter ma position devant la cour martiale. Mais j'avais décidé qu'il n'y aurait pas de cour martiale. Dans l'état d'esprit dans lequel j'étais à ce moment-là, je ne crois sincèrement pas qu'on aurait pu me prendre vivant. Et comme j'étais très bon tireur, je frémis encore à l'idée de ce qui se serait passé si je n'étais pas par-

venu à m'échapper. Je le fis cependant sans trop
de difficulté. Je finis par dissimuler mon revolver
et, malgré les coups de sifflet derrière mon dos, je
ralentis et sortis tranquillement du camp, en passant devant le poste de garde. Je débouchai sur la
route et à peine eus-je fait cinquante mètres qu'un
autobus apparut. Je lui fis signe, me plantant résolument sur son chemin, et il s'arrêta. Je montai et
m'installai à côté de deux femmes voilées et d'un
cireur de bottes en robe blanche. Je poussai un
grand soupir de soulagement. Je m'étais mis dans
de beaux draps, mais je ne me sentais pas inquiet.
Au contraire, une véritable euphorie s'était emparée de moi. J'avais enfin consommé ma rupture
avec l'armistice, j'étais enfin un insoumis, un dur,
un vrai et un tatoué, la guerre venait de reprendre,
il n'était plus question de reculer. Je sentais sur
mon visage le regard émerveillé de ma mère et
je ne pus m'empêcher de sourire, avec un peu de
supériorité, et même de rire franchement. Je crois
même, Dieu me pardonne, que je lui dis quelque
chose d'assez prétentieux, quelque chose dans le
genre de « attends, ça ne fait que commencer, tu
vas voir ce que tu vas voir ». Assis dans l'autobus crasseux, parmi les moukères voilées et les
burnous blancs, je croisais les bras sur ma poitrine et je me sentais enfin à la hauteur de ce qui
était attendu de moi. J'allumai un voltigeur, pour
pousser mon insubordination jusqu'à la limite
— il était interdit de fumer dans l'autobus — et
nous restâmes là un moment, ma mère et moi, en
fumant et en nous congratulant silencieusement.
Je n'avais pas la moindre idée de ce que j'allais

faire, mais j'avais pris un air tellement vache qu'en m'apercevant brusquement dans le rétroviseur je me suis fait peur au point que le cigare m'est tombé des dents.

Un seul regret me tenaillait : j'avais laissé ma veste de cuir dans le cantonnement et, sans elle, je me sentais assez seul. Je supporte mal la solitude et je m'étais profondément lié avec ma veste de cuir. Ainsi que je l'ai dit, je m'attache facilement. C'était la seule ombre au tableau. Je m'accrochai à mon cigare, mais les cigares ne durent qu'un temps et le mien semblait se consumer particulièrement vite dans la sécheresse de l'air africain et allait me laisser seul d'un moment à l'autre.

Tout en fumant ainsi mon voltigeur, je fis mes plans. Les patrouilles militaires allaient sûrement parcourir toute la ville à ma recherche et il me fallait donc éviter à tout prix les endroits où mon uniforme se détacherait un peu trop sur le fond indigène. La meilleure solution, me semblait-il, était de demeurer caché pendant quelques jours, et ensuite, d'aller à Casa et d'essayer de m'embarquer sur un bateau en partance. On disait que les forces polonaises étaient évacuées sur l'Angleterre avec l'accord du Gouvernement et que les bateaux anglais venaient les prendre dans les ports. Avant toute chose, il fallait me faire un peu oublier. Je décidai de passer les premières quarante-huit heures au *bousbir*, le quartier réservé, où, dans le flot ininterrompu des militaires de toutes les armes qui venaient se soulager, j'avais de bonnes chances de passer inaperçu. Ma mère parut un peu inquiète de ce choix de refuge, mais je lui donnai immédiatement toutes les assurances nécessaires. Je descendis donc de l'autobus dans la ville arabe et me dirigeai vers le quartier réservé.

CHAPITRE XXXIII

Le *bousbir* de Meknès, une véritable ville entourée d'une enceinte fortifiée, comptait alors je ne sais combien de milliers de prostituées, réparties entre quelques centaines de « maisons ». Des sentinelles en armes étaient placées aux portes et les patrouilles de police parcouraient les ruelles de la « ville », mais elles étaient trop occupées à empêcher les bagarres entre soldats de différentes armes pour s'occuper des « isolés » tels que moi.

Le *bousbir*, au lendemain de l'armistice, bouillonnait littéralement d'une activité aussi débordante que peu variée. Les besoins physiques des soldats, déjà considérables en temps ordinaire, croissent encore en temps de guerre et la défaite les amène à une sorte de paroxysme exaspéré. Les ruelles entre les maisons étaient envahies par la troupe — deux journées par semaine étaient réservées à la population civile, mais j'avais la chance d'être tombé un jour faste — et les képis blancs de la Légion étrangère, les chèches kaki des goumiers, les pèlerines rouges des spahis, les pompons des marins, les coiffes écarlates des Sénégalais, les serouals des méharistes, les aigles des aviateurs, les turbans beiges des Annamites, les visages jaunes, noirs et blancs, tout l'Empire était là, dans le vacarme assourdissant que les boîtes à musique déversaient par les fenêtres et dont je garde surtout le souvenir de la voix de Rina Ketty, assurant que « j'attendrai, j'at-ten-dra-ai toujours, la nuit et le jour, mon amour », cependant que l'armée frustrée de ses victoires et de ses combats se débarrassait de sa vigueur virile inutilisée sur les corps des filles berbères, négresses, juives, arméniennes, grecques, polonaises, filles blanches, noires et jaunes dont les soubresauts avaient poussé les « madames » prévoyantes à interdire l'usage du lit et à étaler les matelas à même le sol, pour limiter les dégâts et les frais de casse. Des centres prophylactiques marqués d'une croix rouge venaient des effluves de permanganate, de savon noir et d'une pommade particulièrement écœurante à base de calomel, cependant que les infirmiers sénégalais en blouse blanche luttaient à doses généreuses contre la menace des tréponèmes et des gonocoques, laquelle, sans cette ligne Maginot sanitaire, risquait de mettre sur le flanc l'armée ainsi deux fois vaincue. Des bagarres éclataient continuellement entre les armes, surtout entre les légionnaires, les spahis et les goumiers, pour des questions de préséance, mais, d'une manière générale, n'importe qui passait après n'importe qui, pour une somme qui allait de cent sous, plus dix sous pour la serviette, jusqu'à douze et vingt francs dans les établissements de luxe, où les filles étaient habillées au lieu d'attendre nues dans l'escalier. Parfois, une fille devenue à demi hystérique sous l'effet du surmenage ou du haschich, se précipitait en hurlant dans la ruelle et se livrait là à des exhibitions que les patrouilles de police militaire interrompaient aussitôt par souci de la décence. C'est dans ce lieu pittoresque et approprié que je cherchai refuge, dans l'établissement de la mère Zoubida, jugeant, avec beaucoup de bon sens, que cette apocalypse m'offrirait plus de sécurité contre les recherches de la police militaire que n'importe quel autre lieu d'asile, depuis que les églises avaient perdu ce caractère qui leur fut jadis réservé. Je rongeai là mon frein pendant un jour et deux nuits dans des circonstances particulièrement difficiles.

Je me trouvais en effet dans une situation aussi odieuse que possible pour un homme animé de sentiments élevés et d'intentions héroïques, et sous le regard consterné d'une mère dont les sentiments et les intentions étaient encore plus élevés. Normalement, le *bousbir* fermait ses portes à deux heures du matin, les grilles des maisons étaient cadenassées, les filles envoyées au repos, en dehors de quelques « couchés » clandestins, tolérés mais non autorisés par le règlement militaire : à condition qu'ils eussent des permissions de nuit en règle, la police, par arrangement avec les « madames », consentait, moyennant une juste rétribution, à fermer les yeux. Ceci me fut expliqué par la mère Zoubida vers minuit et demie, une heure avant la fermeture de son établissement. On imagine sans peine le dilemme qui se posa pour moi. Jusqu'à présent, je m'étais scrupuleusement gardé de « consommer ». Je tenais à arriver en Angleterre en bon état et je n'étais pas disposé à risquer ma santé dans ce tout-à-l'égout. J'ai été soldat sept ans de ma vie, j'ai beaucoup vu, beaucoup fait, et les hommes aventureux et pressés que nous étions, à qui la vie à tout moment pouvait être ôtée, et l'était neuf fois sur dix, ne recherchaient pas uniquement pour oublier ce qui les guettait, la compagnie des jeunes filles bien nées. Cependant, en mettant de côté toute autre considération, dont la moindre n'était pas le peu d'attrait qu'offraient à mon goût les entreprenantes « pensionnaires », la plus élé- mentaire prudence me déconseillait de me lan- cer dans des eaux aussi fréquentées. Je ne tenais vraiment pas à me présenter devant le chef de la France combattante dans un état qui eût fort ris- qué de lui faire hausser les sourcils. Or, à tout refus de « consommer », il n'y avait qu'une alternative : la porte et l'examen des papiers par les patrouilles militaires qui veillaient dans les ruelles à peu près désertes à cette heure. Dans mon cas, cela signi- fiait l'arrestation et la cour martiale. Il me fallait donc non seulement « consommer », mais encore « faire un couché » pour entrer dans le cadre des arrangements de la mère Zoubida avec la police. Et non seulement cela, car si je voulais rester caché dans l'établissement en attendant que les remous que j'avais laissés dans le sillage de ma fuite préci- pitée le revolver à la main se fussent calmés, il me fallait témoigner d'un entrain et d'une assiduité exemplaires, pour ne pas éveiller de soupçons et justifier ma présence ininterrompue sur les lieux pendant un jour et deux nuits. Or, il était difficile de se sentir moins inspiré que je ne l'étais dans la circonstance. J'avais vraiment la tête ailleurs. L'appréhension, l'énervement, l'exaspération, mon impatience exaltée de m'élever à la hauteur de la tragédie que la France vivait, les mille questions angoissées que je me posais, tout cela me désignait particulièrement mal pour le rôle de joyeux drille. Le moins que je puisse dire, c'est que le cœur n'y était pas. On devine aisément avec quelle consternation nous nous regardâmes, ma mère et moi. Je fis un geste résigné pour lui indiquer que je n'avais pas le choix et qu'une fois de plus, mais d'une manière vraiment inattendue, advienne que pourra, j'étais décidé à faire de mon mieux. Après quoi, prenant mon courage à deux mains, je piquai une tête dans les flots déchaînés. Les dieux de mon enfance devaient mourir de rire en me regardant. Je les voyais, ces connaisseurs, se tenant les côtes, le ventre en avant, les yeux fermés dans un excès d'hilarité, le fouet de dompteur à la main, leurs cottes de mailles et leurs casques pointus étincelant dans la lumière louche de leur ciel de bas étage, désignant parfois d'un doigt moqueur l'apprenti idéaliste parti à la conquête des sommets immaculés et qui accomplissait à présent sa possession du monde, entourant de ses bras quelque chose qui n'avait aucun rapport, même le plus lointain, avec les nobles trophées auxquels il aspirait. Jamais ma volonté de tenir ma promesse et de revenir un jour à la maison le front ceint de lauriers, pour offrir à ma mère la conclusion heureuse de sa vie, n'avait reçu de réponse plus narquoise qu'au cours des heures interminables perdues dans ce bourbier.

Vingt ans sont passés et l'homme que je suis,

depuis longtemps abandonné de sa jeunesse, se souvient avec beaucoup moins de gravité et un peu plus d'ironie de celui que je fus alors avec tant de sérieux, tant de conviction. Nous nous sommes tout dit et pourtant il me semble que nous nous connaissons à peine. Était-ce vraiment moi, ce garçon frémissant et acharné, si naïvement fidèle à un conte de nourrice et tout entier tendu vers quelque merveilleuse maîtrise de son destin ? Ma mère m'avait raconté trop de jolies histoires, avec trop de talent et dans ces heures balbutiantes de l'aube où chaque fibre d'un enfant se trempe à jamais de la marque reçue, nous nous étions fait trop de promesses et je me sentais tenu. Avec, au cœur, un tel besoin d'élévation, tout devenait abîme et chute. Aujourd'hui que la chute est vraiment accomplie je sais que le talent de ma mère m'a longtemps poussé à aborder la vie comme un matériau artistique et que je me suis brisé à vouloir l'ordonner autour d'un être aimé selon quelque règle d'or. Le goût du chef-d'œuvre, de la maîtrise, de la beauté me poussait à me jeter les mains impatientes contre une pâte informe qu'aucune volonté humaine ne peut modeler, mais qui, elle, possède au contraire le pouvoir insidieux de vous pétrir à sa guise, imperceptiblement ; à chaque tentative que vous faites de lui imprégner votre marque, elle vous impose un peu plus une forme tragique, grotesque, insignifiante ou saugrenue, jusqu'à ce que vous vous trouviez, par exemple, étendu, les bras en croix, au bord de l'Océan, dans une solitude que l'aboiement des phoques et le cri des mouettes déchire parfois, parmi les milliers d'oiseaux de mer immobiles qui se reflètent dans le miroir du sable mouillé. Au lieu de jongler, selon mes moyens, avec cinq, six, sept balles comme tous les artistes distingués, je me tuais à vouloir vivre ce qui à la rigueur pouvait seulement être chanté. Ma course fut une poursuite errante de quelque chose dont l'art me donnait la soif, mais dont la vie ne pouvait m'offrir l'apaisement. Il y a longtemps que je ne suis plus dupe de mon ins- piration et si je rêve toujours de transformer le monde en un jardin heureux, je sais à présent que ce n'est pas tant par amour des hommes que par celui des jardins. Et, certes, le goût de l'art vivant et vécu demeure toujours à mes lèvres, mais c'est surtout comme un sourire : ce sera sans doute ma dernière création littéraire, s'il me reste à ce moment-là encore quelque talent.

Parfois, j'allumais un cigare et je fixais le pla- fond avec incompréhension, me demandant com- ment j'en étais venu là, au lieu de décrire avec mon avion des arabesques héroïques en plein ciel de gloire. Les arabesques que j'étais obligé de décrire n'avaient rien d'héroïque et le genre de gloire que je m'étais acquis dans l'établissement à l'issue de mon marathon n'était pas de ceux qui vous font reposer au Panthéon, après votre mort. Oui, les dieux devaient jubiler. Leur côté moralisateur et didactique devait y trouver son compte. Un pied posé sur mon dos, ils devaient se pencher avec satisfaction sur cette main d'homme tendue vers la haute flamme qu'elle entendait leur dérober, mais qu'ils avaient forcée à se refermer sur la plus humble des mottes de boue terrestre. Un rire vulgaire me parvenait parfois aux oreilles et je ne sais si c'était leur hilarité qui se donnait ainsi libre cours ou celle des soldats dans la salle commune. Cela m'était égal. Je n'étais pas encore vaincu.

CHAPITRE XXXIV

Je fus providentiellement libéré de mes travaux forcés par la rencontre d'un camarade qui attendait son tour dans la permanence sanitaire attenante à l'établissement. Il m'apprit que je ne courais plus de danger sérieux, que le lieutenant-colonel Hamel, commandant de l'escadre, avait non seulement refusé de signaler ma disparition, mais qu'il avait encore soutenu obstinément et contre toute évidence que la tentative de vol d'avion ne pouvait m'être attribuée, pour l'excellente raison que je n'étais jamais venu en Afrique du Nord à bord d'un de ses appareils. Grâce à ce témoignage, pour lequel j'exprime ici à ce Français ma reconnaissance, je ne fus pas porté immédiatement déserteur, ma mère ne fut pas inquiétée et la police cessa de me rechercher. Cependant, cette situation nouvelle, bien que favorable en soi, m'interdisait néanmoins de reparaître à la surface et me condamnait à la clandestinité. Comme je me trouvais sans un sou, ayant laissé tout ce que j'avais entre les mains de la mère Zoubida, j'empruntai à mon copain de quoi payer mon billet d'autocar jusqu'à Casa, où

369

je comptais bien me glisser à bord d'un bateau en partance.

Je ne pus cependant me résigner à quitter Meknès sans une visite furtive à la base d'aviation. On s'est aperçu sans doute déjà que je ne me sépare pas facilement de ce qui m'est cher, et l'idée d'abandonner ma veste de cuir en Afrique m'était très pénible. Jamais je n'en avais eu plus besoin qu'à ce moment. Elle était une enveloppe familière et protectrice, une carapace qui me donnait un sentiment de sécurité et de dureté et, en m'aidant à camper une silhouette légèrement menaçante, résolue, un peu dangereuse même pour tous ceux qui oseraient s'y frotter, elle me permettait, en somme, de passer inaperçu. Je ne devais cependant jamais la revoir. Arrivé au cantonnement, dans la chambre que j'avais occupée, je ne vis qu'un clou vide : la veste était partie.

Je m'assis sur le lit et me mis à pleurer. Je ne sais combien de temps je pleurai ainsi, en regardant le clou vide. À présent, on m'avait vraiment tout pris.

Je m'endormis enfin, dans un tel état d'épuisement physique et nerveux que je dormis seize heures, me réveillant dans la même position dans laquelle j'étais tombé en travers du lit, la casquette sur les yeux. Je pris une douche glacée et sortis du camp à la recherche du car pour Casa. Une bonne surprise m'attendait sur la route : je trouvai là en effet un marchand ambulant qui offrait dans ses bocaux, entre autres délices, des concombres salés. C'était enfin la preuve que la puissance d'amour qui veillait sur moi ne m'avait pas abandonné. Je m'assis sur le talus et expédiai une demi-douzaine de concombres pour mon petit déjeuner. Je me sentis mieux. Je restai un moment au soleil, partagé entre l'envie de reprendre la dégustation et le sentiment que dans les circonstances tragiques que la France traversait, il fallait savoir faire preuve de stoïcisme et de sobriété. J'éprouvais une certaine difficulté à me séparer du marchand et de ses bocaux, et me demandai même, rêvassant vaguement, s'il n'avait pas une fille que je pourrais épouser. Je me voyais très bien marchand de concombres salés auprès d'une compagne aimante et dévouée et d'un beau-père travailleur et reconnaissant. J'étais dans un tel état d'irrésolution et de solitude que je faillis laisser passer l'autocar pour Casa. Je l'arrêtai tout de même, dans un sursaut d'énergie et, emportant une bonne provision de concombres dans un journal, je montai dans le car avec ces amis fidèles pressés contre mon cœur. Curieux comme l'enfant peut survivre dans l'adulte.

Je débarquai à Casablanca place de France, où je rencontrai presque immédiatement deux élèves de l'École de l'Air, les aspirants Forsans et Daligot, à la recherche comme moi d'un moyen d'évasion vers l'Angleterre. Nous décidâmes d'unir nos forces et passâmes la journée à errer dans la ville. L'entrée du port était gardée par des gendarmes et il n'y avait pas trace d'uniforme polonais dans les rues : le dernier transport de troupes anglais devait être parti depuis longtemps. Vers onze heures du soir, nous nous trouvâmes sous un bec de gaz, assez découragés. Je faiblissais. Je me disais que j'avais fait vraiment tout ce que j'avais pu, et qu'à l'impossible nul n'est tenu. Je sentais aussi qu'il y avait eu maldonne quelque part. Le fatalisme de la steppe asiatique s'éveillait en moi et me susurrait des propos empoisonnés. Ou bien il y avait un destin et c'était à lui de jouer, ou bien il n'y avait rien et, alors, autant rester couché tranquillement dans un coin. Si une force sereine et juste veillait vraiment sur moi, eh bien ! elle n'avait qu'à se manifester. Ma mère n'avait jamais cessé de me parler des victoires et des lauriers qui allaient être les miens ; elle m'avait, en somme, fait certaines promesses : c'était à elle à présent de se débrouiller.

Je ne sais comment elle s'y est prise, mais j'ai vu brusquement venir vers moi, sortant me semblait-il de nulle part, un brave caporal polonais. Nous lui sautâmes au cou : c'était le premier caporal que j'embrassais. Il nous apprit que le cargo britannique *Oakrest*, transportant un contingent de troupes polonaises d'Afrique du Nord, allait lever l'ancre à minuit. Il ajouta qu'il était descendu à terre pour acheter quelques provisions pour améliorer l'ordinaire. C'était du moins ce qu'il croyait : je savais, moi, quelle était la force qui l'avait poussé à quitter le bateau et qui avait guidé ses pas jusqu'au bec de gaz qui éclairait notre mélancolie. On voit que le tempérament artistique de ma mère, qui l'avait constamment et parfois si tragiquement menée à vouloir composer sans cesse notre avenir selon les canons de littérature édifiante, continuait à se manifester en moi de la même façon et, n'ayant pas encore fait à l'art ma soumission désabusée, je m'obstinais à deviner autour de moi, dans la vie même, quelque inspiration créatrice soucieuse d'ordonner notre destin selon un mode heureux.

Le caporal venait donc à point. Forsans lui emprunta sa vareuse, Daligot sa casquette ; quant à moi, ayant simplement enlevé ma veste et donnant à mes compagnons d'une voix claironnante des ordres en polonais, nous n'eûmes aucune difficulté à traverser le cordon de gendarmes qui gardaient la grille du port et aussi la passerelle, et à monter à bord, aidés, il faut le dire, par les deux officiers polonais de service auxquels j'expliquai notre situation en quelques mots dramatiques bien envoyés, dans la belle langue de Mickiewicz :

— Mission spéciale de liaison. Winston Churchill. Capitaine de La Maison Rouge, Deuxième Bureau.

Nous passâmes une nuit paisible en mer dans la soute à charbon, bercés par des rêves de gloire inouïe. Je fus malheureusement réveillé par le clairon juste comme j'allais effectuer mon entrée à Berlin sur un cheval blanc.

Le moral était plutôt bon et prenait même volontiers une forme déclamatoire : nos fidèles alliés anglais nous attendaient, les bras ouverts ; levant ensemble nos épées et nos poings contre les dieux ennemis qui croyaient pouvoir faire de l'homme une condition de vaincu, nous allions, à la manière des plus antiques défenseurs du nom, marquer à jamais sur leurs visages de satrapes la balafre de notre dignité.

Nous arrivâmes à Gibraltar juste à temps pour assister au retour de la flotte britannique qui venait de couler noblement nos plus belles unités navales à Mers el-Kébir. On imagine ce que cette nouvelle signifiait pour nous : notre dernier espoir nous répondait par un coup bas.

Dans cet air étincelant et pur où l'Espagne reçoit l'Afrique, il me suffisait de lever les yeux pour voir au-dessus de moi la masse gigantesque de Totoche, le dieu de la bêtise : debout dans la rade, les jambes écartées, dans l'eau bleue qui lui venait à peine aux chevilles, la tête rejetée en arrière, se tenant le ventre, il emplissait le ciel, riant aux éclats — il avait, pour la circonstance, revêtu la casquette d'amiral anglais.

Je pensai ensuite à ma mère. Je l'imaginai, descendant dans la rue et allant casser les vitres du Consulat britannique à Nice, boulevard Victor-Hugo. Le chapeau de travers sur ses cheveux blancs, la cigarette aux lèvres, la canne à la main, elle invitait les passants à se joindre à elle et à manifester leur indignation.

Ne pouvant dans ces conditions accepter de demeurer plus longtemps à bord d'un bateau anglais et ayant remarqué dans la rade un aviso battant le pavillon tricolore, je me déshabillai et piquai une tête dans l'eau.

Mon désarroi était complet et ne sachant quelle décision prendre, à quel saint me vouer, c'est vers le pavillon national que je me jetai instinctivement. Pendant que je nageais, l'idée du suicide me vint pour la première fois à l'esprit. Mais je ne suis pas une nature soumise et ma joue gauche n'est à la disposition de personne. Je décidai donc d'entraîner avec moi dans l'au-delà l'amiral anglais qui avait mené à bien la tuerie de Mers el-Kébir.

Le plus simple serait de lui demander audience à Gibraltar et de lui décharger mon revolver dans les médailles, après lui avoir fait mon compliment. Je me laisserais ensuite fusiller avec bonne humeur : le peloton d'exécution n'était pas pour me déplaire. Il me paraissait aller fort bien avec mon genre de beauté.

Il y avait deux kilomètres à parcourir, et la fraîcheur de l'eau aidant, je me calmai un peu. Après tout, je n'allais pas me battre pour l'Angleterre. Le coup bas qu'elle nous avait porté était inexcusable, mais il prouvait au moins qu'elle avait la volonté bien arrêtée de continuer la guerre. Je décidai qu'il n'y avait pas lieu de changer mes plans et que je devais me rendre en Angleterre, malgré les Anglais. J'étais cependant déjà à deux cents mètres du bateau français et j'avais besoin de souffler un peu avant de refaire les deux kilomètres en sens inverse.

Je crachai donc en l'air — je nage toujours sur le dos — et m'étant ainsi débarrassé de l'amiral britannique, Lord de Mers el-Kébir, je continuai à faire route vers l'aviso. Je nageai jusqu'à l'échelle et grimpai à bord. Un sergent aviateur était assis sur le pont et épluchait des patates. Il me regarda sortir tout nu de l'eau sans manifester la moindre surprise. Lorsqu'on a vu la France perdre la guerre et la Grande-Bretagne couler la flotte de son alliée, rien ne doit plus vous surprendre.

— Ça va ? me demanda-t-il poliment.

Je lui expliquai ma situation et appris à mon tour que l'aviso se rendait en Angleterre, avec douze sergents aviateurs à bord, rejoignant le général de Gaulle. Nous fûmes d'accord pour condamner l'attitude de la flotte britannique et d'accord également pour en tirer la conclusion que les Anglais allaient continuer la guerre et refuser de signer l'armistice avec les Allemands, ce qui était, après tout, la seule chose qui comptait.

Le sergent Caneppa — le lieutenant-colonel Caneppa, Compagnon de la Libération, Commandeur de la Légion d'honneur, douze fois cité, devait tomber au combat dix-huit ans plus tard, en Algérie, après s'être battu, sans interruption, sur tous les fronts où la France a perdu son sang — le sergent Caneppa me proposa donc de rester à bord, pour m'éviter de naviguer sous pavillon britannique, se déclarant d'autant plus enchanté de ma présence que cela faisait une recrue de plus pour la corvée de patates. Je méditai avec la gravité qui convenait sur ce facteur nouveau et imprévu et décidai que, quelle que fût mon indignation contre les Anglais, je préférais effectuer la traversée sous leur pavillon plutôt que d'avoir à me livrer à des travaux ménagers, si contraires à ma nature inspirée. Je lui fis donc un petit geste amical et me replongeai dans les flots.

Le voyage de Gibraltar à Glasgow dura dix-sept jours et je découvris que le bateau transportait d'autres « déserteurs » français. Nous fîmes connaissance. Il y avait là Chatoux, abattu depuis au-dessus de la mer du Nord ; Gentil, qui devait tomber avec son Hurricane dans un combat à un contre dix ; Loustreau, tombé en Crète ; les deux frères Langer, dont le cadet fut mon pilote, avant d'être tué par la foudre en plein vol, dans le ciel afri-

cain, et dont l'aîné vit toujours ; Mylski-Latour, qui
devait changer son nom en Latour-Prendsgarde, et
qui devait tomber avec son Beaufighter, je crois,
au large de la Norvège ; il y avait le Marseillais
Rabinovitch, dit Olive, tué à l'entraînement ; Char-
nac, qui a sauté avec ses bombes sur la Ruhr ;
Stone, l'imperturbable, qui vole toujours ; d'autres
encore, aux noms plus ou moins fictifs, inventés
pour protéger leurs familles restées en France,
ou simplement pour tourner la page sur le passé,
mais parmi tous les insoumis présents à bord de
l'*Oakrest*, il y en avait un, surtout, dont le nom
ne cessera jamais de répondre dans mon cœur à
toutes les questions, à tous les doutes et à tous les
découragements.

Il s'appelait Bouquillard et, à trente-cinq ans,
était de loin notre aîné. Plutôt petit, un peu voûté,
coiffé d'un éternel béret, avec des yeux bruns dans
un long visage amical, son calme et sa douceur
cachaient une de ces flammes qui font parfois de
la France l'endroit du monde le mieux éclairé.

Il devint le premier « as » français de la bataille
d'Angleterre, avant de tomber après sa sixième
victoire, et vingt pilotes debout dans la salle
d'opérations, les yeux rivés à la gueule noire du
haut-parleur, l'entendirent chanter jusqu'à l'explosion finale le grand refrain français, et alors
que je griffonne ces lignes, face à l'Océan, dont
le tumulte a couvert tant d'autres appels, tant
d'autres défis, voilà que le chant monte tout seul
à mes lèvres et que j'essaye de faire renaître ainsi
un passé, une voix, un ami, et le voilà qui se lève
à nouveau vivant et souriant à côté de moi et il

me faut toute la solitude de Big Sur pour lui faire de la place.

Il n'a pas sa rue à Paris, mais pour moi toutes les rues de France portent son nom.

CHAPITRE XXXV

À Glasgow, nous fûmes accueillis aux accents des bagpipes d'un régiment écossais qui défila devant nous en tenue de gala écarlate. Ma mère aimait beaucoup les marches militaires, mais l'horreur de Mers el-Kébir ne nous avait pas encore quittés et, tournant le dos à la clique qui paradait dans les allées du parc qui nous servait de cantonnement, tous les aviateurs français rentrèrent silencieusement sous leurs tentes, cependant que les braves Écossais, piqués au vif et plus écarlates que jamais, continuaient avec une obstination toute britannique à faire retentir les allées vides de leurs accents entraînants. De cinquante aviateurs que nous étions là, trois seulement étaient encore vivants à la fin de la guerre. Au cours des durs mois qui suivirent, éparpillés dans le ciel anglais, le ciel français, le ciel russe, le ciel africain, ils abattirent entre eux plus de cent cinquante avions ennemis, avant de tomber à leur tour. Mouchotte, cinq victoires, Castelain, neuf victoires, Marquis, douze victoires, Léon, dix victoires, Poznanski, cinq victoires, Daligot... À quoi bon murmurer ces noms qui ne disent plus rien à personne ? À quoi bon aussi, puisqu'ils ne m'ont jamais vraiment quitté. Tout ce qui reste en moi de vivant leur appartient. Il me semble parfois que je ne continue moi-même à vivre que par politesse, et que si je laisse encore battre mon cœur c'est uniquement parce que j'ai toujours aimé les bêtes.

Ce fut peu après mon arrivée à Glasgow que ma mère m'empêcha de faire une bêtise irréparable et dont j'aurais pu porter les stigmates et le remords toute ma vie. On se souvient dans quelles conditions j'avais été privé de mon galon de sous-lieutenant, à ma sortie de l'École de l'Air d'Avord. La plaie de cette injustice était encore fraîche et douloureuse dans mon cœur. Or, rien n'était plus facile à présent que de la réparer moi-même. Je n'avais qu'à me coudre un galon de sous-lieutenant sur les manches, et ça y était. Après tout, j'y avais droit et je n'en avais été spolié que par la mauvaise foi de quelques salopards. Pourquoi ne pas me rendre cette justice ?

Mais il va sans dire que ma mère s'en est mêlée immédiatement. Ce n'est pas que je l'eusse consultée, loin de là. J'ai même fait tout ce que j'ai pu pour la tenir dans l'ignorance de mon petit projet, pour la chasser loin de mon esprit. En vain : en un clin d'œil, elle fut là, à mes côtés, la canne à la main, et elle me tint un langage extrêmement blessant. Ce n'est pas ainsi qu'elle m'avait élevé, ce n'est pas cela qu'elle attendait de moi. Jamais, jamais elle n'allait me laisser remettre les pieds à la maison si je commettais une action pareille. Elle mourrait de honte et de chagrin. J'avais beau essayer de la fuir dans les rues de Glasgow, la queue basse, elle me poursuivait partout, me menaçant de sa canne, et je voyais clairement son visage tantôt suppliant et indigné, tantôt empreint de cette grimace d'incompréhension que je connaissais si bien. Elle portait toujours son manteau gris et le chapeau gris et violet et le collier de perles autour du cou. C'est le cou qui vieillit le plus rapidement chez les femmes.

Je restai sergent.

À Olympia Hall, à Londres, où les premiers volontaires français étaient réunis, les jeunes filles et les dames de la bonne société anglaise venaient nous faire un brin de causette. L'une d'elles, une ravissante blonde en uniforme militaire, fit avec moi d'innombrables parties d'échecs. Elle semblait bien décidée à remonter le moral des pauvres petits volontaires français et nous passâmes tout notre temps autour de l'échiquier. C'était une excellente joueuse et elle me battait chaque fois à plate couture, me proposant aussitôt une autre partie. Après dix-sept jours de traversée, passer son temps à jouer aux échecs avec une très belle fille, alors qu'on meurt d'envie de se battre, est une des occupations les plus énervantes que je connaisse. À la fin, je préférai l'éviter, et la regardais de loin se mesurer avec un sergent d'artillerie, lequel finit par devenir aussi triste et aussi abattu que moi. Elle était là, blonde et adorable et, avec un petit air sadique, elle poussait ses pièces sur l'échiquier. Une vicieuse. Je n'ai jamais vu une fille de bonne famille faire plus pour démolir le moral de l'armée.

Je ne parlais pas alors un seul mot d'anglais et mes contacts avec les autochtones furent difficiles ; fort heureusement, je parvenais parfois à me faire comprendre par gestes. Les Anglais gesticulent peu, mais on arrive cependant à leur faire comprendre assez bien ce qu'on veut d'eux. L'ignorance d'une langue peut même simplifier à cet égard les rapports en les ramenant à l'essentiel et en vous évitant les entrées en matière inutiles et les chinoiseries.

Je m'étais lié d'amitié, à Olympia Hall, avec un garçon que je nommerai ici Lucien, lequel, après plusieurs jours et nuits de noce particulièrement agitée, devait brusquement se loger une balle dans le cœur. En trois jours et quatre nuits, il avait eu le temps de tomber éperdument amoureux d'une entraîneuse du Wellington, une boîte que la R.A.F. fréquentait assidûment, d'avoir été trompé par elle avec un autre client et d'en avoir conçu un tel chagrin que la mort lui était apparue comme la seule solution. En réalité, la plupart d'entre nous avaient quitté la France et leurs familles dans des circonstances tellement extraordinaires et précipitées, que la réaction nerveuse n'intervenait souvent qu'après plusieurs semaines et d'une manière parfois complètement inattendue. Certains cherchaient alors à s'accrocher à la première bouée qui se présentait et, dans le cas de mon camarade, la bouée ayant immédiatement lâché ou, plus exactement, étant passée au suivant, Lucien avait coulé à pic sous le poids des désespoirs accumulés. J'étais, quant à moi, attaché à une bouée à toute épreuve, à distance il est vrai, mais avec un sentiment de parfaite sécurité, une mère étant après tout quelque chose qui ne vous lâche que rarement. Il m'arrivait cependant alors de boire une bouteille de whisky par nuit, dans un de ces endroits où nous traînions notre impatience et notre frustration. Nous étions exaspérés par la lenteur que l'on mettait à nous donner des avions et à nous expédier au combat. J'étais le plus souvent avec Lignon, de Mézillis, Béguin, Perrier, Barberon, Roquère, Melville-Lynch. Lignon perdit une jambe en Afrique, continua à voler avec une jambe artificielle et fut abattu sur Mosquito en Angleterre. Béguin fut tué en Angleterre après huit victoires sur le front russe. De Mézillis laissa l'avant-bras gauche au Tibesti, la R.A.F. lui fit un bras artificiel et il fut tué sur Spitfire en Angleterre. Pigeaud fut abattu en Libye ; grièvement brûlé, il fit cinquante kilomètres à pied à travers le désert et tomba mort en atteignant nos lignes. Roquère fut torpillé au large de Freetown et dévoré par les requins sous les yeux de sa femme. Astier de Villatte, Saint-Péreuse, Barberon, Perrier, Langer, Ézanno le magnifique, casse-cou exemplaire, Melville-Lynch, sont toujours vivants. Nous nous voyons parfois. Rarement : tout ce que nous avions à nous dire a été tué.

Je fus prêté à la R.A.F. pour quelques missions de nuit sur Wellington et Blenheim, ce qui permit à la B.B.C. d'annoncer gravement dès juillet 1940, que « l'aviation française a bombardé l'Allemagne en partant de ses bases britanniques ». « L'aviation française », c'était un camarade nommé Morel et moi-même. Le communiqué de la B.B.C. avait enthousiasmé ma mère au-delà de toute expression. Car, dans son esprit, il n'y avait jamais eu le moindre doute sur ce que « l'aviation française partant de ses bases britanniques » voulait dire. C'était moi. Je sus par la suite que pendant plusieurs jours, elle avait promené dans les allées du marché de la Buffa un visage radieux, répandant la bonne nouvelle : j'avais enfin pris les choses en main.

Je fus ensuite envoyé à Saint-Athan et ce fut au cours d'une permission à Londres, en compagnie de Lucien, que ce dernier, brusquement, après m'avoir téléphoné à l'hôtel pour me dire que tout allait très bien et que le moral était haut, raccrocha le téléphone et alla se tuer. Je lui en voulus beaucoup, sur le moment, mais mes colères ne durent jamais longtemps et lorsque, en compagnie de deux caporaux, je fus chargé d'escorter la caisse jusqu'au petit cimetière militaire de P., je n'y pensais plus.

À Reading, un bombardement venait d'endommager la voie ferrée et nous eûmes à attendre plusieurs heures. Je déposai la caisse à la consigne et, dûment pourvus d'un récépissé, nous allâmes faire un tour en ville. La ville de Reading n'était pas drôle et, pour lutter contre cette atmosphère déprimante, nous dûmes boire un peu plus qu'il ne convenait, si bien qu'en revenant à la gare nous n'étions pas en état de porter la caisse. Je fis appel à deux porteurs, leur confiai le récépissé et leur demandai de placer la caisse dans le fourgon à bagages. Arrivés à destination, dans un black-out complet et n'ayant que trois minutes pour récupérer notre copain, nous nous ruâmes dans le fourgon et eûmes tout juste le temps de nous emparer de la caisse alors que le train commençait déjà à s'ébranler. Après un nouveau parcours d'une heure dans un camion, nous pûmes enfin déposer notre charge au poste de garde du cimetière, l'abandonnant là pour la nuit, avec le drapeau qui devait servir à la cérémonie. Le lendemain matin, en arrivant au poste, nous trouvâmes un sous-officier anglais ahuri qui nous regardait avec des yeux tout ronds. En arrangeant le drapeau tricolore sur la caisse, il s'était aperçu que celle-ci portait en lettres noires le slogan publicitaire d'une marque de bière fort connue : *Guinness is good for you.* Je ne sais si ce furent les porteurs, énervés par le bombardement, ou nous-mêmes, dans le black-out, mais une chose au moins était claire : quelqu'un, quelque part, s'était trompé de caisse. Nous étions naturellement très ennuyés, d'autant plus que l'aumônier attendait déjà, ainsi que six soldats alignés au bord de la fosse pour la salve d'honneur. Finalement, soucieux avant tout de ne pas nous exposer à l'accusation de légèreté que nos alliés britanniques n'étaient que trop enclins à formuler contre les Français Libres, nous décidâmes qu'il était trop tard pour reculer et que le prestige de l'uniforme était en jeu. Je regardai fixement le sergent anglais dans les yeux, celui-ci fit de la tête un signe bref pour indiquer qu'il comprenait parfaitement et, replaçant bien vite le drapeau sur la caisse, nous la portâmes sur nos épaules au cimetière et procédâmes à la mise en terre. L'aumônier dit quelques mots, nous nous mîmes au garde-à-vous en saluant, la salve fut tirée dans le ciel bleu et je fus pris d'une telle rage contre ce lâcheur qui avait cédé à l'ennemi, qui avait manqué de fraternité et s'était dérobé à notre dur compagnonnage que mes poings se serrèrent et qu'une injure me monta aux lèvres cependant que ma gorge se nouait.

Nous ne sûmes jamais ce qu'était devenue l'autre caisse, la bonne. Toutes sortes d'hypothèses intéressantes me viennent parfois à l'esprit.

CHAPITRE XXXVI

Je fus enfin envoyé à l'entraînement à Andover, avec l'escadrille de bombardement qui se préparait à partir pour l'Afrique sous le commandement d'Astier de Villatte. Au-dessus de nos têtes se déroulaient alors les combats historiques où la jeunesse anglaise opposait à un ennemi acharné une vaillance souriante et changeait le sort du monde. Ils étaient quelques-uns. Il y avait des Français parmi eux : Bouquillard, Mouchotte, Blaise... Je n'étais pas du nombre. J'errais dans la campagne ensoleillée, les yeux rivés au ciel. Parfois un jeune Anglais se posait sur le terrain dans son Hurricane criblé de balles, refaisait le plein d'essence et de munitions et repartait au combat. Ils portaient tous autour du cou des écharpes multicolores et je me mis, moi aussi, à porter une écharpe autour du cou. Ce fut ma seule contribution à la bataille d'Angleterre. J'essayais de ne pas penser à ma mère et à tout ce que je lui avais promis. Je fus pris aussi, pour l'Angleterre, d'une amitié et d'une estime dont aucun de ceux qui ont eu l'honneur de fouler son sol en juillet 40 ne se départira jamais.

L'entraînement fini, nous eûmes droit à quatre jours de permission à Londres avant de nous embarquer pour l'Afrique. Ici se situe un épisode d'une stupidité sans pareille, même dans ma vie de champion.

Le deuxième jour de ma permission, au cours d'un bombardement particulièrement violent, je me trouvais en compagnie d'une jeune poétesse de Chelsea au Wellington, où tous les aviateurs alliés se donnaient rendez-vous. Ma poétesse se révéla une grosse déception, ne faisant que parler sans arrêt, et parler de T. S. Elliott, d'Ezra Pound et d'Auden par-dessus le marché, tournant vers moi un beau regard bleu littéralement pétillant d'imbécillité. Je n'en pouvais plus et la haïssais de tout mon cœur. De temps en temps, je l'embrassais tendrement sur la bouche pour la faire taire, mais comme mon nez endommagé était toujours bloqué, j'étais obligé au bout d'une minute de lâcher ses lèvres pour respirer — et déjà, elle se relançait sur E. Cummings et Walt Whitman. Je me demandais si je n'allais pas simuler une crise d'épilepsie, ce que je fais toujours dans des circonstances pareilles, mais j'étais en uniforme et c'était un peu gênant ; je me contentai donc de lui caresser doucement les lèvres du bout des doigts, pour tenter d'interrompre le flot de paroles, cependant que, par un regard expressif, je l'invitai à un silence tendre et langoureux, au seul langage de l'âme. Mais il n'y avait rien à faire. Elle immobilisait mes doigts dans les siens et repartait dans une dissertation sur le symbolisme de Joyce. Je compris brusquement que mon dernier quart d'heure allait être un quart d'heure littéraire. L'ennui par la conversation et la bêtise par l'intellect sont quelque chose que je n'ai jamais pu supporter et je commençais à sentir les gouttes de sueur couler de mon front, cependant que mon regard halluciné se fixait sur ce sphincter buccal qui ne cessait de s'ouvrir et de se refermer, s'ouvrir et se refermer, et que je me jetais encore une fois sur cet organe avec l'énergie du désespoir, en essayant en vain de l'immobiliser sous mes baisers. Ce fut donc avec un immense soulagement que je vis un bel officier aviateur polonais de l'armée Anders s'approcher de notre table et, s'inclinant devant la jeune personne, l'inviter à danser. Bien que le code en vigueur interdît d'inviter ainsi une femme accompagnée, je lui souris avec reconnaissance et m'écroulai sur la banquette, vidant deux verres coup sur coup, puis je fis des gestes désespérés à la serveuse, décidé à payer l'addition et à m'esquiver discrètement dans la nuit. J'étais en train de gesticuler comme un noyé pour appeler l'attention de la serveuse, lorsque la petite Ezra Pound revint à ma table et se mit aussitôt à me parler d'E. Cummings et de la revue *Horizon* dont elle admirait immensément le rédacteur en chef. Poli comme toujours, je m'écroulai cette fois sur la table, la tête dans les mains, me bouchant les oreilles et résolu à ne pas entendre un mot de ce qu'elle disait. Là-dessus, un deuxième officier polonais se présenta. Je lui souris d'un air engageant : avec un peu de chance, la petite Ezra Pound allait peut-être trouver avec lui d'autres points de contact que la littérature, et j'en serais débarrassé. Mais pas du tout ! À peine partie, aussitôt revenue. Comme je me levais pour l'accueillir, avec ma vieille galanterie française, un troisième officier polonais se présenta. Je m'aperçus brusquement que l'on me regardait. Je m'aperçus également qu'il s'agissait d'une action entièrement préméditée et que l'intention et toute l'attitude des trois officiers polonais étaient nettement insultantes et blessantes à mon égard. Ils ne laissaient même pas à ma partenaire le temps de s'asseoir, mais la prenaient l'un après l'autre par le bras en me jetant des regards ironiques et méprisants. Ainsi que je l'ai dit, le Wellington était bourré d'officiers alliés, anglais, canadiens, norvégiens, hollandais, tchèques, polonais, australiens, et on commençait à rire à mes dépens, d'autant plus que mes tendres baisers n'étaient pas passés inaperçus : on me prenait ma fille et je ne me défendais pas. Mon sang ne fit qu'un bond : le prestige de l'uniforme était en jeu. Je me trouvai ainsi dans la situation absurde d'avoir à me battre pour garder une fille dont je mourais depuis des heures d'envie d'être débarrassé. Mais je n'avais pas le choix. L'imbécillité d'une telle situation pouvait bien être complète, je n'avais pas le droit de me dérober. Je me levai donc en souriant et après avoir prononcé, à très haute voix et en anglais, les quelques mots bien sentis qui étaient attendus de moi, je commençai par envoyer mon verre de whisky dans la figure du premier lieutenant, une claque du revers de la main dans la figure du second, après quoi, je m'assis, l'honneur sauf et ma mère me regardant avec satisfaction et fierté. Je croyais en avoir fini. Erreur ! Le troisième Polonais, celui auquel je n'avais rien fait parce que je n'avais pas de membre disponible, se considéra comme insulté. Alors qu'on essayait de nous séparer, il se répandit en injures contre l'aviation française et dénonça à haute voix la façon dont la France avait traité l'héroïque aviation polonaise. J'eus pour lui un bref élan de sympathie. Après tout, moi aussi j'étais un peu polonais, sinon par le sang, du moins par les années que j'avais vécues dans son pays — j'avais même détenu un passeport polonais pendant quelque temps. Je faillis lui serrer la main, au lieu de quoi, tenu par le code d'honneur, et ne pouvant dégager mes bras immobilisés, l'un par un Australien et l'autre par un Norvégien, je lui portai un coup de tête très réussi dans le visage. Car enfin, qui étais-je, moi, pour aller contre les traditions du code d'honneur polonais ? Il parut satisfait et s'écroula. Je pensais en avoir fini. Erreur ! Ses deux camarades m'invitèrent à les suivre dehors. J'acceptai avec joie — je me croyais débarrassé de la petite Ezra Pound. Erreur encore ! La petite, sentant avec un instinct infaillible qu'elle était en pleine « expérience vécue », s'accrocha résolument à mon bras. On se retrouva dehors, tous les cinq, dans le black-out. Les bombes pleuvaient dur. Les ambulances passaient avec leurs clochettes doucereuses, écœurantes.

— Bon, et maintenant ? demandai-je.

— Duel ! dit l'un des trois lieutenants.

— Rien à faire, leur dis-je. Le public, il y en a plus. Black-out partout. Y a pas galerie. Plus la peine de faire des gestes. Comprenez, petits cons ?

— Tous les Français sont des poltrons, dit un autre lieutenant polonais.

— Bon, duel, dis-je.

J'allais leur proposer de régler l'affaire au Hyde Park. Avec tout le bruit des canons anti-aériens dont le parc était hérissé, nos petits coups de feu passeraient inaperçus et on pouvait laisser là un cadavre dans le noir sans être inquiété. Je ne tenais absolument pas à m'exposer à des sanctions disciplinaires pour une histoire de Polonais saouls. D'un autre côté, dans les ténèbres, je risquais de mal viser et, bien que j'eusse quelque peu négligé le tir au pistolet, ces dernières années, les leçons du lieutenant Sverdlovski n'avaient pas été encore complètement oubliées, et j'étais sûr, dans un endroit civilisé, de pouvoir faire honneur à ma cible.

— Où duel ? demandai-je.

Je me gardais bien de leur parler polonais. Cela risquait de jeter de la confusion dans la situation. Ils aspiraient à se venger de la France en ma personne, et je n'allais pas leur créer des conditions psychologiques difficiles.

— Où duel ? demandai-je.

Ils se consultèrent.

— Au Regent's Park Hotel, décidèrent-ils enfin.

— Sur le toit ?

— Non. Dans une chambre. Duel au pistolet à cinq mètres.

Je me dis que dans les grands palaces de Londres on ne laissait pas en général les filles monter dans une chambre avec quatre hommes et je vis une occasion inespérée de me débarrasser de la petite

Ezra Pound. Elle s'accrochait à mon bras : un duel au pistolet à cinq mètres — ça, c'était de la littérature ! Elle miaulait d'excitation comme une chatte. Nous montâmes dans un taxi, après une longue discussion courtoise pour savoir qui monterait le premier, et passâmes au Club de la R.A.F. où les Polonais étaient descendus, pour prendre leurs revolvers de service. Moi, je n'avais que mon 6,35 que je portais toujours sous le bras. Nous nous fîmes ensuite conduire au Regent. Comme la petite Ezra Pound insistait pour monter, nous dûmes faire caisse commune et louer un appartement avec salon. Avant de monter, un des lieutenants polonais leva un doigt.

— Témoin ! dit-il.

Je regardai autour de moi, à la recherche d'un uniforme français. Il n'y en avait pas. Le hall de l'hôtel était bourré de civils, la plupart en pyjamas, qui n'osaient pas demeurer dans leurs chambres sous le bombardement et se tenaient dans le foyer, emmitouflés dans leurs foulards et leurs robes de chambre, pendant que les bombes faisaient trembler les murs. Un capitaine anglais, le monocle à l'œil, était en train de remplir une fiche à la réception. J'allai à lui.

— Monsieur, lui dis-je. J'ai un duel sur les bras, chambre 520, au cinquième étage. Voulez-vous être mon témoin ?

Il sourit avec lassitude.

— Ces Français ! dit-il. Merci, mais je ne suis pas du tout voyeur.

— Monsieur, lui dis-je. Ce n'est pas du tout ce que vous croyez. Un vrai duel. À cinq mètres, au pistolet, avec trois patriotes polonais. Je suis moi-même un peu un patriote polonais et comme l'honneur de la France est en jeu, je n'ai pas le droit de me dérober. Vous comprenez ?

— Parfaitement, dit-il. Le monde est plein de patriotes polonais. Malheureusement, il y en a qui sont allemands, français, ou anglais. Ça fait des guerres. Malheureusement aussi, je ne puis, Monsieur, vous assister. Vous voyez cette jeune personne, là-bas ?

Elle était assise sur une banquette, blonde et tout, exactement ce qu'il faut pour un permission-naire. Le capitaine ajusta son monocle et soupira.

— J'ai mis cinq heures à la décider. J'ai dû danser trois heures, dépenser beaucoup d'argent, briller, supplier, murmurer tendrement dans le taxi, et finalement, elle a dit oui. Je ne peux pas maintenant aller lui expliquer que je dois servir de témoin dans un duel avant de monter. D'ailleurs, je n'ai plus vingt ans, il est deux heures du matin, j'ai dû lutter cinq heures pour la convaincre et maintenant, je suis complètement claqué. Je n'en ai plus aucune envie, mais je suis moi aussi un peu un patriote polonais, et je n'ai pas le droit de me dérober. Je tremble à l'idée de ce que ça va donner. Bref, Monsieur, cherchez-vous un autre témoin : j'ai moi-même un duel sur les bras. Demandez au portier.

Je jetai un nouveau coup d'œil à la ronde. Parmi les personnes assises sur les banquettes circulaires, au centre, il y avait un monsieur en pyjama, par-dessus, pantoufles, chapeau, foulard et nez triste, qui joignait les mains et levait les yeux au ciel chaque fois qu'une bombe un peu trop proche faisait mine de lui tomber dessus. Nous avions droit, cette nuit-là, à un bombardement soigné. Les murs oscillaient. Les fenêtres éclataient. Des objets tombaient. J'observai le monsieur attentivement. Je sais d'instinct reconnaître les gens auxquels la vue d'un uniforme inspire une frousse intense et respectueuse. Ils n'ont rien à refuser à l'autorité. J'allai tout droit à lui et lui expliquai que des raisons impérieuses exigeaient sa présence comme témoin dans un duel au pistolet qui allait avoir lieu au cinquième étage de l'hôtel. Il me jeta un regard apeuré et suppliant, mais devant mon air vache et galonné, se leva en soupirant. Il trouva même une phrase de circonstance :

— Je suis heureux de contribuer à l'effort de guerre des Alliés, dit-il.

Nous montâmes à pied : les ascenseurs ne fonctionnaient pas pendant l'alerte. Les plantes anémiques dans leurs pots tremblaient à chaque palier. La petite Ezra Pound, suspendue à mon bras, était en proie à une excitation littéraire répugnante et murmurait, en levant vers moi des yeux mouillés :

— Vous allez tuer un homme ! Je sens que vous allez tuer un homme !

Mon témoin s'appuyait contre le mur à chaque sifflement de bombe. Les trois Polonais étaient antisémites et ils considéraient mon choix de témoin comme une insulte supplémentaire. Le brave homme continua cependant à monter l'escalier comme on descend aux enfers, en fermant les yeux et murmurant des prières. Les étages supérieurs étaient complètement vides, abandonnés par leurs habitants, et je dis aux patriotes polonais que le couloir me paraissait offrir un terrain idéal pour la rencontre. J'exigeai également qu'on augmentât la distance à dix pas. Ils se déclarèrent d'accord et commencèrent à mesurer le terrain. Je ne tenais pas à recevoir la moindre égratignure, dans cette histoire, mais je ne voulais pas non plus risquer de tuer mon adversaire, ni le blesser trop sérieusement, afin de ne pas m'attirer d'ennuis. Un cadavre dans un hôtel finit toujours par se faire remarquer, et un blessé grave ne peut pas descendre l'escalier par ses propres moyens. D'autre part, connaissant l'honneur polonais — *honor polski* — j'exigeai l'assurance de ne pas avoir à me battre, tour à tour, avec chacun des patriotes, si le premier était mis hors de combat. Je dois ajouter encore un mot : pendant toute la durée de cet incident ma mère ne manifesta pas la moindre opposition. Elle devait être heureuse de sentir que je faisais enfin quelque chose pour la France. Et le duel au pistolet à dix pas était tout à fait dans ses cordes. Elle savait bien que Pouchkine et Lermontov avaient tous les deux été tués dans un duel au pistolet, et ce n'était pas pour rien que, dès l'âge de huit ans, elle m'avait traîné chez le lieutenant Sverdlovski.

Je me préparai. Je dois avouer que je n'avais pas tout mon sang-froid, d'une part, parce que la petite Ezra Pound me mettait hors de moi, et ensuite parce que je craignais qu'une bombe, en tombant trop près au moment où j'allais tirer, ne fît trembler ma main, avec des conséquences fâcheuses pour ma cible.

Finalement, nous nous mîmes en position dans le couloir, je visai de mon mieux, mais les conditions n'étaient pas idéales, les explosions et les sifflements se succédaient autour de nous, et lorsque le directeur du combat, un des Polonais, profitant d'une accalmie, donna le signal, je touchai mon adversaire un peu plus sérieusement qu'il n'était sain pour moi. Nous l'installâmes confortablement dans l'appartement que nous avions loué, et la petite Ezra Pound s'improvisa immédiatement infirmière et sœur, en attendant mieux, le lieutenant n'ayant été après tout touché qu'à l'épaule. Après quoi, j'eus mon moment de triomphe. Je saluai mes adversaires, lesquels me rendirent mon salut en faisant claquer les talons à la prussienne et ensuite, dans mon meilleur polonais, avec le plus pur accent de Varsovie, je leur dis hautement et clairement ce que je pensais d'eux. L'expression d'idiotie qui se répandit sur leurs visages lorsque le flot d'insultes dans leur riche langue natale commença à se déverser sur eux fut un des plus beaux moments de ma carrière de patriote polonais et compensa largement l'irritation intense qu'ils m'avaient causée. Mais je n'en avais pas fini avec les surprises de la soirée. Mon témoin, qui avait disparu pendant l'échange des balles dans une des chambres vides, me suivit dans l'escalier, l'air radieux. Il paraissait avoir oublié sa frousse et les bombes, dehors. Avec un sourire qui s'élargissait sur sa figure au point de me faire craindre pour ses oreilles, il sortit de son portefeuille quatre beaux billets de cinq livres et essaya de me les fourrer dans la main. Comme je repoussais cette offrande avec dignité, il fit un geste vers l'appartement où j'avais laissé les trois Polonais et dit, en mauvais français :

— Tous des antisémites ! Je suis polonais moi-même, je les connais ! Prenez, prenez !

— Monsieur, lui dis-je, en polonais, comme il essayait de me glisser les billets dans la poche, Monsieur, mon honneur polonais, *moj honor polski* ne me permet pas d'accepter cet argent. Vive la Pologne, Monsieur, qui est une vieille alliée de mon pays !

Je vis sa bouche s'ouvrir démesurément, ses yeux exprimèrent cette incompréhension monumentale que j'aime tellement voir dans les yeux des humains, et je le laissai là, banknotes à la main, dégringolai, en sifflotant, l'escalier quatre à quatre, et de là dans la nuit.

Dès le lendemain matin, une voiture de police venait me cueillir à Odiham et, après quelques moments assez désagréables passés à Scotland Yard, je fus remis aux autorités françaises, à l'État-Major de l'amiral Muselier, où je fus interrogé amicalement par le lieutenant de vaisseau d'Angassac. Il avait été entendu entre nous que le lieutenant polonais allait quitter l'hôtel soutenu par ses camarades et jouant l'ivresse, mais la petite Ezra Pound n'avait pu résister à l'envie d'appeler une ambulance, et je me trouvais dans de beaux draps. Je fus aidé par le fait que le personnel navigant bien entraîné était alors très rare dans la France Libre et qu'on avait donc besoin de moi, et aussi, par l'imminence du départ de mon escadrille pour d'autres cieux, mais j'imagine que ma mère avait dû s'agiter aussi quelque peu, dans les coulisses, car je m'en tirai avec un blâme, ce qui n'a jamais cassé une jambe à personne, et m'embarquai, tout guilleret, quelques jours plus tard, pour l'Afrique.

CHAPITRE XXXVII

À bord de l'*Arundel Castle*, il y avait une centaine de jeunes Anglaises de bonne famille, toutes engagées volontaires dans le corps féminin de conductrices, et les quinze jours de traversée, dans le black-out rigoureux observé à bord, nous firent la meilleure impression. Comment le bateau n'a pas pris feu, je me le demande encore.

Un soir, j'étais sorti sur le pont et, accoudé au bastingage, je regardais le sillage phosphorescent du navire, lorsque j'entendis quelqu'un venir vers moi à pas de loup et une main saisit la mienne. Mes yeux habitués à l'obscurité avaient à peine eu le temps de reconnaître la silhouette de l'adjudant-chef de discipline de notre formation, que déjà il portait ma main à ses lèvres et la couvrait de baisers. Apparemment, il avait rendez-vous à l'endroit où je me trouvais avec une charmante conductrice, mais, sortant du salon bien éclairé pour se trouver soudain dans le noir, il avait été victime d'une erreur tout à fait excusable. Je le laissai faire un instant avec indulgence — c'était très curieux de voir un adjudant-chef de discipline en action — mais comme ses lèvres arrivaient à la hauteur de mon aisselle, je crus bon de le mettre tout de même au courant et, de ma plus belle voix de basse, je lui dis :

— Je ne suis pas du tout celle que vous croyez.

Il poussa un hurlement de bête blessée et se mit à cracher, ce que je trouvai peu gracieux. Pendant plusieurs jours, il devenait écarlate chaque fois qu'il me croisait sur le pont et alors que je lui faisais les plus aimables sourires. La vie était jeune, alors, et bien que nous soyons aujourd'hui morts, pour la plupart — Roque tombé en Égypte, La Maisonneuve disparu en mer, Castelain tué en Russie, Crouzet tué dans le Gabon, Goumenc en Crète, Caneppa tombé en Algérie, Maltcharski tué en Libye, Delaroche tombé à El Facher avec Flury-Hérard et Coguen, Saint-Péreuse toujours vivant, mais avec une jambe en moins, Sandré tombé en Afrique, Grasset tombé à Tobrouk, Perbost tué en Libye, Clariond disparu dans le désert — bien que nous soyons aujourd'hui presque tous morts, notre gaieté demeure et nous nous retrouvons souvent tous vivants dans le regard des jeunes gens autour de nous. La vie est jeune. En vieillissant, elle se fait durée, elle se fait temps, elle se fait adieu. Elle vous a tout pris, et elle n'a plus rien à vous donner. Je vais souvent dans les endroits fréquentés par la jeunesse pour essayer de retrouver ce que j'ai perdu. Parfois, je reconnais le visage d'un camarade tué à vingt ans. Souvent, ce sont les mêmes gestes, le même rire, les mêmes yeux. Quelque chose, toujours, demeure. Il m'arrive alors de croire presque — presque — qu'il est resté en moi quelque chose de celui que j'étais il y a vingt ans, que je n'ai pas entièrement disparu. Je me redresse alors un peu, je saisis mon fleuret, je vais à pas énergiques dans le jardin, je regarde le ciel et je croise le fer. Parfois, aussi, je monte sur ma colline et je jongle avec trois, quatre balles, pour leur montrer que je n'ai pas encore perdu la main et qu'ils doivent encore compter avec moi. Leur ? Ils ? Je sais que personne ne me regarde, mais j'ai besoin de me prouver que je suis encore capable de naïveté. La vérité est que j'ai été vaincu, mais j'ai été seulement vaincu et on ne m'a rien appris. Ni la sagesse ni la résignation. Je m'étends au soleil sur le sable de Big Sur et je sens dans tout mon corps la jeunesse et le courage de tous ceux qui viendront après moi et je les attends avec confiance, en regardant les phoques et les baleines qui passent par centaines, en cette saison, avec leurs jets d'eau, et j'écoute l'Océan ; je ferme les yeux, je souris et je sais que nous sommes tous là, prêts à recommencer.

Ma mère venait me tenir compagnie presque chaque soir sur le pont et nous nous accoudions ensemble au bastingage, en regardant ce sillon tout blanc d'où poussaient la nuit et les étoiles. La nuit avait une façon de jaillir du sillage phosphorescent pour monter au ciel et y éclater en rameaux d'étoiles qui nous tenaient penchés sur les vagues jusqu'aux premières lueurs de l'aube ; à l'approche de l'Afrique, l'aube balayait l'Océan d'un seul coup d'un bout à l'autre et le ciel était là, soudain, dans toute sa clarté, alors que mon cœur battait encore au rythme de la nuit et que mes yeux croyaient encore aux ténèbres. Mais je suis un vieux mangeur d'étoiles et c'est à la nuit que je me confie le plus aisément. Ma mère fumait toujours autant et, à plusieurs reprises, alors que nous étions ainsi accoudés au bord de la nuit, je fus sur le point de lui rappeler qu'il y avait le black-out et qu'il était défendu de fumer sur le pont, à cause des sous-marins. Et puis je souriais un peu de ma naïveté, car j'aurais dû savoir qu'aussi longtemps qu'elle resterait ainsi à côté de moi, sous-marins ou pas, il ne pouvait rien nous arriver.

— Tu n'as plus rien écrit depuis des mois, me disait-elle avec reproche.

— Il y a la guerre, non ?

— Ce n'est pas une raison. Il faut écrire.

Elle soupirait.

— J'ai toujours voulu être une grande artiste.

Mon cœur se serrait.

— T'en fais pas, maman, lui disais-je. Tu seras une grande artiste, tu seras célèbre. Je m'arrangerai.

Elle se taisait un peu. Je voyais presque sa silhouette, la trace de ses cheveux blancs, la pointe rouge de sa gauloise. Je l'inventais autour de moi avec tout l'amour et toute la fidélité dont j'étais capable.

— Tu sais, je dois te faire un aveu. Je ne t'ai pas dit la vérité.

— La vérité sur quoi ?

— Je n'ai pas vraiment été une grande actrice, une tragédienne. Ce n'est pas tout à fait exact. J'ai fait du théâtre, c'est vrai. Mais ça n'est jamais allé très loin.

— Je sais, lui disais-je, doucement. Tu seras une

grande artiste, je te le promets. Tes œuvres seront traduites dans toutes les langues du monde.

— Mais tu ne travailles pas, me disait-elle, tristement. Comment veux-tu que cela arrive, si tu ne fais rien ?

Je me mis à travailler. Il était difficile, sur le pont d'un bateau en pleine guerre, ou dans une minuscule cabine partagée avec deux camarades, de s'atteler à une œuvre de longue haleine, aussi décidai-je d'écrire quatre ou cinq nouvelles, dont chacune célébrerait le courage des hommes dans leur lutte contre l'injustice et l'oppression. Une fois les nouvelles terminées, je les intégrerais dans le corps d'un vaste récit, une sorte de fresque de la Résistance et de notre refus de soumission, en faisant raconter ces histoires par un des personnages du roman, suivant la vieille méthode des conteurs picaresques. Ainsi, si j'étais tué avant d'avoir achevé tout le livre, du moins laisserais-je derrière moi quelques nouvelles, toutes ancrées sur le thème même de ma vie, et ma mère verrait que, comme elle, j'avais essayé de mon mieux. C'est ainsi que la première nouvelle de mon roman *Éducation européenne* fut écrite à bord du navire qui nous emportait vers les combats du ciel africain. Je l'ai lue immédiatement à ma mère, sur le pont, dans les premiers murmures de l'aube. Elle parut contente.

— Tolstoï ! me dit-elle, très simplement. Gorki !

Et puis, par courtoisie envers mon pays, elle ajouta :

— Prosper Mérimée !

Elle me parlait, au cours de ces nuits, avec plus

d'abandon et plus de confiance qu'au cours de nos nuits passées. Peut-être parce qu'elle s'imaginait que je n'étais plus un enfant. Peut-être simplement parce que la mer et le ciel aidaient aux confidences et que rien ne paraissait laisser de trace autour de nous, sauf le sillage blanc, lui-même éphémère dans le silence. Peut-être aussi parce que je partais me battre pour elle et qu'elle voulait donner une force nouvelle à ce bras sur lequel elle n'avait même pas eu encore le temps de s'appuyer. Penché sur les vagues, je puisais dans le passé à mains pleines : des bouts de phrases jadis échangées, des propos mille fois entendus, des attitudes et des gestes qui sont restés dans mes yeux, les thèmes essentiels qui couraient à travers sa vie comme des fils de lumière qu'elle aurait tissés elle-même et auxquels elle n'avait jamais cessé de s'accrocher.

— La France est ce qu'il y a de plus beau au monde, disait-elle avec son vieux sourire naïf. C'est pour cela que je veux que tu sois un Français.

— Eh bien, ça y est, maintenant, non ?

Elle se taisait. Puis elle soupirait un peu.

— Il faudra que tu te battes beaucoup, dit-elle.

— J'ai été blessé à la jambe, lui rappelai-je. Tiens, tu peux toucher.

J'avançais la jambe avec le petit bout de plomb dans la cuisse. J'ai toujours refusé de me laisser enlever ce bout de plomb. Elle y tenait beaucoup.

— Fais attention, tout de même, me demandait-elle.

— Je ferai attention.

Souvent, au cours des missions qui précédèrent le débarquement, alors que les éclats et le souffle des explosions faisaient contre la carcasse de l'avion un bruit de ressac, je pensais aux paroles de ma mère « Fais attention ! » et je ne pouvais m'empêcher de sourire un peu.

— Qu'est-ce que tu as fait avec ta licence en droit ?

— Tu veux dire avec le diplôme ?

— Oui. Tu ne l'as pas perdu ?

— Non. Il est quelque part dans ma valise.

Je savais bien ce qu'elle avait à l'esprit. La mer dormait autour de nous et le bateau suivait ses soupirs. On entendait le sourd battement des machines. J'avoue franchement que je craignais un peu l'entrée de ma mère dans le monde diplomatique dont cette fameuse licence en droit devait, selon elle, m'ouvrir un jour les portes. Il y avait dix ans, maintenant, qu'elle astiquait soigneusement tous les mois notre vieille argenterie impériale, en prévision du jour où il me faudrait « recevoir ». Je ne connaissais guère d'ambassadeurs et encore moins d'ambassadrices, et je les imaginais alors toutes comme l'incarnation même du tact, du savoir-vivre, de la discrétion et de la tenue. À la lumière d'une expérience de quinze ans, je suis revenu depuis, là aussi, à une conception plus humaine des choses. Mais je me faisais à l'époque, de la Carrière, une idée très exaltée. Je n'étais donc pas sans appréhension, me demandant si ma mère n'allait pas me gêner un peu dans l'exercice de mes fonctions. Dieu me garde, je ne lui ai jamais fait part de mes doutes à haute voix, mais elle avait appris à lire mes silences.

— Ne t'en fais pas, m'assura-t-elle. Je sais recevoir.

— Écoute, maman, il ne s'agit pas de ça...

— Si tu as honte de ta mère, tu n'as qu'à le dire.

— Maman, je t'en prie...

— Mais il faudra beaucoup d'argent. Il faut que le père d'Ilona lui donne une bonne dot... Tu n'es pas n'importe qui. Je vais aller le voir. On va parler. Je sais bien que tu aimes Ilona, mais il ne faut pas perdre la tête. Je lui dirai : « Voilà ce que nous avons, voilà ce que nous donnons. Et vous, qu'est-ce que vous nous donnez ? »

Je serrais ma tête entre mes mains. Je souriais, mais les larmes glissaient sur mes joues.

— Mais oui, maman, mais oui. Ce sera comme ça. Ce sera comme ça. Je ferai ce que tu voudras. Je serai ambassadeur. Je serai un grand poète. Je serai Guynemer. Mais laisse-moi le temps. Soigne-toi bien. Vois le médecin régulièrement.

— Je suis un vieux cheval. Je suis allée jusque-là, j'irai plus loin.

— Je me suis arrangé pour qu'on te fasse parvenir de l'insuline, par la Suisse. La meilleure insuline. Une fille à bord du bateau m'a promis de s'en occuper.

Mary Boyd m'avait promis de s'en occuper et bien que je ne l'eusse jamais revue depuis, pendant plusieurs années, jusqu'à un an après la guerre, l'insuline a continué à arriver de Suisse à l'Hôtel-Pension Mermonts. Je n'ai pu retrouver Mary Boyd depuis, pour la remercier. J'espère qu'elle est toujours en vie. J'espère qu'elle lira ces lignes.

J'essuyai ma figure et soupirai profondément.

Rien n'était plus vide que le pont du bateau à côté de moi. L'aube était là, avec ses poissons volants. Et soudain, avec une clarté, une netteté incroyables, j'ai entendu le silence me dire à l'oreille :

— Dépêche-toi. Dépêche-toi.

Je demeurai un moment encore sur le pont, essayant de me calmer, ou peut-être cherchant l'adversaire. Mais l'adversaire ne se montrait pas. Il n'y avait que des Allemands. Je sentais le vide dans mes poings et, au-dessus de ma tête, tout ce qui était infini, éternel, inaccessible, entourait l'arène d'un milliard de sourires indifférents à notre plus vieux combat.

CHAPITRE XXXVIII

Ses premières lettres m'étaient parvenues peu après mon arrivée en Angleterre. Elles étaient acheminées clandestinement par la Suisse, d'où une amie de ma mère me les réexpédiait régulièrement. Aucune n'était datée. Jusqu'à mon retour à Nice, trois ans et six mois plus tard, jusqu'à la veille de mon retour à la maison, ces lettres sans date, hors du temps, devaient me suivre partout fidèlement. Pendant trois ans et demi, j'ai été soutenu ainsi par un souffle et une volonté plus grands que la mienne et ce cordon ombilical communiquait à mon sang la vaillance d'un cœur trempé mieux que celui qui m'animait. Il y avait une sorte de crescendo lyrique dans ces billets et ma mère paraissait tenir pour acquis que j'accomplissais des prodiges d'adresse dans ma démonstration d'invincibilité humaine, plus fort que Rastelli, le jongleur, plus superbe que Tilden, le tennisman, et plus valeureux que Guynemer. En vérité, mes exploits ne s'étaient pas encore matérialisés, mais je faisais de mon mieux pour me maintenir en forme. Je faisais tous les jours une demi-heure de culture physique, une demi-heure de course à pied et un quart d'heure de poids et haltères. Je continuais à jongler avec six balles et je ne désespérais pas de saisir la septième. Je continuais aussi à travailler à mon roman *Éducation européenne*, et les quatre nouvelles qui devaient être incorporées dans le corps du récit étaient déjà terminées. Je croyais fermement qu'on pouvait, en littérature comme dans la vie, plier le monde à son inspiration et le restituer à sa vocation véritable, qui est celle d'un ouvrage bien fait et bien pensé. Je croyais à la beauté et donc à la justice. Le talent de ma mère me poussait à vouloir lui offrir le chef-d'œuvre d'art et de vie auquel elle avait tant rêvé pour moi, auquel elle avait si passionnément cru et travaillé. Que ce juste accomplissement lui fût refusé me paraissait impossible, parce qu'il me semblait exclu que la vie pût manquer à ce point d'art. Sa naïveté et son imagination, cette croyance au merveilleux qui lui faisaient voir dans un enfant perdu dans une province de la Pologne orientale, un futur grand écrivain français et un ambassadeur de France, continuaient à vivre en moi avec toute la force des belles histoires bien racontées. Je prenais encore la vie pour un genre littéraire.

Ma mère faisait, dans ses lettres, la description de mes prouesses, que je lisais, je l'avoue, avec un certain plaisir. « Mon fils glorieux et bien-aimé, m'écrivait-elle. Nous lisons avec admiration et gratitude les récits de tes exploits héroïques dans les journaux. Dans le ciel de Cologne, de Bremen, d'Hambourg, tes ailes déployées jettent la terreur dans le cœur des ennemis. » Je la connaissais bien et je comprenais fort bien ce qu'elle voulait dire. Pour elle, chaque fois qu'un avion de la R.A.F. bombardait un objectif, j'étais à bord. Dans chaque bombe, elle reconnaissait ma voix. J'étais présent sur tous les fronts et je faisais frémir l'adversaire. J'étais à la fois dans la chasse et dans le bombardement et, chaque fois qu'un avion allemand était abattu par l'aviation anglaise, elle m'attribuait tout naturellement cette victoire. Les allées du marché de la Buffa devaient retentir de l'écho de mes prouesses. Elle me connaissait, après tout. Elle savait bien que c'était moi qui avais gagné le championnat de Nice de ping-pong, en 1932.

« Mon fils adoré, tout Nice est fier de toi. Je suis allée voir tes professeurs du lycée et je les ai mis au courant. La radio de Londres nous parle du feu et des flammes que tu jettes sur l'Allemagne, mais ils font bien de ne pas citer ton nom. Cela pourrait me causer des ennuis. » Dans l'esprit de la vieille femme de l'Hôtel-Pension Mermonts, mon nom était dans chaque communiqué du front, dans chaque cri de rage d'Hitler. Assise dans sa petite chambre, elle écoutait la B.B.C. qui ne lui parlait que de moi, et je voyais presque son sourire émerveillé. Elle n'était pas du tout étonnée. C'était tout à fait ce qu'elle attendait de moi. Elle l'avait toujours su. Elle l'avait toujours dit. Elle avait toujours su qui j'étais.

Il n'y avait qu'un ennui, c'est que pendant tout ce temps-là je ne parvenais pas à croiser le fer avec l'ennemi. Dès mes premiers vols en Afrique le refus de me laisser tenir ma promesse me fut clairement signifié, et le ciel autour de moi redevint le court de tennis au Parc Impérial, où un jeune clown affolé dansait une gigue ridicule à la poursuite des balles insaisissables, sous l'œil d'un public réjoui.

À Kano, au Nigeria, notre avion fut pris dans une tempête de sable, toucha un arbre et alla au tapis, faisant un trou d'un mètre dans le sol ; nous sortîmes de là hébétés mais indemnes, à la grande indignation du personnel de la R.A.F., car le matériel volant était alors rare et précieux, bien plus précieux que la vie de ces Français maladroits.

Le lendemain, prenant place à bord d'un autre avion et avec un autre pilote, je fis une nouvelle culbute lorsque notre Blenheim s'embarqua au décollage, se renversa et se mit à brûler, cependant que nous sortions à peine roussis des flammes.

Nous avions à présent trop d'équipages et pas assez d'avions. Me morfondant à Maïdaguri dans une oisiveté totale, coupée seulement de longs galops à cheval à travers la brousse désertique, je demandai et obtins d'aller faire quelques convoyages d'avions sur la grande route aérienne Côte de l'Or-Nigeria-Tchad-Soudan-Égypte. Les avions arrivaient en caisse à Takoradi, où l'on procédait au montage, et étaient ensuite pilotés à travers toute l'Afrique vers les combats de Libye.

Je n'eus l'occasion de faire qu'un seul convoyage et encore mon Blenheim ne parvint-il jamais au Caire. Il alla s'écraser au nord de Lagos dans la brousse. J'étais à bord en passager, pour me familiariser avec le parcours. Mon pilote néozélandais et le navigateur furent tués. Je n'avais pas une égratignure, mais ça n'allait pas. Il y a quelque chose d'abominable dans la vue d'une tête écrasée, d'un visage enfoncé et troué et dans l'extraordinaire foisonnement de mouches dont la jungle sait soudain vous entourer. Et les hommes vous paraissent singulièrement grands, lorsqu'il faut leur creuser une demeure avec les mains. La rapidité des mouches à s'agglomérer et à luire au soleil de toutes les combinaisons que le bleu et le vert peuvent faire avec le beau rouge est aussi quelque chose d'assez effrayant.

Au bout de quelques heures de cette intimité bourdonnante, mes nerfs commencèrent à me lâcher. Lorsque les avions qui nous cherchaient venaient tourner autour de moi, je gesticulais pour les chasser, confondant leur bourdonnement avec celui des insectes qui essayaient de se poser sur mes lèvres et sur mon front.

Je voyais ma mère. Elle penchait la tête de côté, les yeux à demi fermés. Elle pressait une main contre son cœur. Je l'avais vue dans la même attitude il y avait déjà tant d'années, au moment de sa première crise de coma insulinique. Son visage était gris. Elle avait dû faire un effort prodigieux, mais elle n'avait pas la force qu'il eût fallu pour sauver tous les fils du monde. Elle n'avait pu sauver que le sien.

— Maman, lui dis-je, en levant les yeux. Maman. Elle me regardait.

— Tu m'avais promis de faire attention, dit-elle.

— Ce n'est pas moi qui pilotais.

J'eus tout de même un sursaut de combativité. Il y avait un sac d'oranges vertes d'Afrique parmi nos provisions de bord. J'allai les chercher dans la carlingue. Je me revois encore debout à côté de l'avion brisé, jonglant avec cinq oranges, malgré les larmes qui me brouillaient parfois la vue. Chaque fois que la panique me prenait à la gorge, je saisissais les oranges et me mettais à jongler. Il ne s'agissait pas seulement de me reprendre ainsi en main. C'était une question de style et un défi. C'était tout ce que je pouvais faire pour proclamer ma dignité, la supériorité de l'homme sur tout ce qui lui arrive.

Je demeurai là trente-huit heures. Je fus retrouvé à l'intérieur de la carlingue, le toit fermé, dans une chaleur infernale, inconscient et à demi desséché, mais sans une mouche sur moi.

Il en fut ainsi pendant tout mon séjour en Afrique. Chaque fois que je m'élançais, le ciel me rejetait avec fracas et il me semblait entendre dans le tumulte de ma chute l'éclat d'un rire bête et goguenard. J'allais au tapis avec une régularité étonnante : assis sur mon derrière, à côté de ma monture renversée, avec dans ma poche la dernière lettre où ma mère me parlait de mes exploits avec une confiance absolue, je baissais le nez, soupirais, puis me relevais et essayais encore une fois de mon mieux.

Je ne pense pas qu'en cinq ans de guerre, dont la moitié de présence en escadrille, interrompue seulement par des séjours à l'hôpital, j'aie accompli plus de quatre ou cinq missions de combat dont je me souvienne aujourd'hui avec un vague sentiment d'avoir été bon fils. Les mois s'écoulaient dans le traintrain des vols routiniers ou qui relevaient plus des transports en commun que de quelque légende dorée. Détaché avec plusieurs camarades à Bangui, en A.E.F., pour assurer la défense aérienne d'un territoire que seuls les moustiques menaçaient, notre exaspération devint rapidement telle que nous bombardâmes avec des bombes de plâtre le palais du Gouverneur, dans l'espoir de faire sentir ainsi discrètement notre impatience aux autorités. Nous ne fûmes même pas punis. Nous essayâmes alors de nous rendre indésirables en organisant dans les rues de la petite ville un défilé de citoyens noirs portant des pancartes qui proclamaient : « Les civils de Bangui disent : "Les aviateurs au front !" » Notre tension nerveuse cherchait à se libérer en des jeux qui eurent souvent des conséquences tragiques. Des acrobaties folles à bord d'un matériel fatigué et la recherche délibérée du danger coûta la vie à plusieurs d'entre nous. Fonçant avec un camarade en rase-mottes sur un troupeau d'éléphants, au Congo belge, notre avion vint percuter dans une des bestioles, tuant du même coup l'éléphant et le pilote. En sortant des débris du Luciole, je fus accueilli à coups de crosse et à demi assommé par un civil forestier dont les paroles indignées : « On n'a pas le droit de traiter la vie comme ça » sont restées longtemps présentes dans ma mémoire. Je fus honoré de quinze jours d'arrêts de rigueur, que j'occupai à défricher le jardin de mon bungalow où l'herbe repoussait chaque matin, plus vite encore que la barbe sur mes joues, puis je revins ensuite à Bangui et me morfondis là jusqu'à ce qu'un geste amical d'Astier de Villatte me rendît enfin ma place dans l'escadrille qui opérait alors sur le front d'Abyssinie.

Je tiens donc à le dire clairement : je n'ai rien fait. Rien, surtout, lorsqu'on pense à l'espoir et à la confiance de la vieille femme qui m'attendait. Je me suis débattu. Je ne me suis pas vraiment battu.

Certains moments que je semble avoir vécus alors ont complètement échappé à ma mémoire. Un camarade, Perrier, dont je ne mettrai jamais la parole en doute, me raconta, longtemps après la guerre, qu'étant rentré tard une nuit dans le bungalow qu'il partageait alors avec moi à Fort-Lamy, il m'avait trouvé sous la moustiquaire avec le canon d'un revolver pressé contre ma tempe, et qu'il avait tout juste eu le temps de se jeter sur moi pour détourner le coup de feu. Je lui ai, paraît-il, expliqué mon geste par le désespoir que j'éprouvais d'avoir abandonné en France une vieille mère malade et sans ressources, uniquement pour venir pourrir, inutile, loin du front, dans le bled africain. Je ne me souviens pas de cet épisode honteux et qui ne me ressemble guère, car, dans mes désespoirs, toujours aussi rageurs que passagers, je me tourne contre l'extérieur et non contre moi-même, et j'avoue que loin de me couper l'oreille, comme Van Gogh, c'est aux oreilles des autres que je songerais plutôt à mes bons moments. Je dois cependant ajouter que les mois qui précédèrent septembre 1941 sont restés assez vagues dans mon esprit, à la suite d'une très vilaine typhoïde dont je fus atteint à cette époque, et qui me valut l'extrême-onction, effaça certains épisodes de ma mémoire et fit dire aux médecins que même si je survivais, je n'allais jamais retrouver ma raison.

Je rejoignis donc l'escadrille au Soudan, mais

déjà la campagne d'Éthiopie finissait ; en partant de l'aérodrome de Gordon's Tree, à Khartoum, on ne rencontrait plus la chasse italienne et les quelques volutes de fumée des canons anti-aériens que l'on apercevait à l'horizon ressemblaient aux derniers soupirs d'un vaincu. On revenait avec le couchant, pour aller traîner dans les deux boîtes de nuit où les Anglais avaient « interné » deux troupes de danseuses hongroises surprises en Égypte par l'entrée en guerre de leur pays contre les Alliés, et, à l'aube, on repartait pour une autre promenade sans ennemi en vue. Je n'ai rien pu donner. On imagine avec quel sentiment de frustration et de honte je lisais les lettres où ma mère me chantait sa confiance et son admiration. Loin de me hisser au niveau de tout ce qu'elle attendait de moi, j'en étais réduit à la compagnie de pauvres filles dont les jolis visages s'amincissaient à vue d'œil sous la morsure impitoyable du soleil soudanais au mois de mai. J'éprouvais continuellement une effroyable sensation d'impuissance et je faisais de mon mieux pour me donner le change et pour me prouver que je n'étais pas complètement dévirilisé.

CHAPITRE XXXIX

À mon marasme se mêlaient la hantise et la morsure d'un instant de bonheur que je venais de vivre. Si je n'en ai pas encore parlé, c'est par manque de talent. Chaque fois que je lève la tête et que je reprends mon carnet, la faiblesse de ma voix et la pauvreté de mes moyens me semblent une insulte à tout ce que j'essaye de dire, à tout ce que j'ai aimé. Un jour, peut-être, quelque grand écrivain trouvera dans ce que j'ai vécu une inspiration à sa mesure et je n'aurai pas tracé ces lignes en vain.

À Bangui, j'habitais un petit bungalow perdu parmi les bananiers, au pied d'une colline où la lune venait chaque nuit se percher comme un hibou lumineux. Tous les soirs, j'allais m'asseoir à la terrasse du cercle au bord du fleuve, face au Congo, qui commençait sur l'autre rive, et j'écoutais le seul disque qu'ils avaient là : *Remember our forgotten men*.

Je l'ai vue un jour marcher sur la route, les seins nus, portant sur la tête une corbeille de fruits.

Toute la splendeur du corps féminin dans sa tendre adolescence, toute la beauté de la vie, de l'espoir, du sourire, et une démarche comme si rien ne pouvait vous arriver. Louison avait seize ans et lorsque sa poitrine me donnait deux cœurs, j'avais parfois le sentiment d'avoir tout tenu et tout accompli. J'allai trouver ses parents et nous célébrâmes notre union à la mode de sa tribu ; le prince autrichien Stahremberg, dont les vicissitudes d'une vie mouvementée avaient fait un lieutenant pilote dans mon escadrille, fut mon témoin. Louison vint habiter avec moi. Je n'ai jamais éprouvé dans ma vie une plus grande joie à regarder et à écouter. Elle ne parlait pas un mot de français et je ne comprenais rien de ce qu'elle me disait, si ce n'est que la vie était belle, heureuse, immaculée. C'était une voix qui vous rendait à tout jamais indifférent à toute autre musique. Je ne la quittais pas des yeux. La finesse des traits et la fragilité inouïe des attaches, la gaieté des yeux, la douceur de la chevelure — mais que puis-je dire ici qui ne trahirait mon souvenir et cette perfection que j'ai connue ? Et puis, je m'aperçus qu'elle toussait un peu et, très inquiet, croyant déjà à la tuberculose dans ce corps trop beau pour être à l'abri, je l'envoyai chez le médecin-commandant Vignes pour un examen. La toux n'était rien, mais Louison avait une tache curieuse au bras, qui frappa le médecin. Il vint me trouver le soir même au bungalow. Il paraissait embêté. On savait que j'étais heureux. Cela crevait les yeux. Il me dit que la petite avait la lèpre et que je devais m'en séparer. Il le dit sans conviction. Je niai pendant longtemps. Je niai, purement et simplement. Je ne pouvais croire à un tel crime. Je passai avec Louison une nuit terrible, la regardant dormir dans mes bras, avec ce visage, que jusque dans le sommeil, la gaieté éclairait. Je ne sais même pas encore aujourd'hui si je l'aimais ou si je ne pouvais simplement pas la quitter des yeux. J'ai gardé Louison dans mes bras aussi longtemps que je l'ai pu. Vignes ne me dit rien, ne me reprocha rien. Il haussait simplement les épaules lorsque je jurais, blasphémais, menaçais. Louison commença un traitement, mais tous les soirs elle revenait dormir auprès de moi. Je n'ai jamais rien serré contre moi avec plus de tendresse et de douleur. Je n'ai accepté la séparation que lorsqu'il me fut expliqué, avec article de journal à l'appui — je me méfiais — qu'un nouveau remède venait d'être expérimenté à Léopoldville contre le bacille d'Hansen, et que l'on y avait obtenu des résultats certains dans la stabilisation et peut-être la guérison du mal. J'embarquai Louison à bord de la fameuse « aile volante » que l'adjudant Soubabère pilotait alors entre Brazzaville et Bangui. Elle me quitta et je demeurai sur le terrain, démuni, les poings serrés, avec l'impression que non seulement la France, mais la terre entière avait été occupée par l'ennemi.

Tous les quinze jours, un Blenheim piloté par Hirlemann effectuait une liaison militaire avec Brazza et il fut entendu que j'allais être du prochain voyage. Tout mon corps me paraissait creux : je sentais l'absence de Louison dans chaque grain de ma peau. Mes bras me paraissaient des choses inutiles.

L'avion d'Hirlemann, que j'attendais à Bangui, perdit une hélice au-dessus du Congo et vint s'écraser dans la forêt inondée. Hirlemann,

Béquart, Crouzet furent tués sur le coup. Le mécanicien, Courtiaud, eut une jambe fracassée ; seul le radio, Grasset, s'en tira indemne. Pour signaler sa présence, il eut l'idée de tirer à la mitrailleuse toutes les demi-heures. Chaque fois, les villageois d'une tribu voisine, qui avaient vu l'avion tomber et qui venaient à leur secours, fuyaient épouvantés. Ils durent rester là trois jours et Courtiaud, immobilisé par sa blessure, faillit devenir fou en luttant jour et nuit contre les fourmis rouges qui essayaient de venir sur sa plaie. J'avais fait souvent équipage avec Hirlemann et Béquart ; fort heureusement, une crise de paludisme providentielle me permit de tout oublier pendant une semaine.

Mon voyage à Brazzaville dut donc être remis au mois suivant, en attendant le retour de Soubabère. Mais Soubabère disparut également dans la forêt du Congo avec l'étrange « aile volante » qu'avec l'Américain Jim Mollison il avait été le seul à savoir piloter. Je reçus l'ordre de rejoindre mon escadrille sur le front d'Abyssinie. J'ignorais alors que les combats avec les Italiens étaient pour ainsi dire terminés et que je ne servirais à rien. J'obéis. Je ne revis jamais Louison. J'eus de ses nouvelles par des camarades, deux ou trois fois. On la soignait bien. On avait de l'espoir. Elle demandait quand je reviendrais. Elle était gaie. Et puis ce fut le rideau. J'écrivis des lettres, des demandes par voie hiérarchique, j'envoyai quelques télégrammes fort cavaliers. Rien. Les autorités militaires observaient un silence glacé. Je tempêtais, protestais : la plus gentille voix du monde m'appelait de quelque lazaret triste d'Afrique. Je fus expédié en Libye. Je fus aussi invité à passer un examen pour voir si je n'avais pas la lèpre. Je ne l'avais pas. Mais ça n'allait pas. Je n'ai jamais imaginé qu'on pût être à ce point hanté par une voix, par un cou, par des épaules, par des mains. Ce que je veux dire, c'est qu'elle avait des yeux où il faisait si bon vivre que je n'ai jamais su où aller depuis.

CHAPITRE XL

Les lettres de ma mère se faisaient plus brèves ; griffonnées à la hâte, au crayon, elles m'arrivaient par quatre ou cinq à la fois. Elle se portait bien. Elle ne manquait pas d'insuline. « Mon fils glorieux, je suis fière de toi… Vive la France ! » Je m'attablais sur le toit du « Royal », d'où l'on pouvait apercevoir les eaux du Nil et les mirages qui faisaient flotter la ville dans mille lacs ardents, et je demeurais là, le paquet de lettres à la main, parmi les entraîneuses hongroises, les aviateurs canadiens, sud-africains, australiens, qui se bousculaient sur la piste et autour du bar, en essayant de convaincre une des jolies filles de leur accorder ses faveurs cette nuit-là — ils payaient tous, il n'y avait que les Français qui ne payaient pas, ce qui prouve bien que même après la défaite, la France avait conservé tout son prestige. Je lisais et relisais les mots tendres et confiants, cependant que la petite Ariana, l'amie de cœur d'un de nos adjudants-chefs les plus valeureux, venait parfois s'asseoir à ma table entre deux danses et me regardait avec curiosité.

— Elle t'aime ? me demandait-elle.

J'acquiesçais sans hésiter et sans fausse modestie.

— Et toi ?

Comme d'habitude, je jouais au dur et au tatoué.

— Oh ! tu sais, moi, les femmes, lui répondais-je. Une de perdue, dix de retrouvées.

— Tu n'as pas peur qu'elle te trompe, pendant que tu n'es pas là ?

— Eh bien ! tu vois, non, lui répondais-je.

— Même si ça dure des années ?

— Même si ça dure des années.

— Mais enfin, tu ne crois tout de même pas qu'une femme normale peut rester des années seule, sans homme, juste pour tes beaux yeux ?

— Je le crois, figure-toi, lui dis-je. J'ai vu ça de près. J'ai connu une femme qui est restée des années et des années sans homme juste pour les beaux yeux de quelqu'un.

Nous montâmes donc en Libye pour la deuxième campagne contre Rommel et, dès les premiers jours, six camarades français et neuf Anglais périrent dans notre plus tragique accident. Le *khamsin* soufflait dur, ce matin-là, et, décollant contre le vent, sous le commandement de Saint-Péreuse, les pilotes et nos trois Blenheims virent brusquement surgir des tourbillons de sable trois Blenheims anglais qui s'étaient trompés de sens et venaient à leur rencontre, vent dans le dos. Il y avait trois mille kilos de bombes à bord des avions et les deux formations avaient déjà atteint la vitesse de décollage, ce moment entre terre et air où il est impossible de manœuvrer. Seul Saint-Péreuse, avec Bimont au poste d'observateur, parvint à éviter la collision. Tous les autres furent pulvérisés. On a vu les chiens courir pendant des heures avec des morceaux de viande dans la gueule.

Par chance, je n'étais pas à bord ce jour-là. Au moment où l'explosion avait lieu, j'étais en train de recevoir l'extrême-onction à l'hôpital militaire de Damas.

J'avais contracté une typhoïde avec hémorragies intestinales et les médecins qui me soignaient, le capitaine Guyon et le commandant Vignes, estimaient que je n'avais pas une chance sur mille de m'en tirer. J'avais subi cinq transfusions, mais les hémorragies continuaient et mes camarades se succédaient à mon chevet pour me donner leur sang. Je fus soigné avec un dévouement vraiment chrétien par une jeune religieuse arménienne, sœur Félicienne, de l'ordre de Saint-Joseph de la Petite Apparition, qui vit aujourd'hui dans son couvent près de Bethléem. Mon délire dura quinze jours, mais il fallut plus de six semaines pour que ma raison revînt complètement : je conservai pendant longtemps une demande par voie hiérarchique que j'avais adressée au général de Gaulle, protestant contre l'erreur administrative à la suite de laquelle, disais-je, je ne figurais plus sur la liste des vivants, ce qui avait à son tour pour conséquence, soulignais-je, que les hommes de troupe et les sous-officiers ne me saluaient plus, faisant comme si je n'existais pas. Il faut dire que je venais d'être nommé sous-lieutenant et, après mon aventure d'Avord, je tenais beaucoup à mon galon et aux marques extérieures de respect qui m'étaient dues.

Il apparut enfin aux médecins que je n'avais

que quelques heures à vivre et mes camarades de la base aérienne de Damas furent invités à venir monter la garde d'honneur devant mon corps à la chapelle de l'hôpital, cependant que le cercueil était placé dans ma chambre par l'infirmier sénégalais. Reprenant un instant connaissance, ce qui arrivait en général après une hémorragie qui diminuait ma fièvre en me drainant mon sang, j'aperçus la caisse au pied de mon lit et, reconnaissant là quelque nouveau traquenard, je pris immédiatement la fuite ; je trouvai la force de me lever et de me traîner sur mes jambes minces comme des allumettes dans le jardin, où un jeune typhique convalescent se chauffait au soleil ; voyant venir vers lui un spectre titubant et tout nu, coiffé seulement d'une casquette d'officier, le malheureux poussa un hurlement et se précipita au poste de garde : le soir même, il faisait une rechute. Dans mon délire, je m'étais coiffé de ma casquette de sous-lieutenant avec le galon tout neuf et fraîchement acquis et je refusais de m'en séparer, ce qui semble prouver que le choc que j'avais reçu trois ans auparavant au moment de mon humiliation d'Avord avait été plus fort que je ne le soupçonnais. Mes râles d'agonie ressemblaient très exactement, paraît-il, au bruit du siphon vide qui s'étrangle. Et mon cher Bimont, accouru de Libye pour me voir, me dit plus tard qu'il avait trouvé légèrement choquante et même indécente la façon dont je m'accrochais. J'insistais un peu trop. Je manquais totalement d'élégance et de bonne grâce. Je faisais, comme on dit, des pieds et des mains. C'était un peu dégoûtant. C'était presque comme un radin qui s'accroche à ses sous. Et avec ce petit sourire moqueur qui lui allait si bien et qu'il a conservé, j'espère, malgré le passage des ans, en cette Afrique Équatoriale où il vit, il me dit :

— Tu avais l'air de tenir à la vie.

Il y avait déjà une semaine qu'on m'avait administré l'extrême-onction et je reconnais que je n'aurais pas dû faire tant de difficultés. Mais j'étais mauvais joueur. Je refusais de me reconnaître vaincu. Je ne m'appartenais pas. Il me fallait tenir ma promesse, revenir à la maison couvert de gloire après cent combats victorieux, écrire *Guerre et Paix*, devenir ambassadeur de France, bref, permettre au talent de ma mère de se manifester. Par-dessus tout, je refusais de céder à l'informe. Un artiste véritable ne se laisse pas vaincre par son matériau, il cherche à imposer son inspiration à la matière brute, essaye de donner au magma une forme, un sens, une expression. Je refusais de laisser la vie de ma mère finir bêtement au pavillon des contagieux de l'hôpital de Damas. Tout mon besoin d'art et mon goût de la beauté, c'est-à-dire de la justice, m'interdisaient d'abandonner mon œuvre vécue avant de l'avoir vue prendre forme, avant d'avoir éclairé le monde autour de moi, ne fût-ce qu'un instant, de quelque fraternelle et émouvante signification. Je n'allais pas signer mon nom au bas de l'acte que les dieux me tendaient, un acte d'insignifiance, d'inexistence et d'absurdité. Je ne pouvais pas manquer à ce point de talent.

La tentation de lâcher était pourtant terrible. Mon corps était couvert de plaies purulentes, les aiguilles qui m'administraient le sérum goutte à goutte étaient plantées pendant des heures dans mes veines et me faisaient croire que j'étais roulé dans des fils barbelés, ma langue était fendue par un ulcère, ma mâchoire gauche, fêlée au cours de mon accident de Mérignac, s'était infectée et un morceau d'os s'en était détaché et perçait à travers la gencive sans qu'on osât y toucher par crainte d'hémorragie, je continuais à saigner sous moi et ma fièvre était telle que lorsqu'on m'enveloppait dans un drap glacé, mon corps reprenait sa température en quelques minutes — et, par-dessus le marché, les médecins découvraient avec intérêt que j'avais hébergé pendant tout ce temps en moi un ténia démesuré, lequel commençait à sortir à présent, mètre par mètre, de mes entrailles. Bien des années après ma maladie, lorsque je rencontrais l'un ou l'autre des toubibs qui m'avaient soigné, ils me regardaient toujours avec incrédulité et disaient :

— Vous ne saurez jamais d'où vous êtes revenu.

Possible, mais les dieux avaient oublié de couper le cordon ombilical. Jaloux de toute main humaine qui cherche à donner au destin une forme et un sens, ils s'étaient acharnés sur moi au point que tout mon corps n'était plus qu'une plaie sanguinolente, mais ils n'avaient rien compris à mon amour. Ils avaient oublié de couper ce cordon ombilical et je survécus. La volonté, la vitalité et le courage de ma mère continuaient à passer en moi et à me nourrir.

L'étincelle de vie qui brûlait encore s'embrasa soudain de tout le feu sacré de la colère lorsque je vis le prêtre entrer dans la chambre pour m'administrer l'extrême-onction.

Lorsque je vis ce barbu, vêtu de blanc et de violet, marcher sur moi d'un pas ferme, le crucifix brandi en avant, et que je compris ce qu'il me proposait, je crus voir Satan en personne. À l'étonnement de la bonne sœur qui me soutenait, on m'entendit, moi qui n'étais qu'un râle, dire à haute et intelligible voix :

— Rien à faire — zéro pour la question.

Je disparus ensuite pour quelques minutes et lorsque je revins à la surface, le bien était déjà fait. Mais je n'étais pas convaincu. J'étais absolument résolu à retourner à Nice, au marché de la Buffa, dans mon uniforme d'officier, la poitrine croulante de décorations, ma mère à mon bras. Après quoi, on irait peut-être faire un tour sur la Promenade des Anglais, sous les applaudissements. « Saluez cette grande dame française de l'Hôtel-Pension Mermonts, elle est revenue de la guerre, quinze fois citée, elle s'est couverte de gloire dans l'aviation, son fils peut être fier d'elle ! » Les vieux messieurs se découvraient avec respect, on chantait *La Marseillaise*, quelqu'un murmurait : « Ils sont encore unis par le cordon ombilical » et je voyais bien, en effet, le long tube de caoutchouc qui sortait de mes veines et je souriais triomphalement. Ça, c'était de l'art ! Ça, c'était une promesse tenue ! Et l'on voulait que je renonce à ma mission sous prétexte que les médecins m'avaient condamné, que l'extrême-onction m'avait été administrée, et que des camarades en gants blancs se préparaient déjà à monter la garde à la chapelle ardente ? Ah ça, jamais ! Plutôt vivre — comme on voit, je ne reculais devant aucune extrémité.

Je ne mourus point. Je me rétablis. Ce ne fut pas rapide. La fièvre baissa, puis disparut, mais je continuais à déraisonner. Mon délire ne s'exprimait d'ailleurs que par bégaiement : ma langue était à demi sectionnée par un ulcère. Après quoi, une phlébite se déclara et on craignit pour ma jambe. Une paralysie faciale s'installa définitivement sur le côté inférieur gauche de mon visage, à l'endroit où ma mâchoire s'était infectée, ce qui me donne encore aujourd'hui un air asymétrique intéressant. J'avais une lésion à la vésicule, la myocardite persistait, je ne reconnaissais personne, je ne pouvais pas parler, mais le cordon ombilical continuait à fonctionner. Et pour l'essentiel, je n'étais pas vraiment touché : lorsque la conscience me revint tout à fait et que je pus enfin articuler, en zézayant affreusement, je cherchai à savoir combien de temps il me fallait avant de pouvoir retourner en opérations.

Les médecins rigolèrent. La guerre était finie pour moi. On n'était pas sûr du tout que j'allais pouvoir marcher normalement, mon cœur allait probablement conserver une lésion, quant à songer à remonter dans un avion de guerre — ils haussaient les épaules et souriaient gentiment.

Trois mois plus tard, je me retrouvais à bord de mon Blenheim, traquant les sous-marins au-dessus de la Méditerranée orientale, avec de Thuisy, tué quelques mois plus tard en Angleterre, sur Mosquito.

Je dois ici exprimer ma gratitude à Ahmed, chauffeur obscur de taxi égyptien, lequel, moyennant la somme modique de cinq livres, accepta de revêtir mon uniforme et de passer à ma place la visite médicale à l'hôpital de la R.A.F. au Caire. Il n'était pas beau, il ne sentait pas bon le sable chaud, mais il passa la visite triomphalement et nous nous congratulâmes mutuellement, en mangeant des glaces à la terrasse du Gropi.

Il me restait à affronter les médecins de la base de Damas, le commandant Fitucci et le capitaine Bercault. Là, il n'était pas question de tricher. On me connaissait. On m'avait vu à l'œuvre, pour ainsi dire, sur mon lit d'hôpital. On savait également qu'il m'arrivait encore parfois d'avoir le noir et de m'évanouir sans la moindre provocation. Bref, on me demanda de bien vouloir accepter un mois de congé dans la Vallée des Rois, à Louksor, avant de songer à reprendre ma place dans l'équipage. Je visitai donc les tombeaux des pharaons et tombai profondément amoureux du Nil, que je descendis et remontai deux fois sur tout son parcours navigable. Ce paysage demeure à mes yeux aujourd'hui encore le plus beau du monde. C'est un endroit où l'âme se repose. La mienne en avait vraiment besoin. Je demeurais de longues heures sur mon balcon du Winter Palace, en regardant passer les felukkas. Je me remis à travailler à mon livre. J'écrivis quelques lettres à ma mère, pour rattraper les trois mois de silence. Dans les billets qui me parvenaient, il n'y avait cependant pas trace d'inquiétude. Elle ne s'étonnait pas de mon silence prolongé. Cela me paraissait même un peu bizarre. Le dernier billet en date avait quitté Nice alors que, depuis trois mois au moins, elle n'avait pas dû avoir de mes nouvelles. Mais elle ne paraissait avoir rien remarqué. Sans doute mettait-elle cela sur le compte des voies détournées que notre correspondance devait emprunter. Et puis, quoi, elle savait bien que je triompherais toujours de toutes les difficultés. Pourtant, une certaine tristesse se glissait maintenant dans ses lettres. J'y découvrais pour la première fois une note différente, quelque chose d'informulé, d'émouvant et d'étrangement troublant. « Mon cher petit. Je te supplie de ne pas penser à moi, de ne rien craindre pour moi, d'être un homme courageux. Rappelle-toi que tu n'as plus besoin de moi, que tu es un homme, maintenant, pas un enfant, que tu peux tenir debout tout seul sur tes jambes. Mon petit, marie-toi vite, car tu auras toujours besoin d'une femme à tes côtés. C'est peut-être là le mal que je t'ai fait. Mais essaye surtout d'écrire vite un beau livre, car tu te consoleras de tout beaucoup plus facilement après. Tu as toujours été un artiste. Ne pense pas trop à moi. Ma santé est bonne. Le vieux docteur Rosanoff est très content de moi. Il t'envoie ses amitiés. Mon cher petit, il faut être courageux. Ta mère. » Je lus et relus cette lettre cent fois, sur mon balcon, au-dessus du Nil qui passait lentement. Il y avait là un accent presque désespéré, une gravité et une retenue nouvelles et, pour la première fois, ma mère ne parlait pas de la France. Mon cœur se serra. Quelque chose n'allait pas, quelque chose, dans cette lettre, n'était pas dit. Et il y avait aussi cette exhortation un peu étrange au courage, qui revenait maintenant avec de plus en plus d'insistance dans ses billets. C'était même un peu irritant : elle devait pourtant bien savoir que je n'avais jamais peur de rien. Enfin, l'essentiel était qu'elle était toujours en vie et mon espoir d'arriver à temps augmentait avec chaque jour qui se levait.

CHAPITRE XLI

Je repris ma place dans l'escadrille et me livrai à une paisible chasse aux sous-marins italiens au large de la Palestine. C'était un métier de tout repos et j'emportais toujours un pique-nique avec moi. Nous attaquâmes au large de Chypre un sous-marin servi tout chaud à la surface et le manquâmes. Nos charges de profondeur étaient tombées trop loin.

Je peux dire que, depuis ce jour, je connais le sens du remords.

De nombreux films et de très nombreux romans ont été consacrés à ce thème, celui du guerrier hanté par le souvenir de ce qu'il a commis. Je ne suis pas une exception. Encore aujourd'hui, il m'arrive de me réveiller en hurlant, couvert de sueur froide : je rêve que je viens de rater une fois de plus mon sous-marin. C'est toujours le même cauchemar : je rate ma cible, je n'envoie pas au fond de l'eau un équipage de vingt hommes, équipage italien par-dessus le marché — et pourtant, j'aime beaucoup l'Italie et les Italiens. Le fait simple et brutal est que mon remords et mes angoisses nocturnes tiennent au fait que je *n'ai pas tué*, ce qui est extrêmement gênant pour une belle nature, et je demande humblement pardon à tous ceux que j'offense en faisant un tel aveu. Je me console un peu en essayant de me dire que je suis un mauvais homme, et que les autres, les bons, les vrais, ne sont pas comme ça, ce qui me remonte un peu le moral, car j'ai par-dessus tout besoin de croire en l'humanité.

La moitié d'*Éducation européenne* était déjà terminée et je consacrais tout mon temps libre à écrire. Lorsque mon escadrille fut transférée en Angleterre, en août 1943, je pressai le pas : ça sentait le débarquement et je ne pouvais pas revenir à la maison les mains vides. Je voyais déjà la joie et fierté de ma mère lorsqu'elle verrait son nom imprimé sur la couverture du livre. Elle allait devoir se contenter de gloire littéraire, à défaut de celle de Guynemer. Au moins ses ambitions artistiques allaient-elles enfin se trouver réalisées.

Les conditions de travail littéraire à la base aérienne d'Hartford Bridge n'étaient pas bonnes. Il faisait très froid. J'écrivais la nuit, dans la cabane de tôle ondulée que je partageais avec trois camarades ; je mettais ma veste de vol et mes bottes fourrées, je m'installais sur mon lit et j'écrivais jusqu'à l'aube ; mes doigts s'engourdissaient ; mon haleine laissait sa trace vaporeuse dans l'air glacé ; je n'eus aucune peine à reconstituer l'atmosphère des plaines enneigées de la Pologne, où mon roman était situé. Vers trois ou quatre heures du matin, je posais mon stylo, j'enfourchais ma bicyclette et allais boire une tasse de thé au mess ;

je montais ensuite dans mon avion et repartais en mission dans le petit matin gris, contre des objectifs puissamment défendus. Presque toujours, au retour, un camarade manquait ; une fois, en allant sur Charleroi, nous perdîmes sept avions d'un seul coup en franchissant la côte. Il était difficile, dans ces conditions, de faire de la littérature. Il est vrai que je n'en faisais pas : pour moi, tout cela faisait partie d'un même combat, d'une même œuvre. Je me remettais à écrire la nuit, lorsque mes camarades dormaient. Je ne me suis trouvé seul dans la cabane qu'une seule fois, lorsque l'équipage de Petit a été abattu.

Autour de moi, le ciel devenait de plus en plus vide.

Schlözing, Béguin, Mouchotte, Maridor, Gouby et Max Guedj, le légendaire, disparaissaient les uns après les autres, et puis les tout derniers partirent à leur tour, de Thuisy, Martell, Colcanap, de Maismont, Mahé, et le jour vint enfin où de tous ceux que j'avais connus en arrivant en Angleterre, il ne resta plus que Barberon, les deux frères Langer, Stone et Perrier. Nous nous regardions souvent en silence.

Je terminai *Éducation européenne*, envoyai le manuscrit à Moura Boudberg, l'amie de Gorki et de H. G. Wells, et n'en entendit plus parler. Un matin, au retour d'une mission particulièrement animée — nous faisions alors des sorties en vol rasant, à dix mètres du sol, et trois camarades étaient allés ce jour-là au tapis — je trouvai le télégramme d'un éditeur anglais m'annonçant son intention de faire traduire mon roman et de le publier dans les plus brefs délais. J'ôtai mon casque et mes gants et restai longtemps là, dans ma tenue de vol, regardant le télégramme. J'étais né.

Je m'empressai de télégraphier la nouvelle à ma mère, par la Suisse. J'attendis sa réaction avec impatience. J'avais le sentiment d'avoir enfin fait quelque chose pour elle et je savais avec quelle joie elle allait tourner les pages du livre dont elle était l'auteur. Ses vieilles aspirations artistiques commençaient enfin à être réalisées et, qui sait, avec un peu de chance, elle allait peut-être devenir célèbre. Elle débutait tard : elle avait à présent soixante et un ans. Je n'étais pas devenu un héros, ni ambassadeur de France, pas même secrétaire d'ambassade, mais j'avais tout de même commencé à tenir ma promesse, à donner un sens à ses luttes et à son sacrifice, et mon bouquin, pour léger et mince qu'il fût, jeté sur le plateau de la balance, me paraissait faire le poids. Puis j'attendis. Je lisais et relisais ses billets, cherchant quelque allusion à ma première victoire. Mais elle paraissait l'ignorer. Je crus enfin comprendre le sens de ce reproche silencieux que ce refus évident de parler de mon livre signifiait. Ce qu'elle attendait de moi, tant que la France était occupée, c'était des faits de guerre, ce n'était pas de la littérature.

Ce n'était pourtant pas ma faute si ma guerre n'était pas brillante. Je faisais de mon mieux. Tous les jours, j'étais au rendez-vous dans le ciel et mon avion revenait souvent criblé d'éclats. Je n'étais pas dans la chasse, mais dans le bombardement et notre métier n'était pas très spectaculaire. On jetait ses bombes sur un objectif et on revenait, ou on ne revenait pas. J'allai jusqu'à me demander si ma mère n'avait pas appris l'histoire du sous-marin raté au large de la Palestine et si elle ne m'en voulait pas encore un peu.

La publication d'*Éducation européenne* en Angleterre me rendit presque célèbre. Chaque fois que je revenais de mission, je trouvais de nouvelles coupures de presse et des agences envoyaient des reporters pour me photographier à ma descente d'avion. Je prenais une pose avantageuse, je faisais bien attention de lever les yeux au ciel, le casque sous le bras, dans ma combinaison de vol — je regrettais un peu de ne pas avoir mon vieil uniforme de Tcherkesse, qui m'allait si bien. Mais j'étais sûr que ma mère allait aimer ces photos, très ressemblantes, et je les collectionnais soigneusement pour elle. Je fus invité à prendre le thé par Mrs. Eden, la femme du ministre britannique, et je pris bien garde de ne pas écarter le petit doigt, en tenant ma tasse.

Je demeurais aussi de longues heures couché sur le terrain, la tête sur mon parachute, essayant de lutter contre mon éternelle frustration, contre le tumulte indigné de mon sang, contre mon besoin de ressusciter, de vaincre, de surmonter, de sortir de là. Encore aujourd'hui, j'ignore ce que j'entends par « là », au juste. Je suppose, la situation humaine. En tout cas, je ne veux plus d'abandonnés.

... Parfois, je lève la tête et regarde mon frère l'Océan avec amitié : il feint l'infini, mais je sais que lui aussi se heurte partout à ses limites, et voilà pourquoi, sans doute, tout ce tumulte, tout ce fracas.

Je fis encore une quinzaine de missions, mais il ne se passait rien.

Un jour, cependant, nous eûmes une sortie un peu plus mouvementée que d'habitude. À quelques minutes de l'objectif, alors que nous dansions entre les nuages des obus, j'entendis dans mes écouteurs une exclamation de mon pilote Arnaud Langer. Il y eut ensuite un moment de silence, puis sa voix annonça froidement :

— Je suis touché aux yeux. Je suis aveugle.

Sur le Boston, le pilote est séparé du navigateur et du mitrailleur par des plaques de blindage et, en l'air, nous ne pouvions rien les uns pour les autres. Et, au moment même où Arnaud m'annonçait sa blessure aux yeux, je recevais un violent coup de fouet au ventre. En une seconde, le sang colla mon pantalon et emplit mes mains. Fort heureusement, on venait de nous distribuer des casques d'acier pour nous protéger le chef. Les équipages anglais et américains mettaient naturellement les casques sur leurs têtes, mais les Français, à l'unanimité, s'en servaient pour couvrir une partie de leur individu qu'ils jugeaient beaucoup plus précieuse. Je soulevai rapidement le casque et m'assurai que l'essentiel était sain et sauf. Mon soulagement fut tel que la gravité de notre situation ne m'impressionna pas particulièrement. J'ai toujours eu, dans la vie, un certain sens de ce qui est important et de ce qui ne l'est pas. Ayant poussé un soupir de soulagement, je fis le point. Le mitrailleur, Bauden, n'était pas touché, mais le pilote était aveugle ;

nous étions encore en formation et j'étais le navigateur de tête, c'est-à-dire que la responsabilité du bombardement collectif reposait sur moi. Nous n'étions plus qu'à quelques minutes de l'objectif et il me parut que le plus simple était de continuer en ligne droite, nous débarrasser de nos bombes sur la cible et examiner ensuite la situation, s'il y en avait encore une. C'est ce que nous fîmes, non sans avoir été touchés encore à deux reprises. Cette fois, ce fut mon dos qui fut visité et quand je dis mon dos, je suis poli. Je pus tout de même lâcher mes bombes sur l'objectif avec la satisfaction de quelqu'un qui fait une bonne action.

Nous continuâmes un instant tout droit devant nous, puis nous commençâmes à diriger Arnaud à la voix, nous écartant de la formation, dont le commandement passa à l'équipage d'Allegret. J'avais perdu pas mal de sang et la vue de mon pantalon gluant me donnait mal au cœur. Un des deux moteurs ne donnait plus. Le pilote essayait d'arracher un à un les éclats de ses yeux. En tirant sur ses paupières avec les doigts, il parvenait à voir le contour de sa main, ce qui semblait indiquer que le nerf optique n'était pas touché. Nous avions pris la décision de sauter en parachute dès que l'avion couperait la côte anglaise, mais Arnaud constata que son toit coulissant avait été endommagé par les obus et ne s'ouvrait pas. Il ne pouvait être question de laisser le pilote aveugle seul à bord ; nous dûmes donc demeurer avec lui et tenter l'atterrissage, en le dirigeant à la voix. Nos efforts ne furent pas très efficaces et nous manquâmes le terrain à deux reprises. Je me souviens que la troisième fois, alors que la terre dansait autour de nous et que je me tenais dans ma cage de verre, dans le nez de l'avion, avec la sensation de l'omelette qui va sortir de l'œuf, j'entendis la voix d'Arnaud, devenue soudain une voix d'enfant, crier dans mes écouteurs « Jésus-Marie protège-moi ! », et je fus attristé et assez vexé qu'il priât ainsi uniquement pour lui-même et qu'il oubliât les copains. Je me souviens aussi qu'au moment où l'avion faillit percuter dans le sol, je souris — et ce sourire fut sans doute une de mes créations littéraires les plus longuement préméditées. Je la mentionne ici dans l'espoir qu'elle figurera dans mes œuvres complètes.

Je crois que ce fut la première fois dans l'histoire de la R.A.F. qu'un pilote aux trois quarts aveugle parvint à ramener son appareil au terrain. Le compte rendu de la R.A.F. indiquait seulement que « pendant l'atterrissage le pilote était parvenu à desserrer d'une main les paupières, malgré les éclats dont elles étaient criblées ». Cet exploit valut à Arnaud Langer la Distinguished Flying Cross britannique à titre immédiat. Il devait retrouver la vue complètement ; ses paupières avaient été clouées aux globes des yeux par des éclats de plexiglass, mais le nerf optique était intact. Il devint pilote d'Air-Transport après la guerre. En juin 1955, alors qu'il s'apprêtait à prendre son terrain à Fort-Lamy, précédant de quelques secondes une tornade tropicale, qui avançait sur la ville, les témoins virent la foudre sortir comme un poing des nuages et frapper l'avion au poste de pilotage. Arnaud Langer fut tué instantanément. Il a fallu ce coup bas du destin pour lui faire lâcher les commandes.

Je fus placé à l'hôpital où le bulletin définit ma blessure comme « plaie perforante de l'abdomen ». Mais rien d'essentiel n'était touché et la plaie se cicatrisa vite. Ce qui était par contre beaucoup plus ennuyeux, c'est qu'au cours des divers examens l'état pas très heureux de mes organes devint apparent et le médecin-chef fit un rapport demandant ma radiation du personnel navigant. Entre-temps, je quittai l'hôpital et, grâce à l'amitié de tout le monde, je pus faire rapidement encore quelques missions.

Et c'est là que se situe l'événement le plus merveilleux de ma vie, auquel aujourd'hui encore je n'arrive pas à croire tout à fait.

Quelques jours auparavant, j'avais été convoqué à la B.B.C. avec Arnaud Langer et interviewé longuement sur notre mission. Je connaissais les besoins de la propagande, la soif du public français, avide de nouvelles de ses aviateurs, et je n'y fis pas trop attention. Je fus cependant assez étonné de voir l'*Evening Standard* publier le lendemain un article sur notre « exploit ».

Je retournai ensuite à la base d'Hartford Bridge. Je me trouvais au mess lorsqu'un planton me remit un télégramme. Je jetai un coup d'œil à la signature : Charles de Gaulle.

Je venais de recevoir la Croix de la Libération.

Je ne sais s'il reste encore quelqu'un pour comprendre ce que ce ruban vert et noir voulait dire alors pour nous. Les meilleurs de nos camarades morts au combat étaient presque seuls à l'avoir reçu. Aujourd'hui, je ne sais si le nombre de titulaires vivants ou morts se monte à plus de six cents. Je m'aperçois souvent, sans surprise, aux questions que l'on me pose, combien rares sont ceux qui savent ce qu'est la Croix de la Libération et ce que ce ruban signifie. Il est très bon qu'il en soit ainsi. Alors que tout, à peu près, a été oublié ou galvaudé, il est bon que l'ignorance préserve et mette à l'abri le souvenir, la fidélité et l'amitié.

Une sorte d'hébétude s'empara de moi. J'allais et venais, serrant les mains qui se tendaient vers moi, essayant presque de me justifier, de me défendre, car eux, mes camarades, savaient bien que je n'avais pas mérité un tel honneur.

Mais je ne rencontrais que des mains fraternelles et des visages heureux.

Je veux, je tiens aujourd'hui encore, à m'expliquer là-dessus. En toute sincérité, je ne vois rien, dans mes pauvres efforts, qui aurait pu justifier une telle distinction. Ce que je pus faire, tenter, à peine esquisser, est ridicule, inexistant, nul, comparé à tout ce que ma mère attendait de moi, à tout ce qu'elle m'avait appris et raconté de mon pays.

La Croix de la Libération devait être épinglée sur ma poitrine quelques mois plus tard, sous l'Arc de Triomphe, par le général de Gaulle lui-même.

Je m'empressai, on le pense bien, de télégraphier en Suisse, pour que ma mère pût connaître la nouvelle, au moins par quelque discrète allusion. Pour plus de certitude, j'écrivis au Portugal, à un employé de l'Ambassade britannique, lui demandant de faire acheminer une lettre prudente à Nice, à la première occasion. Je pouvais enfin revenir à la maison la tête haute : mon livre avait donné à ma mère un peu de cette gloire artistique dont elle rêvait, et j'allais pouvoir lui remettre les plus hautes distinctions militaires françaises qu'elle avait si bien méritées.

Le débarquement venait d'avoir lieu, bientôt la guerre allait être terminée et on sentait, dans les billets qui me parvenaient de Nice, une sorte de joie et de sérénité, comme si ma mère savait qu'elle touchait enfin au but. Il y avait même une sorte d'humour tendre, que je ne comprenais pas très bien. « Mon fils chéri, voilà bien des années que nous sommes séparés, et j'espère que tu as pris maintenant l'habitude de ne pas me voir, car enfin, je ne suis pas là pour toujours. Rappelle-toi que je n'ai jamais douté de toi. J'espère que lorsque tu reviendras à la maison et que tu comprendras tout, tu me pardonneras. Je ne pouvais pas faire autrement. » Qu'avait-elle bien pu faire ? Que devais-je lui pardonner ? L'idée idiote me vint soudain qu'elle s'était remariée, mais à soixante et un ans, c'était peu probable. Je sentais derrière tout cela une sorte de tendre ironie et je pouvais presque voir sa mine un peu coupable, comme chaque fois qu'elle se livrait à une de ses excentricités. Elle m'avait déjà causé tant de soucis ! Dans presque tous ses billets, à présent, il y avait cette note embarrassée et je sentais bien qu'elle avait encore dû faire quelque énormité. Mais quoi ? « Tout ce que j'ai fait, je l'ai fait parce que tu avais besoin de moi. Il ne faut pas m'en vouloir. Je vais bien. Je t'attends. » Je me creusais en vain la tête.

CHAPITRE XLII

Je suis maintenant tout près du mot de la fin et, au fur et à mesure que j'approche du dénouement, la tentation se fait grande de jeter mon carnet et de laisser aller ma tête sur le sable. Les mots de la fin sont toujours les mêmes et on voudrait au moins avoir le droit de dérober sa voix au chœur des vaincus. Mais je n'ai plus que quelques mots à dire et il faut bien faire son métier jusqu'au bout.

Paris allait être libéré, et je m'arrangeai avec le B.C.R.A. pour me faire parachuter dans les Alpes-Maritimes, pour une mission de liaison avec la Résistance.

J'avais une peur terrible de ne pas arriver à temps.

D'autant qu'un événement insolite venait de se produire dans ma vie et complétait d'une manière vraiment inattendue l'étrange parcours que j'avais accompli depuis mon départ de la maison. Je reçus du Ministère des Affaires étrangères une lettre officielle me suggérant de poser ma candidature au poste de secrétaire d'ambassade. Je ne connaissais pourtant personne aux Affaires étrangères, ni dans aucune autre administration civile : je ne connaissais littéralement pas un seul civil. Je n'avais jamais fait part à qui que ce fût des ambitions que ma mère avait jadis eues pour moi. Mon *Éducation européenne* avait fait quelque bruit en Angleterre et dans les milieux de la France Libre, mais cela ne suffisait pas à expliquer cette offre soudaine d'entrer dans la Carrière sans examens, « pour services exceptionnels rendus à la cause de la Libération ». Je regardai longtemps la lettre avec incrédulité, la tournai et la retournai dans tous les sens. Elle était rédigée en des termes qui n'avaient pas ce ton impersonnel propre à la correspondance administrative ; on y décelait, au contraire, une sympathie, une amitié, même, qui me troublèrent profondément : c'était une sensation nouvelle pour moi que d'être connu ou, plus exactement, d'être imaginé. Je vivais là un de ces moments où il est difficile de ne pas se sentir effleuré par une volonté providentielle soucieuse de raison et de clarté, comme si quelque sereine Méditerranée eût veillé à notre vieux rivage humain sur les plateaux de la balance, sur le juste partage des ombres et des lumières, des sacrifices et des joies. Le destin de ma mère prenait tournure. Cependant, à mes transports les plus azurés finit toujours par se mêler un grain de sel terrestre, au goût un peu amer d'expérience et de circonspection, qui me pousse à regarder les miracles d'un œil aigu, et, derrière le masque providentiel, je n'eus aucune peine à distinguer un sourire un peu coupable que je connaissais bien. Ma mère avait encore fait des siennes. Elle s'était agitée comme d'habitude dans les coulisses, avait frappé à des portes, tiré des ficelles, chanté mes louanges là où il le fallait, bref, elle était intervenue. Voilà sans doute aussi la raison de cette note un peu embarrassée, un peu fautive qui perçait dans ses derniers billets et me donnait presque l'impression qu'elle me demandait pardon : elle m'avait poussé en avant, une fois de plus, et elle savait bien qu'elle n'aurait pas dû faire cela, qu'il ne faut jamais rien demander.

Le débarquement dans le Midi coupa court à mon projet de parachutage. J'obtins immédiatement un ordre de mission tonitruant et impératif du général Corniglion-Molinier et avec l'aide des Américains — mon document portait, selon la formule habilement trouvée par le général lui-même, la mention : « Mission urgente de récupération » — je fus transporté de jeep en jeep jusqu'à Toulon ; à partir de là, ce fut un peu plus compliqué. Mon ordre de mission péremptoire m'ouvrait cependant toutes les routes, et je me souviens de la remarque de Corniglion-Molinier, lorsqu'avec sa gentillesse toujours un peu sardonique il m'eut signé le document et que je le remerciai :

— Mais c'est très important pour nous, votre mission. C'est très important, une victoire...

Et l'air lui-même avait autour de moi une ivresse triomphale. Le ciel paraissait plus proche, plus conciliant, chaque olivier était un signe d'amitié et la Méditerranée venait vers moi par-dessus les cyprès et les pins, par-dessus les barbelés, les canons et les chars bousculés comme une nourrice retrouvée. J'avais fait prévenir ma mère de mon retour par dix messages différents qui avaient dû

converger sur elle de tous côtés quelques heures
à peine après l'entrée à Nice des troupes alliées.
Le B.C.R.A. avait même transmis un message en
code pour le maquis, huit jours auparavant. Le
capitaine Vanurien, qui avait été parachuté dans
la région deux semaines avant le débarquement,
devait entrer en rapport avec elle immédiatement
et lui dire que j'arrivais. Les camarades anglais du
réseau Buckmaster m'avaient promis de veiller sur
elle pendant les combats. J'avais beaucoup d'amis
et ils comprenaient. Ils savaient bien qu'il ne s'agissait ni d'elle, ni de moi, mais de notre vieux compagnonnage humain, de notre coude à coude fraternel
à la poursuite d'une œuvre commune de justice et
de raison. Il y avait, dans mon cœur, une jeunesse,
une confiance, une gratitude, dont la mer antique,
notre plus fidèle témoin, devait si bien connaître
les signes, depuis le premier retour d'un de ses fils
victorieux à la maison. Le ruban vert et noir de
la Libération bien en évidence sur ma poitrine,
au-dessus de la Légion d'honneur, de la Croix de
Guerre et de cinq ou six autres médailles dont je
n'avais oublié aucune, les galons de capitaine sur les
épaules de mon battle-dress noir, la casquette sur
l'œil, l'air plus dur que jamais, à cause de la paralysie faciale, mon roman en français et en anglais
dans la musette bourrée de coupures de presse et,
dans ma poche, la lettre qui m'ouvrait les rangs
de la Carrière, avec juste ce qu'il fallait de plomb
dans le corps pour faire le poids, ivre d'espoir, de
jeunesse, de certitude et de Méditerranée, debout,
enfin, debout dans la clarté, sur un rivage béni où
nulle souffrance, nul sacrifice, nul amour n'étaient

jamais jetés au vent, où tout comptait, se tenait, signifiait, était pensé et accompli selon un art heureux, je revenais à la maison après avoir démontré l'honorabilité du monde, après avoir donné une forme et un sens au destin d'un être aimé.

Des G. I. noirs, assis sur les pierres, avec des sourires si grands et étincelants qu'ils en paraissaient éclairés de l'intérieur, comme si la lumière leur venait du cœur, levaient les mitraillettes en l'air à notre passage, et leur rire amical avait toute la joie et le bonheur des promesses tenues :

— *Victory, man, victory !*

Victoire, homme, victoire ! Nous reprenions enfin possession du monde et chaque tank renversé ressemblait à la carcasse d'un dieu abattu. Des goumiers accroupis, aux visages aigus et jaunes sous le turban du chèche, faisaient cuire un bœuf entier sur un feu de bois ; dans les vignes bouleversées, une queue d'avion était plantée comme une épée brisée, et, parmi les oliviers, sous les cyprès, des casemates de ciment borgnes, un canon mort pendait parfois avec son œil bête et rond de vaincu.

Debout, dans la jeep, dans ce paysage où les oliviers, les vignes, les orangers semblaient accourus de toutes parts pour m'accueillir, et où les trains renversés, les ponts écroulés, les barbelés tordus et emmêlés comme des haines mortes étaient à chaque tournant balayés par la clarté, ce fut seulement sur les pontons du Var que je cessai de voir les mains et les visages, que je ne cherchai plus à reconnaître les mille coins familiers, que je ne répondis plus aux signes joyeux des femmes et des enfants, et que je demeurai là, debout, accroché au pare-brise, tendu tout entier vers la ville qui approchait, vers le quartier, la maison, la silhouette aux bras ouverts qui devait m'attendre déjà sous le drapeau victorieux.

Je devrais interrompre ici ce récit. Je n'écris pas pour jeter une ombre plus grande sur la terre. Il m'en coûte de continuer et je vais le faire le plus rapidement possible, en ajoutant vite ces quelques mots, pour que tout soit fini et pour que je puisse laisser retomber ma tête sur le sable, au bord de l'Océan, dans la solitude de Big Sur où j'ai essayé en vain de fuir la promesse de finir ce récit.

À l'Hôtel-Pension Mermonts où je fis arrêter la jeep, il n'y avait personne pour m'accueillir. On y avait vaguement entendu parler de ma mère, mais on ne la connaissait pas. Mes amis étaient dispersés. Il me fallut plusieurs heures pour connaître la vérité. Ma mère était morte trois ans et demi auparavant, quelques mois après mon départ pour l'Angleterre.

Mais elle savait bien que je ne pouvais pas tenir debout sans me sentir soutenu par elle et elle avait pris ses précautions.

Au cours des derniers jours qui avaient précédé sa mort, elle avait écrit près de deux cent cinquante lettres, qu'elle avait fait parvenir à son amie en Suisse. Je ne devais pas savoir — les lettres devaient m'être expédiées régulièrement — c'était cela, sans doute, qu'elle combinait avec amour, lorsque j'avais saisi cette expression de ruse dans son regard, à la clinique Saint-Antoine, où j'étais venu la voir pour la dernière fois.

Je continuai donc à recevoir de ma mère la force et le courage qu'il me fallait pour persévérer, alors qu'elle était morte depuis plus de trois ans.

Le cordon ombilical avait continué à fonctionner.

C'est fini. La plage de Big Sur est vide sur cent kilomètres, mais lorsque je lève parfois la tête, je vois des phoques sur l'un des deux rochers devant moi, et sur l'autre, des milliers de cormorans, de mouettes et de pélicans, et parfois aussi le jet d'eau des baleines qui passent au large, et lorsque je reste ainsi une heure ou deux immobile sur le sable, un vautour se met à tourner lentement au-dessus de moi.

Il y a bien des années, maintenant, que ma chute s'est accomplie, et il me semble que c'est ici, sur les rochers de la plage de Big Sur que je suis tombé et que voilà une éternité que j'écoute et essaye de comprendre le murmure de l'Océan.

Je n'ai pas été vaincu loyalement.

J'ai les cheveux grisonnants, à présent, mais ils me cachent mal, et je n'ai pas vraiment vieilli, bien que je doive approcher maintenant de mes huit ans. Je ne voudrais surtout pas que l'on s'imagine que j'attache à tout cela trop d'importance, je refuse de donner à ma chute une signification universelle, et si le flambeau m'a été arraché des mains, je souris d'espoir et d'anticipation, en pensant à toutes les mains qui sont prêtes à le saisir, et à toutes nos forces cachées, latentes, naissantes, futures, qui n'ont pas encore donné. Je ne tire de ma fin aucune leçon, aucune résignation, je n'ai renoncé qu'à moi-même et il n'y a vraiment pas grand mal à cela.

Sans doute ai-je manqué de fraternité. Sans doute n'est-il pas permis d'aimer un seul être, fût-il votre mère, à ce point.

Mon erreur a été de croire aux victoires individuelles. Aujourd'hui que je n'existe plus, tout m'a été rendu. Les hommes, les peuples, toutes nos légions me sont devenus alliés, je ne parviens pas à épouser leurs querelles intestines et demeure tourné vers l'extérieur, au pied du ciel, comme une sentinelle oubliée. Je continue à me voir dans toutes les créatures vivantes et maltraitées et je suis devenu entièrement inapte aux combats fratricides.

Mais pour le reste, qu'on veuille bien regarder attentivement le firmament, après ma mort : on y verra, aux côtés d'Orion, des Pléiades ou de la Grande Ourse, une constellation nouvelle : celle du Roquet humain accroché de toutes ses dents à quelque nez céleste.

Il m'arrive même encore d'être heureux, comme ici, ce soir, étendu sur la plage de Big Sur, dans le crépuscule gris et vaporeux, alors que le cri lointain des phoques me parvient des rochers et qu'il me suffit de lever à peine la tête pour voir l'Océan. Je l'écoute très attentivement et j'ai toujours l'impression que je suis sur le point de comprendre ce qu'il cherche à me confier, que je vais enfin briser le code et que le murmure insistant, incessant du ressac, essaye, presque avec véhémence, de me dire quelque chose, de me donner une explication.

Parfois, aussi, je cesse d'écouter et je reste simplement couché là, à respirer. C'est un repos bien gagné. J'ai vraiment fait de mon mieux, tout ce que j'ai pu.

Dans ma main gauche, je serre la médaille d'argent du championnat de ping-pong que j'ai gagné à Nice, en 1932.

On peut me voir encore souvent ôter ma veste et me jeter soudain sur le tapis, me plier, me déplier et me replier, me tordre et me rouler, mais mon corps tient bon et je ne parviens pas à m'en dépêtrer, à repousser mes murs. Les gens croient en général que je fais seulement un peu de gymnastique et un grand hebdomadaire américain a publié sur deux pages ma photo en plein exercice, comme un exemple digne d'être suivi.

Je n'ai pas démérité, j'ai tenu ma promesse et je continue. J'ai servi la France de tout mon cœur, puisque c'est tout ce qui me reste de ma mère, à part une petite photo d'identité. J'écris aussi des livres, j'ai fait carrière et je m'habille à Londres, comme promis, malgré mon horreur de la coupe anglaise. J'ai même rendu de grands services à l'humanité. Une fois, par exemple, à Los Angeles, où j'étais alors Consul Général de France, ce qui impose évidemment certaines obligations, en entrant un matin dans le salon, j'ai trouvé un oiseau-mouche qui était venu là en toute confiance, sachant que c'était ma maison, mais qu'un coup de vent, en fermant la porte, avait emprisonné entre les murs pendant toute la nuit. Il était assis sur un coussin, minuscule et frappé d'incompréhension, peut-être désespéré et perdant courage, et il était en train de pleurer d'une des voix les plus tristes qu'il me fut jamais donné d'entendre, car on n'entend jamais sa propre voix. J'ai ouvert la fenêtre et il s'est envolé et j'ai rarement été plus heureux qu'à ce moment-là et j'ai eu la conviction de ne pas avoir vécu en vain. Une autre fois, en Afrique, je pus donner à temps un coup de pied à un chasseur qui était en train de viser une gazelle immobile au milieu de la route. Il y a eu d'autres cas analogues, mais je ne veux pas avoir l'air de trop me vanter de ce que j'ai pu accomplir sur terre. Je raconte ceci simplement pour prouver que j'ai vraiment fait de mon mieux, ainsi que je l'ai dit. Je ne suis jamais devenu cynique, ou même pessimiste, au contraire, j'ai souvent de grands moments d'espoir et d'anticipation. En 1951, dans un désert du Nouveau-Mexique, alors que j'étais assis sur un roc de lave, deux petits lézards tout blancs grimpèrent sur moi. Ils m'explorèrent en tous sens avec une assurance complète et sans la moindre frayeur et l'un d'eux, après avoir appuyé tranquillement ses pattes de devant contre mon visage, approcha son museau de mon oreille et resta là un bon moment. On peut imaginer avec quel bouleversant espoir, avec quelle fervente anti-cipation je demeurai là, attendant. Mais il ne dit rien, ou en tout cas, je n'entendis rien. Il est tout de même étrange de penser que l'homme, quant à lui, est entièrement visible, entièrement révélé à ses amis. Je ne voudrais pas non plus qu'on s'imagine que j'attends encore un message, ou une explica-tion : tel n'est pas le cas. D'ailleurs, je ne crois pas à la réincarnation, ni à aucune de ces naïvetés. Mais j'avoue que je n'ai pas pu m'empêcher d'espérer quelque chose, l'espace d'un moment. J'ai été assez malade, après la guerre, parce que je ne pouvais marcher sur une fourmi ou voir un hanneton dans l'eau, et finalement, j'ai écrit tout un gros livre pour réclamer que l'homme prenne la protection de la nature dans ses propres mains. Je ne sais pas ce que je vois au juste dans les yeux des bêtes, mais leur regard a une sorte d'interpellation muette, d'incompréhension, de question, qui me rappelle quelque chose et me bouleverse complètement. Je n'ai d'ailleurs pas de bêtes chez moi, parce que je m'attache très facilement et, tout compte fait, je préfère m'attacher à l'Océan, qui ne meurt pas vite. Mes amis prétendent que j'ai parfois l'étrange habitude de m'arrêter dans la rue, de lever les yeux à la lumière et de rester ainsi un bon moment, en prenant un air avantageux, comme si je cherchais encore à plaire à quelqu'un.

Voilà. Il va falloir bientôt quitter le rivage où je suis couché depuis si longtemps, en écoutant la mer. Il y aura un peu de brume, ce soir, sur Big Sur, et il va faire frais et je n'ai jamais appris à allumer le feu et à me chauffer moi-même. Je vais essayer de demeurer là encore un moment, à écouter, parce que j'ai toujours l'impression que je suis sur le point de comprendre ce que l'Océan me dit. Je ferme les yeux, je souris et j'écoute… Il me reste encore de ces curiosités. Plus le rivage est désert et plus il me paraît toujours peuplé. Les phoques se sont tus, sur les rochers, et je reste là, les yeux fermés, en souriant, et je m'imagine que l'un d'eux va s'approcher tout doucement de moi et que je vais soudain sentir contre ma joue ou dans le creux de l'épaule un museau affectueux... J'ai vécu.

DU MÊME AUTEUR

pour la première fois sous le titre *Gloire à nos illustres pionniers* en 1962 (Folio n° 668).

UNE PAGE D'HISTOIRE et autres nouvelles, extrait de LES OISEAUX VONT MOURIR AU PÉROU (Folio 2 € n° 3759).

CLAIR DE FEMME, *roman* (Folio n° 1367).

CHARGE D'ÂME, *roman* (Folio n° 3015).

LA BONNE MOITIÉ. Comédie dramatique en deux actes.

LES CLOWNS LYRIQUES, *roman*. Nouvelle version de l'ouvrage paru en 1952 sous le titre *Les Couleurs du jour* (Folio n° 2084).

LES CERFS-VOLANTS, *roman* (Folio, n° 1467).

VIE ET MORT D'ÉMILE AJAR.

L'HOMME À LA COLOMBE, *roman*. Version définitive de l'ouvrage paru en 1958 sous le pseudonyme de Fosco Sinibaldi (L'Imaginaire n° 500).

ÉDUCATION EUROPÉENNE, *suivi de* LES RACINES DU CIEL *et de* LA PROMESSE DE L'AUBE. *Avant-propos de Bertrand Poirot-Delpech*, coll. « Biblos ».

ODE À L'HOMME QUI FUT LA FRANCE ET AUTRES TEXTES AUTOUR DU GÉNÉRAL DE GAULLE. *Édition de Paul Audi* (Folio n° 3371).

LE GRAND VESTIAIRE. Illustrations d'André Verret, coll. « Futuropolis/Gallimard ».

L'AFFAIRE HOMME. *Édition de Jean-François Hangouët et Paul Audi* (Folio n° 4296).

TULIPE OU LA PROTESTATION, coll. « La Manteau d'Arlequin ».

LÉGENDES DU JE, coll. « Quarto ».

LE SENS DE MA VIE, *entretien* (Folio n° 6011).

LE VIN DES MORTS, *roman*, Cahiers de la NRF (Folio n° 6310).

Dans la collection Écoutez lire

LA VIE DEVANT SOI (4 CD).

LA PROMESSE DE L'AUBE (2 CD).

Aux Éditions du Mercure de France

Sous le pseudonyme d'Émile Ajar

GROS-CÂLIN, *roman* (Folio n° 5493, édition augmentée de la fin
   initialement souhaitée par l'auteur).

LA VIE DEVANT SOI, *roman* (Folio n° 1362 ; La Bibliothèque Gallimard n° 102 et Classico Lycée n° 29).

PSEUDO, *récit* (Folio n° 3984).

L'ANGOISSE DU ROI SALOMON, *roman* (Folio n° 1797).

ŒUVRES COMPLÈTES D'ÉMILE AJAR. Préface de Romain
   Gary : « Vie et mort d'Émile Ajar », coll. « Mille Pages ».